Kelly Siskind
LOVE LIKE MAGIC

Kelly Siskind

LOVE LIKE MAGIC

Roman

Aus dem kanadischen Englisch
von Tanja Hamer

PIPER

Mehr über unsere Autoren und Bücher:
www.piper.de

Wenn Ihnen dieser Roman gefallen hat, schreiben Sie uns unter Nennung des Titels »Love Like Magic« an *empfehlungen@piper.de*, und wir empfehlen Ihnen gerne vergleichbare Bücher.

ISBN 978-3-492-06186-5
© Kelly Siskind 2019
Titel der englischen Originalausgabe:
»New Orleans Rush«, EverAfter Romance, New York 2019
© der deutschsprachigen Ausgabe:
Piper Verlag GmbH, München 2020
Redaktion: Martina Vogl
Satz: Satz für Satz, Wangen im Allgäu
Gesetzt aus der Dante
Druck und Bindung: CPI books GmbH, Leck
Printed in the EU

Kapitel 1

DIE WELT DURCH die rosarote Brille zu sehen war eine Spezialität von ihr. Eine sonnige Perspektive konnte manch bedeckten Himmel aufreißen lassen und die Welt mit Helligkeit fluten. Meistens fiel es ihr leicht, Widrigkeiten mit einem Lächeln zu begegnen. Doch heute Abend hatte Bea jeglicher Optimismus verlassen.

»Machen Sie mir noch einen, Sir.« Sie ratterte die Aufforderung ungewollt schnell herunter, sodass ein Wort an das andere stieß.

Der Barkeeper zog eine Augenbraue hoch. »Sind Sie sicher, dass das eine gute Idee ist? Sieht aus, als hätten Sie schon ein paar Drinks intus gehabt, bevor Sie hierhergekommen sind.«

Sie blinzelte den Mann mit den zurückgegelten Haaren und der ordentlichen Fliege an. Er wirkte, als wäre er von der unerschütterlichen Sorte, die einen schwarzen Tag, wie sie ihn gehabt hatte, mit einer Tasse Tee und einem selbstironischen Lächeln wegsteckte.

Bea stützte die Ellenbogen auf den Tresen und verzog nur kurz die Miene, als sie merkte, wie klebrig die Oberfläche war.

»Ich weiß Ihre Fürsorge zu schätzen, aber das war mein erster Drink. Und würden wir wie in einem dieser Filme für einen Tag im Körper des anderen stecken, und Sie hätten die letzten dreizehn Stunden so erlebt, wie ich sie erlebt habe, würden Sie wissen, dass ich mich damit für das Guinness-Buch der Rekorde für den schlimmsten Pechtag *ever* qualifiziert hätte. Mir jetzt einen weiteren Drink zu verweigern wäre geradezu barbarisch.«

Das Problem war, dass der Alkohol ihre übliche rosarote Brille beschlagen ließ. Oder vielleicht war es auch die Erkältungsmedizin, die sie genommen hatte, als sie in ihrer Handtasche keine Kopfschmerztabletten hatte finden können.

Das rang dem Barkeeper ein Lächeln ab. »Barbarisch?«

»Ein Verbrechen gegen die Menschlichkeit.«

Er schüttelte den Kopf und griff nach der Wodkaflasche im Regal hinter sich. »Vielleicht inhalieren Sie den hier einfach nicht so wie den letzten.«

Mit dem zweiten Lemon Drop Martini in der Hand drehte sie sich auf ihrem Barhocker herum und ließ den Blick durch den Raum schweifen. Die schummerige Beleuchtung machte ihre Augenlider schwer, die roten Teppiche und die dunklen holzvertäfelten Wände trugen zusätzlich zur schläfrigen Wärme der Bar bei. Sie strahlte eine Rat-Pack-Atmosphäre aus, die von den Fliege tragenden Angestellten und den kleinen Lampenschirmen auf den Tischen unterstrichen wurde. Jazzmusik untermalte das Stimmengewirr der Gäste. Die Sorte von Gästen, die ihr genauso fremd war wie der Rest von New Orleans.

Komm mit mir in die Stadt des Mardi Gras, hatte Nick sie angefleht. *Nachts ziehen wir durch die Bars. Du kannst den ganzen Tag malen. Wir leben jede Minute, als wäre es unsere letzte!*

Ihr Freund, der inzwischen zum Ex geworden war, hatte allerdings vergessen zu erwähnen, dass er nach vier Tagen ihres Abenteuers die Regeln ändern und Bea wohnungs- und arbeitslos in der Geburtsstätte des Jazz zurücklassen würde. Außerdem hatte sie seit einem Monat nichts außer stupiden Amöbenformen gemalt.

Sie sank auf ihrem Hocker zusammen und klammerte sich mit beiden Händen an ihrem Drink fest. Sie trank nicht sofort davon, sondern kostete ihre leichte Beschwipstheit noch ein wenig aus, als ein Mann in Zylinder und Umhang auftauchte.

Jep. Das war gerade passiert.

Sie schaute auf ihr volles Glas und dann wieder die seltsame Erscheinung an, wobei sie sich fragte, ob sie nicht doch beschwipster war, als sie gedacht hatte. Sie hatte ihren ersten Drink tatsächlich wesentlich schneller getrunken als sonst, und Erkältungsmedizin und Alkohol zu mischen war selten eine gute Idee. Sie blinzelte den Mann an. Der Zylinder war immer noch da, wodurch seine ohnehin schon hochgewachsene Gestalt noch größer wirkte. Der Umhang war ebenfalls noch da, und es war nicht einfach irgendein Umhang. Ein mitternachtsblauer Samtumhang mit aufgestickten Sternen.

Es war eine Galaxie – weit, weit entfernt. Und doch hier. In einer Bar in New Orleans.

Der Umhang sah weich und flauschig aus. Bea hätte am liebsten ihr Gesicht an dem plüschigen Stoff gerieben und sich darin eingerollt, dann hätte sie eine Woche lang schlafen und in einem anderen Leben wieder aufwachen können. Einem Leben, das nicht aussah wie eine Massenkarambolage aus fünfzig Autos.

Der Mann im Zylinder schaute sie an, als würde er ihren sehnsüchtigen Blick spüren. Oder vielleicht hatte er auch gehört, wie sie gesagt hatte: »Mann, sieht der kuschlig aus.«

Ein Gedanke, den sie aus Versehen laut ausgesprochen hatte.

Er ging auf sie zu, als wäre sie die einzige Person in dem lebhaften Getümmel der Bar, und blieb vor ihrem Barhocker stehen. »Sie können ihn gern anfassen, wenn Sie möchten.«

Der Stoff sah aus der Nähe sogar noch weicher aus, doch es war der sinnliche Klang seiner dunklen Stimme, der sie dazu brachte, sich aufrechter hinzusetzen. »Sollten Sie nicht von Ihrem Umhang sprechen, wird das hier hässlich enden.«

Sie war sich nicht zu schade, ihm ihren Drink ins Gesicht zu kippen.

Seine Mundwinkel zuckten. »Ich spreche von meinem Umhang. Außer natürlich, Sie würden gern meinen Hut anprobieren.« Er tippte sich an die Filzkrempe.

Sie war erleichtert, dass sie ihren guten Martini nicht verschwenden musste. Doch so, wie ihr Tag bisher gelaufen war, würde sie von dem Hut vermutlich Läuse bekommen. »Ich nehme keine Hüte von Fremden an. Oder Umhänge.«

»Ich glaube, diese Regel gilt für Süßigkeiten, nicht für Umhänge.«

»Was, wenn er mit einem uralten Zauberspruch belegt ist und mich in irgendein finsteres Schloss versetzt, wo ich eingesperrt und gefoltert werde, bis sie herausfinden, dass ich die Magie des Umhangs nicht kontrollieren kann?«

Beim Lächeln bildeten sich Fältchen in seinen Augenwinkeln. »Berechtigter Einwand.«

Sein träger Blick wanderte an ihrem Körper hinab und wieder hinauf. Er musterte sie so ausgiebig, dass sie einen Schluck aus ihrem Glas nehmen musste. Schließlich streckte er ihr die Hand entgegen. »Ich bin Huxley.«

In dem Moment, als sich ihre Finger – kalt und feucht von dem gekühlten Glas – in Huxleys großer Hand verloren, schoss ihr Hitze den Arm empor. Der Umhang hatte definitiv verborgene Kräfte. »Bea«, erwiderte sie. »Nett, Sie kennen-zulernen.«

Der netteste Moment ihres grauen Tages.

Abgesehen von dem unauffälligen blonden Dreitagebart, der seine dramatischen Wangenknochen und die Adlernase unterstrich, war Huxley nicht im traditionellen Sinne gut aussehend. Zusammengezogene Haut beendete eine seiner Augenbrauen abrupt, ein Teil des rechten Ohrs fehlte, und eine dicke Narbe lief ihm über die linke Wange. Sein asch-blondes Haar war auf unordentliche Weise gelockt, die Spit-zen kringelten sich in seinem Nacken.

Einzeln waren seine Gesichtszüge nicht besonders attrak-tiv, doch insgesamt gesehen hatte dieser Mann eine wilde Ele-ganz an sich. Als würde man von einem Monet einen Schritt zurücktreten, und alle Pinselstriche fügten sich zu einem Meisterwerk zusammen.

Bis er sagte: »Bee, wie die Biene?«

Jetzt war er mehr ein verstörendes Picasso-Gemälde als ein Meisterwerk von Monet. »Nein, wie *Beatrice Baker*, aber sollten Sie es wagen, auch nur einen Bienen-Witz zu reißen, leihe ich mir vielleicht doch noch Ihren Umhang aus. Mal sehen, ob ich seine schlummernde Magie dazu nutzen kann, Sie in einen *Colon rectum* zu verwandeln.«

Er lachte laut auf. »Wie bitte?«

Sie bedachte ihn mit ihrem finstersten Blick. »Ein Kolonis-tenkäfer. Ziemlich hässliches Viech.«

Da sie als Kind viel zu oft mit »Bienen«-Witzen aufgezo-gen worden war, hatte Bea sich besonders intensiv mit selte-nen Insekten und Tieren beschäftigt. Je seltsamer der Name, desto besser. Wenn sie dann die Kinder, die sie ärgerten, da-mit beleidigte, verwirrte sie das nicht selten so sehr, dass sie fortan die Klappe hielten. Bei Huxley war der Effekt ein ande-

rer, denn er grinste, als wäre er über ein vierblättriges Klee-
blatt gestolpert.

Sie lehnte sich unwillkürlich nach vorn. »Sind Sie aus New
Orleans?«

»Das bin ich. Aber Sie nicht.«

Sie erstarrte. Er konnte nicht wissen, dass sie gerade erst
aus Chicago in die Stadt gekommen war, außer er war ihr
hierher gefolgt. Nicht unmöglich, doch die einzige Person,
die Grund hatte, sie zu verfolgen, war sogar noch größer und
hatte einen kleinen Bierbauch. Big Eddie könnte natürlich
auch jemand anderen auf sie angesetzt haben – einen Kom-
plizen, der sie einschüchtern und bedrohen sollte. Nur dass
ein Auftragskiller kaum so schamlos in Umhang und Zylinder herumspazieren würde. Außerdem hatte Big Eddie keinen blassen Schimmer, wo sie steckte.

Sie entspannte sich wieder. »Woher wissen Sie, dass ich
nicht von hier bin?«

»Logische Schlussfolgerung.«

»Weil Sie Hellseher mit fotografischem Gedächtnis sind
und mir jetzt sagen können, was ich letzte Woche jeden Tag
zu Mittag gegessen habe?«

Seine Augen blitzten amüsiert auf. »Meine Methode ist
viel einfacher.«

»Dann nur raus damit.«

Er zeigte auf ihren Schoß. »Der Schlüsselanhänger an Ihrer Handtasche hat Sie verraten.«

Natürlich. Der Chicago-Bulls-Anhänger. Ein Geschenk ihres Ex-Freunds zu ihrem dritten Date. Sie stand nicht einmal
auf Basketball, aber sie hatte ihn als süßes Andenken behalten. Jetzt war die Erinnerung nur noch bittersüß. Sie entfernte den Anhänger vom Reißverschluss ihrer Handtasche und
warf ihn auf den Tresen. »So, jetzt falle ich nicht mehr auf.«

Huxley verlagerte das Gewicht, sodass die Distanz zwischen ihnen schrumpfte. »Eine Frau, die so schön ist wie Sie, fällt immer auf.«

Wow.

Ihr Puls hämmerte ihr bis zum Hals, und sie hatte Mühe, weiter ruhig zu atmen. Sie versuchte, seine ungewöhnliche Augenfarbe zu erkennen, doch das war in dem Dämmerlicht schwer, und als ein Mann vom anderen Ende des Raumes Huxleys Namen rief, war der Moment vorbei.

Huxley drehte sich um, und sie starrte den Mann an, der ihn gerufen hatte … Denn solche Schnurrbärte waren doch eigentlich ausgestorben. Das war ein Schnurrbart mit Gesicht, die Art haariger Balken, der als Spielplatz für Miniaturkinder geeignet wäre. Ein Kletterbalkenschnauzer! Sie schmunzelte über ihren eigenen Witz und warf einen prüfenden Blick auf ihr Glas. Es war immer noch halb voll, doch ihr Tag fühlte sich auf einmal nicht mehr so halb leer an, dank des Umhang tragenden Mannes neben ihr.

»Bin gleich wieder da.« Sein Monet-Gesicht verfinsterte sich.

Als er bei dem Besitzer des Kletterbalkenschnauzers angekommen war, schielte Huxley zu ihr zurück, doch die aggressive Gestik des Schnauzer-Mannes lenkte seine Aufmerksamkeit schnell wieder auf ihn. Während sie an ihrem Drink nippte, beobachtete Bea den seltsamen Austausch und wünschte, sie wäre des Lippenlesens mächtig.

Als sie ihren Lemon Drop Martini ausgetrunken hatte, winkte sie den Barkeeper wieder zu sich. »Noch einen, bitte.«

Er nahm ihr leeres Glas entgegen. »Was halten Sie davon, wenn wir das zu Ihrem letzten machen? Sie sollten besser nach Hause gehen und sich ins Bett legen, damit dieser Guinness-Buch-der-Rekorde-Tag ein Ende hat.«

Eine super Idee, falls sie ein Zuhause hätte – oder ein Bett.

Es hatte sie an diesem Morgen nicht viel Mühe gekostet, ihre Kleider und ihre Pinsel zurück in ihren Rucksack zu stopfen. Dann hatte sie ihren gelben Käfer beladen – das treue Automobil war die einzige Konstante in ihrem Leben – und hatte viel zu lange in dem geparkten Wagen gesessen, um das Desaster zu verdauen.

»Also, es ist so«, hatte Nick angesetzt, als sie morgens aufgewacht war. »Ich habe mich verändert. Eine feste Beziehung ist gerade nichts für mich. Es ist besser, wir beenden es jetzt, bevor es noch ernster wird zwischen uns. Es war schön mit dir, und du bist eine tolle Frau, aber es ist Zeit, dass wir nach vorne schauen.«

Sie hatte sich das Ohr gerieben, weil sie sich sicher war, dass ihr Hörvermögen versagt hatte. »Tut mir leid, aber hast du gerade mit mir Schluss gemacht?«

Sein Nicken wurde begleitet von einem mitfühlenden Hundeblick. »Es ist das Beste so. Ich meine, ich habe mir heute Morgen Kaffee gekauft, und ein Mädchen in der Schlange hat mich gefragt, ob ich mit ihr ausgehen möchte. Ich wollte Ja sagen, was bedeutet, dass zwischen dir und mir etwas fehlt. Wenn wir zusammenbleiben, könnte ich es bereuen und dich dann unfreiwillig verletzen. Und du weißt doch, dass ich ein Verfechter von Ehrlichkeit bin.«

Sitzen gelassen zu werden, nachdem sie Nick gerade erst vor vier Tagen nach New Orleans begleitet hatte, war erniedrigend. Zu hören, wie er zugab, dass er mit dem Mädchen aus dem Kaffeeladen ein Date für heute Abend ausgemacht hatte, setzte ihrer Demütigung die Krone auf. Und alles nur, weil Nick an Ehrlichkeit glaubte. So sehr, dass er sie auch gleich daran erinnerte, dass die Wohnung in seinem Namen gemietet war. Er hatte ihr dann großzügigerweise vorgeschlagen, noch so lange auf der Couch zu schlafen, bis sie etwas Neues gefunden hätte, und das ganz ohne ironischen Unterton in der Stimme.

Bea hatte ihn angestarrt. Und angestarrt. Sie hatte weder geschrien noch geflucht, weil das nicht ihre Art war. Sie hatte den Mann, der sie überredet hatte, ihren Kellnerinnenjob zu kündigen, Chicago zu verlassen, vier Staaten zu durchqueren und ihr Leben für einen Traum aufzugeben, einfach nur angesehen und nichts gesagt.

Die Tatsache, dass er nie »Gesundheit« gesagt hatte, wenn sie niesen musste, hätte ihr eine Warnung sein sollen, genauso wie seine Kardashian-würdige Schuhsammlung. Doch Bea hatte Lust gehabt, mit ihm zu entfliehen und sich in ihre Kunst zu stürzen, ihren Vater zu vergessen und das Chaos, das ihr Erzeuger in ihrem Leben angerichtet hatte. Die Tatsache, dass ein gewisser Kredithai ihr ans Leder wollte, konnte natürlich auch etwas zu ihrem Abgang beigetragen haben.

Hier war sie also, einmal mehr das Opfer eines sie sabotierenden Mannes.

Sie zog ihr frisch gefülltes Martiniglas zu sich und versuchte, die Anziehungskraft des Mannes im Umhang zu ignorieren. Sie war wirklich nicht in der Verfassung, irgendeinen Mann attraktiv zu finden. Nicht an einem Guinness-Buch-der-Rekorde-Sitzen-gelassen-werden-Tag. Ihren Lemon Drop Martini zu schlürfen war auch keine Option mehr, als sie sich aus Versehen den Strohhalm in die Wange rammte. Schnaufend schob sie ihn beiseite und leerte das Glas in einem Zug. Als sie sich mit dem Handrücken über den Mund wischte, drehte sich der Raum um sie.

Sie blieb noch eine Weile sitzen und klammerte sich an dem Glas fest, während sie darauf wartete, dass sich ihr

Gleichgewichtssinn wieder normalisierte. Ihre Probleme waren erdrückend. Sie hatte keinen Job. Keine Wohnung. Der Alkohol hatte ihr keine neuen Erkenntnisse geliefert, genauso wenig wie die Monotonie des sich in ihren Händen drehenden Martiniglases. Sie konnte die Zeit nicht zurückdrehen, um Nick zu sagen, dass er sich sein »Es ist für uns das Beste«-Gesicht sonst wohin stecken konnte. Es war Zeit zu gehen.

Nachdem sie den Martini bezahlt und ein Trinkgeld auf den Tresen gelegt hatte, hüpfte sie vom Barhocker. Die Wände vollführten eine Drehung – ein unschönes Gefühl. Sie hatte doch nur drei Drinks intus. Genug, um sich ein wenig beschwipst zu fühlen, aber sicher kein Grund, dass sich die Bar in ein Karussell verwandelte. Die Erkältungsmedizin, die sie genommen hatte, um ihre Kopfschmerzen zu kurieren, musste schuld sein, es gab keine andere Erklärung. Die waren zwar tatsächlich verschwunden, aber dieses Schwindelgefühl konnte ihr jetzt zum Verhängnis werden.

Toilette. Sie musste es nur zu den Toiletten schaffen, sich ein wenig Wasser ins Gesicht spritzen, und sie wäre wieder so neu wie gut. Oder so gut wie neu. Sie würde diesen Nebel abschütteln und sich einen Plan überlegen. Im Klartext: Sie würde in ihrem Auto übernachten und hoffen, in einem dieser Körpertausch-Filme aufzuwachen.

Vielleicht konnte sie Emma Stone sein. Das war doch eine Frau mit Rückgrat, die keine Skrupel hatte, Männern die Meinung zu geigen. Außerdem waren sie beide der rothaarige Sommersprossentyp. Emmas Brüste waren kleiner, also würde sich Bea endlich mal nicht mehr wie eine trinkgeldgeile *Hooters*-Kellnerin fühlen, wenn sie ein enges Top trug. Doch Bea hatte eine Sanduhrfigur mit einer Extrastunde, die ihr Hinterteil ausfüllte, was sie mochte. Wenn sie recht darüber nachdachte, gefiel Bea ihr Körper so, wie er war. Es waren eher ihr Leben und ihr Rückgrat, die ausgetauscht werden mussten.

Sie war derart in Gedanken, dass sie gar nicht gemerkt hatte, wie sie auf die Toilette gegangen war, die Spülung betätigt und die Kabine wieder verlassen hatte. Sie konnte nur hoffen, sich nicht auf die Klobrille gesetzt zu haben.

Neben ihr trug eine dunkelhäutige Frau mit wasserstoffblonden Locken roten Lippenstift auf. Sie warf Bea einen Blick zu und pfiff durch die Zähne. »Da hatte jemand 'nen harten Abend, was?«

Bea seufzte ihr verschwommenes Spiegelbild an. »Ich habe eine falsche Entscheidung getroffen.«

Eine, die nicht ihr Leben aus der Bahn werfen sollte. Nick war zwar ein Vollidiot, aber sie war immerhin in New Orleans. Einer bunten Stadt mit Männern in Umhängen und mit Kletterbalkenschnauzern. Der perfekte Ort, ihre kreativen Kräfte wieder aufzutanken. Sie brauchte den Vollidioten Nick nicht dafür, neu anzufangen. Wie um sich das selbst zu beweisen, wühlte sie in ihrer Handtasche nach dem Wassermelonen-Lipgloss und schaffte es tatsächlich, eine Schicht aufzutragen. Alles auf der Welt ging besser mit Wassermelonen-Lipgloss.

Die Frau neben ihr zog die Oberlippe hoch und wischte sich die Lippenstiftreste von den Schneidezähnen. »Das kenne ich nur zu gut. Meine falsche Entscheidung heißt Miles, und er hat einen speziellen Klingelton.«

Sie steckte ihr Make-up wieder ein und holte ihr Handy aus der Handtasche. Ein paar Wisch-Bewegungen mit dem Daumen später plärrte Carrie Underwoods *Before He Cheats* aus dem mit bunten Schmucksteinen besetzten Telefon. Bea wippte im Takt, während Carrie darüber sang, das Auto ihres untreuen Freundes zu zerkratzen und die Scheinwerfer einzuschlagen.

Als der Refrain zu Ende war, steckte die Frau das Handy zurück in ihre Handtasche. »Das, meine Liebe, ist die Art, wie du dich daran erinnerst, falsche Entscheidungen zu vermeiden. Miles ruft alle paar Tage an. Er hinterlässt mir Sprachnachrichten voller Entschuldigungen, und ich rufe ihn nicht zurück. Ich könnte seine Nummer auch blockieren, aber ich erinnere mich gern daran, dass ich nicht der Fußabtreter irgendeines Mannes sein will.« Ihr entschlossener Blick war genauso wild wie ihr Leopardenprint-Kleid.

Bea trug immer noch die pinke High-Waist-Jeans und die türkisfarbene Polka-Dots-Bluse, die sie am Morgen angezogen hatte. Das Outfit verströmte eher Bubble-Gum-Charme als eine Sexy-Rotschopf-Attitüde, aber sie war schon immer der Hubba-Bubba-Typ gewesen. Außerdem war sie sich nicht sicher, ob Nick einen Carrie-Underwood-Klingelton verdient hatte. Einen kleinen lyrischen Haken à la Taylor Swift bestimmt, aber Carrie konnte ein bisschen zu hart sein. Immerhin hatten sie vor seinem Date heute Abend Schluss gemacht; allerdings wurde die Situation nicht weniger suspekt dadurch, dass er sich verabredet hatte, *bevor* er seine »Es ist für uns das Beste«-Rede geschwungen hatte.

Trotzdem verspürte sie nicht den Wunsch, seinen 1978er Mustang Cobra zu zerkratzen, den er sogar noch mehr liebte als seine Schuhsammlung. Das Leben war zu kurz für Rache.

Mit einem Zwinkern verließ die Frau die Damentoilette. Bea folgte ihr. Ein wenig zu schnell. Mit einer Hand an der Wand abgestützt, schloss sie die Augen, als sich das Karussell wieder zu drehen begann. Augen offen war besser. Sauerstoff war ebenfalls angebracht. Sie versuchte, mit laszivem Hüftschwung vor die Tür zu treten, doch vermutlich gelang ihr nicht mehr als ein schwindeliges Taumeln. Sie schaffte es nach draußen, wo sie nach Luft schnappte wie ein ertrinkender Schwimmer, der wieder die Wasseroberfläche durchbrach.

Der erste Atemzug half gegen den Nebel in ihrem Kopf. Der zweite klärte ihren Blick. Kurz darauf wünschte sie sich, es wäre nicht so. Dort, auf der anderen Straßenseite, lief niemand anderes als Nick – Hand in Hand mit seinem Date.

Die Bar war nicht weit von seiner Wohnung entfernt, etwas, das sie hätte bedenken sollen, ehe sie sich dorthin geflüchtet hatte. Sofort kehrte die für sie uncharakteristische Wut zurück. Sie liebte Nick nicht. Nach New Orleans zu ziehen und ihre Vergangenheit zurückzulassen hatte sie genauso für sich selbst getan wie für Nick. Aber sie hatte darauf vertraut, dass der Mann sie nicht aus heiterem Himmel verlassen würde … für eine andere Frau. Nach vier Tagen.

Weil er ehrlich war.

Sie dachte darüber nach, über die Straße zu laufen und ihm zu sagen, dass er sich verpissen solle. Sie hasste Konfrontationen genauso sehr wie grüne Lutscher, aber ihn als buckligen Anglerfisch oder mickrige Schwanzmeise zu beschimpfen würde ihr jetzt nur geringfügige Befriedigung verschaffen.

Da bemerkte sie seinen schwarzen Mustang. Einen halben Block entfernt parkte sein geliebtes Auto am Straßenrand. Ein Geschenk der Carrie-Underwood-Götter. Nick ging in die andere Richtung davon, und Beas Aufmerksamkeit richtete sich auf seinen Wagen. Sie war kein boshafter Mensch. Ihr Rücken war quasi aus Teflon, sodass Ärger und Stress einfach daran abperlen konnten. Und doch beäugte sie Nicks Angeberkarre jetzt mit teuflischen Absichten. Sie erkannte sich selbst nicht wieder.

Seit sie alt genug gewesen war, die Zeitung auszutragen, hatte sie gearbeitet. Sie hatte Rasen gemäht, babygesittet und später als Kellnerin gearbeitet. Selbst am Häuseranstreichen hatte sie sich versucht – alles, um etwas Farbe in die Welt und Geld in ihre Tasche zu bringen. Währenddessen hatte sie im Stillen ihre eigene Kunst verfolgt. Schon in jungen Jahren war sie die Vernünftige gewesen, die dafür gesorgt hatte, dass nie der Strom abgedreht oder die Heizung kalt wurde. Sie brüstete sich damit, dass sie das einzige Mitglied der Baker-Familie war, von dem noch kein Verbrecherfoto gemacht worden war.

Also? Total vernünftig.

Was bedeutete, dass ihre nächste Tat einzig und allein Nicks »Ehrlichkeit« und der brillanten Carrie Underwood zuzurechnen war. Außerdem hatte sie ihre Theorie, was das Betrügen anging, revidiert: Mit einer Frau am selben Tag auszugehen, an dem man mit seiner Freundin Schluss gemacht hatte, war definitiv nicht die feine Art.

Sie ging auf den Mustang zu.

Er will Ehrlichkeit? Also bekommt er Ehrlichkeit.

Sie zog ihre Autoschlüssel aus der Handtasche.

Ehrlich gesagt halte ich dich für einen stinkenden Mistkäfer.

Sie umklammerte die Schlüssel mit der Faust. Unwillkürlich musste sie an ihren Vater denken. An das schwache Achselzucken, mit dem Franklyn Baker zugegeben hatte, ihre sämtlichen Ersparnisse verspielt zu haben, und daran, wie sie ihn anstatt einer Reaktion nur hatte anstarren können. Ihr verwegenes Grinsen verschwand. Die Schlüssel gruben sich in ihre Handfläche.

Ich bin nicht der Fußabtreter irgendeines Mannes.

Kapitel 2

HUXLEY MARLOW WAR daran gewöhnt, im Mittelpunkt zu stehen. Er hatte den Großteil seiner Jugend und Erwachsenenzeit auf der Bühne verbracht. Er hatte keine Skrupel, in Zylinder und Umhang herumzulaufen, doch es kam nicht oft vor, dass eine sexy Rothaarige sich gern in seinen Umhang kuscheln wollte. Die meisten Frauen kicherten und starrten ihn an – verständlicherweise. Manche zuckten sogar zusammen, wenn sie seine Narbe bemerkten. Diese Frau trug knallpinke Hosen, und ihre türkis gepunktete Bluse brachte ihn unwillkürlich zum Schmunzeln. Dann noch diese fantasievolle Geschichte zu seinem Umhang, und er hätte um ein Haar losgelacht.

Er. *Gelacht.* Ein Mann, der seine finstere Miene eigentlich selten ablegte.

Dann war da noch die Sache mit dem *Colon rectum.*

Aber ehe er sie nach ihrer seltsamen Tierbeleidigung hatte fragen können, oder warum sie alleine hier war und einen traurigen Schatten hinter den verspielten Sticheleien zu verbergen schien, hatte sein wachsamer Erzfeind ihn fortgelockt.

Der Große Otis Oliphant fixierte Huxley mit einem undurchdringlichen Blick. Die gezwirbelten Enden seines Schnauzers zuckten. »Du hast geschummelt.«

»Natürlich habe ich geschummelt.«

»Deine Fähigkeiten sind unkultiviert. Nichts als ein Haufen billiger Tricks.«

Huxley bedachte ihn mit einem herablassenden Grinsen. »Und wer geht hier heute mit einem Stapel Zwanziger und einer neuen goldenen Rolex raus?«

Oliphant klemmte die Daumen unter seine Hosenträger und starrte Huxleys Handgelenk finster an. Die schwere Rolex hing lose daran. Oliphants Miene verfinsterte sich weiter. »Deine Ausführung ist schlampig.«

Huxley tippte sich an den Hut. »Wenn du mein Handwerk noch einmal schlampig nennst, werde ich dir nicht die Gelegenheit geben, dein Geld zurückzugewinnen und deinen Stolz zu wahren.«

»Das ist gegen die Regeln.«

Das war es. Huxley wusste es nur zu gut. Er wusste auch, dass sein Kommentar Oliphant unter den zuckenden Schnauzer gehen würde.

Beim wöchentlichen Pokerspiel im *Crimson Club* gab es drei wichtige Regeln.

Regel Nummer eins: Nur professionelle Zauberer durften teilnehmen.

Regel Nummer zwei: Der Gewinner gewährte seinen Mitstreitern immer eine Revanche.

Regel Nummer drei: Taschenspielertricks waren nicht nur erlaubt, sondern sogar erwünscht.

Wenn man Karten zählen, Falschmischen oder andere Tricks anwenden konnte, um zu gewinnen, hatte man es verdient, den Pokertisch zu beherrschen. Außerdem konnte man sich dann rühmen, der König oder die Königin der Magierszene von New Orleans zu sein. Huxleys Glückssträhne war inzwischen legendär.

Und so ging ihre traditionelle Poker-Nachlese weiter – Oliphant beklagte seine Verluste und redete wie üblich Blödsinn. Er mochte zehn Jahre älter sein als Huxley mit seinen fünfunddreißig, aber der Mann war ein ehemaliges Straßenkind, dessen Schnauzbart größer war als sein IQ. Huxley hatte ihn sogar einmal dabei erwischt, wie er in der Bar den betrunkenen Gästen die Geldbeutel geklaut hatte. Wenn der Besitzer, Vito, wüsste, dass Oliphant sein Geschäft bedrohte, wären Oliphants Hosenträger das Einzige, was von ihm noch übrig bliebe.

Huxley warf einen Blick über die Schulter. Beatrice Baker war verschwunden, und Enttäuschung machte sich in ihm breit. Statt mit einer interessanten Frau zu reden, war er bei Otis Oliphant hängen geblieben. Genervt schaute er übertrieben auffällig auf seine neue Armbanduhr. »So aufregend dieses Gespräch mal wieder ist, ich brauche meinen Schönheitsschlaf. Dann bis nächste Woche?«

Oliphant brummte etwas in seinen überdimensionierten Bart und drückte sich an Huxley vorbei. Der nahm das mal als Ja. Das geplatzte Rohr, das seinen Theater-Heizungskeller am Morgen geflutet hatte, war nur ein weiterer Punkt auf seiner stetig länger werdenden Reparaturliste, direkt unter dem verzogenen Dach, dem bröckelnden Putz und den Funken schlagenden Scheinwerferlichtern, von denen jederzeit die Gefahr eines Stromschlags ausging. Wenn das nicht aufhörte, würde er noch die nächsten fünf Jahre im Poker gewinnen müssen, um das baufällige Gebäude zu reparieren.

Huxley rieb sich die Augen und stellte sich vor, wie sein Vater voller Reue auf ihn niederblickte und sich fragte, warum er ausgerechnet seinem ältesten Sohn das Vermächtnis des Fabelhaften Max Marlow anvertraut hatte.

Sein Vater hätte in seinem Testament nicht eindeutiger

sein können, was Huxleys Erbschaft anging. Das Theater, in dem er und seine vier Brüder aufgewachsen waren, in dem sie von ihrem Vater Magie erlernt und ihm dabei zugeschaut hatten, wie er die Menge ein ums andere Mal in seinen Bann schlug, sollte unter Huxleys Leitung florieren. Der mitternachtsblaue 1977er Mustang Cobra mit den weißen Nadelstreifen auf der Kühlerhaube sollte ihm gehören, um seinen makellosen Zustand zu bewahren. Max Marlow hatte seinen wertvollen Samtumhang an seinen ältesten Sohn vererbt, mit der Nachricht: *Sei magisch.* Er hatte ihm auch eine kleine magische Trickkiste vermacht.

Auf dem beiliegenden Zettel stand: *Wenn du es schaffst, sie zu öffnen, wird dir die Welt zu Füßen liegen.*

Max Marlow war vor neun Jahren gestorben. Seit neun Jahren hatte Huxley mit jedem erdenklichen Trick versucht, die verdammte Kiste zu öffnen. Unnötig zu erwähnen, dass ihm die Welt noch nicht zu Füßen lag.

Die Kiste bereitete ihm endlose Frustration, aber es war das alternde Theater, das ihn am meisten auffraß. Die Fabelhaften Marlow Boys sollten ihren Vater eigentlich mit einer erfolgreichen Dynastie und ausgefallenen Shows ehren. Stattdessen waren Huxleys zwei jüngste Brüder einfach von der Bildfläche verschwunden, und die verbleibenden drei mussten vor einem halb gefüllten Saal auftreten, während das Gebäude unter dem Gewicht von Huxleys Selbstvorwürfen einsackte.

Er musste es besser machen. Er *würde* es besser machen.

Sein Handy vibrierte, und er runzelte die Stirn, weil er sich fragte, wer ihn um die Uhrzeit noch anrief. Er schob den Umhang zurück und zog das Telefon aus der Hosentasche. Beim Anblick von Ashlynns Name auf dem Display verfinsterte sich seine Miene. Es gab nur einen Grund, warum ihn seine Assistentin anrufen konnte, und es bedeutete nichts Gutes. Er könnte ihren Anruf ignorieren, behaupten, sein Akku sei leer gewesen, doch das Gespräch aufzuschieben würde an den Tatsachen nichts ändern.

Er schob sich auf einen Barhocker und versuchte, möglichst fröhlich zu klingen, als er das Gespräch entgegennahm. »Genau die Frau, von der ich hören wollte. Ich hatte ein paar Ideen für neue Nummern, die deine Fähigkeiten besonders hervorheben.« Was zum Beispiel bedeutete, dass er vorhatte, ihren zierlichen Körper in einer Unzahl von Boxen verschwinden zu lassen.

Ihr Seufzen war schon Antwort genug. »Hey, Hux. Ich habe den Job bekommen. Den, mit dem ich tatsächlich Geld verdienen kann.« Pause. Noch ein Seufzen. Dann: »Ich hätte dir gern eine richtige Kündigung geschrieben, aber ich soll morgen schon anfangen.«

Huxley fluchte in sich hinein. »Du kannst mich doch nicht einfach so im Stich lassen, Ash. Du weißt, dass wir großartig zusammen sind. Und ich habe gerade eine große Pokerrunde gewonnen. Ich habe eine Rolex mit deinem Namen darauf.«

»Du weißt, dass ich euch Jungs echt gern mag, aber ich kann nicht von Pokerspiel zu Pokerspiel leben. Du wirst deine Nummern ohne mich umbauen müssen. Tut mir leid, aber heute Abend war meine letzte Show.«

Die Welt lag ihm definitiv *nicht* zu Füßen.

Huxleys Vater hatte seinen Kindern die Grundregeln der Magie eingetrichtert, eine der wichtigsten lautete: das Publikum durch Schönheit ablenken. Mann oder Frau, das tat nichts zur Sache, solange ihre Attraktivität die Aufmerksamkeit der Leute auf sich zog und damit weg von den Tricks des Zauberers. Huxley war nun aber ein Magier ohne Assistentin. Er musste wohl oder übel ohne schöne Ablenkung auf der Bühne stehen. Ein Mann, der mit jedem weiteren Unglück seinen Traum ein wenig mehr aus den Augen verlor. »Ich verstehe schon, Ash. Danke für alles.«

Sie legten auf, er steckte sein Handy ein und fuhr mit dem Daumen über die gekräuselte Narbe an seinem kleinen Finger. Er musste nachdenken, umdenken. Eine neue Assistentin finden und eine zuverlässigere Einnahmequelle.

Es gab nur einen Ort, an dem Huxley wirklich nachdenken konnte, und das war hinter dem Steuer seines Mustangs. Das Schnurren des Motors klärte seinen Kopf und beruhigte seine Nerven. Er hatte mit seinem Vater an jedem Zentimeter des Wagens gearbeitet: Nächte voller Tüfteln, Männergesprächen und Scotch.

Max Marlow schwärmte dann immer von den alten Zeiten beim Newbright Wanderzirkus, als er einen Elefanten hatte verschwinden lassen, und wie er ein Jahrzehnt lang den Pokerraum des *Crimson Club* beherrscht hatte. Ihr Schweiß hatte diesen Motor wieder in Gang gebracht. Ihre Verbindung hatte ihn erst in einen wertvollen Besitz verwandelt. Abgesehen von ihren gemeinsamen Abenden allein im Theater, waren es diese Momente gewesen, in denen er sich seinem Vater am nächsten gefühlt hatte.

Mit wehendem Umhang marschierte Huxley aus dem Club, bereit, seinen Fuß aufs Gas und seinen Kopf in Gang zu setzen.

Er trat auf den Bürgersteig hinaus. Er wandte sich seinem Auto zu. Er sah rot.

Eine Rothaarige, um genau zu sein, und zwar die mit dem Umhang-Fetisch. Beatrice Baker hockte neben seinem Auto und war mit irgendetwas intensiv beschäftigt. Die Enttäuschung über ihr Verschwinden legte sich, dafür wuchs seine Neugier. Er legte den Kopf schief und fragte sich, warum sie neben seinem Mustang hockte. Normalerweise liebte Huxley es, unlösbare Puzzle zu lösen. Sein Appetit darauf, das Bizarre entschlüsseln zu wollen, machte ihn zu einem außergewöhnlichen Magier. In diesem Fall gab ihm das höchst unangenehme Quietschen von Metall auf Metall den entscheidenden Hinweis auf das schändliche Treiben der Frau.

Jetzt sah er tatsächlich rot.

Fünf wütende Laufschritte später schlang Huxley einen Arm von hinten um Beatrices Taille und zerrte sie von seinem Auto weg. Schwer atmend starrte er voller Horror die Worte an, die in die Seite seines geliebten Mustangs gekratzt waren: *Arschgesicht. Riesenassel. Kerivoula kach…*

Das letzte Wort zu entziffern stellte eine Herausforderung dar.

Er las es mehrere Male und ignorierte die sich windende Frau in seinem Arm. Er hätte sie anschreien und eine Antwort auf die Frage verlangen sollen, was zur Hölle sie da gemacht hatte. Stattdessen fragte er bloß: »Was ist ein *Kerivoula kachi… nini?*«

»Nicht kachi*nini*. Kachi-*nen-sis*.«

Die Aussprache des Wortes schien sie viel Energie zu kosten. Außerdem brachte es ihn auch kein bisschen weiter. Es war auch nicht genau das, was sie geschrieben hatte. »Was ist ein *Kerivoula kachinensis?*«

Sie sackte an seiner Brust zusammen. »Eine hässliche Fledermaus. Die Art, die Versprechen bricht und am selben Tag noch zu einem Date geht. Die schlimmste Sorte Fledermaus.«

Huxley ging ihr Gespräch in der Bar noch einmal im Kopf durch und überlegte, ob er etwas Unhöfliches gesagt hatte oder sie auf andere Weise beleidigt haben konnte. Aber sie war es gewesen, die ihn vorhin als *Colon rectum* bezeichnet hatte und jetzt als *Kerivoula kachinensis.* »Und warum haben Sie deren Namen in mein Auto gekratzt?«

Sie seufzte. »Er will Ehrlichkeit.«

Ihre Stimme zitterte und stockte, doch je länger er sein demoliertes Auto anschaute, desto heißer brannte seine Wut. Er hatte sich in der Bar zu ihr hingezogen gefühlt und hätte nur zu gern den Abend damit verbracht, mit ihr über Zauberumhänge zu sprechen, während er sich an ihrem bunten Outfit und ihrem schönen Profil erfreute. Doch alles, was er jetzt sehen konnte, war der zerstörte Lack seines Autos.

Mit der Hand noch um ihre Taille, versuchte er, sein Handy aus der Hosentasche zu ziehen. »Ich habe keine Ahnung, wer Ihre Ehrlichkeit will, aber ich rufe jetzt die Polizei.«

Sie richtete sich ruckartig auf. »Nein. Um Himmels willen, bitte. *Nein.*«

Huxley beugte sich zur Seite, bereit, der Frau eine ordentliche Standpauke zu halten, doch beim Anblick ihres Gesichts biss er sich auf die Zunge. Tränen liefen ihr über die Wangen, und ihre blasse Haut war gerötet und fleckig. Die versteckte Traurigkeit, die ihm vorhin schon aufgefallen war, zeigte sich jetzt in vollem Ausmaß, genau wie ihre Betrunkenheit. Er hätte eigentlich den Notruf wählen und sie festnehmen lassen sollen, doch stattdessen wurde sein Tonfall unwillkürlich sanfter. »Wer will Ihre Ehrlichkeit?«

»Nick, der Vollidiot.«

Er kannte keinen Magier mit diesem Namen. Alles deutete auf Beziehungsprobleme hin.

»Und Sie dachten, er wollte, dass Sie das in *mein* Auto kratzen?«

»Nicht in Ihr Auto. In *sein* Auto. Er hat mich angelogen. Sie lügen mich alle an. Sie glauben, sie sind ehrlich, aber das sind sie nicht.« Sie schüttelte den Kopf, und ihre Wange rieb an seinem Umhang. Sie schmiegte sich enger an ihn und murmelte: »Soooo weich.«

Er spürte, wie er sich unwillkürlich verkrampfte. Er konnte sich nicht daran erinnern, wann er das letzte Mal eine Frau so im Arm gehalten hatte. Sie war zwar völlig besoffen und hatte seinen über alles geliebten Mustang demoliert, aber ihre missliche Lage ging ihm trotzdem irgendwie zu Herzen. Er wagte einen Blick auf die krakeligen Buchstaben, die in den perfekten Lack gekratzt waren, und knirschte mit den Zähnen. Er lehnte ihren schwankenden Körper an sein Auto und wartete, bis sie ihre Balance wiedergefunden hatte. »Tut mir leid, die Sache mit dem Vollidioten«, sagte er und trat einen Schritt zurück. »Aber das ist nicht sein Auto. Das ist mein Auto.«

Sie riss die auf halbmast stehenden Augen auf. »Nein, nein, nein. Das ist *sein* schwarzer Mustang. 1976er. Ein Cobra! Ich kenne dieses Auto. In diesem Auto hat es schon Sex gegeben.«

Bei dieser Vorstellung wurde ihm warm, doch er blieb fokussiert. »In einem *schwarzen* Mustang mag es Sex gegeben haben, aber dieser liebevoll restaurierte 1977er Mustang Cobra ist mitternachtsblau, nicht schwarz. Und er gehört mir.«

»Nein.«

»Doch.«

»Nein, nein, nein«, wiederholte sie. Sie starrte den Lack an, und ihre Augen weiteten sich, als sie den weißen Nadelstreifen auf der Kühlerhaube erblickte. »Nein.« Dieses Mal war es ein Flüstern.

»Ich fürchte, schon. Was bedeutet, dass Sie für den Schaden aufkommen müssen.«

Ihr gequälter Blick blieb auf das zerkratzte Auto gerichtet.

»Ich kann es nicht fassen ... ich meine, es tut mir so, so leid, ich – ich bin so eigentlich gar nicht. Ich tue so etwas nicht.« Mehr Tränen folgten auf ihre gestammelte Entschuldigung. »Ich werde für den Schaden aufkommen. Ich habe zwar keinen Job und kein Geld, aber ich finde schon einen Weg.« Sie sog scharf die Luft ein und krallte sich verzweifelt in sein Hemd. »Ich bin die Einzige ohne Verbrecherfoto. Ich darf nicht festgenommen werden.«

Als ihm die Bedeutung ihres Wortschwalls bewusst wurde, legte sich sein Ärger, und auch das Telefonat mit Ashlynn war auf einmal nicht mehr so dramatisch. *Kein Job. Abgebrannt.* Vielleicht brauchte er gar keine lange Fahrt mit dem Mustang, um sein aktuelles Dilemma zu lösen. Nicht, wenn ihm eine gewisse Miss Beatrice Baker die Antwort in einem hübschen, betrunkenen Paket servierte.

Vorsichtig löste er ihre Fäuste aus seinem Hemd und lehnte sie wieder an sein Auto. »Wenn Sie mich jetzt nicht bezahlen können und ich die Cops nicht einschalten soll, wüsste ich da eine Lösung.«

Sie biss sich auf die Unterlippe. »Ich dachte, es wäre sein Auto. Ich schwöre es. Ich habe das nicht gewollt.« Ein verträumter Blick trat auf ihr besorgtes Gesicht, und sie wandte ihre Aufmerksamkeit seinem Gesicht zu. Wie in der Bar schienen ihr auch jetzt seine Narben nichts auszumachen. »Ich mag Ihren Hut. Und die Galaxie.«

Dass sie so fasziniert war von seinem Kostüm, war verblüffend, genau wie ihr Tiernamenwissen, die Angst vor einem Verbrecherfoto und ihre kriminellen Tätigkeiten. Diese Frau war geheimnisvoll und nervig zugleich. Er sollte eigentlich immer noch wütend auf sie sein, doch irgendwie schaffte sie es, ihn in ihren Bann zu ziehen, wenn sie sprach. Beatrice hatte spektakuläre Lippen und faszinierende graue Augen.

Selbst jetzt, wo es ihr kaum gelang, geradeaus zu schauen, erinnerten ihre Augen an wirbelnde Gewitterwolken.

Huxley liebte es, das Gesicht in den Regen zu halten.

Schöne Frauen interessierten sich in der Regel nicht für seinen Umhang oder seinen Hut oder seinen Beruf. Viele fanden seine halbe verbrannte Augenbraue und seine vernarbte Wange abstoßend. Wie sie vermutlich auch, sobald sie wieder nüchtern war. »Na dann, Miss Beatrice Baker, wenn Sie wirklich nicht vorhatten, mein Auto zu zerkratzen, wäre ich eventuell bereit, Ihnen ein Angebot zu machen.«

Ihre Antwort: »Sie sind groß.«

»Sie sind klein.«

»Das ist unhöflich.«

»Genauso, wie jemanden groß zu nennen.«

Sie schürzte die entzückenden Lippen.

»Wie gesagt, ich kann Ihnen einen Kompromiss anbieten.« Als sie ihn dieses Mal nicht mit wahllosem Quatsch unterbrach, fuhr er fort: »Ich hätte gern, dass Sie für mich arbeiten.« Der Plan war nicht ideal. Es bedeutete, dass er mit dem entstellten Auto seines Vaters leben musste, mit den Beleidigungen sichtbar für alle. Doch er hatte schon Schlimmeres erlebt.

Sie runzelte die Stirn. »Sind Sie ein Zuhälter?«

»Ich bin kein Zuhälter.«

»Muss ich dafür knappe Kleidung tragen?«

Er dachte über ihre Frage nach. »Ja.«

»Aber Sie sind kein Zuhälter?«

»Bin ich nicht. Ich bin Illusionist. Sie können für mich arbeiten, als meine Assistentin, bis der Schaden beglichen ist. Aber wenn Ihnen das nicht passt, kann ich auch die Polizei rufen.« Die Drohung hatte etwas von Bestechung an sich, was ein neuer Tiefpunkt für ihn war. Aber das Theater ging eben vor, und sie mit unbezahlter Arbeit davonkommen zu lassen war netter, als sie anzuzeigen.

Ihr Blick hing immer noch an seinem Umhang fest, genau genommen an den Sternen, die auf den blauen Samt gestickt waren. Sie fuhr mit den Fingern über den Stoff.

»Ich bekomme immer wieder gesagt, dass ich zu gutgläubig sei. Meistens führt das dazu, dass ich verletzt werde.« Ihre Sturmaugen richteten sich auf ihn, und er hatte das Gefühl, von einem Platzregen überrascht zu werden. »Kann ich Ihnen vertrauen?«

Mit der Klarheit in ihrer Stimme hatte er nicht gerechnet, genauso wenig wie mit der Ehrlichkeit in ihrem besorgten Blick. Und es gefiel ihm gar nicht, dass sie verletzt worden war. »Sie können mir vertrauen.«

»Okay.« Sie tätschelte seinen Unterarm. »Dann können Sie mit mir rechnen. Solange Sie kein *Kerivoula kachinensis* sind.«

Er wusste nicht, wie er mit diesem seltsamen Kommentar umgehen sollte, also ignorierte er ihn und zog stattdessen sein Handy hervor, um ihre Kontaktdaten abzuspeichern. In diesem Moment strauchelte sie, und Huxley konnte sie gerade noch auffangen, ehe sie zu Boden gefallen wäre.

Kapitel 3

BEAS MUND FÜHLTE sich an, als wäre er mit Sägemehl gefüllt. In ihrem Kopf pochte es, und Spucke klebte an ihrer Wange, aber irgendetwas Weiches umhüllte ihren Körper. Sie zog die Decke höher. Sie roch leicht nach Zigarren und Brandy, wie in einem Gentlemen's Club. Nicht, dass sie je in einem solchen Upper-Class-Club gewesen wäre – ob nun für Männer oder andersherum. Dennoch, die kuschelige Wärme der Decke dämpfte den stechenden Schmerz in ihren Schläfen und lullte sie wieder ein.

Dann klatschte jemand an ihrem Ohr.

»Zeit aufzuwachen.«

Bea wollte sich gerade die Decke über den Kopf ziehen und sich tiefer in den Laken vergraben, als ihr einfiel, dass sie gar kein Bett hatte, in dem sie schlafen konnte. Sie öffnete ein Auge.

»Wo bin ich?«

Ein hochgewachsener Mann stand über ihr, die Arme vor der Brust verschränkt. Seine ungewöhnlichen Gesichtszüge wurden deutlich, als sie ihn fixierte. Und vertraut.

»Sie sind der Monet.«

Sein Mundwinkel zuckte. »Das wüsste ich jetzt nicht, aber ich bin Huxley Marlow, und Sie befinden sich in meinem

Theater. Sie sind gestern Nacht ohnmächtig geworden, also habe ich Sie hierhergebracht.«

Ohnmächtig? Bea setzte sich ruckartig auf, was sie sofort bereute. Ihr Kopf fühlte sich matschig an, und ihre gemütliche Decke rutschte ihr in den Schoß. Sie schaute schnell an sich herunter und stellte erleichtert fest, dass sie noch immer sowohl ihre Polka-Dots-Bluse als auch ihre High-Waist-Jeans trug. Wenigstens hatte es keinen Sex gegeben. Dann bemerkte sie, dass die Decke in ihrem Schoß gar keine Decke war. Es war ein Umhang, mitternachtsblau und mit goldenen Sternen bestickt. Sie erinnerte sich an diesen Umhang. Besonders daran, mit ihm kuscheln zu wollen.

Die Erinnerung an die Nacht kehrte in Bruchstücken zu ihr zurück: Erkältungsmedizin und Alkohol. Umhang. Kuschelig. Carrie Underwood. Schlüssel. Auto. *Verdammt.* »Ich habe Ihr Auto zerkratzt«, krächzte sie.

»Das haben Sie in der Tat. Was bedeutet, dass Sie jetzt für mich arbeiten.«

Heute trug er weder den Zylinder, an den sie sich erinnerte, noch irgendwelche andere ausgefallene Kleidung, sondern einfach dunkle Jeans und ein eng anliegendes Thermoshirt. Völlig gewöhnlich. Was nicht bedeutete, dass er nicht gefährlich sein könnte, und sie konnte sich auch nicht daran erinnern, ein Jobangebot von ihm angenommen zu haben. Sie fuhr mit den Händen über den Umhang. Nur Vampire trugen Umhänge, oder Superhelden oder zwielichtige Gestalten. »Sind Sie ein Zuhälter?«

»Das haben wir doch gestern Abend schon geklärt.«

»Schlafen Sie in einem Sarg?«

»Ein Bett ist mir lieber.«

Sie massierte sich die Schläfen. »Meine Erinnerungen an gestern Abend sind ziemlich verschwommen.«

»Das kann ich mir gut vorstellen. Ich habe Ihnen Kaffee und Beignets mitgebracht.«

Ihr lagen so viele Fragen auf der Zunge, doch ihr Gehirn blieb an dem Wort »Beignets« hängen. Bei dem Gedanken lief ihr unwillkürlich das Wasser im Mund zusammen. »Ich habe noch nie Beignets gegessen.« Das Verlangen in ihrer Stimme war schon fast peinlich.

»Das, Honigbienchen, ist ein Missstand, der dringend behoben werden muss.« Huxley deutete mit dem Kinn in Richtung eines Tisches an der gegenüberliegenden Wand.

Sie ließ ihm das Honigbienchen durchgehen und näherte sich den angebotenen Gaben. Der Kaffee und die Beignets standen auf einem Tischchen, das offenbar ein Schminktisch war. Der rechteckige Spiegel dahinter war von großen Glühbirnen eingefasst. In der Ecke stand ein hübscher Käfig mit drei Tauben darin. Die Vögel beobachteten sie mit ernstem Blick. Auf der anderen Seite quoll eine Kleiderstange über vor glitzernder, samtiger Kleidung.

Ihr umnebelter Geist, der die Welt immer noch in einer Art Zeitlupe sah, verknüpfte die Punkte zu einem Ganzen: Zylinder. Der Umhang. Das Theater. Die Vögel. Ausgefallene Kleidung. Umkleideraum.

»Werde ich an den Zirkus verkauft?« Während sie sprach, schnappte sie sich schon ein Beignet, das noch warm war, und schob es sich gierig in den Mund. Stöhnend sank sie auf einen Stuhl.

Sie hatte schon die ganze Zeit die berühmten Beignets probieren wollen. Es war eins der Hauptargumente von Nick, dem Vollidioten, gewesen, als er ihr das Wir-ziehen-nach-New-Orleans-Abenteuer schmackhaft gemacht hatte. Sie wollten alle Beignets testen, die New Orleans zu bieten hatte. Ihre Wut von gestern kehrte zurück, doch sie war nicht mehr traurig. Sie verspürte kein Begehren für den Mann, der sie aus einer Laune heraus hatte sitzen lassen. Sie ärgerte sich eigentlich hauptsächlich über ihre eigene Naivität, die sie immer das Beste in den Menschen sehen ließ.

Pollyanna hatte ihre Geschichtslehrerin sie als Teenager genannt. Wie die Figur aus einem alten Kinderbuch. Immer optimistisch. Zu vertrauensvoll. Zu *nett*. Die Lehrerin hatte außerdem behauptet, Bea wäre ein schlafender Vulkan voller aufgestauter Frustration, der eines Tages ausbrechen und ihre Freunde unter ihrer unterdrückten Wut begraben würde.

Das Bild mit dem Vulkan war vielleicht ein wenig übertrieben, aber Bea hätte sich vermutlich bei der Erzfeindin ihrer Jugend, Tanya Fry, nicht auch noch bedanken sollen, als diese versucht hatte, ihr für ein Footballspiel die Haare in einem grellen Orange zu färben. Das Angebot hatte ehrlich gewirkt, auch wenn Tanya kurz zuvor noch *Loser* in Beas Spind geritzt hatte. Bea hatte am Ende grüne Strähnchen gehabt, die ihr büschelweise ausgefallen waren.

Die meisten Menschen würden auf zu viele Enttäuschungen mit Zynismus reagieren, aber Bea wollte ihr Leben in Farbe leben und allen Widrigkeiten mit einem Lächeln begegnen. Sie wollte den Leuten eine Chance geben, sich zu ändern. Außer sie war betrunken.

Die betrunkene Bea war die Definition von verbittert und trübsinnig.

Jetzt allerdings war sie schon fast wieder nüchtern, und sie hatte den Mund voll Beignet. Es war genau so, wie sie es sich vorgestellt hatte: knusprig und trotzdem fest, reichhaltig und luftig. Sie konnte ihre genüsslichen Seufzer nicht unterdrücken, als sie an dem Teig knabberte und sich den Puderzucker von den Fingerspitzen schleckte. Das war der Himmel in frittierter Form.

»Ich glaube, ich bin verliebt«, murmelte sie.

Eine der Tauben gurrte.

Huxley räusperte sich, und sie wandte ihre Aufmerksamkeit von dem Gebäck in ihrer Hand ab und schaute in sein auf ungewöhnliche Weise gut aussehendes Gesicht. Er beobachtete sie beim Essen, starrte hemmungslos, als wäre es sein Recht, sie anzustarren. Wärme machte sich in ihrem Bauch breit und vermischte sich mit dem dekadenten Beignet.

»Warten Sie, bis Sie die mit Cremefüllung probiert haben«, sagte er mit seiner grollenden Baritonstimme, den Blick auf ihre Lippen geheftet.

Sie war sich nicht sicher, aber sie meinte, eine gewisse Anzüglichkeit in seinem Tonfall zu hören. Immerhin hatte er sie gestern Nacht als schön bezeichnet. Noch etwas, an das sie sich erinnerte. Seine Augen verdunkelten sich unmerklich, als sie ihn betrachtete, und ihre Farben – *Plural* – ließen sie stutzen. Das linke war himmelblau mit hellen Sprenkeln. Das rechte war braun, dunkler und ernsthafter. »Heterochromie«, stellte sie fest.

Den Ausdruck hatte sie gelernt, als sie die hässlichsten Hunde der Welt gegoogelt hatte. Die Suche hatte eine Reihe Fotos mexikanischer Nackthunde ergeben, seltsamerweise gefolgt von sibirischen Huskywelpen mit zweifarbigen Augen, flauschigem Fell und einem sehr hohen Niedlichkeitsfaktor. Außerdem wurden ihr Pferdepornos angeboten.

Huxley blinzelte. »Die wenigsten Leute kennen den Namen dafür, allerdings wissen wohl auch die wenigsten, was ein *Kerivoula kachinensis* ist.«

Sie leckte sich weiter den Zucker von den Fingern und ignorierte die Farbe unter ihren Nägeln. Seine zweifarbigen Augen folgten jeder ihrer Bewegungen. »Mit einem Namen, der wie Biene klingt, musste ich mich gegen Insektenbeleidigungen verteidigen können. Jemanden als *Kerivoula kachinensis* zu bezeichnen, oder als Bananenschnecke oder Nacktmull – oder irgendetwas anderes, mit dem sie nichts anfangen konnten –, hat sich als hilfreich erwiesen.«

»Warum benutzen Sie nicht Ihren vollen Namen?«

»Beatrice?« Sie rümpfte die Nase. »Beatrice ist eine neunzigjährige Frau, die nachts ihre Zähne auf den Nachttisch legt, zentimeterdicke Brillengläser trägt und Eierlikör trinkt anstatt Martini. Nein danke.«

Huxleys halbe Augenbraue zuckte, und sein hellblaues Auge funkelte belustigt. »Vielleicht ist Beatrice aber auch eine schlagfertige Rothaarige, die stöhnt, wenn sie frittiertes Gebäck isst, die nicht gut mit Alkohol umgehen kann und gern falsch geschriebene Beleidigungen in die Autos fremder Leute kratzt.«

Das saß. Und war ihr so peinlich, dass sie nur noch flüstern konnte. »Es tut mir wirklich leid mit Ihrem Auto. Ich kann es nicht glauben, dass ich das getan habe.«

Er ging auf sie zu. »Ich werde Sie extra hart rannehmen, *Beatrice*.«

Wieder war da diese mögliche Andeutung, aber er lächelte nicht. Er beobachtete sie, als wartete er auf eine Reaktion. Sie wusste nicht, ob er sie neckte oder wütend auf sie war. Es fiel ihr schwer, sich zu konzentrieren, da ihr Kopf immer noch so umnebelt war. Der Zucker auf ihrer Zunge lenkte sie noch mehr ab, genau wie die Art und Weise, wie er ihren Namen ausgesprochen hatte: *Beatrice*. Langsam und mit einer sinnlichen Betonung auf jeder Silbe. Niemand hatte es jemals geschafft, »Beatrice« sexy klingen zu lassen. Bis ein gewisser Huxley Marlow daherkam und ihren Namen anprobierte wie ein Kleidungsstück.

Leicht verunsichert durch die seltsamen Umstände, schob

sich Bea das letzte Stück Beignet in den Mund. Sie stöhnte wieder, während sie die gerahmten Bilder an den Wänden betrachtete. Alle trugen den Titel: *Der Fabelhafte Max Marlow.* Sie schienen von früher zu stammen, eine Reihe alter Poster. Huxleys Vater vielleicht? Sie wischte sich die klebrigen Finger an der Hose ab, nur um festzustellen, dass Huxleys Umhang immer noch in ihrem Schoß zusammengeknüllt war. Sein Umhang, der jetzt mit zuckrigen Fingerabdrücken übersät war.

Sie zuckte zusammen und hielt ihm das beschmutzte Kleidungsstück hin. »Das tut mir auch sehr leid.«

Mit gerunzelter Stirn nahm er ihr den Umhang ab. Er ging weder auf ihre Entschuldigung ein, noch bot er ihr ein verständnisvolles Nicken an. Stattdessen faltete er seinen Umhang sorgfältig über dem Unterarm, als wäre es etwas sehr Wertvolles. »Müssen Sie nach Hause fahren? Oder jemandem Bescheid sagen, dass Sie hier sind?«

»Nein.« Die Härte ihrer Realität traf sie wie ein Faustschlag. Sie hatte kein Zuhause, zu dem sie gehen konnte, und niemand würde sie vermissen. Genauso schnell kam ihr die Einsicht, dass es ziemlich unvorsichtig war, diese Tatsachen mit einem völlig Fremden zu teilen. »Obwohl, ich schreibe besser schnell meiner Freundin eine Nachricht. Sie wird sich sonst wundern, wo ich stecke. Ich schreibe ihr, ich bin im …«

Sie wartete, dass Huxley den Satz vervollständigte, während sie zum Bett ging und nach ihrer Handtasche griff. Ihr Geldbeutel und ihr EpiPen waren noch da.

»Im Marlow Theater. In der Decatur Street.«

Sie wollte ihr Handy aktivieren, doch der Bildschirm blieb schwarz. In letzter Zeit hatte sie das Gefühl, ihr Akku wurde immer schwächer, je mehr sie ihn auflud. Noch etwas, das Huxley nicht erfahren musste. Sie hielt das Telefon so, dass er nicht auf das Display sehen konnte, und tippte irgendetwas darauf herum. Dann tat sie so, als würde sie auf *Senden* drücken. Sie hatte vorher ein Ladegerät auf dem Schminktisch entdeckt und nahm sich vor, ihr Handy aufzuladen, sobald Huxley weg war.

Sie schob ihr totes Handy zurück in ihre Handtasche und warf ihm einen vielsagenden Blick zu. »Meine Freundin weiß jetzt, wo ich bin.«

Übersetzung: Sollte sie verschwinden, würde ihre unsichtbare Freundin alle Hebel in Bewegung setzen, um sie zu finden.

Doch er blieb unbeeindruckt. »Gut. Wir fangen gleich an.« Er ging zu der beladenen Kleiderstange und zog ein Outfit heraus. »Das sollte passen. Sie werden es heute Abend tragen.«

Das winzige Kostüm sah aus wie von einer Eiskunstläuferin. »Also, Sie sind kein Zuhälter, aber Sie haben mich an eine Holiday-on-Ice-Show verkauft, um die Kosten für Ihr Auto und für die Reinigung des Umhangs wieder reinzubekommen? Jetzt muss ich als Zweitbesetzung für die Eistanz-Version von *Pretty Woman* herhalten. Habe ich richtig geraten?« Bea mochte diesem Mann Geld schulden und würde seine Drohung, die Polizei zu rufen, wenn nur irgendwie möglich umgehen, aber sie war keine Frau der Straße.

Er legte ihr den paillettenbesetzten Body und den Mikrorock auf das Bett. »Ich habe Sie weder an einen Zirkus noch an Holiday on Ice verkauft. Prostitution wird nicht nötig sein. Sie sind jetzt ein Mitglied des magischen Ensembles der Fabelhaften Marlow Boys, gemeinsam mit mir und zwei meiner Brüder. Fünf Abende die Woche werden Sie als meine Assistentin auf der Bühne stehen.«

»Immer schön langsam, Zaubermann.« Sie hätte gelacht,

aber der Beignet in ihrem Magen suchte schon nach dem *Aus-werfen*-Knopf. »Sie müssen sich täuschen.«

Sie war seit der sechsten Klasse nicht mehr öffentlich auf-getreten, und bei der Weihnachts-Chanukka-Aufführung da-mals war sie vor Nervosität so erstarrt, dass sie tatsächlich von der Bühne getragen werden musste.

Vor lauter Panik nieste sie. Zweimal. Das war ein nervöser Tick von ihr.

Huxley ging auf ihre Panikattacke gar nicht ein, wünschte ihr aber Gesundheit und sprach dann so schnell weiter, dass sie sich gar nicht bedanken konnte. »In der Schublade sind Kopfschmerztabletten.« Er klang nun doch ein wenig irri-tiert. »Ich schlage vor, Sie nehmen gleich ein paar davon. Auf der anderen Seite des Gangs finden Sie eine Dusche und eine Toilette. Ich habe Ihnen eine Zahnbürste hingelegt, und meine ehemalige Assistentin hat ihre Pflegeprodukte noch dort, die können Sie gern benutzen. In Ihren wenigen klaren Momenten gestern Nacht haben Sie ein Auto erwähnt, das in der Nähe des *Crimson Club* geparkt ist. Wenn Sie mir Ihre Schlüssel geben und mir sagen, wo ich es finden kann, fahre ich es Ihnen hierher.«

»Ich kann nicht auf die Bühne gehen«, quietschte sie und kratzte sich an der juckenden Nase, um nicht wieder niesen zu müssen. »Ich leide unter akutem Lampenfieber.«

Die Verzweiflung war ihm ins vernarbte Gesicht geschrie-ben. Sie wollte ihn nach den Narben fragen, sie zeichnen. Unvollkommenheit machte Menschen einzigartig, jede Ge-schichte und jeder Fehler mischte die Farben, die ihr Leben ausmachten. Sie fragte sich, welche Farben Huxleys Vergan-genheit geprägt hatten. Doch seine nächste Aussage riss sie aus ihren Gedanken: »Wenn es Ihnen lieber ist, kann ich auch die Polizei rufen.«

Jetzt wollte sie ihm am liebsten an den Musikantenknochen treten. Das war Erpressung, nichts anderes. Er erpresste sie, auf eine Bühne zu gehen und sich einem Publikum zu stellen, wo sie sich zweifellos in eine versteinerte Statue verwandeln würde. Er hatte sie in der Hand, und das wusste er. Das war in Ordnung. Sie würde erst einmal zustimmen und dann einen Weg finden, sich aus der Erpressung freizupressen.

Er fasste ihr Schweigen als Zustimmung auf. »Ich brauche Ihre Autoschlüssel.«

Sie steckte die Hand in ihre Handtasche und ließ sich extra viel Zeit, um ihre Situation noch einmal überdenken zu können.

Sie tat es wieder, sie ging immer davon aus, dass die Menschen es gut mit ihr meinten. Ihrem Vater zu vertrauen war der eindeutige Beweis dafür, wie schlecht ihre Intuition sein konnte. Noch schlimmer war es gewesen, direkt mit seinem Kredithai zu verhandeln und ihm vorzuschlagen, für Franklyn Bakers Schulden aufzukommen. Auf Raten. Über zehn Jahre. Alles, um die schlechten Entscheidungen ihres Vaters auszubügeln. Der Verbrecher mit dem Ziegenbärtchen hatte ihr eine wesentlich kürzere Deadline gesetzt, eine, die keine körperliche Unversehrtheit garantierte, falls man sie nicht einhielt. Sie hatte gelächelt und sich bei ihm bedankt. Und war nach New Orleans geflüchtet.

Was sie in ihre aktuelle Lage gebracht hatte und zu dem nächsten Mann, der ihre Instinkte auf die Probe stellte. Nie wieder würde sie ihren Vater oder irgendeinen Hinweis auf Spielsucht in ihr Leben lassen. Doch Huxley hätte aus seinem demolierten Wagen eine viel größere Sache machen können. Er schien wirklich nett zu sein, hatte sie vollständig bekleidet ins Bett gebracht und sie mit seinem wertvollen Umhang zugedeckt. Er hatte ihr Essen und Kaffee besorgt. Außerdem hatte sie gerade keine Wohnung und konnte sich auch keine Miete leisten.

Wenn sie Huxley fragte, ob sie in seinem dunkelroten Umkleidezimmer übernachten könnte, würde er vermutlich Geld im Voraus verlangen. Im Theater zu arbeiten würde ihr dafür vielleicht die Gelegenheit geben, sich reinzuschleichen und sich in einem Eckchen zusammenzurollen. Nicht ideal, aber besser, als im Auto zu schlafen.

Ihre Entscheidung war gefallen, und sie warf ihm die Autoschlüssel zu. »Ich fahre einen gelben Käfer.«

Er fing den Schlüssel mit einer Hand und grinste. »Eine Biene, die einen Käfer fährt. Daraus könnte man ein Kinderbuch machen.«

Vielleicht war er doch nicht so harmlos. »Oder ich könnte Ihren Zauberstab dazu verwenden, Sie in einen Blobfisch zu verwandeln.«

Ihre Drohung hielt ihn nicht davon ab, sie herumzukommandieren. »Die Probe fängt in zwanzig Minuten an. Kommen Sie dann zur Bühne. Und seien Sie pünktlich.«

Ihr umnebeltes Gehirn mochte ihre Fähigkeit, sich zu konzentrieren, einschränken, aber sie konnte einfach nicht fassen, warum er den Vorschlag überhaupt gemacht hatte. Wer würde eine völlig Unerfahrene mit Lampenfieber als Assistentin wollen? Wieder kamen ihr unschöne Gedanken über Umhänge und Vampire.

Als Huxley sich zum Gehen wandte, fragte sie: »Was ist mit Ihrer letzten Assistentin passiert?«

Ein Piratengrinsen verwandelte sein Gesicht in ein weiteres Meisterwerk. »Die habe ich in zwei Hälften gesägt.«

Kapitel 4

HUXLEY BRAUCHTE doch länger, um das Auto seiner neuen Assistentin zu holen, als er geplant hatte. Beatrice Baker war ihm ein Rätsel, eines, das er gedachte zu lösen. Man musste kein Genie sein, um zu wissen, dass sie nicht wirklich etwas in ihr Handy getippt hatte, als sie angeblich einer Freundin schreiben wollte, und ihre Zustimmung, für ihn zu arbeiten, wenn er dafür nicht die Polizei rief, war verdächtig. Trotzdem stöberte er nicht in ihren Sachen. Das war nicht anständig. Allerdings verlor er die Uhrzeit aus dem Auge, als er in ihrem gelben Käfer saß.

Das Erste, was ihm auffiel, war der Geruch nach Wassermelone. Das süße, fruchtige Aroma war ihm gestern Abend schon aufgefallen. Als sie sich an seinen Umhang gekuschelt hatte, war ihm ein Hauch davon in die Nase gestiegen.

So verführerisch der Wassermelonenduft im Auto auch war, es war das Innere des alten Käfers, das ihn ablenkte. Kleine Zeichnungen zierten das Armaturenbrett und die Türen, detaillierte Teile von Gesichtern, geistreich eingefangen: eine Nase und Lippen hier, Augen und Augenbrauen dort. Fast so, als lebten Menschen in Einzelteilen im Wagen. Farbe war auf dem Boden verteilt. Ein Regenbogen baumelte vom Rückspiegel. Doch das Lenkrad ließ ihn am meisten stutzen.

Ein Wort war in Blockbuchstaben auf den Rand geschrieben: *SMILE*.

Und genau das tat er – er lächelte. Huxley konnte nicht anders. Genau wie er am Abend zuvor nicht anders gekonnt hatte, als sie anzubaggern. Wenn er die Farbe unter den Fingernägeln seiner neuen Assistentin richtig deutete, war sie die Künstlerin hinter diesem Werk. Eine exzentrische Honigbiene.

Er fragte sich, was sie sah, wenn sie sein Gesicht anschaute, wie sie das Brandmal an seiner Augenbraue malen würde, oder das faserige Gewebe seiner Narben. Die hässlichen Male auf seiner Brust und seinem Oberkörper. Es ergab nun Sinn für ihn, wie sie ihn vorher betrachtet und als Monet bezeichnet hatte, als wäre sie fasziniert von ihm. Doch es war nicht die Art von Interesse, die er sich bei ihr erhofft hatte. Auf die gleiche Weise schaute Huxley einen Zaubererkollegen an, nahm jede seiner Bewegungen unter die Lupe, anstatt die Show zu genießen. Für sie war er eine Kuriosität. Ein Gegenstand.

Die Erkenntnis war ernüchternd.

Er hatte sich in der Betrachtung ihrer Miniaturgemälde verloren und sich vorgestellt, wie Beatrice mit dem Pinsel in der Hand diese kleinen, speziellen Porträts zum Leben erwachen ließ. Seine Mundwinkel hoben sich wieder, Muskeln, die in den letzten Jahren verkümmert waren, bis dieser Knallfrosch mit seinem Umhang hatte kuscheln wollen. Ihre eigenartigen Zeichnungen und ihr Wassermelonengeruch hatten etwas an sich, das ihn berührte, während er in diesem ungewöhnlichen Auto saß, das vollgestopft war mit ihrer Einzigartigkeit.

Bis er einen Parkplatz gefunden hatte und zum Theater gelaufen war, war er zu spät dran. Huxley hasste es, zu spät zu sein. Unpünktlichkeit war ein Zeichen unverantwortlicher Faulheit und schlechter Organisation. Sein Bruder Axel war das Paradebeispiel, wenn es um diese Schwäche ging. Mit eiligen Schritten überquerte er die Straße, blieb dann aber abrupt stehen. Ein Mann in grünem Poloshirt und Cargohose machte Fotos von seinem Theater. Der Mann ließ die Fotokamera sinken, die er um den Hals hängen hatte, und kritzelte etwas auf einen Zettel auf einem Klemmbrett. Kein gutes Zeichen.

Ein Auto hupte. Huxley ging weiter über die Straße und blieb einen Meter hinter dem Fremden stehen. »Kann ich Ihnen behilflich sein?«

Der Mann schrieb unbeeindruckt weiter. Als er sich umdrehte, biss sich Huxley auf die Zunge, um nicht laut loszufluchen. Auf der rechten Seite des grünen Shirts stand der Name *Evans*. Auf der linken Seite las Huxley die Worte, die ihn dazu brachten, die Umsätze seines Bankkontos im Geiste durchzugehen und sich im nächsten Augenblick zu fragen, welche Bauvorschrift der Stadt New Orleans sein Theater gebrochen haben könnte: *Inspektor für städtische Vorschriften*.

»Mein Name ist Larry Evans.« Der Inspektor streckte ihm die Hand entgegen. Huxley erwiderte das Händeschütteln automatisch, während sein Gehirn auf Hochtouren lief. Evans fuhr fort: »Vor einem Monat wurde bei uns eine Beschwerde wegen Verwahrlosung der Fassade dieses Gebäudes eingereicht. Ich dokumentiere die Verstöße. Später wird eine Anhörung angesetzt werden, normalerweise dreißig Tage nachdem wir die Grundbucheinträge überprüft haben. Ich muss schon sagen«, er schüttelte den Kopf mit Blick auf die heruntergekommene Fassade, »da kommt wirklich ein Haufen Arbeit auf Sie zu.«

»Das Ding ist eine Bruchbude.« Edna Lisowsky schlurfte

mit ihrer üblichen Miesepetermiene an ihnen vorbei. Die zweihundert Jahre alte Angestellte arbeitete schon seit der Eröffnung des Theaters am Kartenverkauf. Ihre Brille war doppelt so groß wie ihr Gesicht. Sie besaß keinen einzigen eigenen Zahn mehr. Doch ihr Gehstock mit dem Schlangenkopfgriff konnte auch gern mal als Knüppel benutzt werden, wenn sich aufdringliche Teenager im Eingangsbereich herumdrücken wollten. Die Blagen machten ihnen keinen Ärger.

Selbst Huxley hatte Respekt vor Edna. »Sie können jederzeit von zu Hause aus arbeiten«, sagte er einmal mehr zu ihr. »Ich leite die Anrufe einfach zu Ihnen um. Wir könnten die Verkaufsstelle erst am Nachmittag aufmachen.«

Sie verzog den runzeligen Mund und tippte mit ihrem Stock auf den Bürgersteig. »Mein Mann ist zu Hause. Den ganzen Tag. Jeden Tag. In diesem stickigen Tickethäuschen in diesem verlotterten Theater zu arbeiten ist für mich der reinste Urlaub. Wenn ich recht darüber nachdenke, sollten Sie am besten sieben Tage die Woche öffnen. Das Geld können Sie, weiß Gott, gebrauchen.«

Sie trottete davon, und Huxley fuhr sich mit der Hand übers Gesicht. Er musste weder daran erinnert werden, wie dringend er Geld brauchte, noch daran, wie heruntergekommen das Theater aussah. Seine Probleme stachen ihm jeden Tag ins Auge. Der rot-goldene Putz blätterte an vielen Stellen ab. Die Simse und Stürze zeigten Risse, genau wie die Füße der Schmucksäulen. Zwei der Fenster im ersten Stock waren zerbrochen, die Fassungen der Außenbeleuchtung waren verrostet, und die Risse im Mauerwerk waren vermutlich der Grund, warum es Ratten im Gebäude gab. Dazu kamen noch die defekte Feuerleiter und die verbogene Regenrinne.

Nachdem er jahrelang erfolglos versucht hatte, das Theater auf Vordermann zu bringen, hatte Huxley begonnen, stattdessen die städtischen Vorschriften für Gebäude dieser Art zu studieren, um herauszufinden, was im schlimmsten Fall passieren konnte. Wenn es sich hier um eine Beschwerde wegen Verwahrlosung der Fassade handelte, würde nur das Äußere des Theaters untersucht werden; doch auch das würde ihn hart treffen. Ohne das nötige Kleingeld, um jeden Verstoß zu beseitigen, würden sie ihm einen Vollstreckungsbescheid ausstellen. Die Stadt würde sein Theater pfänden, und der ganze Stolz seines Vaters würde bei einer städtischen Auktion unter den Hammer kommen. Sollte irgendwie herauskommen, dass die Elektrik und die sanitären Anlagen längst nicht mehr auf dem erforderlichen Stand waren, konnten sie ihm den Laden sofort dichtmachen, bis alles repariert war. Zum Glück ging es nur um die Fassade.

Er wandte sich an den Inspektor. »Wer hat denn die Klage eingereicht?«

Evans warf einen Blick auf das Klemmbrett. »Eine gewisse Loretta Welsh.«

Huxley ballte die Hände zu Fäusten. Er kannte keine Loretta Welsh, aber er kannte sehr wohl den Großen Otis Oliphant, der sein linkes Ei dafür geben würde, das Marlow Theater in die Finger zu bekommen. Eine furchtbare Aussicht. Er konnte sich schon genau vorstellen, wie Otis bei einem ihrer Pokerspiele damit angeben würde, sich Huxleys Erbe zum Spottpreis unter den Nagel gerissen zu haben. Wie er es genießen würde, ihm das Messer in der Brust noch einmal herumzudrehen. Die ganze Sache roch verdächtig nach Otis' zuckendem Schnauzer. Was allerdings nichts an seiner misslichen Lage änderte.

Ohne Geld, um das Theater auf Vordermann zu bringen, würde er alles verlieren.

»Alles im Griff«, sagte er zu dem Inspektor, weil er es nicht über sich brachte, seine Geldknappheit zuzugeben. »Ich bin kürzlich an etwas Geld gekommen. Das Theater wird noch vor der Anhörung so gut wie neu sein.« Die Lüge hinterließ einen bitteren Nachgeschmack auf seiner Zunge.

Evans duckte sich unmerklich und zog die Schultern hoch, als rechnete er mit einem Faustschlag. Als keiner kam, entspannte er sich wieder. »Na, das ist doch schön zu hören. Normalerweise werde ich an diesem Punkt angeschrien oder attackiert. Vielleicht lasse ich mir ein wenig mehr Zeit damit, den Bericht einzureichen.«

Es war eine nette Geste, doch Huxley brauchte mehr als nur ein paar zusätzliche Tage, um diesen Schlamassel zu bereinigen.

Er ließ Evans weiter den Todeszeitpunkt des Theaters eruieren und betrat das Gebäude, wobei seine Laune mit jedem Schritt düsterer wurde. Oliphant war ein mieser Hund, der dringend kastriert werden musste, doch die Tatsache, dass Huxley das Marlow Theater so sehr hatte verfallen lassen, war die bitterste Erkenntnis.

Vor seinem Tod hatte Max Marlow vorgehabt, das in die Jahre gekommene Theater zu restaurieren und zu seiner ehemaligen Pracht zurückzuführen.

Doch der Traum war mit dem großartigen Mann gestorben, als er sich Handschellen angelegt und in ein mit Wasser gefülltes Fass eingesperrt hatte. Normalerweise hatte er genügend Platz, sein dramatisches Entkommen zu inszenieren, doch eine Delle im Fass hatte das Schicksal seines Vaters besiegelt.

Zugleich war Huxley in die Rolle des Chefbruders gerutscht, wie Axel ihn oft neckend nannte. Des Verantwortlichen. Des Fordernden. Desjenigen, der nicht einmal ihre erbärmliche Version von einer Mutter dazu überreden konnte, ihnen Geld zu leihen.

Jetzt war das Marlow Theater auf ein einziges hässliches Wort reduziert. Verwahrlosung.

Er brauchte täglich mehr Besucher. Er musste die Einsätze in seinen wöchentlichen Pokerspielen erhöhen. Er brauchte ein verdammtes Wunder.

Und was hatte er stattdessen? Eine neue Assistentin mit Lampenfieber und absolut keiner Erfahrung, deren wunderliche Eigenheiten ihn bereits mehr abgelenkt hatten, als er es sich leisten konnte.

* * *

Bea saß auf der Bühne und ließ die Beine baumeln. Ihr schwirrte immer noch der Kopf, wenn sie an den vergangenen Abend dachte. Als Huxley endlich hereinkam, tat sie so, als würde sie auf ihre nicht existente Armbanduhr schauen. »Sie sind zu spät.«

»Sie tragen immer noch die Klamotten, in denen Sie geschlafen haben«, entgegnete Huxley. »Wo ist Ihr Kostüm?«

Da er sie nicht einmal angeschaut hatte, fragte sie sich, woher er wusste, dass sie noch das Outfit von vergangener Nacht trug. Vielleicht gehörte das zu seinen magischen Fähigkeiten. »Ich bin nicht davon ausgegangen, dass ich für die Probe halb nackt sein müsste. Außerdem ist es hier drinnen kalt.«

»Sie müssen sich an das Kostüm gewöhnen. Wenn Sie es am Abend der Vorstellung das erste Mal tragen, werden Sie sich nicht wohlfühlen.« Während er sprach, stapfte er die Treppe zur Bühne hoch, den Blick auf die Stufen gerichtet. Dann verschwand er hinter einem der seitlichen Vorhänge.

Bea kratzte an der Farbe, die für immer unter ihren Nägeln zu hängen schien. Sie war selbst zu spät dran gewesen und hatte sich Sorgen gemacht, dass er sauer sein könnte. Doch offenbar war sie pünktlicher gewesen als er, was ihr zum ersten Mal passierte.

Bea war die Sorte Mensch, die vergaß, dass eine Minute nur sechzig Sekunden hatte. Es gab einfach jeden Moment so vieles zu entdecken, und dieses Theater strotzte nur so vor faszinierender Dinge. Abgesehen von den alten Postern an den Wänden und den anderen Umkleideräumen mit noch mehr ausgefallenen Kostümen, war sie in einen Raum voller Requisiten gestolpert. Attrappen, Käfige und Federhüte – sie hatte sogar einen Dinosaurierschädel gefunden. Ein Mekka der magischen Kuriositäten. So magisch, dass es ihr in den Fingern juckte und sie schon Hoffnung hatte, ihre kreative Durststrecke könnte ein Ende haben.

Sie stellte sich vor, wie aufregend es wäre, sich nachts ins Theater zu schleichen, um zu malen, vor allem, als sie im ersten Stock ein zerbrochenes Fenster entdeckt hatte – der perfekte geheime Eingang.

Nachts das Theater zu besetzen war vielleicht genau das, was Bea brauchte. Was sie nicht brauchte, war, in diesem frostigen Saal zu proben mit nichts außer einer Art Badeanzug am Körper. Außerdem war es sowieso nicht wichtig, da sie nur zum Schein auf die Abmachung eingegangen war. Sie würde *nie* im Leben vor einem Publikum auf die Bühne gehen, also musste sich Huxley auch keine Sorgen um ihr Selbstbewusstsein machen.

Er war immer noch nicht wieder aufgetaucht, dafür betrat ein anderer Mann in ausgewaschenen Jeans den Saal. Er trug eine dunkle Pilotenbrille, und auf seinem weißen T-Shirt prangte der Aufdruck *Jenius*. Er blieb nur Zentimeter vor ihren baumelnden Beinen stehen. »Sie sind nicht Ashlynn«, stellte er fest.

Sie schaute an sich herunter, als wollte sie sichergehen, dass sie nicht mit jemandem den Körper getauscht hatte. »Nö. Ich bin Bea.«

Er zog die Sonnenbrille ein Stück nach unten und betrachtete sie über den Rand. »Was ist aus Ashlynn geworden?«

Sie nahm an, die mysteriöse Ashlynn war die Assistentin, die Bea ersetzt hatte. »Ich glaube, sie wurde in zwei Hälften gesägt.«

Der Mann nickte, als wäre der Tod durch eine Säge das Natürlichste auf der Welt. »Ich gehe davon aus, der Chef-Bruder hat Sie eingestellt. Ich bin Axel, der Charmeur.«

Er bot Bea eine Hand an, und sie streckte ihm ihre entgegen. Mit glühendem Blick gab er ihr einen galanten Kuss auf den Handrücken.

Axel war in der Tat ein Charmeur, und auch was fürs Auge. Seine rötlichen Augenbrauen waren beide noch vollständig, und seine frisch rasierten Wangen waren narbenfrei, genau wie seine Ohren. Sein starkes Kinn und sein definierter Bizeps waren durchaus attraktiv, aber sie verspürte trotzdem den Wunsch, Huxley suchen zu gehen. Um noch einen Blick auf den Chefbruder zu werfen, der ihr eine Zahnbürste gekauft und sie mit seinem Umhang zugedeckt hatte. Außerdem hatte sie keinerlei Motivation, Axels makelloses Profil zu zeichnen.

Er nahm die Sonnenbrille ganz ab und steckte sie sich in den Ausschnitt des Shirts. »Für wen haben Sie bisher gearbeitet?«

Sie betrachtete den abplatzenden Putz an der Decke und ging im Geist ihren Lebenslauf durch. Nicht gerade erheiternd, doch sie erlaubte sich nicht, trübsinnig zu werden, sondern plapperte einfach los. »Kommt drauf an, wie weit Sie zurückgehen wollen. Da waren zum Beispiel die Debrovskys und die Wheeler-Familie. Die Debrovskys hatten einen Whirlpool, was das Babysitten dort deutlich angenehmer gemacht hat, dafür gab es bei den Wheelers immer einen riesigen Vorrat an Süßigkeiten. Ich habe jahrelang immer wieder für Ace Painters gearbeitet, für die ich Innen- sowie Außenwände gestrichen habe, allerdings nur, wenn die Besitzer es gern in Regenbogenfarben haben wollten. Von Beige bekomme ich Ausschlag. Meine Liste an Kellnerinnenjobs ist lang, vor allem, weil ich ...«

»Einen Moment, Regina Regenbogen«, unterbrach sie Axel, der aussah, als müsste er ein Grinsen unterdrücken. »Ich meinte nur Berufserfahrung, die mit Zauberei zu tun hat, bitte. Ihre gesamte Lebensgeschichte interessiert mich nicht. Sagen Sie mir einfach, bei welchen Shows Sie mitgewirkt haben.«

Ihr Blick verschleierte sich an den Rändern, und sie drückte sich die Handflächen gegen die Schläfen. Es half nicht wirklich. »Bei keinen.«

»Keinen?«

»Nada.«

Axel war das Grinsen vergangen. »Und Huxley hat Sie eingestellt?«

»Jep. Das hat der Chefbruder getan.« Ihre Gelenke schienen demselben Streik beizutreten wie ihr Kopf, alle Glieder wurden auf einmal so schwer. »Ist es okay, wenn ich mich kurz hinlege?« Ohne auf eine Antwort zu warten, legte sie sich auf die Seite und zog die Knie an den Körper. Heute war kein Tag fürs aufrechte Stehen.

Wieder hörte sie Schritte vom Eingang kommend. Der Besitzer des trägen Ganges tauchte neben Axel auf. Er hinterfragte weder Beas horizontalen Zustand, noch wollte er wissen, wer sie war. Er starrte sie einfach so lange an, bis ihr die Augenlider zufielen. Dann fragte er: »Wie kommt Huxley dazu, Ashlynn durch eine betrunkene Malerin zu ersetzen?«

Sie zwang sich, die Augen zu öffnen. »Ich bin nicht betrunken.« Sie hasste es, irgendwas mit ihrem Vater gemein zu haben, und das Wort *betrunken* charakterisierte den Mann, dessen Spiel- und Alkoholsucht dafür verantwortlich waren, dass Bea, anstatt die Highschool abzuschließen, hatte arbeiten müssen.

Der Neuankömmling zog zweifelnd die Augenbrauen hoch.

Sie erwiderte die Augenbrauen und erhöhte um einen bösen Blick. »Ich bin schlaftrunken, zu Ihrer Information, weil ich Erkältungsmedizin mit Martini gemischt habe. Und woher wissen Sie, dass ich Malerin bin?«

»Ignorieren Sie Fox«, sagte Axel. »Er ist Gedankenleser und tritt als Mentalist auf. Er ist der Clevere.«

Wohl eher der Heimtückische. Im Gegensatz zu Axel mit seinem unordentlichen Schopf dichter hellbrauner Haare und seinem legeren Kleidungsstil wurden Fox' ernste Miene und seine verschlagenen Gesichtszüge noch unterstrichen von dem maßgeschneiderten schwarzen Anzug und seinem streng nach hinten gebundenen Pferdeschwanz.

Sie blinzelte die beiden zur Seite gedrehten Gestalten an. »Also, Max ist Ihr Vater, und dann gibt es noch Huxley und Axel und Fox ... ich glaube, ich erkenne hier ein Muster.« Da sie mit dem Namen Beatrice gestraft war, hatte sie sich schon immer für die Namen anderer Leute interessiert.

Axel kratzte sich träge die Brust. »Unsere anderen Brüder heißen Paxton und Xander. Unser guter alter Vater hat den Buchstaben X für einen unterschätzten Konsonanten gehalten.«

Sie lächelte. Einen zu wenig benutzten Konsonanten übermäßig zu benutzen war so verschroben, dass es schon wieder perfekt war. »Sie hätten sich …«

»Der Name war bereits vergeben«, unterbrach sie Fox, ehe sie vorschlagen konnte, dass sie ihr magisches Ensemble *X-Men* nannten. Er war tatsächlich ein Gedankenleser.

Dann verfiel er wieder in sein stilles Starren.

Axel strahlte sie an. »Sie werden hier gut reinpassen. Wo ist Hux denn hin?«

Sie zog die Knie enger an sich und gähnte. »Kann ich nicht sagen. Er kam zu spät zu unserem Treffen und ist dann einfach verschwunden. Er war wütend, dass ich nicht mein Kostüm trage.«

Axel legte den Kopf schief, um ihr besser in die Augen sehen zu können. »Haben Sie gerade gesagt, Huxley war zu spät?«

Sie gähnte wieder. »Allerdings. Wie bei einem schlechten ersten Date.«

Er wandte sich Fox zu. Der bemühte seine Gedankenleserfähigkeiten und nickte dann. »Ja.«

Bea versuchte, ihrem einseitigen Gespräch zu folgen, in dessen Verlauf Axel sich besorgt über Huxleys Unpünktlichkeit zeigte, während Fox eine überaus gelungene Darstellung einer Mauer ablieferte. Offensichtlich war Huxley normalerweise ein ziemlicher Pedant, wenn es um Pünktlichkeit ging. Vermutlich generell, wenn sie hätte raten sollen.

Je länger Axel sprach, desto schwerer wurden ihre Augenlider. »Ist es okay, wenn ich mich noch ein bisschen hinlege?«

»Sie liegen doch schon«, erwiderte Axel.

Sie tätschelte den harten Bühnenboden. »Das Klappbett in

der Umkleide ist doch noch ein klein wenig bequemer. Ich mache nur schnell ein Nickerchen.«

Fox sagte nichts dazu.

Axel zuckte mit den Schultern. »Wenn es Ihnen nichts ausmacht, später mit einem verärgerten Huxley umgehen zu müssen.«

Aus Huxley wurde sie noch nicht schlau. Gestern Abend war er im Flirtmodus gewesen, heute Morgen nett, wenn auch ein wenig unwirsch, und vorhin ziemlich unfreundlich. Sie konnte sich gut vorstellen, dass sich das noch verschlimmern konnte, doch ihr Körper war so schwer, und der Schmerz hinter ihren Schläfen vernebelte ihr den Blick. Ein klein wenig mehr Schlaf war es ihr wert, den Brummbären zu ärgern.

Kapitel 5

BEA ERWACHTE ZU lauter Partymusik. Sie brauchte einen Moment, bis sie wieder wusste, warum sie in einem Umkleideraum war und dass sie eigentlich proben sollte und nicht schlafen. Zumindest fühlte sie sich wieder halbwegs wie ein Mensch. Anstatt des Umhangs war eine alte Wolldecke über sie gebreitet, an die sie sich gar nicht erinnern konnte, und Technobeats wummerten durch die Wände. Sie wippte mit den Zehen und bewegte die Hüfte, so gut es in ihrer liegenden Position eben möglich war. Wenn sie Musik hörte, musste sie einfach tanzen, es war wie eine Krankheit.

Während sie mit dem Kopf nickte, setzte sie sich auf.

Ein Blick in den Schminkspiegel ließ vermuten, dass ihr geplantes Nickerchen eher ein Tiefschlaf gewesen war. Die Kissenabdrücke auf ihrer Wange waren alles andere als attraktiv. Sie kramte in ihrer Handtasche und schob sich ein Minzbonbon in den Mund und verpasste ihren Lippen eine frische Schicht aus Wassermelonen-Lipgloss. Beignets plus Kopfschmerztabletten plus ihre Lieblingslippenpflege – und schon fühlte sie sich nicht mehr, als würde sie unter Wasser treiben. Frische Kleidung hätte ihre Wiederherstellung komplett gemacht, aber sie war trotzdem so gut wie bereit, es mit der Welt aufzunehmen.

Oder zumindest würde sie herausfinden, wo die laute Musik herkam.

Ehe sie losging, checkte sie ihr frisch aufgeladenes Handy und erstarrte. Sie hatte keine neuen Nachrichten, doch das heutige Datum schien ihr entgegenzuspringen wie eine Erinnerung an die Vergangenheit, die sie gehofft hatte, in Chicago hinter sich gelassen zu haben. Durch das Herumreisen und ihre fehlende Arbeitsroutine war sie sich des Datums gar nicht bewusst gewesen. Doch jetzt konnte sie es nicht mehr ignorieren.

Heute war der Tag, den sie mit Big Eddie als Termin für die Rückzahlung der Schulden ihres Vaters ausgemacht hatte. Sie hatte immer noch keine Ahnung, woher sie den Mut genommen hatte, dem Kredithai ihres Vaters entgegenzutreten, ganz zu schweigen davon, dass sie sogar gewagt hatte, mit ihm zu verhandeln. Die Bar, in der sie sich getroffen hatten, war die Art Bar, die in den Spätnachrichten normalerweise mit den Schlagzeilen *Schusswechsel* und *Großrazzia* in Verbindung gebracht wurde. Big Eddie war bei ihrem Anblick aufgesprungen und hatte sie mit offenem Mund angestarrt, bis sie sich vorgestellt hatte.

Sofort hatte er die Lippen gekräuselt. »Natürlich hat er Sie geschickt.«

Bea wäre fast auf ihren Pfennigabsätzen davongestürmt, hatte sich dann aber ihren Vater vorgestellt, wie er brutal zusammengeschlagen wurde, und sich zu bleiben gezwungen. Sie plapperte drauflos, von Franklyn Bakers Spielsucht und seinem Alkoholproblem, und flehte ihn an, Milde walten zu lassen. Sie versprach Big Eddie, die Zehntausend, die ihr Vater ihm schuldete, über zehn Jahre verteilt zurückzuzahlen. Eine Notlüge, um ihrem Vater Zeit zu verschaffen, damit er an Geld kommen konnte. Big Eddie starrte sie so lange an, dass ihr schon der Schweiß die Wirbelsäule hinunterfloss. Weil sie nicht wusste, was sie sonst tun sollte, rang sie sich ein klägliches Lächeln ab.

Er hatte nur »Scheiße« gemurmelt, der Blick undurchdringlich, ehe seine dunklen Augen wieder hart geworden waren. »Sie können Ihrem Vater ausrichten, sein Plan ist nicht aufgegangen. Seine Schulden sind jetzt Ihre, und die Deadline bleibt bestehen. Zehntausend plus zusätzliche Fünf an Zinsen. Und glauben Sie ja nicht, dass ich es nicht ernst meine. Für jeden Tag, den Sie zu spät sind mit der Zahlung, werden Sie einen Finger verlieren.«

Da sie das Geld nicht hatte, war sie auf Nicks New-Orleans-Vorschlag eingegangen und hatte die Stadt verlassen. Sie hatte dringend einen Neustart gebraucht, der weder mit ihrem Vater noch seinem Kredithai zu tun hatte. Das heutige Datum war entweder der Start dieses Neuanfangs oder eine tickende Uhr, die ihr Ende einläutete.

Da sie keine Lust hatte, sich weiter mit der Vergangenheit aufzuhalten, stand sie auf. Sie hatte ihren Weggang aus Chicago so vertraulich wie möglich behandelt und ihre Handynummer gewechselt. Dank ihres Vaters besaß sie auch keine Kreditkarte mehr. Sie hatte sogar das GPS an ihrem Handy ausgeschaltet. Es war Zeit, sich auf ihre Zukunft zu konzentrieren – und auf die Tranceklänge, die ihr in den Ohren wummerten, anstatt auf die nicht wiedergutzumachenden Fehler ihres Vaters.

Bea folgte der Musik durch den engen Flur. Als sie bei der Bühne angekommen war, versteckte sie sich hinter dem großen roten Samtvorhang und schielte nach draußen.

Wenn das das Publikum war, das die Fabelhaften Marlow Boys üblicherweise anzogen, war das Auftreten auf der Bühne vielleicht gar nicht so furchtbar, wie sie gedacht hatte. Sechs

Rentner saßen in der Mitte des abgedunkelten Saals, zwei davon waren am Einnicken, die anderen vier schienen eh schon halb tot zu sein. Ein paar Familien waren noch auf den restlichen Plätzen verteilt, bestehend aus Teenagern, die an ihren Handybildschirmen klebten, während die meisten Erwachsenen der Bühne nur flüchtig ihre Aufmerksamkeit schenkten.

Es erschien ihr nicht angebracht, ihre erste Marlow-Boys-Show von der Seite zu sehen, also schlich sie sich auf dem gleichen Wege zurück, den sie gekommen war, und irrte herum, bis sie den Eingang zum Zuschauerraum gefunden hatte. Leise schob sie sich auf einen Sitz, doch er gab auf einer Seite nach, sodass sie fast zu Boden gegangen wäre. Sie rutschte schnell nach links auf den nächsten Platz und betrachtete den dunklen Saal, auf der Hut vor Big Eddie oder irgendeinem anderen widerwärtigen Subjekt. Doch dann schalt sie sich selbst für ihre Paranoia. Sie war nicht zu finden, und ihr Vater hatte Big Eddie inzwischen vermutlich selbst ausbezahlt. Der Mann landete immer wieder auf den Füßen.

Sie zwang sich, das Spektakel auf der Bühne zu verfolgen.

Eine Milchstraße aus Sternen zierte den schwarzen Vorhang hinter den drei Brüdern. Nur Huxley trug Umhang und Zylinder und stolzierte auf der Bühne auf und ab. Wenn er sich bewegte, wirbelte der Umhang hinter ihm her. Schweigend kommunizierte er mit seinen Brüdern, die sich daraufhin rechts und links neben die sargähnliche Kiste in der Mitte der Bühne stellten.

Sie musterte die Vorrichtung misstrauisch.

Huxley hatte behauptet, er schlafe nicht in einem Sarg, allerdings war seine Aussage eher vage geblieben. *Ein Bett ist mir lieber*, hatte seine Antwort gelautet. Vielleicht war er doch ein Vampir. Ein blutsaugender, ewig lebender, Knoblauch

hassender Untoter. Sie würde seine Haut auf Glitzer unter-
suchen müssen.

Der Technosound wurde psychedelisch. Auf der Bühne
deutete Huxley auf die Sargkiste, während Axel und Fox sie
immer wieder zwischen sich drehten, um zu zeigen, dass es
keine Klappe als Fluchtmöglichkeit gab.

Auch wenn alle Männer schwarze Hosen trugen und vor
Charisma nur so strotzten, hatte jeder seine eigene Persönlichkeit. Huxley in seinem goldfarbenen Hemd bewegte sich
voller Autorität, die breiten Schultern gestrafft, den Kopf
hoch erhoben. Axel war ganz der selbstbewusste Charmeur,
mit seinem blutroten Hemd und dem gewinnenden Grinsen.
Fox dagegen besaß eine leichtfüßige, katzenhafte Eleganz,
während er sein Gedankenlesen aufführte. Sein hochge-
schlossenes Hemd war natürlich tiefschwarz. Sie waren ein
gutes Team.

Bis sie aufhörten, den Sarg zu drehen.

Einer der Scheinwerfer schlug Funken. Ein Kind rannte
den Gang entlang und beschwerte sich über die Musik. Ein
Handy klingelte. Huxley erstarrte, und aus seinen abgehack-
ten Bewegungen sprach Frustration. Entweder hatte er Bea
nicht bemerkt, oder er ignorierte sie.

Er straffte die Schultern und ging ein letztes Mal um die
schwarze Kiste herum, doch auch Fox ging nach hinten,
sodass sie mit den Schultern aneinanderstießen. Huxley
knirschte sichtbar mit den Zähnen. Fox schloss für einen kurzen Moment die Augen. Zu wummernden Bässen fuhr Huxley mit der Show fort. Er öffnete das obere Drittel der Kiste.
Fox kletterte hinein und versuchte sich hinzulegen. Was
bedeutete, dass er seinen langen Körper hineinfaltete. Sein
Pferdeschwanz blieb an der Kante hängen, und es sah so aus,
als hätte er sich das Knie angeschlagen.

59

Endlich schauten seine schwarzen Brogues unten aus der Kiste heraus, und er bewegte sie. Sein verzogenes Gesicht ließ darauf schließen, dass das normalerweise nicht seine Rolle war. Vermutlich war es Ashlynns Rolle. Was bedeutete, dass es jetzt Beas war. Sie kaute nervös auf der Unterlippe.

Wäre sie nun dort oben, müsste Huxley nicht wegen Fox die Stirn runzeln, und Fox müsste sich nicht verbiegen, um in einen viel zu kleinen Sarg zu passen. Beas Bühnenfähigkeiten hätten die Marlow-Brüder zwar nicht gerade stolz gemacht. Sie hätten ihren vor Lampenfieber erstarrten Körper mit vereinten Kräften in die Kiste stopfen müssen. Dennoch – sie zu sehen, wie sie sich abmühten, ließ sie ihre Entscheidung, die Assistentinnenpflichten zu umgehen, noch einmal überdenken. Freunden in Not zu helfen war ihr fast ebenso heilig, wie alles Beigefarbene zu meiden. Außerdem wollte sie sich gern bessern, eine Begleiterscheinung davon, ihrem Vater dabei zuzusehen, wie er immer den Weg des geringsten Widerstands wählte.

Sie war sich nicht sicher, ob Huxley ein Freund war, aber in diesem fast leeren Theater aufzutreten konnte ihr dabei helfen, ihr Lampenfieber zu besiegen.

Ein lautes Schnarchen ertönte. Ein kurzer Blick bestätigte ihr, dass nun vier der sechs Rentner dösten. Zugegeben, die Darbietung hatte gerade einen kleinen Hänger, und die Musik war schmerzhaft überholt, aber die Jungs waren faszinierend und mysteriös. Wie konnte man ihnen nicht mit angehaltenem Atem zusehen?

Sie rutschte auf ihrem wackeligen Sitz herum, während Huxley und Axel den Sarg wieder zu drehen begannen. Fox bewegte die Füße, um zu beweisen, dass es auch seine waren. Das Drehen hörte auf. Axel reichte Huxley eine massive Metallplatte. Die beiden reichten sie vor und zurück, schlugen gegen die Seite und drehten sie hin und her. Die Musik änderte den Rhythmus und war jetzt halb Porno, halb Techno. Huxleys Umhang wölbte sich, als er herumwirbelte und sich hinter dem Sarg positionierte, die Metallplatte hoch über den Kopf erhoben. Bea presste die wippenden Knie zusammen und lehnte sich nach vorne.

Huxley stellte sich breitbeinig hin und ließ das Metall hinabsausen wie eine Axt in den Holzblock. Bea schnappte hörbar nach Luft. Er hielt inne, kurz bevor die Platte den Sarg berührte … und sah sie direkt an. Seine Mundwinkel zuckten. Er wandte seine Aufmerksamkeit wieder seinem eingesperrten Bruder zu und wiederholte den Schwung mit den Armen – nur um wieder kurz vorher abzubremsen. Bea erschrak jedes Mal. Sie war sich nicht sicher, wann sie sich die Hand aufs Herz gelegt hatte. Ein Junge mit raspelkurzen Haaren klatschte begeistert. Huxley zwinkerte dem Kind zu.

Als er die Platte das vierte Mal in die Luft hob, ließ er den Blick über das Publikum schweifen. »Das könnte jetzt ein bisschen wehtun.«

Sein teuflischer Tonfall ließ Bea erschaudern, und ihr Herz raste vor Aufregung. Sie war sich nicht sicher, ob eine derartige Aufregung nur einen Tag nach dem Ende einer Beziehung schon angebracht war, aber sie konnte es nicht ändern. Sie war aufgeregt und stellte sich insgeheim vor, dass ebenjene düstere Stimme ihr etwas ins Ohr flüsterte.

Die Platte sauste herab und schnitt den Sarg in zwei Hälften. Sie quietschte vor Schreck.

Axel und Huxley zogen die Teile des Sarges auseinander. Der zerteilte Fox drehte den Kopf und grinste ins Publikum. Er streckte die Zehen und zog sie wieder an. Huxley ging zwischen den zwei Körperhälften hindurch, und Bea konnte sich nicht beherrschen. Sie klatschte wie wild, und auch wenn

Fox' halbierter Zustand sie schockierte, war sie gleichzeitig fasziniert. Ihre Gesichtsmuskeln schmerzten schon vom Grinsen.

* * *

Huxley konnte sich nicht erinnern, wann ihm eine Vorstellung das letzte Mal einen solchen Spaß gemacht hatte. Das Publikum war zwar ziemlich jämmerlich. Fox war außer sich gewesen, dass er für Ashlynn hatte einspringen müssen. Sie hatten ein Kind dafür bezahlen müssen, dass es sich in die Kiste faltet, um Fox' Füße darzustellen. Und doch fühlte sich Huxley wie ein Riese. Er führte seine Nummer mit den wieder auftauchenden Dollarscheinen mit Bravour auf. Er schoss Feuer aus seinen Händen und ließ die Tauben fliegen, als würde er Tausende im Superdome unterhalten.

Und alles nur wegen Beatrice.

Sie quietschte und zuckte zusammen und klatschte wie ein Kind an Weihnachten. Das Feuer in seinen Händen hätte genauso gut in seiner Brust brennen können.

Nach der Show trieb ihn Axel hinter der Bühne in die Enge. »Fox kocht vor Wut.«

»Ich weiß.«

»Und das Publikum war eine Katastrophe.«

»Das stimmt.« Abgesehen von einer Rothaarigen, die sich einen Ast gefreut hatte. Und dem süßen Jungen, dessen Mund die gesamte zweite Hälfte offen gestanden hatte. Selbst mit diesen unerwarteten Ablenkungen spürte er, wie seine gute Laune ihn wieder verließ und seine Probleme ihm erneut im Nacken saßen.

»Ich weiß nicht, wie lange ich das noch ertrage«, sagte Axel, während er sein rotes Hemd aufknöpfte. »Wir müssen was ändern, frischen Wind reinbringen. Und wenn du mir jetzt wieder damit kommst, dass wir Dad ehren müssen und dass er die Show in seinem Theater auf diese Art wollte – blablabla, kotz –, dann haue ich dir eine rein.«

Huxley nahm seinen Zylinder ab und kratzte sich am Kopf. »Wir haben gerade größere Probleme, als frischen Wind in die Show zu bringen.«

Er hatte noch nichts von seinem morgendlichen Zusammentreffen mit dem Inspektor erzählt. Seine Brüder wussten, dass das Theater dringend renoviert werden musste, aber Huxley hatte noch nie durchblicken lassen, wie ernst die Lage tatsächlich war. Sie wussten nicht, wie hoch der Stapel an Rechnungen sich türmte oder dass er Mühe gehabt hatte, Ashlynn zu bezahlen. Wenn sie Fragen zum Stand der Dinge stellten – besonders Fox wollte immer alles ganz genau wissen –, wischte er ihre Bedenken immer mit ausweichenden Antworten über Pläne und Geld, das reinkam, weg. Er war der älteste Bruder. Das Theater war ihm überlassen worden. Es war seine Verantwortlichkeit.

Anstatt ihnen zu erzählen, dass die Sache außer Kontrolle geraten war, hatte er den ganzen Tag vor sich hin gegrübelt. Er war in die Umkleide marschiert, bereit, Beatrice das nächste Ultimatum zu stellen: die Polizei oder ihre Dienste als Assistentin. Wenn sie nicht richtig am Start war, machte es auch keinen Sinn, sie einzuarbeiten. Doch als er sie zusammengerollt und tief schlafend vorgefunden hatte, verwarf er seine Pläne wieder. Sie hatte so friedlich ausgesehen, das Gegenteil seines auseinanderfallenden Lebens. Also hatte er stattdessen eine Decke über sie gebreitet und ihr länger beim Schlafen zugesehen, als höflich gewesen wäre, ohne zu wissen, warum er nicht gehen wollte.

Schließlich hatte er sich aufgerafft und war eine Weile mit

dem zerkratzten Mustang durch die Gegend gefahren, gefolgt von einer Session mit der Trickkiste seines Vaters. Er hatte über der kleinen Box gehockt, in der Hoffnung, seine Rettung darin zu finden. Doch danach hatte er weder einen Plan, noch lag ihm die Welt zu Füßen – und er sah keine Möglichkeit, die Anzeige wegen Verwahrlosung vor seinen Brüdern zu verheimlichen.

Axel zog sein Hemd aus, seine abendliche Routine. Die Schlange, die um seinen Brustkorb tätowiert war, schien sich zu bewegen, als er sich streckte. »Ich wage kaum zu fragen, aber was könnte schlimmer sein, als auf der Bühne aufzutreten, während die Zuschauer Candy Crush auf dem Handy spielen?«

»Wir könnten das Theater verlieren.«

Axel hielt in seinen Jane-Fonda-Bewegungen inne. »Wie meinst du das?«

Ehe Huxley antworten konnte, trat Fox dazu, das Gesicht immer noch griesgrämig wegen seiner ungewollten Assistententätigkeit. Er verschränkte die Arme und musterte seine Brüder. Dann verzog er den Mund. »War es Oliphant?«

»Das wäre auch meine Vermutung gewesen.« Wie üblich war es angenehm, Fox nicht viel erklären zu müssen.

Axel wedelte mit seinem Hemd vor ihnen herum, als wollte er sie daran erinnern, dass er auch noch da war. »Würde es euch beiden etwas ausmachen, mich einzuweihen?«

Huxley fummelte an der Krempe seines Zylinders herum. Der Hut war ihm ein klein wenig zu groß, genau wie der Umhang. Und wie die Verantwortung, das Theater zu leiten und dafür zu sorgen, dass seine Brüder bezahlt wurden. Und dann erzählte er ihnen von der Anzeige wegen Verwahrlosung und von den Kosten, die es verursachen würde, die

Fassade ihrer Immobilie zu renovieren, vor allem, wenn es unter Zeitdruck passieren musste.

Axel sah jetzt genauso giftig aus wie die Schlange auf seiner Haut. »Zunächst einmal bist du ein Arschloch, dass du es uns nicht gleich erzählt hast. Und sollte Oliphant hinter dieser Anzeige stecken, werde ich dieses Theater mit Termiten füllen.«

»Tatsache ist«, erwiderte Huxley, »dass es nichts zur Sache tut. Das Gebäude ist heruntergekommen. Es ist wirklich nicht schön anzusehen, und das ist nicht akzeptabel. Ich nehme das als den Antrieb, den ich gebraucht habe, um die Sache endlich anzugehen. Ich habe alles unter Kontrolle.«

Fox fixierte einen unbestimmten Punkt über ihren Köpfen. »Was den Arschloch-Teil angeht, stimme ich Axel zu, und du hast leider nichts unter Kontrolle. Wenn Oliphant der Übeltäter ist, wird er nicht noch mehr Pokerspiele riskieren. Also, außer du hast gelernt, wie man Geld aus der Luft erscheinen lässt, stecken wir ernsthaft in Schwierigkeiten.«

Fox kannte nicht einmal die halbe Wahrheit, und Huxley hatte nicht vor, daran etwas zu ändern. Das letzte Mal, als die Lage ähnlich prekär war, hatten seine Brüder vorgeschlagen, das Theater zu verkaufen. »Oliphant ist immer schnell dabei, wenn es darum geht, den Einsatz zu erhöhen, und außerdem habe ich noch ein weiteres Ass im Ärmel.« Das war gelogen, aber er war inzwischen gut darin, Fox in die Augen zu blicken und Selbstbewusstsein vorzutäuschen.

»Wir müssen die Show modernisieren«, wiederholte Axel dieselbe Beschwerde, die sich Huxley schon seit Jahren anhören musste.

Der Fabelhafte Max Marlow hatte nie für Modernität gestanden. Er war der Typ fürs Klassische. Das Elegante. Er würde von Huxley erwarten, dass er die Familientradition fortführte.

»Mehr Shows«, entgegnete Huxley und folgte damit Ednas simplem Ratschlag. Ihre Kartenverkäuferin mochte eine alte schrullige Frau sein, die ihre Nase zu oft in fremde Angelegenheiten steckte, aber sie konnte auch gerissen sein. »Wir erhöhen von fünf auf sieben Tage, und zwar ab nächster Woche. Mit meinen anderen Plänen zusammen wird es dann ein Kinderspiel sein, die Reparaturen zu bezahlen.«

»Ich kann dir sechs Tage anbieten, nicht sieben«, widersprach Axel. »Den Straßenmagier-Auftritt am Montag kann ich nicht aufgeben. Aber ich werde auch diese Shows aufmotzen und meine Einnahmen beisteuern.« Seine schnelle Zustimmung nahm etwas Spannung raus.

»Sechs Tage würden bei mir auch gehen, aber …«, Fox fixierte Huxley mit strengem Blick, »… du musst uns auf dem Laufenden halten. Und ich bringe auch rein, was ich kann.«

Huxley ignorierte den Seitenhieb und ging stattdessen selbst in die Offensive. »Keine Taschendiebstähle.«

Fox schwieg.

»Huxley?«

Alle drei drehten sich nach Bea um. Sie hatte eine klangvolle Stimme – unschuldig in ihrer hohen Tonlage, leicht gehaucht, wenn sie etwas fragte. Wie jetzt. Die Jungs nahmen das zum Stichwort, sich in ihre Umkleiden zurückzuziehen, mit dem Versprechen, über die Probleme des Theaters nachzudenken. Huxley brauchte dringend mehr Stunden in seinem Tag.

Er musste mit einer Baufirma sprechen, Geld zusammenkratzen, um eine Anzahlung zu leisten und dann den Restbetrag aufzuschieben, während er vor dem nächsten Pokerspiel das Kartenzählen und -mischen üben musste. Und zu allem

Überfluss musste er auch noch seine neue Assistentin einarbeiten. Erschöpfung machte sich in ihm breit.

Er verließ die ruhige Ecke und gesellte sich zu Beatrice, die am Bühnenrand stand. »Sie haben Ihre Probe verpasst.« Er hätte ihr lieber gesagt, dass ihre Begeisterung wieder Leben in das schäbige Theater gebracht hatte, aber die Worte blieben unter seinen Problemen stecken.

Sie zupfte am Saum ihrer gepunkteten Bluse herum. »Gestern Abend war offensichtlich nicht leicht für mich, und ich denke, ich war emotional nicht ganz zurechnungsfähig. Es wird nicht wieder vorkommen. Aber danke, dass Sie mich zugedeckt haben. Ich gehe mal davon aus, dass Sie das waren.«

»Das stimmt.« Er war es auch gewesen, der ihre Privatsphäre verletzt hatte, als er nicht in der Lage gewesen war, sich vom Anblick ihres leicht geöffneten Mundes zu lösen, als sie geschlafen hatte. Er hätte sie gern gefragt, ob es ihr besser ging, aber er wollte nicht sprechen. Er wollte zuhören und ihre süße Stimme seine Sorgen bedecken lassen.

Und sie tat ihm den Gefallen. »Ihre Show war großartig. Ich meine, der Umhang ist spektakulär, genau wie ich es mir vorgestellt hatte. Der Zylinder genauso. Aber wie Sie Fox zersägt haben, das Feuer und die Tauben, und überhaupt, wie Sie alle die Bühne im Griff hatten – es war faszinierend. Ich hatte nicht mehr so viel Spaß seit … na ja, noch nie. Ich hoffe, Sie wissen, wie überwältigend magisch Sie sind.«

»Überwältigend magisch?«

»Am überwältigendsten.«

Er trat näher an sie heran, wobei er das Gefühl hatte, auf Wolken zu gehen. Ein magischer Trick, den er noch nie aufgeführt hatte. »Haben Sie immer noch Angst, auf der Bühne zu stehen?«

Sie kaute auf ihrer glänzenden Unterlippe. »Ja? Aber die Zuschauer waren anders, als ich es erwartet hätte. Ich wäre bereit, es zu versuchen.«

Die Erinnerung an das kümmerliche Publikum ließ seine Sorgen erneut aufflammen, genau wie seine Motivation. »Wir haben jetzt zwei Tage Zeit zu proben, dann erhöhen wir die Anzahl der Shows von fünf pro Woche auf sechs. Ich werde Sie so sanft wie möglich an die Sache heranführen, aber Sie werden hart arbeiten müssen. Je mehr persönliches Flair Sie einbringen, desto besser.«

Sie vollführte eine Pirouette. »Flair kann ich.« Aber als ihr Blick auf den Zuschauersaal fiel, erbleichte sie sichtlich. Sie nieste. Wie ein spitzes, hohes Piepsen.

Selbst ihr Niesen war süß. »Gesundheit.«

»Danke«, erwiderte sie, aber ihre Augen waren unnatürlich geweitet.

Ihr Lampenfieber, nahm er an. Er konnte es sich nicht leisten, eine Assistentin zu bezahlen, und Fox als Ersatz zu missbrauchen führte bei seinem Bruder zu heftigen Wutanfällen. Beatrice und ihre Ängste mussten ausreichen. »Ihr Auto steht auf der anderen Straßenseite«, sagte er. »Vor Odels Lebensmittelladen. Aber morgen können Sie meinen Parkplatz hinter dem Theater nutzen. Die Proben beginnen um zehn Uhr morgens. Wir werden allein sein. Fox und Axel kommen am Dienstag dazu. Gleiche Zeit. Seien Sie pünktlich.«

Sie betrachtete ihre glänzenden rosa Schuhspitzen, die aufeinander gerichtet waren, als würde sie ihr Gehen hinauszögern. »Dann bis morgen«, sagte sie schließlich und ging dabei rückwärts. »Ich übernachte bei einer Freundin, die ganz in der Nähe wohnt, ich kann also einfach aus dem Bett fallen und auf der Bühne landen. Die Uhrzeit sollte kein Problem sein.« Sie unterstrich ihren Kommentar mit einem breiten Grinsen.

Er nickte, weil er es immer noch vorzog, ihr zuzuhören.

»Sie dagegen sollten auch nicht zu spät kommen«, fügte sie hinzu.

»Ich komme nie zu spät.«

»Doch, heute Morgen schon.«

»Das war das erste Mal in meinem Leben.« Weil er in ihrem Auto gesessen und ihre verrückten kleinen Gemälde betrachtet hatte, eingehüllt von ihrem Wassermelonenduft.

Sie winkte ab. »Lügner.«

Ein Lügner war Huxley Marlow mit Sicherheit nicht. »Wollen wir wetten?«

Sie blieb abrupt stehen, ihre Miene war schlagartig ernst. »Ich wette nicht.«

»Auch nicht, wenn es sich lohnt?« Er sollte sie nicht locken. Oder flirtete er? Auch etwas, das er nicht tun sollte, wo er öfter barsch als freundlich zu ihr gewesen war. Aber zum Teufel, sie war wunderschön. Einzigartig mit ihrem Fünfzigerjahre-Flair und ihrer süßen Unschuld. Das hatte er ihr auch schon gesagt, als sie sich das erste Mal begegnet waren, doch seitdem war nichts nach Plan verlaufen.

Sie lächelte nicht zurück und erwiderte erst recht nicht seinen schwachen Flirtversuch. »Ich wette nicht«, verkündete sie knapp. »*Niemals.*«

Kapitel 6

»ENTSCHULDIGUNG, HAST DU gesagt, fünfzehntausend Dollar?« Huxley tigerte auf dem Bürgersteig auf und ab, nicht in der Lage, seinen sich überschlagenden Puls zu normalisieren.

Trevor ließ das ausfahrbare Maßband einschnappen. »Ich würde dich doch nie abzocken, Hux. Aber ich muss meine Jungs auch bezahlen, und hier gibt es eine Tonne Arbeit. Wäre mein letzter Auftrag nicht gerade storniert worden, könnte ich dir nicht einmal zusagen.«

Dass er vor fünf Jahren beobachtet hatte, wie Trevors Armbanduhr von einem Taschendieb gestohlen wurde, hatte sich für Huxley schon öfter ausgezahlt, besonders da das Erbstück einen hohen emotionalen Wert besaß. Um Trevor die Uhr zurückzugeben, hatte Huxley wiederum dem Taschendieb die Taschen geleert – eine Fähigkeit, die er Fox nie hätte beibringen sollen, der auf den Straßen oft unterwegs war wie ein moderner Robin Hood von New Orleans. Huxley bot den Service selten an, weil er es vermeiden wollte, mit den Kleinkriminellen aneinanderzugeraten, die sich an den Unschuldigen vergriffen, doch an jenem Tag hatte sein Instinkt die Kontrolle übernommen.

Jetzt schuldete Trevor ihm etwas. Huxley hatte den Gefallen noch nicht eingelöst, weil er darauf gewartet hatte, bis es sich richtig lohnte, doch an Materialkosten und Gehältern konnte selbst der große Mann nichts ändern.

Huxley rieb sich das Kinn. »Kannst du es in zwanzig Tagen fertig haben?«

»Neunundzwanzig?«

Huxley nickte. Es war immer gut, einen Puffer einzuplanen. »Und ich kann dir jetzt nur ein paar Tausend zahlen, den Rest bekommst du, wenn der Auftrag erledigt ist.«

Trevor kniff ein Auge zu und spielte mit dem Maßband herum. »Na schön, aber dann sind wir quitt.«

Sie besiegelten den Deal mit einem Handschlag, doch Huxleys Stresspegel sank nicht. Er hatte noch nie ein Versprechen gebrochen. Wenn Trevor die Arbeit ausführte, musste Huxley ihn bezahlen, und die zweitausend für die Anzahlung waren alles, was er noch an Erspartem hatte. Und das war nur für die äußerlichen Reparaturen. Nicht für die großen Brocken, die er später noch würde angehen müssen, ehe jemand den städtischen Kontrolleuren einen Tipp gab, welches Desaster sie im Inneren des Gebäudes erwartete.

Genervt betrat er um kurz vor halb zehn den Zuschauersaal.

Beatrice war nicht da. So viel dazu, dass sie nur aus dem Bett auf die Bühne fallen musste. Sorgenvoll sank er in einen der Theatersessel. Manchmal kam er noch spätabends hierher und benutzte den geräumigen Saal als Beichtstuhl, wo er seine Ängste und Gedanken laut aussprechen konnte, als könnte sein Vater ihn tatsächlich noch hören.

Heute wartete er schweigend. Je länger er wartete, desto mehr brodelte es in ihm. Je mehr es in ihm brodelte, desto schneller verwandelte sich sein Ärger in Wut. Abgesehen vom Glücksspiel, war die einzige Geldquelle, die ihm noch zur

Verfügung stand, seine Mutter. Das letzte Mal, als er Nadya Marlow um Hilfe gebeten hatte, hatte sie ihm tief in die Augen geblickt und gesagt: »Ich hoffe, das Theater zerfällt zu Staub.«

Beatrice trottete um 10.04 Uhr auf die Bühne.

»Sie sind zu spät«, knurrte Huxley sie ungewollt barsch an.

Sie hob zwei Becher in die Höhe, ein schuldbewusstes Lächeln auf den Lippen. »Ich dachte, ich bringe uns Kaffee mit, aber die Schlange war länger, als ich erwartet hätte.«

Er rieb sich seufzend die Stirn. »Danke, aber ich hatte schon Kaffee, und wir brauchen jede verfügbare Minute für unsere Probe. Sie werden Ihren Kaffee später trinken müssen.«

Sie sah ihn voller Entsetzen an. »Würden Sie mich kennen, würden Sie das nicht vorschlagen. Ich bringe es fertig, im Stehen einzuschlafen, wenn ich keinen Kaffee bekomme.«

Nein, er kannte sie nicht und schon gar nicht ihre Kaffee-Trinkgewohnheiten. Dafür hatte er den halben Abend damit verbracht, sich immer wieder vorzustellen, wie sie während seiner Vorstellung gestrahlt und applaudiert hatte. Er bekam sie einfach nicht aus dem Kopf, er wusste selbst nicht, wieso. Vielleicht weil er kurz davor gewesen war, sie um ein Date zu bitten, als ihm sein stressiges Leben wieder einmal eins ausgewischt hatte. Er wollte sie *immer noch* gern um ein Date bitten.

Nachdem er neun Jahre lang das Theater und seine Brüder allem anderen vorgezogen hatte, konnte er sich gerade nichts Besseres vorstellen, als genau diese Frau zu umgarnen. Er wollte einmal in seinem Erwachsenenleben etwas aus einer spontanen Eingebung heraus tun. Doch sie war seine Assistentin. Das war nicht per se verboten, doch mit jemandem auszugehen brachte Gefühle mit sich, die zu Komplikationen führen konnten. Das Letzte, was er jetzt gebrauchen konnte, waren noch mehr Kopfschmerzen.

Sie stellte den Kaffee – den sie ihm netterweise gekauft hatte – auf dem Boden ab und nahm einen Schluck aus ihrem eigenen Becher.

Verdammt, sein Leben war nicht fair. »Ich habe Ihnen doch gesagt, Sie sollen das Kostüm tragen.«

»Ich weiß, aber hier drinnen ist es zu kühl. Außerdem nehme ich ein paar Änderungen vor.«

»Passt es denn nicht?«

»Es war nicht farbenfroh genug.«

Huxley hatte für seinen Geschmack schon mehr als genug Farbe in seinem Leben. »Das Kostüm ist gut so, wie es ist.«

Sie schwieg.

Aufs Neue frustriert, versuchte er, nicht zu sehr auf ihre enge Hose mit Blumenprint zu starren, oder auf ihr rubinrotes schulterfreies Top. Er versuchte, sie sich nicht in dem silbernen Body vorzustellen, den Ashlynn immer getragen hatte. Er stand auf und begann mit Beatrice Bakers magischer Ausbildung.

* * *

Dass Huxley ein Pedant war, bestätigte sich. Bea hatte bereits am Tag zuvor seine Strenge gespürt, doch da war auch ein Hauch neckender Zärtlichkeit gewesen, zusammen mit einem Schuss Fürsorglichkeit, als er ihr Essen gekauft und sie zugedeckt hatte, als sie schlief. Am Ende des Abends schien er kurzzeitig aufgetaut gewesen zu sein, als sie im dunklen Theater miteinander geplaudert hatten. Er hatte sogar ein wenig mit ihr geflirtet.

Heute sah er aus, als würde sein Kopf gleich explodieren.

»Links«, knurrte er sie an. »Wenn ich nach rechts den Bogen schlage, müssen Sie nach links gehen. Wir treffen uns dann hinten an der Bühne, dann nehmen Sie meinen Hut, wenn ich den Arm ausstrecke.« Sein Tonfall war in den letzten drei Stunden immer verärgerter geworden.

»Vielleicht wäre es leichter, den Anweisungen zu folgen, wenn Sie sie erklären würden, anstatt sie nur rauszubrüllen.«

»Wenn Sie aufhören würden, mit den Requisiten zu spielen, würden Sie mich beim ersten Mal schon richtig verstehen.«

Langsam zog sie seinen Zylinder vom Kopf, der ihr bis über die Ohren reichte. »Er passt sowieso nicht richtig.« Das Herumalbern hatte sie davon abgehalten, den Blick über den Zuschauersaal gleiten zu lassen und sich vorzustellen, wie er mit Menschen gefüllt war.

Er stapfte auf sie zu und riss ihr den Zylinder aus der Hand, wobei sein Umhang ihm um die Jeans wehte. »Es ist Zeit weiterzumachen. Ich hole das Kabinett für die Zick-Zack-Girl-Illusion.«

Bea wusste nicht, was das war, aber wenn sie sich in dem Kabinett verstecken konnte, wäre das Auftreten vielleicht einfacher. Als ihr bewusst wurde, dass er auf das Magazin, den Raum mit den Requisiten hinter der Bühne, zuging, wurde sie nervös.

Sie hatte in der vergangenen Nacht kaum ein Auge zugetan, dank dieses wundervollen Raums und einer künstlerischen Erleuchtung, die ihren Fingern endlich Schönheit hatte entlocken können. Sollte sie Beweise ihrer Aktivitäten in Form von Farbklecksen hinterlassen haben, würde Huxley sie bestimmt rauswerfen. Sie würde vielleicht nie wieder malen können, was inakzeptabel war.

Bea war schon seit ihrer Geburt eine hungernde Künstlerin gewesen. Fingergemälde aus Schokoladensirup und Kartoffelbreisculpturen hatten ihre frühe Kindheit geprägt. Mit Kuchenguss beschmierte Wände und Kunstwerke aus Erdnussbutter folgten. Sie hatte Schlösser aus Kaugummi gebaut und Welten aus Skittles, alles zur Freude ihrer Mutter. Bea hatte jede verfügbare Nahrungsquelle benutzt und ihre Kunst dem Essen vorgezogen. Sie hatte für ihr Handwerk gehungert.

Dann hatte sie Farbe entdeckt. Glorreiche, fette, gigantische Farbe. Sie hatte Fensterbänke bemalt, Türgriffe, Besteck, Zahnbürsten. Jede Oberfläche wurde dazu genutzt, Teile von Menschen und Tieren zu skizzieren. Ihre Umwelt hatte ihr als Leinwand gedient, um sie zum Leben zu erwecken. In den vergangenen sieben Jahren hatte sie die seltsamsten Jobs angenommen, um die Muse aus ihren Gedanken zu vertreiben und in Abendkursen die Highschool abzuschließen. Sie hatte alles gespart, um danach das California Institute of Art besuchen zu können.

Bis Franklyn Baker diesen Traum zunichtegemacht hatte.

Doch Träume waren etwas nicht Greifbares. Sie konnten sich biegen und strecken, in Schwarz-Weiß erscheinen oder in Farbe. Mit ihren achtundzwanzig Jahren hatte die Idee, noch einmal für die Schule zu sparen, an Glanz verloren, doch das größere Problem, das Bea die vergangenen Monate geplagt hatte, war ihre kreative Durststrecke. Seit ihr Vater ihre Großzügigkeit einmal mehr unterlaufen hatte, war alles, was sie malte, fade, so als würden sich alle ihre Farben in Beige verwandeln, sobald sie auf eine Oberfläche trafen. Leblose Stillleben. Flache Porträts.

Eine künstlerische Krise, die vergangene Nacht zu Ende gegangen war.

Alles, was es gebraucht hatte, waren Kanthölzer, ihre einfachen Farben und Pinsel und eine Kakofonie an magischer Inspiration. Ihre Gedanken waren vor Bildern nur so übergequollen, der Pinsel wurde zur Verlängerung ihrer Hand. Im Marlow Theater unterzukriechen war nicht mehr nur ihr letzter Ausweg. Sie brauchte diese Assistentenstelle. Sie brauchte dieses prachtvolle Gebäude, um ihre Seele zu füttern, selbst wenn sie es dafür mit einem griesgrämigen Huxley Marlow und einem drastischen Fall von Lampenfieber würde aufnehmen müssen.

Eine stehende Sargkiste rollte von der Seite aus auf die Bühne, gefolgt von Huxley. Der Rahmen war metalliclila und schwarz, und eine weiße Frauenfigur war auf die Vorderseite gemalt. Ein ovaler Ausschnitt im oberen Teil war offensichtlich fürs Gesicht gedacht. Zwei kleinere Löcher – eins auf Hüfthöhe, eines beim Kopf – schienen für die Hände gemacht zu sein.

Huxley stellte die Kiste neben ihr ab. »Diese klassische Illusion wird seit den Sechzigern aufgeführt. Sie nennt sich Zick-Zack-Girl-Illusion, und normalerweise führen wir sie jeden Abend auf. Doch da Fox nicht in diese Kiste passt, haben wir gestern Abend den Sägetrick gemacht. Sie sollten allerdings gut passen.«

Während er sprach, vermied er es, sie anzusehen. Dieses seltsame Verhalten legte er schon seit dem Morgen an den Tag. Er hatte mit ihren Knien gesprochen, ihren Ellenbogen, ihren Schultern, und seine Laune wurde immer mieser. Das Gespräch gerade führte er mit ihren Haaren.

Sie versuchte, seinen Blick aufzufangen. »Warum wird es Zick-Zack-Girl genannt?«

Er schob den mittleren Teil mit der Handfläche zur Seite. Der aufgemalte Körper teilte sich in drei Teile, der Bauch war nach rechts verschoben. »Deshalb.«

Sie strahlte. »Eine Sekunde, ich mache nur schnell ein Foto.« Ohne Zuschauer und ihren mürrischen Tutor wäre dieser magische Auftritt sicher ganz lustig.

Doch Huxley sagte: »Nein.«

Sie erstarrte auf dem Weg zu ihrem Handy. »Ich will doch nur schnell meiner Mom eine Nachricht schicken. Sie hätte daran sicher ihren Spaß.«

Seine starre Haltung lockerte sich unmerklich. »Ich habe keine Zeit für Nachrichten oder für Spaß.«

Die Ernsthaftigkeit in seiner Miene war herzzerreißend. »Das ist das Traurigste, was ich je gehört habe.«

Endlich schaute er ihr in die Augen, und sein Blick war so stechend, dass sie das Gefühl hatte, eine Handvoll Knallbrause gegessen zu haben. »Trauriger, als ein obdachloses Kind auf der Straße zu sehen?«

Sie konnte gerade noch ein Augenrollen unterdrücken. »Tun Sie doch nicht so stumpf. Und ich sagte *gehört*, nicht gesehen.«

»Soll ich lieber gleichschenklig tun?«

»Ich würde sagen, Sie sind gleichseitig. So ›wir sind quitt‹-mäßig. Und ein echter Pedant.«

Seine Mundwinkel zuckten. »Ein Pedant, meinen Sie?«

»Von der pingeligsten Sorte.«

Dieses Mal schmunzelte er. »Das könnte sein, doch das ändert nichts an der Tatsache, dass ich keine Zeit für Spaß habe.«

»Wollen Sie denn Spaß haben?«

Seine Aufmerksamkeit war auf ihre Lippen gerichtet. Er zog die Wangen nach innen, und er schien die Atmung zu verlangsamen, als wollte er einen Lügendetektortest bestehen. »Ich will sehr wohl Spaß haben.«

Jep. Bea hatte wieder einen Knallbrause-Moment. Sie

wollte ihn nicht weiter verärgern. Sie beschloss, die bemalte Kiste am Abend zu fotografieren und ihrer Mutter gemeinsam mit der Unterzeile *Rate mal, wer hier bald gezickzackt wird* zu schicken. Ihre Mutter würde ihr vermutlich im Gegenzug ein Foto von einem Schweinskopf oder von gebratenen Heuschrecken schicken, oder von irgendeiner anderen ausgefallenen Speise, die sie gerade wieder probiert hatte.

Bea hatte ihre Mutter, eine Frau, die ihr ganzes Leben damit verbrachte, Spaß und Abenteuer zu suchen, mal gefragt, warum sie Franklyn Baker geheiratet hatte, einen Mann, der oft genug besagten Spaß aus dem Leben heraussaugte. Ihre Mutter hatte ihren Ehering angestarrt, ein trauriges Lächeln auf den Lippen. »Wir haben uns damals sehr geliebt. Er war wild und so voller Leben. Ich war mit einem anderen zusammen, als wir uns kennenlernten, mit einem Mann, für den ich tiefe Gefühle hatte. Aber dein Vater war einfach unwiderstehlich. Und dann hatten wir dich. Ich bereue nichts.«

Ein halbes Jahr nach diesem Gespräch war Molly Baker gegangen, kurz vor Beas dreizehntem Geburtstag. Jetzt knipste ihre Mutter Fotos von ihren Abenteuern, sei es Fallschirmspringen oder der Besuch von Tierschutzreservaten, und stellte ihre eigenen Interessen vor Familienverpflichtungen. Über Nachrichten und Fotos teilten sie und Bea Schnipsel ihres Lebens miteinander, als wären sie Hashtag-Freunde. Von Mutter und Tochter war da wenig zu spüren.

Das Zickzack-Foto konnte warten.

»Dann gehen wir mal wieder an die Arbeit«, sagte sie zu Huxley.

Er öffnete die Tür und half ihr in die Kiste. »Die Illusion besteht in der Größe des Raums. So wie es bemalt ist, wirkt es enger, doch im Inneren ist zusätzlicher Platz.«

Er packte sie an der Hüfte und schob sie nach links. »Wenn ich die Kiste schließe, stecken Sie die Hände durch die beiden Öffnungen. Ich reiche Ihnen zwei gelbe Taschentücher, und Sie winken damit. Das beweist, dass es die ganze Zeit Ihre Hände sind. Nachdem ich eine große Show daraus gemacht habe, dass die Metallplatten auch solide sind, stecke ich zwei der Platten in die Kiste – hier und hier.« Er deutete auf ihren Hals und ihre Hüfte. »Aber das ist ebenfalls eine Illusion. Die schwarzen Griffe gehen über die ganze Breite, aber die Platten an sich sind schmaler. Sie durchstechen nur die rechte Seite. Indem Sie sich nach links drücken, werden Sie verfehlt. Dann schiebe ich die Mitte der Kiste zur Seite.«

Huxleys Stimme war selbstsicher, doch Bea sah ihn immer noch in seinem verletzten Moment vor sich, als er ihr gestanden hatte, dass er sehr wohl gern Spaß hätte.

»Es tut mir leid«, sagte sie zögerlich. »Dass ich vorhin so herumgealbert habe, meine ich. Also, ich bin zwar oft albern, aber das ist jetzt auch die Nervosität. Selbst ohne Zuschauer bekomme ich Schweißausbrüche, wenn ich auf der Bühne stehe.«

Er sah ihr wieder in die Augen, starrte so lange, dass sie schließlich den Blick auf ihre roten High Heels senkte.

»Das ist nichts Ungewöhnliches«, erwiderte er. »Ich war früher auch nervös vor meinen Auftritten.«

»Echt?«

»Ganz schlimme Schweißausbrüche. Atemnot. Aber Fox konnte mir helfen.«

»Indem er Ihre Gedanken gelesen und Ihnen gesagt hat, Sie sollen sich das Publikum nackt vorstellen?«

»Ja und nein. Er war der Einzige, der herausfand, dass ich unter Panikattacken litt, aber das mit den Nackten hat bei mir nie funktioniert.« Huxleys Blick wanderte über ihren Körper, und sie meinte zu sehen, wie sich sein Kiefer entspannte. Stellte er sie sich gerade nackt vor? Ihr Körper reagierte auf die Möglichkeit, doch er ging schon mit großen Schritten an ihr vorbei. »Bin gleich wieder da.«

Kurz darauf kam er zurück und drückte ihr etwas Seidiges in die Hand. »Fox hat mir das hier gegeben. Hat mir erzählt, es hätte dem Großen Blackstone gehört – einem berühmten Magier der Zwanziger- und Dreißigerjahre. Er meinte, es würde mich sicher beruhigen. Er hat keine große Sache daraus gemacht, aber ich habe es immer in meiner Hosentasche gehabt und es kurz in die Hand genommen, bevor ich auf die Bühne gegangen bin. Dabei habe ich mir vorgestellt, wie Blackstone eine Frau zum Schweben oder einen Vogelkäfig zum Verschwinden gebracht hat. Dadurch habe ich meine Konzentration anstatt aufs Publikum auf meine Nummer gerichtet. Vielleicht hilft es Ihnen ja auch.«

Bea strich über das rote Taschentuch in ihrer Handfläche. »Das kann ich nicht annehmen.«

»Quatsch.«

»Was, wenn Ihr Lampenfieber zurückkommt?«

Er zog eine Augenbraue hoch. »Ich denke, Sie brauchen es dringender als ich.«

Die Geste rührte sie, doch sie konnte das Tuch unmöglich annehmen, ohne etwas im Gegenzug anzubieten. Immerhin fuhr er in einem Auto herum, dessen Lack sie zerkratzt hatte. »Okay, aber …« Sie schnappt sich ihre Handtasche vom Bühnenrand, die gefüllt war mit essenziellen Dingen wie Glitzerstiften und Aufklebern, und zog das perfekte Geschenk für Huxley heraus. »Ich bestehe darauf, Ihnen das hier zu schenken.«

Sie hielt ihm die Miniaturausgabe des »Cotton Candy«-Ponys von *My Little Pony* hin.

Seine ernste Fassade drohte einen Riss zu bekommen. »Sie wollen, dass ich ein pinkfarbenes Pony annehme?«

»Nicht nur irgendein Pony. Das ist die Wiederauflage des 83er-Klassikers zum fünfunddreißigsten Geburtstag von Cotton Candy.«

Jetzt war es nicht mehr nur ein Riss. Ein breites Grinsen erstreckte sich über sein attraktives Gesicht. »Danke, aber das ist nicht nötig.«

»Da liegen Sie falsch.« Sie drückte ihm das Pony in die Hand und berührte einen seiner Mundwinkel, der endlich nicht mehr nach unten zeigte. »Sehen Sie das? Sie lächeln nicht genug, aber ich wette, wenn Sie Cotton Candy anschauen, werden Sie nicht in der Lage sein, sich des Gefühls zu erwehren. Sie wird Ihrem Leben mehr Spaß verleihen.«

Sie stemmte die Hand in die Hüfte, und die Belustigung auf Huxleys Gesicht verwandelte sich in etwas Intensiveres. 4.-Juli-Feuerwerk-intensiv. Spielmannszug-in-der-Brust-intensiv.

»Sie hier zu haben verleiht den Dingen schon mehr Spaß«, murmelte er, während er das pinke Spielzeug in den Fingern drehte. »Auch wenn Sie meine Geduld auf die Probe stellen.«

Seine Brust hob und senkte sich fast so stark wie ihre. Ihr Herz schlug so schnell, dass ihr schon fast schwindelig wurde davon. Huxley war in der einen Sekunde noch liebenswürdig, und in der nächsten bellte er ihr Befehle zu, wobei er dazwischen immer wieder Verletzlichkeit durchblitzen ließ. Sein Eingeständnis ließ ihre Knie weich werden. Außerdem hatte sie nun eine Mission.

Sie steckte das Seidentuch in die Tasche und sog tief die Luft ein, um sich flach an die seitliche Innenwand der Kiste zu drücken. »Dann meistern wir mal diese Nummer, oder?«

Huxleys verletzlicher Moment war verschwunden, und

er hatte seine Lügendetektor-Miene wieder aufgesetzt, doch das änderte nichts an ihrem Plan. Da sie kein Geld hatte, seinen Mustang zu reparieren, und da sie noch dazu in seinem Theater übernachtete, war sie ihm mehr schuldig als die kostenlose Assistententätigkeit. Ihre Mission war ihr mit einem Mal klar, und sie war einschüchternd und bedenklich. Sie würde nicht nur versuchen, ihr Lampenfieber zu besiegen und das kümmerliche Publikum zu beeindrucken, sie würde auch ihr Bestes geben, mehr Spaß in Huxley Marlows Leben zu bringen.

Kapitel 7

SPASS IN HUXLEY Marlows Leben zu bringen war schwieriger, als Bea es sich vorgestellt hatte. In der heutigen Probe sollte sie Axel in einer Zwangsjacke fesseln und in einer Kiste aus Plexiglas einsperren. Fox wies sie in die Kunst ein, die geeigneten Zuschauer für seine Hypnosenummer auszuwählen. Dann gingen sie die »Flying Card«-Nummer durch, bei der die Jungs eine markierte Karte von einem zum anderen reichten, ohne sie zu berühren, und sie dann an den seltsamsten Stellen wieder hervorzogen.

Sie klatschte wie wild während der Vorführung.

In den kurzen Pausen stibitzte sie sich Huxleys Zylinder und trug ihn so lange, bis er ihn sich zurückholte. Sie tanzte mit seinem Umhang, als wäre der Stoff eine Person. Huxleys Miene verfinsterte sich nur weiter.

Bea gab es auf, ihm ein Lächeln abzuringen, und seufzte. »Wenn Sie immer den Miesepeterschlumpf spielen, werden Sie die Leute kaum für sich gewinnen.«

Axel warf ihr ein breites Grinsen zu. »Ich schätze, dann bin ich der Muskelschlumpf.«

Sie ließ sich von seinem übertriebenen Charme nicht einwickeln. »Nö. Du bist der Angeberschlumpf. Und der hier«, sie zwinkerte Fox zu, »ist Schlaubischlumpf.«

Fox' Gesichtsausdruck blieb so steif wie seine schwarze Kleidung.

»Komm schon, Schlumpfine«, sagte Axel, »du hast mich noch nicht mit meinem Zauberstab gesehen. Ich bin Hefti durch und durch.« Er wiegte die Hüften.

»Ich habe deinen Zauberstab sehr wohl gesehen, Angeberschlumpf. Er war kleiner als erwartet.«

»Du hast ihn aber noch nicht in meiner Hand gesehen. Das ist ein beeindruckendes Bild.«

»Sein Zauberstab neigt zu Fehlzündungen.« Und das von Fox.

Huxleys errötendes Gesicht deutete darauf hin, dass er kurz vor dem Explodieren war, doch es machte gerade zu viel Spaß. »Sprüht er dann Funken?«, hakte sie nach.

Axel sprang drauf an. »Wir sollten es ausprobieren, dann sehen wir es.«

»Genug jetzt!« Huxleys Gesichtsfarbe glich nicht länger einer Tomate, sondern eher einer Aubergine, wobei seine Narben weiß hervortraten. »Euer Quatsch bringt uns keinen Schritt weiter, was die morgige Show angeht. Geschweige denn mehr Umsatz.«

Bea zog ihre gepunkteten Overknee-Strümpfe hoch, um Zeit zu gewinnen. Sie dachte seit neulich Abend über die Show nach. Zumindest über den Ausschnitt, den sie mitbekommen hatte. Sie war sich nicht sicher, ob Huxley Ratschläge von einem Neuling wie ihr annehmen würde, doch manchmal konnte ein frischer Blick auf die Dinge erhellend sein. »Ich habe da eine Idee für die Show.«

»Ich bin ganz Ohr.« Axel hob die Zwangsjacke vom Boden auf und begann, die Schnallen zu schließen. Fox versuchte, ihre Gedanken zu lesen, doch sie gab sich alle Mühe, nur an Einhörner zu denken.

Huxley musterte sie sorgenvoll.

Sie schlug ihre pinken Absätze zusammen, ein Trick, den sie immer angewendet hatte, wenn sie ihre Kunstwerke ihrem Vater präsentieren sollte. Welche Schwächen er auch haben mochte, er hatte ihre Arbeit immer gelobt und sie als Genie bezeichnet. Dennoch hatte es sich immer wie ein Seelenstriptease angefühlt, ihre Kreationen mit anderen zu teilen. Ihre Absätze gegeneinanderzuschlagen ließ sie an den *Zauberer von Oz* denken und gab ihr Selbstbewusstsein. »Es geht um die Musik«, sagte sie zu Huxley.

»Die Musik ist völlig in Ordnung«, entgegnete der Chefbruder.

Das hielt Bea nicht auf. »Wenn man ein Neunzigerjahre-Club-Kid auf Ecstasy ist, vielleicht, aber das entspricht nicht dem Publikum eurer Shows.«

Axel warf dankend die Hände hoch. »Endlich mal jemand, der mir zustimmt. Modernisierung, das ist es, was das Marlow Theater braucht!«

Von seiner Unterstützung ermutigt, fuhr Bea fort: »Popmusik könnte die Teenager dazu bewegen, mal von ihren Handys aufzuschauen. Es würde die Nummern aufpeppen. Ich wette, es würde euch sogar dazu motivieren, eure Routinen etwas aufzuweichen.«

Frische Musik hatte bei ihr definitiv geholfen. Seit ihr Handy wieder aufgeladen war, hatte sie sich eine neue Playlist ausgesucht und große Teile ihrer beiden illegalen Nächte im Theater damit verbracht, ihr Assistentenkostüm zu überarbeiten. Dass es im Theater Stoff zur Genüge gab sowie Nähmaschinen, kam ihr dabei sehr gelegen. Danach hatte sie bis in die Morgenstunden gemalt. Sie bezweifelte, dass Huxley beeindruckt davon wäre, dass sie Holzbretter, die in seinem Theater herumlagen, für ihr Projekt verwendete. Oder davon, dass sein faszinierendes Gesicht ihre Muse geworden war: seine zweifarbigen Augen regten ihre Fantasie an, weil sie betonten, dass die Menschen unter ihrer Haut so viele Farben versteckten – Schichten aus Charaktereigenschaften und Macken und Sehnsüchten.

Doch er schien ihren Vorschlägen gegenüber nicht offen zu sein. »Unsere Routinen sind genauso in Ordnung wie unsere Musik. Wir müssen uns nur besser vermarkten.«

Mit der Zwangsjacke unter dem einen Arm legte Axel den anderen Bea um die Schulter. »Vielleicht machen Bea und ich uns einfach selbstständig. Mit meinem Zauberstab und ihrer coolen Musik versetzen wir ganz New Orleans in Staunen.«

Sie stieß ihn mit der Hüfte an. »Solche Shows gibt es hier aber schon. Das nennt sich *Male Striptease*.«

Huxleys Blick blieb an Axels Hand auf ihrer Schulter hängen. Sein blaues Auge verdunkelte sich, bis es fast zu dem braunen passte. Ein ziemlich besitzergreifender Ausdruck für jemanden, der sie bei jeder Gelegenheit anknurrte. »Wir machen Mittagspause«, sagte er.

»Es wird nicht funktionieren«, sagte Fox zu Huxley völlig ohne Zusammenhang.

Der seltsame Kommentar brachte ihm einen finsteren Huxley-Blick ein.

Axel ignorierte die kryptische Aussage, ließ Beas Schulter los und warf ihr einen Handkuss zu, den sie aus der Luft fing und auf ihrer Wange platzierte. Huxley stand stocksteif da, während seine Brüder sich von der Bühne trollten.

Bea zog einen Snack aus ihrer Handtasche und öffnete die Verpackung. »Haben Sie Cotton Candy schon verloren?«

»Was habe ich verloren?«

»Die *My-little-Pony*-Puppe. Sie sind noch schlechter drauf als sonst.«

»Die ist zu Hause«, murmelte er, während er Bea beobachtete, wie sie an ihrem Früchte-Nuss-Riegel knabberte. »Was
tun Sie da?«

»Mittag essen.«

»Das ist kein Mittagessen, Beatrice.«

»Wenn man über mein Budget verfügt, schon. Ich bekomme kein Gehalt.« Eine traurige Tatsache. Sie hatte am
Morgen die Gesucht-Anzeigen in der Zeitung durchgesehen
und ein paar Vorstellungsgespräche für Kellerinnenjobs
ausgemacht. Bis sich da etwas ergab – ein Tagesjob, der sich
nicht mit ihrem Assistentenjob überschnitt –, würde sie ihre
Mahlzeiten rationieren müssen.

Sie war so darauf konzentriert, jeden Bissen zu genießen,
dass ihr gar nicht auffiel, wie Huxley sich näherte, bis er sie
am Ellenbogen packte. »Sie kommen mit mir zum Mittagessen.«

* * *

Fox hatte wie immer recht: Sein Interesse an Beatrice zu leugnen war hoffnungslos. Die ganze Probe hindurch hatte Huxley das Bedürfnis gehabt, Axel eine reinzuhauen. Sein Bruder
war in den Proben mit Ashlynn genauso nervig gewesen,
auch da war sein Charisma-Gen zu Hochtouren aufgelaufen.
Doch zuzusehen, wie er mit Ashlynn flirtete, hatte Huxley
nie dazu gebracht, seinem Bruder die Faust ins Gesicht schlagen zu wollen. Beatrice hatte gelacht, als Axel einen Witz gemacht hatte. Sie hatte gestrahlt, als er mit der Zwangsjacke
den »Running Man« aufgeführt hatte.

Huxley hätte seine Backenzähne fast zu Staub zermahlen.

Noch nie im Leben hatte er diese Art irrationaler Eifersucht empfunden. Und da war sie nun, lebte von Müsliriegeln, weil er sie bestochen hatte, umsonst für ihn zu arbeiten.

Beschämt führte er sie in ein kleines Café aus. Die Bedienung lächelte Beatrice an, als sie sich an einen Tisch setzten. Die anderen Gäste lächelten ebenfalls, genau wie jeder andere Mensch, dem sie auf der Straße begegnet waren. Es konnte an ihren gepunkteten Strümpfen liegen oder an dem ausgestellten pinken Rock oder an dem schwarz-weißen Oberteil, das sie in ein Fünfzigerjahre-Pin-up verwandelte. Doch Huxley wusste es besser: Es war der Beatrice-Baker-Effekt. Ihre natürliche Fröhlichkeit war ansteckend.

»Sie müssen das nicht tun.« Sie breitete ihre Serviette auf ihrem Schoß aus.

»Ich denke schon. Ich bin immerhin der Grund dafür, dass Ihr Mittagessen aus Vogelfutter besteht.«

»Genau genommen bin ich selbst der Grund. Ich habe Ihr Auto zerkratzt und konnte es nicht bezahlen.«

Genau genommen hatte sie recht, aber es gefiel ihm trotzdem nicht, für ihre trostlose Situation verantwortlich zu sein, auch wenn es unabsichtlich war. Sein barsches Verhalten am Morgen war außerdem inakzeptabel. Eigentlich wollte er gern mehr über sie erfahren, über ihre Kunst, ihr Lieblingsbuch und ob sie ihre Zähne zuerst oben oder zuerst unten putzte. Er entschied sich dann doch dafür, ihr die Frage zu stellen, die ihm schon seit ihrer schicksalhaften Begegnung im Kopf herum spukte. »Wenn wir schon von dem Auto sprechen, Sie haben in der Nacht etwas Seltsames gesagt.«

»Davon abgesehen, dass ich Sie als *Kerivoula kachinensis* bezeichnet habe?«

»Davon abgesehen.« Der Duft von Kaffee und Schinken waberte durch das Frühstückscafé. Sie sah ihn erwartungsvoll an. »Als ich vorgeschlagen habe, die Polizei zu rufen,

haben Sie gesagt, Sie wären die Einzige ohne Verbrecherfoto.«

»Das stimmt.« Mehr sagte sie dazu nicht.

Die Glastür zur Straße ging auf, und frische Luft wehte herein. Ein Maultier klapperte über den Asphalt, einen Vintage-
Pferdewagen hinter sich herziehend. Touristen schlenderten
über den Bürgersteig, mit Zucker bestäubte Beignets in den
Händen. Die Sonne verschwand hinter einer dicken Wolke,
sodass dieser ruhige Teil des French Quarters nun im Schatten lag. Obwohl es morgens in diesen Straßen normalerweise
immer roch wie nach einer aus dem Ruder gelaufenen Stu-
dentenparty, fehlte die Bitterkeit. Aus verschiedenen Rich-
tungen waren Fetzen von Musik zu vernehmen: eine Geige,
irgendeine Art Horn, das Klopfen einer Trommel. Es fühlte
sich an, als wäre es Jahre her, dass Huxley einfach mal nur da-
gesessen und den Nachmittag in New Orleans in sich aufge-
sogen hätte, vor allem mit einer schönen Frau an seiner Seite.
Eine, die er gern verstehen wollte.

»Würden Sie mir das vielleicht genauer erklären?«, drängte
er, weil er nicht vorhatte, das Thema fallen zu lassen. »Immerhin sind Sie jetzt Teil der Fabelhaften Marlow Boys. Ich
wüsste es gern, wenn irgendwelche zwielichtigen Gestalten
hinter Ihnen her wären.«

Sie wandte den Blick von dem Maultier und dem Wagen
ab, um ihn anzusehen. »Finden Sie nicht auch, dass *zwielichtig*
ein tolles Wort ist? Es klingt so schön schaurig.«

»Das stimmt.« Aber vor allem konnte er nicht genug davon bekommen, wie sie die Kleinigkeiten im Leben genoss.

»Aber Sie ignorieren meine Frage.«

Auf ihrem kleinen Tisch stand eine einzelne Nelke in einer
Vase neben einem Salz- und einem Pfefferstreuer. Sie kippte
ein kleines Pfefferhäufchen vor sich auf die Tischdecke und

malte darin herum. »Da gibt es diesen Typ, der mir gern die Hand abschneiden würde, aber der sollte keine Probleme machen.«

»Sie haben eine lebhafte Fantasie.« Sie zuckte mit den Achseln, als würde sie gar nicht scherzen. Doch ihn veräppelte sie nicht. »Sie weichen mir aus.«

Sie schaute nicht auf von ihrem Pfefferkunstwerk. Er kannte sie zwar noch nicht so gut, aber sie versuchte eigentlich immer, ihm in die Augen zu sehen, wenn sie sich unterhielten, selbst wenn Huxley ihrem Blick auswich. Ihr in die stürmischen Augen zu blicken reduzierte ihn auf nichts außer einem pochenden Herzen.

»Anders als Sie mit Ihrem großen Rudel«, sagte sie, »bin ich ein Einzelkind. Mein Vater allerdings hat noch drei Geschwister. Die Verbrecherfotos variieren, aber die meisten sind ein Ergebnis aus schwerem Diebstahl und Trunkenheit. Ihre Kinder schlagen in die gleiche Kerbe. Keine Massenmörder oder so, bloß ein Genpool mit einer Neigung zu Suchtverhalten und einem Talent dafür, schlechte Entscheidungen zu treffen.«

»Welche schlechten Entscheidungen hat Ihr Vater getroffen?«

Sie malte eine Pfefferblume zu Ende und schaute ihn an. »Er ist ein Trinker. Nicht von der aggressiven, wütenden Sorte, sondern eher von der erbärmlichen, traurigen. Wenn er nüchtern ist, kann er echt nett sein. Aber er ist auch spielsüchtig. Eine Weile hat er seine Gewohnheiten durch kleinere Diebstähle finanziert, während ich dafür gesorgt habe, dass uns nicht der Strom abgestellt wird.«

»Und Ihre Mutter?«

»Mom ist eher eine Facebook-Freundin als ein wirklicher Elternteil. Sie ist ein Freigeist und ein Bandgroupie. Sie reist und tanzt, wo die Musik sie hinführt. Ihr Vorstrafenregister beinhaltet öffentliche Nacktheit.«

Eine tanzende Hippiemutter zu haben passte zu Beatrice Baker. Doch das bedeutete nicht, dass sie eine einfache Kindheit gehabt hatte. »Die einzige Verantwortliche in der Familie zu sein kann hart sein.«

Sie legte den Kopf schief. »Klingt, als wäre Ihnen das Thema vertraut.«

Vertrauter, als ihm lieb gewesen wäre. »Ich bin der älteste von fünf Brüdern mit vier Jahren Vorsprung. Mein Vater war toll, aber er ist abends immer aufgetreten, auch in unserer Kindheit. Es blieb nicht selten an mir hängen, Essen zu kochen und dafür zu sorgen, dass meine Brüder ihre Hausaufgaben erledigten. Meine Mutter arbeitete als Wahrsagerin, die von den Verzweifelten profitierte. Etwas, das sie immer noch tut. Sie kommen zu ihr, weil sie nach Antworten suchen, und sie zieht ihnen das Geld aus der Tasche.«

Beatrice rümpfte die Nase. »Das hat mein Vater mit mir auch gemacht.«

»Er ist Wahrsager?«

»Nein. Aber ich war die Verzweifelte, die er ausgenutzt hat. Ich habe immer daran geglaubt, dass er sich ändert.«

Huxley konnte gar nicht mehr zählen, wie oft er gehofft hatte, seine Mutter würde sich auf magische Weise ändern. Als sein Vater gestorben war, hatte er gedacht, jetzt würde sie vielleicht ihre mütterliche Seite zeigen. Sein jüngster Bruder war außer Kontrolle geraten und hatte Hilfe benötigt. Fox und Axel waren ebenfalls böse abgestürzt. Genau wie er, doch er war älter gewesen. Er hatte nicht den Luxus gehabt, sich auf seinen eigenen Schmerz konzentrieren zu können. Nadya Marlow war quasi abgetaucht und hatte Huxley unvorbereitet und unqualifiziert in die Rolle des Verantwortlichen gedrängt. Kein Wunder, dass Xander und Paxton spurlos verschwunden waren.

Sein Versagen, die Familie zusammenzuhalten, war das Kreuz, das Huxley zu tragen hatte; und er war nun auch älter. Er wünschte sich nicht mehr die unmögliche Verwandlung seiner Mutter. Doch er hasste den Gedanken, dass Beatrice von ihren Eltern ebenfalls enttäuscht worden war.

Er rutschte etwas nach vorne, und seine Knie berührten ihre unter dem kleinen Tisch. »Wie hat Ihr Vater Sie ausgenutzt?«

Sie neigte sich ebenfalls nach vorne. »Eigentlich war es meine eigene Schuld. Ich gehe einfach immer vom Guten im Menschen aus. Ich meine, wenn wir alle immer nur mit zwielichtigen Gedanken herumlaufen würden« – ihre Augen blitzten, als sie das Wort benutzte, als würden sie nicht gerade über Versagereltern sprechen – »wäre die Welt doch ein ziemlich düsterer Ort.«

»Das stimmt wohl, aber was hat er denn nun getan?« Er konnte es einfach nicht auf sich beruhen lassen.

Sie reagierte weder mit einem Seufzen noch einem Stirnrunzeln. Sie wischte die Pfefferblume beiseite und zerstörte damit ihr Blitzkunstwerk. »Als ich auf der Highschool war, musste ich zu viel nebenher arbeiten, um den Abschluss zu schaffen, aber ich habe ihn später in Abendkursen nachgeholt. Ich hatte vor, auf das California Institute of Art zu gehen, und habe jahrelang dafür gespart. Vor einem Monat ist dann mein Vater zu mir gekommen und hat behauptet, er würde sein Leben umkrempeln. Er sagte, er wäre trocken und hätte eine Chance auf einen festen Job, doch der Arbeitgeber würde einen Check seiner Kreditwürdigkeit verlangen. Er bat mich darum, mein Konto kurzzeitig auch auf ihn laufen zu lassen, nur bis die Prüfung vorbei war. Er versprach mir, seinen Namen danach gleich wieder löschen zu lassen.«

Sie sprach nicht weiter, doch das musste sie auch nicht. Dieser Hurensohn hatte ihr Konto geleert, um seiner Spielsucht zu frönen. Das erklärte auch ihre strenge Haltung zum Thema Wetten.

»Also haben Sie nichts mehr?« Er spürte, wie wütend er auf ihren Vater war.

»Machen Sie sich doch nicht lächerlich.« Sie deutete mit einer ausschweifenden Geste nach draußen. »Die Sonne scheint. Ich bin in New Orleans, auch wenn ich noch kaum etwas davon gesehen habe, und ich werde gleich Eier mit Speck zum Mittagessen bestellen. Außerdem bin ich ein Zick-Zack-Girl.«

Ihre ungetrübte Fröhlichkeit angesichts eines solchen Betrugs schockierte ihn regelrecht. Zugegeben, er hatte sie vor ein paar Tagen auch schon anders gesehen, als sie mit verheultem Gesicht und vor Wut zitternder Hand seinen Mustang entstellt hatte. Aber das war nicht die Frau, die ihm jetzt gegenübersaß. Die war voller Licht und fähig, zu vergessen und nach vorne zu schauen.

Er beneidete sie um diese Fähigkeit, aber es war ihr Kommentar zum Wetter, der an ihm nagte. Er warf einen Blick durchs Fenster, doch er sah nur einen teilweise bewölkten Himmel. »Wie machen Sie das?«

»Was denn?«

»In allen Dingen das Positive zu sehen.«

Sie musterte ihn einen Moment lang und sagte dann: »Ich lächle.«

Sie unterstrich ihren Kommentar mit einem breiten Grinsen, doch er machte sich Sorgen um sie. Lächeln war nur eine kurzfristige Lösung, eine Maske, um das zu überdecken, was darunterlag. Bittere Wahrheiten wieder zu entdecken, die man vergraben hatte, konnte zerstörerischer sein, als sich gleich mit ihnen zu befassen.

Die Kellnerin unterbrach ihr Gespräch. Beatrice war ganz begeistert von den Kronkorken-Ohrringen der Frau, was dazu führte, dass sie über den nahe gelegenen French Market plauderten. Doch Huxley ballte die Hände zu Fäusten. Schweißperlen liefen ihm über den Rücken. Egal, wie blank er auch war, er konnte Bea nicht mit gutem Gewissen ihre Schuld abarbeiten lassen, zerkratzter Mustang hin oder her. Ihr Geld zu bezahlen, damit sie sich Essen kaufen konnte, war wichtiger, als sein Auto zu reparieren.

Sie bestellte Spiegelei mit Speck, Sunny Side up. »Und bitte, bringen Sie keinen Ketchup, außer …« Sie sah Huxley von der Seite an, als hätte er einen ansteckenden Ausschlag. »Brauchen Sie Ketchup?«

»Ich mag Ketchup.«

»Können Sie vielleicht für dieses Mittagessen darauf verzichten?« Er nickte, und sie entspannte sich sichtlich. »Dann können wir an einem Tisch sitzen bleiben. Mit Ketchup kann man mich jagen. Allein vom Geruch wird mir schon schlecht.«

Er speicherte diese Info für später ab und bestellte seine Eier. Er bat darum, sie teilweise bewölkt zu bekommen, mit Wassermelone dazu. Die Kellnerin beäugte ihn misstrauisch.

In dem Moment, als sie gegangen war, wandte er sich Beatrice zu. »Ich werde Ihnen Gehalt zahlen. Das Theater steckt zwar in Schwierigkeiten, weshalb ich Ihnen nicht viel geben kann, aber ich verschaffe Ihnen ein wenig Kleingeld. Und wenn Sie noch nicht viel von New Orleans gesehen haben, müssen wir das dringend nachholen.«

Sie ignorierte seinen armseligen Versuch, sie um ein Date

zu bitten, und hakte stattdessen nach: »Das Theater steckt in Schwierigkeiten?«

Er winkte ab. »Ich lasse mir etwas einfallen. Aber ich werde Sie bezahlen.«

»Nein.«

»Wenn Sie sich nicht einmal ein ordentliches Mittagessen leisten können, wie bezahlen Sie dann Ihre Miete?«

Ihr Blick wanderte und schien unsichtbare Linien über seinem Kopf an die blassorangefarbene Wand des Cafés zu zeichnen. Eine Biene flog durch die geöffnete Tür herein und kreiste über ihrem Tisch. Anstatt einer Antwort sagte sie nur: »Biene.«

»Sie scheint Sie zu mögen.«

Bea war wie versteinert. »Bitte, sorgen Sie dafür, dass sie verschwindet.«

Ihre starre Haltung … die Bestürzung in ihren aufgerissenen Augen …»Haben Sie etwa Angst vor Bienen, Bea?«

»Ich bin allergisch.«

»Eine Frau namens Bea, die allergisch auf Bienen ist?«

»Wenn ich gestochen werde, weil Sie Witze machen, anstatt die Biene zu verscheuchen, schwillt meine Zunge an und ich ersticke, bevor ich Ihnen sagen kann, dass Sie ein alter Weißbauch-Lärmvogel sind.«

»Ist das ein echter Vogel?«

»Jep. Und er starrt mich gerade an.«

Amüsiert wischte er das Insekt fort, das davonflog, um einen der Nachbartische zu belästigen. »Sind Sie wirklich allergisch?«

Sie tätschelte ihre Handtasche, die über der Stuhllehne hing. »Mein EpiPen ist immer dabei.«

Plötzlich wollte er am liebsten alle Bienen aus der Stratosphäre vertreiben. Und er hatte nicht vor, sie ohne Antwort davonkommen zu lassen. »Wie zahlen Sie denn nun Ihre Miete?«

Dieses Mal dauerte die Pause nicht so lange. »Die Freundin, bei der ich gerade wohne, berechnet mir nichts. Und wenn das Theater in Schwierigkeiten steckt, werde ich Ihr Geld sowieso nicht annehmen. Ich habe nachher noch ein paar Vorstellungsgespräche. Bald habe ich bestimmt einen Job. Irgendwas tagsüber, das zeitlich nicht mit den Shows kollidiert.«

Er fragte sich, ob ihre Mitbewohnerin dieselbe Freundin war, der sie angeblich neulich geschrieben hatte. Vermutlich noch mehr Unwahrheiten. »Ich will Sie trotzdem bezahlen. Und wenn sich Ihre Wohnsituation ändert, sagen Sie Bescheid, ich habe noch ein Gästezimmer. Dort können Sie jederzeit unterkommen.« Davon abgesehen, dass ihm bei dem Angebot ganz warm wurde. Beatrice in seiner Wohnung, im Nachbarzimmer – das war genauso erschreckend wie aufregend. Das bisschen Schlaf, das er ohnehin nur bekam, würde er sich dann vermutlich abschminken können.

»Danke für das Angebot mit dem Gästezimmer. Sollte die Lage ungemütlich werden, melde ich mich, aber ich werde trotzdem kein Gehalt von Ihnen annehmen.« Ihr Tonfall war mit einem Mal todernst. »Alles passiert aus einem Grund, Huxley, inklusive Nick, der mich überredet hat, mit ihm hierherzuziehen, und der sich dann in ein Arschloch verwandelt hat. Und inklusive meiner schlechten Entscheidung, Ihr Auto zu ruinieren. Das mit dem Auto tut mir immer noch endlos leid, das mit Nick weniger, aber es hat uns zusammengeführt. Ich glaube, ich soll in Ihrer Magieshow auftreten. Genau wie ich glaube, dass Sie über einen Musikwechsel nachdenken sollten.«

»Okay.« Seine schnelle Zustimmung hätte Axel sowohl gefreut als auch schockiert, doch es war Beatrices Vehemenz, die zu seiner Zustimmung führte. Genau wie ihr Kommentar darüber, was sie zusammengebracht hatte. Er spürte es auch, wie ein unsichtbarer Faden, der sie verband. Während sie miteinander gesprochen hatten, hatte er sich immer weiter nach vorne gelehnt. Wie ein Ziehen der Schwerkraft. Sein Herz schlug schneller, als würde es nach ihr greifen.

»Wirklich?« Sie rückte ebenfalls näher. »Aber Sie haben mich bei der Probe abblitzen lassen.«

»Ich wollte nicht, dass Axel sich so hämisch freut. Er drängt mich schon seit Jahren, Veränderungen vorzunehmen. Es ist nicht das, was mein Vater gewollt hätte, und ich hasse die Vorstellung, ihn zu enttäuschen, deshalb habe ich immer wieder gezögert. Aber langsam gehen mir die Alternativen aus.«

Beatrice zu enttäuschen schien ihm gerade ein größeres Verbrechen zu sein.

»Gewollt *hätte*?« Sie legte ihm unter dem Tisch eine Hand aufs Knie. »Heißt das, er ist gestorben?«

»Schon vor einer Weile.« Es kam ihm komisch vor, dass sie dieses wichtige Detail seines Lebens nicht kannte. Er fühlte bei ihr eine seltsame Vertrautheit, als hätten sie sich schon ihr Leben lang über ihre Eltern ausgetauscht. Dabei wusste sie noch gar nichts über die anderen Narben an seinem Körper, die Frauen oft abstoßend fanden, oder über das kleine Detail, dass er regelmäßig Poker spielte. In Anbetracht ihrer Erfahrungen mit ihrem Vater konnte Letzteres vielleicht dazu führen, dass sie ihre Hand von seinem Knie ganz schnell wieder wegzog. Doch er mochte ihre Hand genau dort, wo sie war.

»Wenn Sie mein Geld nicht annehmen wollen«, fuhr er fort und legte seine Hand auf ihre, um die Verbindung zu ihr zu halten, »dann lassen Sie mich Ihnen wenigstens bei der Jobsuche helfen. Fox' Freundin Della arbeitet auf dem Markt, von dem die Kellnerin gesprochen hat. Soweit ich weiß, hat sie an ihrem Stand alle Hände voll zu tun. Ich könnte Ihnen die Kontaktdaten besorgen.«

Sie drückte ihren Daumen auf seinen, und ihr Gesicht strahlte Wärme aus. »Die Vorstellungsgespräche sind schon ausgemacht. Wenn da nichts dabei ist, sage ich Bescheid. Aber danke für das großzügige Angebot.«

Er musste feststellen, dass es nicht viel gab, was er nicht tun würde, um Beatrice Baker zum Lächeln zu bringen.

Kapitel 8

ALS BEA MIT HUXLEY nach dem Mittagessen durch das französische Viertel schlenderte, hatte sie noch mehr Spaß als damals, als sie sich Metallsplitter an die Schuhsohlen geklebt hatte und einen Monat als Stepptänzerin herumgelaufen war. Ein paar der Moves packte sie allerdings wieder aus, als sie einen Saxofon spielenden Straßenmusiker passierten. Sie stampfte mit den Fersen und wackelte mit den Zehen. Huxley machte große Augen, als hätte er einen Außerirdischen vor sich. Sie griff nach seiner Hand und zog ihn in einen Vampirladen.

Mit verzogenem Gesicht beäugte er die Regale voller falscher Vampirzähne und Sarg-Geldbörsen. »Was machen wir hier?«

Bea ließ seine Hand los und schnappte sich einen Gothic-Regenschirm. Sie drehte ihn über dem Kopf. »Sie haben doch gesagt, ich muss New Orleans kennenlernen. Wir machen eine Stadttour.«

»Das ist nicht die Stadt. Das ist eine Touristenfalle.«

»Eine lustige Touristenfalle.« Sie wirbelte den Schirm herum. Sein Blick blieb auf ihr Gesicht gerichtet. Sein Starren war so intensiv, dass sie wegschauen musste. »Ich bin außerdem auf einer Mission, um etwas herauszufinden.«

Es musste doch einen Grund geben, warum ihr Puls raste, wenn er bei ihr war. Warum ihre Hand immer noch kribbelte, die er bis eben gehalten hatte. Ihre Haut fühlte sich seltsam entzündbar an, wenn er in der Nähe war. Das ganze Mittagessen über hatte sein Knie unter dem kleinen Tisch ihres berührt, eine intime Geste, die sie genauso befriedigt hatte wie das schmackhafte Essen.

Ihre einzige Hypothese dazu: Huxley Marlow war tatsächlich ein Vampir, und er hatte sie mit einem Zauberspruch belegt.

Zwei Mädchen betraten den Laden und kicherten über die Korsagen und Netzstrumpfhosen.

Huxley stand so stocksteif da, dass nur zu deutlich war, dass er sich nicht wohlfühlte. Er steckte die Hände in die Hosentaschen. »Die Antwort ist fünf Minuten.«

»Fünf Minuten?«

»Wenn Ihre Mission darin besteht, herauszufinden, wie lange meine Geduld reicht, was kitschige Touristengeschäfte angeht, lautet die Antwort fünf Minuten.«

Dann sollte sie ihre investigativen Aktivitäten besser beschleunigen. Sie ließ den Schirm fallen und strich sich die Haare über eine Schulter zurück, sodass ihr Hals entblößt war. »Habe ich da einen Biss? Da juckt es.«

Er trat näher und antwortete mit gesenkter Stimme: »Sieht gut aus, finde ich.« Nicht nur blieb sein Blick auf der glatten Haut hängen, sondern er fuhr mit den Fingern federleicht über ihre Halsschlagader. »Sieht perfekt aus«, murmelte er.

Er beäugte ihren Hals, als wollte er gern ein Stück herausbeißen, und sie bekam Gänsehaut an den Schultern. Das war ein Punkt in der Vampirspalte. Kein gutes Zeichen. Genauso wenig wie sein intimer Tonfall. Das Huxley-Murmeln war ein sicheres Mittel, um sie abzulenken.

Verwirrt nahm sie ein Paar hohe Kniestrümpfe mit Spitze in die Hand, die perfekt in ihre Sammlung passen würden. »Gefallen die Ihnen?«

Seine Nasenflügel bebten. »Ja, allerdings.«

Sein Blick wanderte von ihrem entblößten Hals zu den seidenen Vampirstrümpfen und wieder zurück. Sie hatten zwar gerade erst zu Mittag gegessen, aber er sah sie an, als wäre er am Verhungern, was ihren Bauch zum Kribbeln brachte. Sie sollte keine Schmetterlinge im Bauch bekommen, wenn seine Vorliebe für die Strümpfe der zweite Haken in der Vampirspalte war. Das Geschäft war dunkel und höhlenartig, das Vampirzubehör sah genauso düster aus. Bea zog ihn ans Fenster, wo ein Lichtstrahl hereinfiel, und betrachtete seine Hand.

Sein warmer Atem streifte ihren Scheitel. »Gehört das zu Ihrer Mission?«

»Ja.« Seine Haut war dunkler als ihre, mit einem Hauch von Olive in der Farbe. Nichts Ungewöhnliches, abgesehen davon, dass sie ihm am liebsten die Handfläche geküsst hätte. »Ich schaue nur, ob was funkelt.«

»Hat das was mit *Twilight* zu tun?«

Der Vampirshop musste sie verraten haben. Was aber nicht seine Frage erklärte. Sie sah ihn mit hochgezogenen Augenbrauen an. »Haben Sie etwa *Twilight* gelesen?«

»Was ist Ihr Lieblingsbuch?«

Seine Gegenfrage ließ sie schwindeln. Oder es lag daran, dass er seine Finger um ihre gelegt hatte. Sie hielten jetzt Händchen. In einem Vampirladen. In New Orleans. Sie konnte ein Grinsen nicht unterdrücken. »Sie haben *Twilight* gelesen.« Dieses Mal war es eine Feststellung.

»Sie haben meine Frage nicht beantwortet.«

Weil sie nicht aufhören konnte, sich diesen stattlichen

Mann vorzustellen, wie er mit dem Buch vor der Nase auf dem Rücken lag und gespannt verfolgte, wie Bella Swan sich in Edward Cullen verliebt und Edward Cullen mit seinen Gefühlen für das sterbliche Mädchen ringt. Huxley war ein Romantiker. »Lesen Sie etwa auch Schundromane?«

Sein Blick schnellte nach links und dann zu Boden. »Natürlich nicht.«

Dieser huschende Blick war das deutlichste Geständnis, das er hätte ablegen können. Anstatt darauf herumzuhacken, ließ sie Gnade walten und wandte sich seiner Frage zu ihrem Lieblingsbuch zu. Auch wenn sie ihre Mitgliedskarte für die Bücherei in den vergangenen Jahren zum Glühen gebracht hatte, war ihre Antwort doch eine, die mit ihrer Kindheit zu tun hatte. »Das Lexikon«, sagte sie.

»Das Lexikon«, wiederholte er. Als sie ihm nicht widersprach, fuhr er fort: »Eine spezielle Ausgabe? Oder einfach Das Lexikon?«

»Einfach Das Lexikon. Abgesehen vom Playboy war es das einzige Lesematerial, das wir im Haus hatten, als ich klein war. Mein Vater hat irgendwann unseren Fernseher versetzt, und ich hatte nicht gerade viele Freunde. In meiner Freizeit habe ich Skulpturen aus weißen Bohnen gebaut und Das Lexikon gelesen. Obwohl es im Playboy echt interessante Artikel gab.«

Sein Blick glitt über ihr Gesicht, eine Mischung aus Staunen und eindringlichem Mustern. Dieser faszinierende Mann sah sie an, als wäre sie das Einhorn, auf dessen Existenz er immer gehofft hatte. Dann lächelte er. Ein breites Lächeln, und ihr wurde warm ums Herz. Dieses Lächeln war zu zärtlich und zu offen, als dass es zu einem verdorbenen Unsterblichen passen würde. Das war ein Haken in der Normaler-Sterblicher-Spalte.

Der nächste folgte, als sie die Spitzenstrümpfe kaufte, und Huxley errötete. Unsterbliche erröteten nicht.

Als Nächstes besuchten sie einen Hexenshop. Huxley legte ihr die Hand an den unteren Rücken und folgte ihr in den muffigen Laden. Er lächelte nachsichtig, als sie Handpuppen nahm und sich Stimmen für die ausgestopften Figuren ausdachte. Er grinste, als sie eine Auswahl an Umhängen vorführte. Ehe sie ihn dazu überreden konnte, auch einen anzuprobieren, vibrierte ihr Handy. Sie hatte eine neue Nachricht.

Zahl das Geld, oder du verlierst mehr
als ein paar Finger.

Die verbrauchte Luft wurde mit einem Mal noch dünner. Schlucken fiel ihr schwer. Sie sah sich nervös in dem muffigen Shop um, überzeugt, dass gleich ein maskierter Mann aus einer der dunklen Ecken springen würde.

Sie war so in die magischen Auftritte und in ihre Kunst und Huxley vertieft gewesen, dass sie den Kredithai ihres Vaters ganz vergessen hatte. Sie war davon ausgegangen, dass er es aufgegeben hatte, sie zu finden, oder dass er bezahlt worden war. Ihr Zahltag war gekommen und vorbeigegangen. Big Eddie war in Chicago. Sie war in New Orleans. Die Entfernung hatte ihr ein Gefühl der Sicherheit vermittelt, doch es bestand kein Zweifel daran, dass die Drohung von ihm stammte.

Sie ging ihr Zusammentreffen in der schäbigen Kneipe noch einmal durch, von seinem Schock, sie zu sehen, bis zu seinem Kommentar, dass Franklyns Plan nicht aufgehen würde. Sie hatte keinen anderen Plan gehabt als den, ihrem Vater mehr Zeit zu verschaffen, um das Geld zusammenzubekommen, und es waren an diesem Tag auch noch andere

Leute in der Bar gewesen. Wenn Big Eddie sein Geld nicht eintreiben konnte, würde sein Ruf darunter leiden. Er musste sein Gesicht wahren.

Sie verfluchte sich einmal mehr dafür, dass sie eingewilligt hatte, ihrem Vater zu helfen. Doch er hatte sie angefleht, und sie hatte wie üblich nachgegeben, nachdem er ihr ausgemalt hatte, wie die potenzielle Bestrafung aussehen konnte. Big Eddie musste ihre Nummer von ihm haben, oder er hatte das Telefon ihres Vaters in die Hände bekommen. Sie wusste nicht, ob das bedeutete, dass ihr Vater in Schwierigkeiten steckte, eine Möglichkeit, bei der ihr ganz flau wurde. Aber sie konnte nicht viel tun, um ihm zu helfen. Zumindest wusste er nicht, wo sie war, drei Staaten entfernt. Was bedeutete, dass Big Eddie es auch nicht wissen konnte. Die Nachricht war nur ein Versuch, sie zu erschrecken.

Sie drückte auf *Löschen* und blockierte die Nummer. Sie würde später noch einmal checken, dass an ihrem Handy das GPS wirklich ausgeschaltet war.

Sie ignorierte ihre zittrigen Knie und tat, was sie am besten konnte – sie lächelte. »Alles in Ordnung.« Immerhin war sie gerade in einem Hexenladen und genoss ihre große New-Orleans-Stadttour. Sie hatte sogar ein paar Bewerbungsgespräche vor sich. Dennoch blieb eine unterschwellige Übelkeit bestehen.

Huxley legte mit schmalen Augen den Kopf schief. Konnte er ihr Unbehagen spüren? Ihre chronischen Angstzustände, auf die sie gern verzichten würde? Wild entschlossen, ihre Sorgen abzuschütteln, stieß sie ihn mit der Hüfte an und nahm ihre alberne Modenschau wieder auf. Sie überschritten seine Fünfminutengrenze, und sein Lügendetektor-Ausdruck blieb für den Rest der Tour verschwunden. Ihre Sorge, was Big Eddie anging, brauchte länger, um zu verblassen.

Kapitel 9

BEAS BEWERBUNGSGESPRÄCHE waren ein Reinfall. Beide Jobs erforderten Abendschichten, und die Bars rochen wie in Rum marinierte Sportsocken. Sie war erleichtert, sich wieder in das Magazin im Theater schleichen zu können, um zu malen. Ihr Handy spielte eine Mischung aus Swing- und Big-Band-Musik. Sie hatte die Lautstärke ganz niedrig eingestellt, für den Fall, dass doch mal jemand das Gebäude betreten sollte, aber das hielt sie nicht davon ab, sich im Rhythmus der Musik zu bewegen.

Sie bemalte ein kleines quadratisches Holzstück, im Versuch, den Farbton der hellsten Stellen von Huxleys blauem Auge zu treffen. Immer wieder hielt sie mit dem Pinsel inne, und ihre Gedanken wanderten zum Mittagessen und dem Quasi-Date mit Huxley. New Orleans hatte sich als spaßiger herausgestellt, als sie es erwartet hatte. Ein weiterer Beweis dafür, dass, wenn das Leben einem Zitronen gab, man sie in einen leckeren Zitronenkuchen verwandeln konnte.

Ihr Kunstprojekt war die Schlagsahne auf diesem Dessert.

Möglicherweise hatte sie sich mit diesem Konzept mehr Hubba Bubba in den Mund gesteckt, als sie kauen konnte, aber jeder bisherige Pinselstrich erschien ihr wie eine Übung für dieses Hauptprojekt: ihr Selbstporträt.

Ähnlich zu Monets Werken und Huxleys unattraktiv-attraktivem Gesicht, würde sie ihr Porträt aus Dutzenden winziger einfarbiger Gemälde zusammensetzen, kleine Teile, die zusammengesetzt ein Ganzes ergaben. Von Nahem betrachtet würde jedes einzelne ihre Geschichte erzählen, sowohl die alte als auch die neue: eine Scheibe Wassermelone, der lächelnde Mund ihrer Mutter, Huxleys Augen, ein Teil seines Umhangs, der Schweif ihrer *My-little-Pony*-Puppe aus ihrer Kindheit, ein Bienenflügel, die Spitze eines EpiPens, drei Nummern ihres leeren Bankkontos, der Schlüssel, der Huxleys Auto verunstaltet hatte, und so weiter und sofort, bis Bea ihr Leben endlich auf Holz eingefangen hatte.

Aufgereihte Kanthölzer wurden zu ihrer Leinwand, eine faszinierende Oberfläche, leicht auseinanderzunehmen und zu verstecken. Ihre Vergangenheit führte ihren Pinsel. Die Magie des Marlow Theaters inspirierte ihre Kreativität.

Unglücklicherweise brachte es ein paar Unannehmlichkeiten mit sich, wie Bauarbeiten, die sie zu unchristlichen Zeiten weckten, eine eigenwillige Elektrik und eine Ratte, auf die sie stieß, als sie auf der Suche nach dem Sicherungskasten gewesen war. Doch sie war schon seit ihrer Geburt eine arme Künstlerin. Für ihre Kunst zu leiden verlieh ihr den Sinn. Außerdem brachten sie die Gedanken an Huxley zum Lächeln, und sie arbeitete immer am besten, wenn sie lächelte.

Sie konnte gar nicht schnell genug malen.

* * *

Huxley betrat das dunkle Theater mit gemischten Gefühlen. Es war frustrierend, Beatrice ausgerechnet dann kennenzulernen, wenn er gerade dabei war, sein Erbe zu retten. Die

Gelegenheit zu bekommen, mit einer faszinierenden Frau auszugehen, nur um zu überwältigt zu sein, um sie richtig um ein Date zu bitten, war eine grausame Fügung des Schicksals. Heute hatten sie zwar eine Art Date gehabt, als sie gemeinsam zu Mittag gegessen und die Stadt angeschaut hatten. Aber gute Dates endeten mit einem Kuss. Als Beatrice am Ende der Probe verkündet hatte, dass sie sich zu den Bewerbungsgesprächen aufmachen würde, hatte er nichts anderes tun können, als sich für ihre Arbeit zu bedanken.

Jetzt saß er mitten im leeren Theater, wie er es so oft tat, und atmete mit geschlossenen Augen den vertrauten Geruch aus Harz und Lavendelreiniger ein, den sie seit Ewigkeiten schon für den Boden verwendeten.

Er stellte sich den Fabelhaften Max Marlow auf der Bühne vor, wie er das Publikum zum Lachen brachte, indem er einen verschwundenen Schokoriegel in seiner Hosentasche fand, wie er Staunen hervorrief, wenn er seine Assistentin in zwei Teile sägte, und wie er selbst die Stammgäste dazu brachte, die Luft anzuhalten, wenn er sich in einem mit Wasser gefüllten Fass einschließen ließ. Letztere Nummer führte er einmal im Jahr auf, vor bis auf den letzten Platz gefüllten Rängen. Huxleys Brüdern war es mit den Jahren langweilig geworden, und sie hatten nicht mehr zugesehen. Anders Huxley. Er war jedes einzige Mal dabei, inklusive dem letzten.

Dem Schicksalstag.

Er wünschte, er würde sich nicht so genau daran erinnern: Wie das Fass zu lange geschlossen geblieben war, die Menge immer unruhiger geworden war. Er hätte auf die Bühne rennen sollen, doch Max Marlow hätte ihn gescholten, weil er seine Illusion zerstört hatte, also hatte er gewartet. Am Ende war Huxleys Hilfe zu spät gekommen. Er hatte zu lange ge-

braucht, das Fass aufzubrechen. Das Wasser war herausge-
flossen. Die Lippen seines Vaters waren bereits blau gewesen. Alle Versuche, ihn wiederzubeleben, waren erfolglos
geblieben.

Jetzt hatte Huxley ein Gesicht voller Narben, weil er seine
Trauer und seine Wut an den falschen Leuten ausgelassen
hatte. Außerdem hatte er den Kopf voller Bilder, die er am
liebsten verbrennen würde.

»Es tut mir leid«, flüsterte er die Worte, mit denen er seine
abendliche Beichte immer begann.

* * *

Beas Kadmiumrot hatte den falschen Farbton für die Ecke
ihrer Lipgloss-Studie. Sie musste Alizarinrot mischen, doch
ihr fehlte die Farbe, was bedeutete, dass sie dringend einen
Gehaltsscheck brauchte. Die Kellnerinnenjobs waren zwar
nichts geworden, aber Huxley hatte doch etwas von einem
Job auf dem French Market erwähnt. Ihn um Hilfe zu bitten,
wo sie schon unerlaubt in seinem Theater kampierte, war
zwar nicht gerade optimal, aber ihre Farben hatten Vorrang.

Mit dem Pinsel zwischen den Zähnen angelte sie ihr
Handy aus der Tasche und schrieb ihm eine Nachricht:

Kann ich Dellas Nummer haben?

Wenn die Freundin von Fox einen Marktstand hatte, würde
sie ihn sicherlich tagsüber betreiben, was ihr Zeit gab, ein
Zick-Zack-Girl zu sein und zu malen. Sie fragte sich, was für
eine Art Frau mit dem aalglatten Fox befreundet war, aber sie
brauchte das Geld.

Kein Problem,

lautete Huxleys prompte Antwort. Er schickte ihr die Kontaktdaten von Della, und die Schnelligkeit seiner Reaktion beschleunigte ihren Herzschlag. Sie konnte ihn zwar gerade nicht sehen oder mit ihm reden, doch sie hatte sein Taschentuch in ihrer Tasche, und die wenn auch nur leichte Verbindung erfüllte sie mit frischer Leichtigkeit. Sie dankte ihm und schrieb Della eine Nachricht, beflügelt von der Aussicht auf einen bezahlten Job.

Sie suchte sich eine andere Ecke aus, die sie malen konnte, und drückte eine kleine Menge Zitronengelb auf ihre Palette aus Sperrholz. Leise Musik tönte aus ihrem Handy. Sie mischte noch etwas Weiß dazu und etwas Umbra, bevor sie mit der Pinselspitze ihre improvisierte Leinwand bearbeitete.

Da verstummte ihr Handy. Ihre Swingmusik hatte die altersschwache Batterie aufgebraucht, sodass es auf einen Schlag still war. Bis sie eine gedämpfte Stimme vernahm.

* * *

»Ich hatte Spaß mit dir«, murmelte Huxley seinem stummen Handy zu, nachdem er Beatrice geschrieben hatte. Er hatte sich gefreut, als sie ihn um Hilfe gebeten hatte, doch er hätte ihr auch sagen sollen, wie erfrischend ihr gemeinsamer Nachmittag für ihn gewesen war. Er wünschte, sie würde sich in diesem Moment in seinen Armen befinden und nicht irgendwo in der Stadt seine knappe Antwort lesen.

Er rieb sich die Schläfen und richtete den Blick auf die Decke, wo die Farbe abblätterte. »Die Lage ist trostlos«, sagte er in das leere Theater hinein. Zu seinem Vater. »Ich habe das Gefühl, alles entgleitet mir. Egal, wie sehr ich diesen Ort auch liebe, ich schaffe es nicht, die Dinge zusammenzuhalten.« Er rutschte im Sitz tiefer und streckte die Beine in den Gang. »Wir ändern die Musik, was du mit Sicherheit hassen wirst. Daran habe ich keinen Zweifel, und doch hätten wir es schon vor Jahren tun müssen. Ich frage mich, ob wir auch unsere Nummern effektvoller gestalten sollten.«

Das ganze verdammte Theater umgestalten. Ihm missfiel die Vorstellung einer Modernisierung, aber irgendein Opfer mussten sie bringen. Er hatte auch vor, den Einsatz beim Pokerspiel nächste Woche zu erhöhen.

Die Rolex würde in den Topf zurückkehren müssen, wo hoffentlich auch Oliphants Halskette landen würde. Falls Miss Terious auftauchen sollte, würde er ihr das Gold von den Fingern schmeicheln. Er würde Dazzling Delmars vollgestopftem Geldbeutel die Dollarscheine stapelweise entlocken. Die Crème de la Crème war allerdings Horatio Heinzinger. Dieser Hochstapler brachte keine ordentliche Illusion zustanden, nicht einmal, wenn sein Leben davon abhängen würde. Außerdem hatte er die Millionen seines Vaters geerbt.

Es wäre ein Anfang, aber nicht genug. Nicht, wenn seine Auftritte nicht mehr Umsatz brachten. »Bei dir sah alles so einfach aus. Die Leute liebten dich. Vor der Tür standen sie Schlange. Jetzt schaffe ich es kaum, überhaupt noch jemanden hereinzuscheuchen. Du würdest dich schämen, wenn du das Theater so sehen könntest.«

Er schaffte es nicht, die Erwartungen seines Vaters zu erfüllen. Er schaffte es nicht, ein funktionierendes Leben zu führen, Punkt. In neun Jahren hatte er ganze zwei Frauen gedatet, und die letzte Beziehung war über zwei Jahre her. Das marode Theater wieder herzurichten war zu seiner Priorität geworden. Er hatte sich handwerkliche Grundlagen für

Klempnerarbeiten und Trockenbau angeeignet. In den verbleibenden Stunden versuchte er, die Rechnungen zu bezahlen. Er hatte mitansehen müssen, wie Axel mit Frauen ausgegangen war – sorgenfrei und sein Leben auskostend, unbeeindruckt von den Karten, die das Schicksal ihm zugeteilt hatte. Es war genau das, was er sich für all seine Brüder gewünscht hätte, und doch trugen Huxleys Witze einen Hauch Bitterkeit in sich, wenn er ihn aufzog. Neid auf das, was Huxley nicht hatte: Frauen, Freizeit, *Spaß*.

Dann hatte Beatrice Baker ihm ein pinkfarbenes Pony geschenkt, und ein Lächeln, das einen flüchtigen Blick auf das zuließ, was er vermisst hatte. Alles, was er jetzt tun wollte, war zu testen, ob sie wirklich nach Wassermelone schmeckte.

* * *

Du würdest dich schämen, wenn du das Theater so sehen könntest. Bea hatte sich über die Seitenbühne angeschlichen und im Vorhang verborgen, um nach dem Eindringling in ihr vorübergehendes Zuhause Ausschau zu halten. Doch anstelle eines Eindringlings entdeckte sie Huxley – ganz allein, die traurige Stimme durch den leeren Saal hallend –, und es brach ihr das Herz.

Er musste schon dort gesessen haben, als er ihr geschrieben hatte. So nah und doch so fern. Er schien mit seinem verstorbenen Vater zu sprechen und seine Sorgen mit ihm zu teilen. Sie wusste nicht genau, in welchen finanziellen Schwierigkeiten die Fabelhaften Marlow Boys wirklich steckten, aber Huxleys Klage, keine Zeit für Spaß zu haben, seine ständige Griesgrämigkeit und seine Beichten heute beim Mittagessen und jetzt deuteten darauf hin, dass die Lage brenzlig war.

Es ging sie eigentlich nichts an. Sie kannte ihn gerade einmal seit drei Tagen, und doch konnte sie ihr Selbstporträt nicht zeichnen, ohne dass Teile seines Profils die Lücken füllten. Sie hatte den ganzen Abend immer wieder an ihn denken müssen, an seine warme Hand an ihrem Rücken, wie er ihr albernes Verhalten in den Läden geduldig ertragen hatte, sein gelegentliches Lächeln. Er war mit seinem Lächeln nicht gerade freigebig, jedes Zucken seiner Mundwinkel war wie ein Geschenk, das man sich verdienen musste. Es brachte sie dazu, noch mehr Quatsch zu machen. Noch verrückter zu sein. Sie wollte alles tun, um seine steifen Wangen zu lockern.

Sie konnte sich auch nicht vorstellen, ihren Vater zu verlieren. Franklyn Baker mit seinen Problemen allein zu lassen war für sie eine neue Erfahrung. In der Vergangenheit hatte sie ihn sich entschuldigen lassen und ihn so akzeptiert, wie er war. Sie hatte ihm sogar hin und wieder geholfen, andere um Geld anzubetteln, und für ihn gelogen. Denn Franklyn Baker war nicht durch und durch schlecht. Als sie klein war, hatte er immer die besten Geburtstagspartys für sie geschmissen. Von ihren Klassenkameraden tauchte meistens sowieso keiner auf, sodass es nur sie beide waren, die mit viel zu viel Pizza, Eimern voller Schokoeis und bunten Filzstiften dasaßen. Er hatte sie ganze Königreiche an die Wände malen lassen. Irgendwann war er betrunken eingeschlafen und später mit einem bunten Schnauzbart wieder aufgewacht.

Diese Erinnerungen an ihn würden ihr immer bleiben, aber die Spielsucht war eine Krankheit, eine, von der sie nicht wollte, dass sie ihr Leben infizierte. Nicht, wenn daraus Kredithaie resultierten, die ihr die Finger abhacken wollten. Franklyn Baker zurückzulassen war eine Notwendigkeit gewesen, doch mit seinem Tod umgehen zu müssen wäre um ein Vielfaches schlimmer.

Huxleys offensichtliche Verzweiflung hatte zum Teil mit seinem Vater zu tun. Damit konnte sie ihm nicht helfen, aber das Problem mit dem Theater konnte gelöst werden. Huxley war auf ihren Vorschlag, die Musik zu ändern, eingegangen. Die Veränderung war noch nicht umgesetzt und hatte sich noch nicht bewährt, aber sie konnte sich auch noch andere Wege einfallen lassen, die Reihen zu füllen. Fürs Erste hatte er seine Privatsphäre verdient.

Sie linste um den Vorhang herum, um einen kurzen Blick auf ihn zu erhaschen, ehe sie ging, und es kribbelte in ihrem Bauch beim Anblick seines hübschen Gesichts. Sie zwang sich, wegzugehen. Sie versuchte es zumindest.

Dann sagte Huxley Marlow von den Fabelhaften Marlow Boys: »Ich habe jemanden kennengelernt.«

* * *

Untertreibung des Millenniums. Er hatte nicht einfach jemanden kennengelernt. Er hatte eine faszinierende Frau kennengelernt, die ihn daran erinnerte, dass es immer noch einen Funken Hoffnung gab. Sie war albern gewesen heute, hatte Stimmen für Puppen erfunden und auf der Straße Stepptanz gemacht. Mit jeder ihrer komischen Darbietungen hatte er sich mehr zu ihr hingezogen gefühlt, wie eine Blume, die sich nach der Sonne reckt. Er hatte ihr die Hand an den Rücken legen oder sie an jeder beliebigen Stelle berühren wollen, die er erreichen konnte. Er hatte sich danach gesehnt, ihr diese Spitzenstrümpfe anzuziehen, nur damit er sie ihr wieder herunterrollen konnte.

Verdammt, er hatte ein Mal im Leben einfach *leben* wollen und es riskieren, ein schönes Mädchen zu küssen, auch wenn es die Dinge komplizierter machte.

»Du würdest sie lieben«, fuhr er fort, doch dann lachte er leise in sich hinein, als er sich das Entsetzen seines Vaters über den demolierten Mustang vorstellte. »Um genau zu sein, nehme ich das zurück. Du würdest sie hassen. Sie hat dein Auto zerstört. Aber sie ist ein ganz spezieller Mensch.«

Wenn er ihre Verabschiedung heute wiederholen könnte, würde er den Arm um Beatrice' Taille legen und sie an sich ziehen. Er würde mit seiner Nase an ihrem Hals entlang und über ihr Ohr streichen. Er würde ihr sagen, dass er bereit war für ihre Art von Spaß. Dass sie in nur ein paar kurzen Tagen sein Leben auf *überwältigende* Weise an sich gerissen hatte. Er grinste, weil er sich vorstellte, wie sie das Wort benutzte.

Traurigerweise gehörte Zeitreisen nicht zu seinen magischen Tricks.

»Sie bringt mich dazu, die Magie wieder spannend zu finden und das Theater modernisieren zu wollen. Der Druck nervt, und die meiste Zeit bin ich einfach nur am Ertrinken, aber dieses Wassermelonen-Mädchen schafft es, mich zum Lachen zu bringen. Und ich glaube, ich habe vergessen, wie man das macht – einfach lachen. Was verdammt traurig ist.«

Bis Beatrice Baker in knallrosa Hosen auf einem Barhocker gesessen hatte und ihn als *Colon Rectum* bezeichnet hatte, ein feuriges Blitzen in den gewitterwolkenfarbenen Augen.

* * *

Bea drückte die Wange gegen die Wand und legte die Handfläche daneben. Ihr Atem streifte den Samtvorhang und ging mit jedem Wort Huxleys schneller. Sie hatte schon Beziehungen gehabt, ernsthafte und weniger ernsthafte. Ein paar Männern hatte sie gesagt, dass sie sie liebte, aber sie hatte noch nie diese Art himmlischer Leichtigkeit verspürt, als könnten ihre Füße jeden Moment vom Boden abheben und sie davonschweben.

»Ich will dich gern zum Lachen bringen«, flüsterte sie, zu leise, als dass er es hören konnte. »Ich will gern dein Wassermelonen-Mädchen sein.«

Sie wollte sich auch gern zeigen, auf die Bühne laufen und ihm sagen, dass er ihre Kunst genauso beflügelt hatte. Dass Teile von ihm ihr Selbstporträt füllten und sie nicht wusste, wieso. Aber sie sollte eigentlich gar nicht hier sein. Außerdem war es eindeutig eine Verletzung seiner Privatsphäre – was in ihren Augen das größere Vergehen war. Und sie hatte das Auto seines *Vaters* demoliert? Nicht Huxleys? Das Auto seines *verstorbenen* Vaters.

Seinen Mustang zu verschandeln war schon schlimm genug, aber etwas von so großem sentimentalem Wert zu ruinieren war unverzeihlich. Und doch hatte er es ihr nicht verübelt. Dieser gutmütige Mensch hatte darüber hinweggesehen.

Sollte sie vorher schon gedacht haben, Huxley etwas zu schulden, dann war sie ihm jetzt ungefähr eine Niere schuldig. Und seine Privatsphäre. Sie versuchte, wieder zu gehen, auf dem Absatz kehrtzumachen und in die Dunkelheit zu verschwinden. Aber er sprach über sie. Er hatte sie einen ganz speziellen Menschen genannt. Sie lehnte sich mit dem Rücken an die Wand und rutschte daran hinunter, die Knie an die Brust gezogen.

* * *

Huxley stellte sich vor, sein Vater würde neben ihm sitzen – zwei Männer, Schulter an Schulter, die sich gegenseitig das

Herz ausschütteten. Er fragte sich, wie es dazu gekommen war, dass Max Marlow Nadya geheiratet hatte, ob seine Mutter damals anders gewesen war. Ob sie sich noch um jemand anderen gekümmert hatte als um sich selbst. Jetzt tat sie das jedenfalls nicht.

Sie hatte ihre Aktivitäten als Hochstaplerin auch noch nicht aufgegeben. Sie hatte zwar einen ordentlichen Batzen Kleingeld von Max Marlows Lebensversicherung kassiert, zusammen mit einem Brief, in dem er sie darum bat, das Theater zu unterstützen, aber sie weigerte sich, bei den Reparaturarbeiten für das Gebäude zu helfen. Sie hasste die Immobilie genauso, wie sie den Mann gehasst hatte, den sie geheiratet hatte. Vielleicht hatte sein Vater zu viel gearbeitet. Vielleicht hatten sie zu jung geheiratet. So oder so, ihre zahlreichen Affären waren alles andere als geheim gewesen, und sie umarmte noch eher einen ihrer Söhne, als dass sie auch nur einen Cent an das Theater spendete.

Dann war da Beatrice, eine Frau, die keinen Funken Egoismus in sich zu haben schien. Sie hegte nicht einmal einen Groll gegen ihren Vater, sondern lächelte. Er hatte sie um ihre Ersparnisse betrogen, sodass sie gezwungen war, ganz von vorne anzufangen … und doch lächelte sie noch.

Wie es wohl wäre, jeden Morgen mit ihr und ihrer Fröhlichkeit aufzuwachen? Diese unbändige Freude in seinem Leben zu haben. Ihr mit den Fingern durch die roten Haare zu fahren, wann immer er wollte, ihre Lippen mit einem stürmischen Kuss in Beschlag zu nehmen. Jeder Muskel in seinem Körper spannte sich an, wenn er daran dachte.

»Wie kann ich das alles schaffen?«, fragte er den Vater, der zu früh aus seinem Leben gerissen worden war. »Wie kann ich mich darauf konzentrieren, das Theater zu reparieren, und gleichzeitig die Zeit finden, ein Leben zu haben? Denn ehrlich gesagt, würdest du sie kennen, würdest du es verstehen. Sie ist wunderschön und sexy und lustig, und sie hat diese Art an sich, die jeden um sie herum zum Lächeln bringt. Ich bin auch anders, wenn ich mit ihr zusammen bin.« Zumindest wenn er nicht gerade damit beschäftigt war, sein Interesse an ihr zu unterdrücken.

Huxley war nicht auf der Suche nach einer Frau. Nicht jetzt, wo er so viel um die Ohren hatte. Aber er hatte ihr pinkfarbenes Pony auf seinen Couchtisch gestellt und ertappte sich hin und wieder dabei, wie er es unbewusst anlächelte, trotz all seiner Sorgen. Dieses eine einfache Geschenk hatte sein Leben bereits besser gemacht. Eine alberne Ponypuppe.

Er seufzte in den leeren Zuschauerraum. »Ich weiß, es ist nicht die passende Zeit, sich ablenken zu lassen. Ich bin mir nur nicht sicher, ob ich mich von ihr fernhalten kann.«

* * *

Dann halte dich nicht fern, dachte sie. *Du kannst beides schaffen. Ich werde dir dabei helfen.* Sie legte die Hand auf ihr laut klopfendes Herz, weil sie befürchtete, er könnte sein Wummern hören. Es war, als hätten die Trompeten aus ihrer Swingmusik in ihrer Brust zu spielen begonnen.

Er hatte sie *wunderschön* und *sexy* und *lustig* genannt. Ach, wie gern würde sie ihm zeigen, wie viel Spaß man haben konnte. Nicht nur mit Albernheiten, um ihn aufzuheitern. Sie wollte mit ihm Riesenrad fahren, während die Welt sich um sie drehte, ihre Arme und Hände ineinander verschränkt. Sie wollte ihn mit Beignets füttern und ihm den klebrigen Zucker von den Lippen lecken. Ihn dreckig machen, damit sie ihn ausziehen und sauber machen konnte, langsam und mit seifigen Händen. Sie wollte jede Narbe an seinem Körper entdecken.

Ihr Körper kribbelte bei der Vorstellung.

Sie schloss die Augen und schwelgte in ihren Fantasien. Sie lauschte angestrengt, ob sie seinen Atem hören konnte. Zu gern wollte sie in der Stille zwischen seinen Worten leben.

Kapitel 10

AM NÄCHSTEN TAG stand Bea wie versteinert da und starrte ein Paar Knopfaugen und eine Reihe gezackter Zähne an. Der ledrige Kiefer des Alligators sah so aus, als wäre er bereit, sie in Fetzen zu reißen. Sie hatte noch nie einen Alligator aus der Nähe gesehen, weder tot noch lebendig. Dieser Zeitgenosse war jedenfalls tot, genau wie die anderen über dreißig abgetrennten Schädel auf dem Tisch des Händlers. Kinder und Ehepaare posierten mit den leblosen Reptilien, um die Fotos dann über die Social-Media-Kanäle zu verbreiten.

Bea schickte ihrer Mutter ein Bild mit dem Untertitel: *Caught in the wild!*

Dellas Stand musste sich irgendwo am hinteren Ende des Marktes befinden. Sie hatte auf Beas Nachricht geantwortet und ihr angeboten, sich wegen eines Jobs zu unterhalten. Da sie wusste, wie abgelenkt sie von dem Trubel auf dem berühmten French Market sein würde, hatte Bea extra Zeit zum Umschauen eingeplant. Und das war gut so. Beim Anblick der gestapelten Muffeletta-Sandwiches und der vollgestopften Po'boys lief ihr das Wasser im Mund zusammen. Austern glänzten in den Auslagen. Fruchtcocktails schäumten in den Mixern. Würde in ihrer Geldbörse nicht gähnende Leere herrschen, hätte sie von allem etwas probiert.

Die würzigen, deftigen Gerüche einatmend, streifte sie mit anderen Touristen durch die Gänge und staunte über die Regale voller Hot Sauces und über die vielfältigen Kunsthandwerksstände. Sie fuhr mit den Fingern durch Haufen von Halsketten und Masken in Pink und Lila und Neonblau. Selbst mit ihrer Bummelzugabe schaffte sie es kaum, Dellas Stand rechtzeitig zu finden.

Aber Della war sowieso nicht da. Bis sie es doch war.

Eine Frau tauchte von unten hinter dem Tisch auf, die langen Rastazöpfe schwangen hin und her, während sie kaute und sich die Lippen leckte.

»Wenn das da unten ein Po'boy-Sandwich ist«, sagte Bea, »muss ich mir gleich mal einen Bissen klauen.«

Della schluckte. »Wenn Sie nicht Beatrice sind, könnte das peinlich werden.«

»Nenn mich Bea, und peinlich kann doch auch lustig sein.«

Bea trat beiseite und ließ ein paar Frauen an die Auslage, in der Dellas Schmuck ausgestellt war. Anders als viele der kitschigen Stücke im Hauptgebäude war ihre Arbeit eindrucksvoll. Farbenfrohe Kristalle und Perlen füllten kleine Ringe, Ovale und Quadrate, und die Formen wiederum verbanden sich zu Armbändern und Halsketten. Lange Ohrringe mit faszinierenden Mustern baumelten von einer dünnen Stange. »Deine Arbeit ist genauso magisch wie die Marlow-Show.«

Dellas dunkelbraune Augen funkelten. »Ich mag dich jetzt schon. Wann kannst du anfangen?«

»Sollten wir nicht erst ein Gespräch führen?«

»Okay.« Sie duckte sich wieder hinter den Stand, um einen weiteren Bissen von ihrem Sandwich zu nehmen, und richtete sich kauend wieder auf. Als sie geschluckt hatte, fragte sie Bea: »Hast du vor, mich zu bestehlen?«

»Nein.«

»Kannst du einen Taschenrechner bedienen?«

»Ja.«

»Kannst du gut mit Menschen umgehen?«

»Ich liebe Menschen.«

Beas zukünftiger Boss trug enge Jeans und ein cooles weißes Top mit Cut-outs an den Schultern. Eine türkis-gelbe Kette – so geheimnisvoll wie ein griechisches Mosaik – hing über ihr feingliedriges Schlüsselbein und bildete einen schönen Kontrast zu ihrer dunklen Haut. Ihre Fähigkeiten, was Vorstellungsgespräche anging, waren vielleicht nicht gerade herausragend, aber sie wirkte nicht so, als würde sie sich bei dem aalglatten Fox einschmeicheln. Bis sie die Augen verengte und Bea musterte. »Ist Huxley einer der Menschen, die du liebst?«

Vielleicht hatte sie Della doch falsch eingeschätzt. »Gehört das noch zum Vorstellungsgespräch?«

Sie zuckte mit den Achseln. »Ist schon okay, du musst nicht antworten. Ich habe nur das Gefühl, die Jungs beschützen zu müssen, und Huxley hat eine Menge durchgemacht.«

»Wenigstens versucht er nicht, meine Gedanken zu lesen.« Wie sein Mentalistenbruder. Auch wenn Huxley am Abend zuvor seinen Job nicht schlecht gemacht hatte. Jede Beichte, die er in das leere Theater hinein gesprochen hatte, war ein Echo ihrer Gefühle, seine dunkle Baritonstimme hätte sie fast in den Schlaf gelullt. Als sein Monolog anfing, von seinen Brüdern zu handeln, war Bea zu ihrer Kunst zurückgekehrt und hatte ihm seine Privatsphäre zurückgegeben.

Sie hatte ihn seitdem nicht gesehen, und zu hören, dass er eine Menge durchgemacht hatte, machte sie nur noch neugieriger auf den Mann hinter dem faszinierenden Gesicht. Jetzt schon beschleunigte sich jedes Mal ihr Herzschlag, wenn sie an ihn dachte. Oder vielleicht lag es auch daran, dass heute Abend, wenn sie ihn wiedersah, ihre Bühnenpremiere anstand. Auf einer richtigen Bühne. Vor Publikum.

»Wenn ein Bruder deine Gedanken liest«, sagte Della, »musst du Fox kennengelernt haben.«

»Den aalglatten.«

»Das könnte man so sagen.« Ein undurchdringlicher Blick huschte über ihr Gesicht. »Ich kenne die Jungs schon, seit wir Kinder waren. Sie können manchmal etwas ...«

»Wenn ich diese drei kaufe, bekomme ich dann einen Sonderpreis?« Eine ältere Frau mit Händen voller Altersflecke hielt ein Set aus Halskette und Armband in die Höhe und in der anderen Hand ein paar Ohrringe.

Della plauderte mit der Frau und erklärte ihr, wie sie mit Lupe und Pinzette die kleinsten Teile verarbeitet hatte. Ihr halb gegessenes Sandwich vergessen unter dem Tisch, schloss sie den Handel ab.

Ein steter Strom von Kunden folgte. So stet, dass Bea hinter den Stand hüpfte und das Kassieren übernahm, Beträge zusammenrechnete und Rückgeld gab. Della zeigte hierhin und dorthin und verlangte nach einer Geschenkbox oder einer kleinen Tüte. Sie arbeiteten umeinander herum in dem viel zu engen Raum, ihre Hüften stießen aneinander, und sie tauschten flüchtige Entschuldigungen aus. Gelächter folgte auf eine Hand-Brust-Kollision.

Als nachmittags eine kurze Flaute eintrat, bot Della Bea die Hälfte ihres halb gegessenen Po'boys an. »Irgendein bekannter Blogger hat neulich meinen Stand erwähnt. Seitdem ist die Hölle los.«

Bea wollte etwas erwidern, doch ihr Mund war zu voll mit

gebratenen Shrimps. Sie antwortete zwischen zwei himm-
lisch leckeren Bissen.»Dein Schmuck ist der schönste auf
dem ganzen Markt. Die Stücke haben einen Flow an sich –
schon fast rhythmisch. Es erinnert mich an Van Goghs *Ster-
nennacht*, aber mit Kristallen.«

Della leckte sich Soße von der Handfläche.»Das bedeutet
mir viel von einer Künstlerkollegin.«

Bea konnte sich nicht erinnern, diese Information irgendwann erwähnt zu haben.»Kannst du auch Gedanken
lesen?«

»Schön wär's.« Sie wischte sich den Mund ab und warf die
Serviette in den Müll.»Huxley hat erwähnt, du wärst eine
Art Malerin.«

Bea blieb der Bissen im Halse stecken. Hatte er etwa ihre
versteckten Pinsel und Farben entdeckt? Ihr Selbstporträt?
In diesem Fall hätte er sie aber bestimmt schon zur Rede gestellt. Oder Geld von ihr verlangt. Dann fiel ihr das Gespräch
beim Mittagessen wieder ein, wo sie die Kunsthochschule
erwähnt hatte, auf die sie nun nicht gehen konnte. Er hatte
außerdem ihren dekorierten Käfer gefahren und darin ihre
Porträtstudien gesehen. Sie fragte sich, was er davon gehalten hatte.»Malen ist mehr so ein Hobby von mir. Im Moment
noch zumindest. Aber ich habe ein neues Projekt begonnen,
das ich sehr spannend finde.«

»Falls du jemanden brauchst, der dir Feedback gibt, schaue
ich es mir gern mal an.«

»Ich teile meine Kunst gern mit jedem, der mit mir ein
Po'boy teilt.« Auch wenn ihr bei der Vorstellung ein bisschen
schlecht wurde.

Ihre bisherigen Experimente waren immer private Arbeiten gewesen, wie die Studien in ihrem Auto, in ihrer alten
Wohnung und in den Sketchbooks, die sie in Chicago zu-

rückgelassen hatte. Nur ihr Vater hatte die meisten ihrer Arbeiten zu Gesicht bekommen; seine Freigebigkeit mit Lob war eine seiner wenigen guten Eigenschaften. Ihre Kunst auch anderen zu zeigen war ein einschüchternder Gedanke, doch es war das, was ein Freund tun würde. Doch davon hatte sie nicht viele.

Ihre Bekanntschaften in Chicago beschränkten sich auf Kolleginnen ihrer Aushilfsjobs, die sich über ihre schlechte Bezahlung und die Überstunden beschwerten. Keine Mädchen, die Nachrichten schrieben oder den Kontakt hielten. Das Malen hatte für Bea immer an erster Stelle gestanden, dicht gefolgt vom Geldverdienen und Sparen. Sie war davon ausgegangen, dass sie auf der Kunsthochschule Leute kennenlernen würde, aber vielleicht war das jetzt in magischen Theatern und auf Flohmärkten der Fall.

Della arrangierte die Armbänder neu. »Wie läuft es denn mit der Ausbildung zur Assistentin?«

»Ich bin ein Naturtalent. Ich laufe ganz viel im Kreis und wedele mit den Armen. Ich habe außerdem gelernt, wie man eine Zwangsjacke anlegt, was sich in meinem Lebenslauf sicherlich sehr gut macht.«

»Wichtige Fähigkeit«, stimmte Della augenzwinkernd zu.

»Die restliche Zeit habe ich damit verbracht, Huxleys Knurren zu entkommen.«

Sie grinste. »Der Mann kann ein echter Brummbär sein.«

Er hatte außerdem eine Stimme, die zum Dahinschmelzen war. Bea war zu neugierig, sie musste einfach nachfragen: »Wie hast du das vorhin gemeint, dass er jede Menge durchgemacht hat?«

»Sie haben vor einer Weile den Vater verloren.«

»Das hat er erwähnt.«

»Huxley war dabei.«

Bea musste schlucken. »Als es passiert ist?«

Dellas dunkle Augen schweiften in die Ferne, als würden die Erinnerungen zu viel Raum einnehmen, um zu fokussieren. »Er gibt sich selbst die Schuld, glaube ich. Er hat sich an dem Abend volllaufen lassen und sich einen Arsch voll Ärger eingehandelt. Er wäre fast im Krankenhaus gestorben.«

Bea musste an sein entstelltes Ohr und die verbrannte Augenbraue denken. »Die Narben in seinem Gesicht?«

»Die auf seinem Körper sind auch ziemlich schlimm. Ich sollte dir das gar nicht erzählen, aber es ist ihm alles eine Erinnerung daran, was er verloren hat. Und da er der Älteste ist, hat er die Verantwortung für das Theater übernommen und versucht, seine Brüder unter Kontrolle zu halten. Ihre Mutter ist auch eine Nummer für sich. Er rackert sich ab und tritt doch auf der Stelle.«

»Er hat keine Zeit für Spaß«, murmelte Bea, seine Worte wiederholend.

Die Beichte des Vorabends nahm eine ganz neue Bedeutung an, als ihr bewusst wurde, dass die Last, die Huxley trug, nicht nur aus sich stapelnden Rechnungen und abblätterndem Putz bestand. Den eigenen Vater sterben zu sehen und sich auch noch dafür verantwortlich zu fühlen? Das Gewicht dieses Schmerzes war kaum auszumalen.

Della glättete ihre Zöpfe, und ihr musternder Blick wanderte über Beas gepunktetes Top und ihre pinkfarbene Dreiviertelhose. Es war jetzt ihr Glücksoutfit, da sie es zu diesem Vorstellungsgespräch getragen hatte und auch, als sie das Auto von Huxleys verstorbenem Vater zerkratzt hatte. Eine glücklich-unglückliche Fügung des Schicksals.

»Du stehst auf ihn, nicht wahr?«, fragte Della unvermittelt.

Bea war überrumpelt. »Ist es so offensichtlich?«

Della senkte die Stimme, und die beiden steckten die Köpfe zusammen wie Schulmädchen. »Ich denke, er mag dich auch. Die Marlow-Männer sind nicht gerade offene Bücher, aber da war etwas in seiner Stimme, als er über dich gesprochen hat.«

Bea hatte zwar am Vorabend seiner Beichte gelauscht, doch die Bestätigung setzte trotzdem Schmetterlinge in ihrem Bauch frei. »Ich habe da auch so etwas mitgehört, aber es ist schön, es noch von jemand anderem zu hören. Ich bin echt schlecht darin, Männer einzuschätzen.«

Bestes Beispiel: Nick, der Vollidiot.

»Ich würde sagen, er ist verknallt. Aber wenn du dir nicht sicher bist, kannst du ihm ja in der nächsten Probe einen Zettel zuschieben. Bitte ihn, dich auf einer Skala von eins bis zehn zu bewerten. Oder …« Della legte den Kopf schief, als würde sie über eine Präsidentschaftswahl nachdenken. »Du könntest es auch mit dem ›Welche Disney-Prinzessin würdest du am liebsten flachlegen?‹-Quiz versuchen. Das kann auch sehr aufschlussreich sein.«

Wenn Bea das schon in der Schule eingefallen wäre, hätte sie das jeden Jungen gefragt. »Ich wäre für Prinzessin Jasmin.«

»Ich bin eher für Vaiana«, erwiderte Della. »Sie hat so eine schöne kratzbürstige Art an sich.«

Sie grinsten sich an.

Della war definitiv lustiger als Beas letzter Chef, der seine Zeit als Barkeeper damit verbracht hatte, über Ballaststoffe und Darmtätigkeit zu reden. »Schwer zu glauben, dass eine Reihe unschöner Ereignisse zu dem hier geführt hat.«

»Zu was?«

Bea machte eine ausschweifende Geste. »Zu allem. Wäre ich nicht vor vier Tagen sitzen gelassen worden, hätte ich nicht Huxley kennengelernt und nie erfahren, dass du auf Vaiana stehst. Das Leben ist doch manchmal komisch.«

Absolut komisch perfekt.

Doch Dellas verspielte Miene wurde mit einem Mal ernst.

»Du kommst gerade aus einer Beziehung?«

»Ja?«, antwortete sie zögerlich, nicht sicher, warum ihre Prinzessinnen-Plauderei entgleist war.

»Und du stehst jetzt auf Huxley? So schnell?«

Oh. Klar. »So ist das nicht.«

»Wie was?«

»Na, *so*. Dass er nur der Lückenbüßer ist.«

»Genau so klingt es aber, um ehrlich zu sein.«

Sie wusste Dellas beschützende Art zu schätzen. Sogar mehr als das. Es bedeutete, dass Huxley jemanden hatte, der sich um ihn sorgte, egal ob Familie oder nicht. Aber es gab ihr zu denken. Sie erinnerte sich an seine Hände an ihrer Hüfte in der Zick-Zack-Kiste, an das Lächeln, das sie geteilt hatten, seine Finger auf ihren unter dem Cafétisch. Jede dieser Erfahrungen hatte gestern Nacht ihren Pinsel geleitet und mehr Farbe in ihre Welt gebracht. Sie hatte das Gefühl, das Schicksal hatte Huxley und das Kaleidoskop, das er inspiriert hatte, in ihr Leben gebracht. Oder hatte Della etwa recht? Sprang sie zu schnell von Nick zu ihm? Benutzte sie Huxley, um über die Trennung hinwegzukommen?

»Es ist alles noch ganz neu«, sagte sie verunsichert.

Sie glaubte an das Schicksal und daran, dass guten Menschen auch Gutes geschah. Sie hoffte, Huxley zu treffen war genau das und nicht eine Schwäche ihrerseits.

Della sah nicht überzeugt aus. »Ich mag dich, Bea, aber die Marlow-Jungs bedeuten mir viel, und Huxley hatte mehr als genug Stress in letzter Zeit. Wenn du nur eine schnelle

Ablenkung suchst, dann versichere dich, dass er das Gleiche will.«

Della schien etwa in Beas Alter zu sein. Vielleicht ein paar Jahre jünger, aber ihr gerissener Ausdruck verlieh ihr eine autoritäre, mütterliche Ausstrahlung. Della wandte sich ab, um einem Kunden behilflich zu sein. Als es am Stand wieder lebhafter zuging, verlor sich auch ihr misstrauischer Blick, und sie setzten ihr Geplauder fort – über Musik und Künstler, die sie mochten. Sie lachten sich gemeinsam kaputt über die getrimmte Vokuhila-Frisur eines Passanten.

Dennoch, in Beas Kopf arbeitete es.

Gestern Nacht hatte sie es kaum erwarten können, Huxley zu sagen, dass sie sein Wassermelonen-Mädchen sein und gern herausfinden wollte, ob es zwischen ihnen wirklich funkte. Ihr juckte es in den Fingern, sich in seinen Umhang zu krallen, ihn an sich zu ziehen und ihre Lippen auf seine zu drücken. Sie würde ihn schon in ein paar Stunden wiedersehen, aber die Vorfreude war nun etwas getrübt. Sie konnte den Gedanken einfach nicht abschütteln, dass Huxley nur ein Platzhalter sein könnte. Jemand, der nicht wichtig war. Ein Pflaster für eine heilende Wunde. Aber diese Möglichkeit erklärte nicht, warum sie Teile seines Gesichts in ihr Selbstporträt aufgenommen hatte oder warum sie allein beim Gedanken an ihn lächeln musste.

Hätte sie ein Verhältnis zu ihrer Mutter, das über das Teilen von Fotos irgendwelcher Gerichte oder Molly Bakers aktuelle Schwärmerei hinausging, würde sie ihre Sorgen mit ihr besprechen und ihren Rat suchen. Sie würde sie fragen, ob es ihr leichtgefallen war, Franklyn Baker dem Mann vorzuziehen, mit dem sie damals zusammen gewesen war, oder ob ihre Gefühle zwar stark, aber auch unklar gewesen waren, auch wenn ihre Ehe nicht gut geendet hatte. Sie würde sie

fragen, ob Baker-Frauen an sich dazu tendierten, wankelmü-
tig zu sein, und dazu bestimmt waren, von einem Mann zum
anderen zu springen, von einem Abenteuer ins nächste.

Doch Molly war keine Bilderbuchmutter. Sie war der erste
Freund, den du zu einer Party einladen, und der letzte, den
du um Rat fragen würdest.

Ohne verfügbaren mütterlichen Beistand konzentrierte
sich Bea darauf, wie richtig sich die Sache mit Huxley anfühlte und was sie seit ihrem Umzug bereits geschafft hatte:
Sie hatte zwei Jobs, als Magier-Assistentin und als Schmuck-
verkäuferin, sie hatte einen Platz zum Schlafen und einen,
um ihre Kunst zu schaffen. Alles Dinge, die ihr Leben besser
machen konnten. Neuanfänge, die, wenn man sie gut pflegte,
immer besser werden würden, solange Della unrecht hatte
und Huxley kein tröstender Lückenbüßer für sie war.

Kapitel 11

SIE WÜNSCHTE SICH, die Zeit würde langsamer vergehen – oder am besten gleich stehen bleiben oder rückwärtslaufen. Alles, um ihren unausweichlichen Auftritt vor Publikum hinauszuzögern. Bea konnte ihre Hand nicht dazu bringen, die Tür ihrer Umkleide zu öffnen. Ihr zitterten die Knie. Das unnachgiebige Klopfen an der Tür war auch nicht gerade hilfreich.

»Die Show beginnt in zehn Minuten, Regina Regenbogen. Schwing deinen farbenfrohen Hintern hier raus.« Axel klopfte weiter, während er sprach, im Rhythmus von *We Will Rock You.*

Sie war tatsächlich farbenfroh in ihren Netzstrümpfen und ihrem silbernen Paillettenanzug, besonders seit sie sich einen Halbrock aus roten und goldenen Federn genäht hatte. Er reichte von ihrem unteren Rücken bis knapp über die Kniekehlen, wie ein ausgebreiteter Pfauenschwanz. Der passende Kopfschmuck verlieh dem Kostüm ein Siebzigerjahre-Flair. Die Lippen hatte sie knallrot angemalt, und das Augen-Make-up betonte ihre grauen Augen.

Trotzdem wollte sie sich am liebsten im Schrank verkriechen und bis Weihnachten nicht mehr herauskommen. »Es ist etwas dazwischengekommen. Ich kann nicht auftreten.«

»Klar kannst du.«

»Alle meine Haare sind ausgefallen.«

»Kahlköpfig ist in Mode.«

»Ich habe mich selbst ins Auge gestochen.«

»Ich gebe dir meine Augenklappe und nenne dich Regina Piratenbraut.«

»Ich leide unter Narkolepsie. Ich werde mitten auf der Bühne einschlafen.«

»Wir berechnen den Leuten was extra, nur um das zu sehen.«

Axels schlagfertige Erwiderungen halfen ihr nicht weiter. Ein Herzinfarkt musste kurz bevorstehen. Sie ließ das rote Taschentuch durch die Finger gleiten und versuchte, sich auf den seidenen Stoff zu konzentrieren. Er schaffte es, ihre Angst ein klein wenig einzudämmen.

»Beatrice, hier ist Huxley.«

Ihr viel zu hoher Puls beschleunigte sich weiter beim Klang seiner Stimme. Sie antwortete nicht. Sie konnte nicht. Es war das erste Mal, dass sie seine dunkle Baritonstimme hörte seit der Nacht neulich im Theater. Er war auffällig abwesend gewesen, als sie von ihrem Tag bei Della ins Theater geeilt war, und die vergangene Stunde hatte sie sich in der Umkleide verkrochen und Panik geschoben. Sie vibrierte vor Aufregung, ihn zu sehen, und schalt sich selbst dafür, weil sie Dellas Bedenken im Kopf hatte. Außerdem war sie kurz davor, sich aufs Gesicht fallen zu lassen, auch wenn es sie einen Zahn kosten sollte.

Das Klicken eines Schlüssels, der ins Schloss gesteckt wurde, erklang. Der Türgriff wurde betätigt. »Ich komme jetzt rein.«

Die Tür wurde geöffnet.

Huxley betrat das Zimmer.

Sie taumelte.

Er sah sie nicht an, bis er die Tür hinter sich geschlossen hatte. Als er es tat, verließ auch das letzte bisschen Luft ihre Lungen. Er trug sein volles Kostüm: goldenes Hemd, Sternen-Umhang, Zylinder und dazu dieses faszinierende Gesicht. Seine Augen sahen anders aus, größer und wärmer. Er starrte sie an, als wären sie sich nie begegnet.

»Ich bin's, Bea«, sagte sie, für den Fall, dass ihr Outfit ihn verwirrte.

»Sie sehen atemberaubend aus«, erwiderte er mit rauer Stimme.

Sie geriet wieder ins Taumeln. »Ist das der Grund, warum ich nicht atmen kann?«

Er schluckte und fuhr sich mit der Hand über den Mund. »Nervös?«

»Ich kann mich nicht rühren. Meine Füße sind wie festgeklebt.«

Er schielte auf ihre glänzenden roten High Heels. »Atemberaubend«, murmelte er wieder und schüttelte dann den Kopf, als wollte er etwas abschütteln. »Haben Sie das Taschentuch?«

Sie hob sein großzügiges Geschenk mit zittriger Hand in die Luft.

»Gut. Und wissen Sie noch, wie viele Leute unsere letzte Show besucht haben?«

Sein Tonfall war jetzt geschäftsmäßig, auch wenn sein Blick zu ihren Lippen schweifte. Sie konnte jetzt nicht über diese sexy Blicke nachdenken, oder über die Tatsache, dass sie sich eben vorgestellt hatte, seinen Umhang zu packen und ihn zum Kuss heranzuziehen, oder dass sie keinen potenziellen Lückenbüßer küssen sollte. Sie konnte kaum Spucke produzieren.

Stattdessen stellte sie sich die schlafenden Rentner und abgelenkten Teenager vor, die bei der vergangenen Show das Publikum gebildet hatten. »Nicht viele.«

»Heute sind es noch weniger.«

»Aber sie werden mich ansehen.«

»Sie werden mich ansehen, nicht Sie.«

»Aber ... ich kann nicht.«

Er kam näher und legte die Finger um ihre, sodass sie beide das Taschentuch umschlossen. Er senkte die Stimme. »Doch, Sie können und Sie werden. Stellen Sie es sich als Probe vor. Konzentrieren Sie sich auf die Abläufe. Auf die miese Musik, die wir noch nicht geändert haben.« Er strich mit dem Daumen über ihre Fingerknöchel. »Konzentrieren Sie sich auf mich.«

Meine Güte, wie gern sie sich auf ihn konzentrieren wollte. Sie reckte das Kinn in die Höhe und versuchte, nur die weichen Locken zu sehen, die sich in seinem Nacken kringelten, den Schatten des Zylinders, der seine vernarbte Augenbraue verdunkelte. *Das.* Das wollte sie malen und seine Lippen mit ihrem Cherry-Bomb-Lippenstift rot färben. Abdrücke auf seinem Adamsapfel und auf seinem Hemdkragen hinterlassen. Sie würde sich doch sicherlich nicht wünschen, ihn mit Cherry-Bomb-Rot zu markieren, wenn er bloß ein Trostpflaster für sie wäre.

Er verstärkte den Griff um ihre Hand. Sie wimmerte.

»Showtime«, sagte er und zog sie hinter sich her.

»Nein.«

»Doch.«

»Nein.« Aber die Tür war offen, und sie stolperte hinter ihm her. Sie wollte ihn nicht mehr küssen. Sie wollte eine Voodoopuppe kaufen, sein Gesicht darauf malen und ihn mit Nadeln malträtieren.

133

Sie kamen viel zu früh an der Seitenbühne an.

»Muss sie kotzen?«, kam von Axel.

»Nein. Aber sie könnte in Ohnmacht fallen.« Fox hatte natürlich mal wieder ihre Gedanken gelesen.

Huxley ließ ihre Hand nicht los. »Ihr zwei übernehmt die Begrüßung. Wir kommen dann für die ›Flying Card‹-Nummer raus.«

Fox fuhr sich mit der Hand über den Pferdeschwanz und schlenderte auf die Bühne.

Axel lehnte sich zu ihr und raunte ihr ins Ohr: »Du siehst heiß aus.« Dann war er auch weg, *nachdem* er sich ein missbilligendes Knurren von Huxley eingehandelt hatte.

Der Chefbruder drehte sich zu ihr um. »Ich kann verstehen, dass Sie Angst haben, aber es tut mir nicht leid, dass ich Sie in diese Position gebracht habe.«

»Dass Sie mich erpresst haben, meinen Sie?«

»Das vielleicht auch, aber es ist Ihre Chance, sich Ihren Ängsten zu stellen.«

»Das will ich, wirklich. Aber ...« Ihre Beine waren taub. Schweiß klebte an ihren Handflächen. »Was, wenn ich mich nicht bewegen kann?«

»Ich finde, Sie sollten es lieber versuchen, als einfach aufzugeben.«

Sie nahm einen zittrigen Atemzug. Sie wollte nicht wie ihr Vater sein, in keiner Weise. Der Mann hatte sich eine Goldmedaille verdient, wenn es ums Aufgeben ging. Er konnte seiner Sucht nicht entkommen, weil er Angst hatte. Aus Angst, Trauer oder Schmerz zu empfinden, verlor er sich lieber im Rausch einer Wette, als sich mit seiner Arbeitslosigkeit oder der Scheidung von seiner Frau auseinanderzusetzen. Bea wollte nicht, dass ihr Leben von Angst beherrscht wurde, egal wie unbedeutend sie auch sein mochte. Doch dieser Wunsch machte es nicht leichter, vor einem zugegebenermaßen sehr überschaubaren Publikum auf die Bühne zu treten.

Sie ließ Huxleys Hand los und steckte sich das Taschentuch in den Ausschnitt. Die einzige Öffnung an dem engen Kostüm. »Ich mache es.«

Sie schlug ihre glänzenden Absätze aneinander und fand ihre Löwinnenstärke.

Über Huxleys Gesicht huschte ein Ausdruck von Stolz. »Das ist mein Mädchen.«

Sein Mädchen. Diese Worte klangen in ihr nach, und wie eine laut läutende Glocke durchdrangen sie ihren Nebel, sodass sie endlich klarsehen konnte. Sie wollte sein Mädchen sein, und sie wollte auf die Bühne gehen und beweisen, wie stark sie war. Diesen magischen Mann beeindrucken. Mit ihm die Gefühle teilen, die sie runtergeschluckt hatte, als sie ihm bei seinem nächtlichen Monolog im Theater zugehört hatte. Dellas Sorge war durchaus berechtigt gewesen, doch jetzt, wo sie hier war und Huxley gegenüberstand, wusste sie, dass er kein Lückenbüßer war. Sie tröstete sich nicht bloß mit ihm.

Es war Schicksal gewesen, dass sie ihn getroffen hatte.

Doch als die Musik lauter wurde und er ansetzte, auf die Bühne zu gehen, nahm sie automatisch wieder ihre Statuenhaltung an. Sie wollte nicht mehr Huxleys Gesicht auf die Voodoopuppe zeichnen. Sie wollte *Lampenfieber* auf den ausgestopften Körper schreiben und ihn dann mit den Nadeln zerfetzen.

Huxley drehte sich um, wahrscheinlich, weil er ihre Abwesenheit gespürt hatte, und er biss entschlossen die Kiefer aufeinander. Ehe sie verstand, was er vorhatte, war er auch schon bei ihr, und seine Finger schlossen sich um ihre Schultern … und seine Lippen senkten sich auf ihre.

Sein Kuss war stürmisch. Sie krallte nicht die Finger in seinen Umhang, wie sie es sich vorgestellt hatte. Sie erwiderte den Kuss nicht einmal, bis seine Zunge über ihre Unterlippe fuhr. Sie stöhnte in seinen Mund und öffnete den Mund. Er antwortete mit einem Knurren, das die Flamme in ihr auflodern ließ.

Dann bewegte sie die Hände.

Dann krallte sie die Finger in seinen Samtumhang.

Dann vergaß sie ihren Namen und wer sie war, und dass sie eigentlich gleich auf die Bühne gehen sollte.

Er löste sich von ihr. Sein Mund war Cherry-Bomb-Rot, seine Augen dunkel vor Verlangen. Sie stand immer noch auf Zehenspitzen und lehnte sich an ihn. »Wow.«

Er streichelte ihre Oberarme. »Tritt für *mich* auf, Beatrice. Nicht für sie. Nur für mich.«

»Wird es noch mehr Küssen geben?«

Seine Finger fuhren in verführerischen Kreisen über ihre nackten Arme. »Danach. Es wird noch viel mehr Küssen geben danach.«

Sie wollte viel mehr Küssen. Und mehr Streicheln. Also sagte sie »Okay«, auch wenn ihre Stimme bebte. In ihrem Bauch lieferten sich betrunkene Schmetterlinge und ihre Nervosität einen unerbittlichen Kampf, der sie aus dem Gleichgewicht zu bringen drohte. Sie atmete tief durch, straffte die Schultern und rang sich ein Lächeln ab.

»Okay«, wiederholte sie, dieses Mal entschlossener. Und sie folgte ihm auf die Bühne.

Kapitel 12

HUXLEY WUSSTE, DASS es ein riskanter Schachzug war, Beatrice auf die Bühne zu locken, doch ihr Erschrockenes-Kaninchen-Auftritt überraschte ihn dann doch. Sie erstarrte bestimmt fünfmal. Sie wandte sich öfter in die falsche Richtung als in die richtige. Sie mühte sich so lange mit Axels Zwangsjacke ab, dass ein Teenager anfing, »Buh« zu rufen. Sie riss die eindrucksvollen Augen ängstlich auf, als Huxley die erste Metallplatte durch die Zick-Zack-Kiste steckte, und sie stolperte und fiel einem alten Mann auf den Schoß, als sie durchs Publikum gehen sollte.

Doch ihre Missgeschicke konnten seine Freude nicht trüben.

Nach der Show boxte ihm Axel an die Schulter. »Die Lippenstiftfarbe steht dir.«

Huxley fasste sich an die Lippen und musste daran denken, wie sich Beatrice angefühlt hatte. Er hatte nicht daran gedacht, den Lippenstift wegzuwischen. »Nächstes Mal nehme ich noch Eyeliner dazu.«

»Ich bringe dir Rouge mit.« Sein Bruder warf einen Blick in Richtung des Gangs, wohin Beatrice verschwunden war. »Ihre Vorstellung war erbärmlich.«

Erbärmlich perfekt. »Sie wird besser werden.«

Axel zog sein Hemd aus. »Wenigstens hat sie nicht gekotzt.«

»Sie hat es toll gemacht.«

Er grinste. »Mann, dich hat's echt erwischt.«

Huxley wusste nicht, wie er seine Gefühle für Beatrice Baker, Auto-Zerkratzerin und unterdurchschnittliche Assistentin, definieren sollte. Sie war eine überaus verblüffende Frau. Er sollte nach ihr sehen, um sicherzugehen, dass sie nach dem Auftritt nicht zusammenbrach. Ihr Adrenalin war inzwischen zweifellos wieder abgeebbt, was bedeutete, dass jetzt vielleicht die Panik über sie hereinbrach.

Er ging den Flur runter und klopfte an ihre Umkleidekabine. Als sie nicht antwortete, machte sich Unruhe in ihm breit. Er drückte die Tür auf. Nur um sie tanzend vorzufinden.

Sie drehte sich im Kreis, übers ganze Gesicht strahlend. »Ich habe es geschafft!«

Ihre Fröhlichkeit war ansteckend. »Das hast du in der Tat.«

»Ich meine, ich war miserabel, aber ich bin immerhin nicht ohnmächtig geworden.«

»Das kann man als Erfolg verbuchen.«

»Ich denke, ich bin bereit für das Bellagio.«

»Vielleicht sollten wir davor erst noch ein paar Auftritte hier absolvieren.«

Sie wirbelte wieder herum und beachtete ihn nicht, doch er konnte den Blick nicht von ihren Netzstrümpfen abwenden, die ihre wohlgeformten Waden umschmeichelten, von den Federn, die sie an das Kostüm genäht hatte, und von dem roten Taschentuch, das aus ihrem Ausschnitt herausschaute und zu den roten Lippen passte, die er geküsst hatte.

Ihre Lippen waren außergewöhnlich weich gewesen, so wie er es erwartet hatte, und ihre leisen Laute der Lust hatten ihn fast um den Verstand gebracht. Er hatte nicht vorgehabt, sie zu küssen. Nicht in diesem Moment jedenfalls. Er könnte behaupten, er hätte es getan, um sie von ihrem Lampenfieber abzulenken, doch die Wahrheit war einfacher. Er hatte sie küssen müssen. Sie für sich beanspruchen müssen. Seinem Verlangen nachgeben. Einem Verlangen, das nun wieder durch seine Adern rauschte.

Sie hörte auf, sich zu drehen, und ihre roten Locken fielen ihr über die Schultern. Sie starrte ihn an, ihr Atem ging schnell. »Hast du vor, mich wieder zu küssen?«

»Das habe ich.«

»Dieses Mal werde ich es besser machen. Weniger wie ein Pappaufsteller.«

Mit einem großen Schritt war er bei ihr und nahm ihr Gesicht in die Hände. »Sei einfach du selbst. Ich will nur dich. Auch wenn ich überrascht war, dass du nicht nach Wassermelone geschmeckt hast.«

»Oh, warte!« Sie wand sich aus seinem Griff, und er vermisste sie sofort. Sie nahm eine kleine Tube vom Schminktisch und trug eine Schicht von etwas Schimmerndem auf, ehe sie zurück in seine Arme tanzte. »Probier das mal.«

Er wollte mehr als probieren. Er wollte morgens mit ihr aufwachen und ihr Kaffee und Frühstück machen. Es würde bedeuten, dass er ihr seinen Körper zeigen musste, was nicht immer ein schönes Erlebnis war bei Frauen. Einige waren beim Anblick seiner Narben zusammengezuckt und hatten sich irgendwelche Ausreden einfallen lassen, warum sie schnell wegmussten. Erst eine Frau hatte sie cool gefunden und es gemocht, sie zu berühren. Er konnte nur hoffen, dass Beatrice seine Narben mit dem gleichen Blick anschauen würde wie sein Gesicht: mit leidenschaftlichem Verlangen.

Doch zunächst würde er tun wie geheißen. Er drückte seine Lippen auf ihre, ein weiches Streifen, das die Sehnsucht in seinem Körper entfachte. Mit Beatrice gab es keine halben Sachen. Keine Chance, sein Verlangen nach dieser Frau einzudämmen. Sie machte ihn gierig, und sie schmeckte tatsächlich nach Wassermelone.

»Köstlich«, murmelte er.

Sie gurrte wie eine seiner Tauben. Sie fegte ihm den Zylinder vom Kopf, vergrub die Hände in seinen Haaren und fuhr mit der Zunge über seine. Er antwortete mit einem Stöhnen, das aus einem tiefen Brunnen in seiner Brust zu kommen schien. Sie schaffte es mit einem Kuss, seine Lust an die Oberfläche zu ziehen, der er sich gemeinsam mit Spaß und Aufregung so lange verweigert hatte. Ihr Körper tanzte weiter und berührte seinen. Seine Hände glitten nach unten zu ihrem Po, perfekt und üppig.

»Beatrice.« Ihr Name entfuhr ihm zwischen kleineren Küssen.

Sie summte an seinem beschäftigten Mund. »Ich habe meinen Namen nie gemocht.«

»Ich liebe deinen Namen.«

»Ich liebe es, wie du ihn aussprichst.« Sie strich mit den Fingern durch seine Haare und berührte sein entstelltes Ohr. Er versteifte sich, doch sie zuckte nicht zurück. Sie wiegte sich an ihm, erkundete seinen hässlichen Defekt und küsste ihn noch stürmischer.

Die Lust drohte ihn zu übermannen. »Komm heute Abend mit zu mir nach Hause. Ich flüstere deinen Namen überall an deiner Haut.« Es war eine ziemlich dreiste Aufforderung, aber er war jenseits von Höflichkeiten und hatte die Bedenken, was ihre Reaktion auf seinen Körper anging oder dass sie eine noch größere Ablenkung in seiner schon zu ablenkenden Welt sein könnte, vergessen. Sie war seit Jahren die erste Frau, mit der er etwas anfangen wollte.

Sie drückte ihm die Wassermelonenlippen an den Hals. »Ich würde …«

»Ihr zwei solltet euch ein Zimmer nehmen.« Auf Axel war Verlass, wenn es darum ging, einen besonderen Moment zu ruinieren.

Seufzend lehnte Huxley seine Stirn an ihre. »Wir *sind* in einem Zimmer. Du bist einfach reingekommen.«

Beatrice streckte den Kopf an Huxleys Schulter vorbei. »Ich bin nicht ohnmächtig geworden.«

Axel lachte. »Du hast auch nur eine Stunde gebraucht, um meine Zwangsjacke zu schließen, aber ich werde dich nicht feuern.«

»Du kannst mich gar nicht feuern, wenn ich nicht bezahlt werde.«

»Warum wirst du nicht bezahlt?« Der aggressive Tonfall seines Bruders ließ ihn herumfahren. Axel war immer noch oberkörperfrei und starrte ihn fragend an.

Fox schlenderte herein. »Weil sie sein Auto zerkratzt hat.«

Axel zog den Kopf ein. »Den Mustang?«

Huxley hatte gedacht, er hätte den Wagen weit genug weg geparkt, um aufzufliegen. Doch nichts war weit genug weg für Fox.

Als Teenager hatte Huxley sich manchmal den Umhang seines Vaters »geliehen«, um an einer Straßenecke aufzutreten. Der alles sehende Fox hatte sich Huxleys Fehlverhalten abgespeichert, um es dann irgendwann gegen ihn zu verwenden, als er selbst ein Alibi brauchte für seine fiesen Streiche, wie zum Beispiel Mr Wessicks Autoschloss mit Zement zu füllen. Der Mathelehrer hatte ihrem jüngsten Bruder, Xander, zuvor gesagt, er wäre dumm wie Brot. Huxley musste Fox gezwungenermaßen decken. Das andere Mal, als der Idiot, der Paxton gepiesackt hatte, ganz plötzlich Durchfall bekam, war Fox angeblich den ganzen Tag mit Huxley Fahrrad gefahren.

Fox betrachtete sich selbst als Richter, Jury und Henker, wenn es um die Familie ging. Dass er bereits von dem zerkratzten Auto wusste und noch keine Rachepläne gegen Beatrice geschmiedet hatte, musste bedeuten, dass er es guthieß, wie Huxley die Situation gelöst hatte.

Das änderte jedoch nichts an seinem schlechten Gewissen. »Ich habe ihr angeboten, sie zu bezahlen.«

»Nachdem du mich erpresst hast«, schaltete sich Bea ein. »Aber ich hatte es nicht anders verdient«, fügte sie schnell hinzu. »Ich habe seinen Mustang mit dem meines Ex-Freundes verwechselt, nachdem ich Erkältungsmedizin und Alkohol zu mir genommen und zu viel Carrie Underwood gehört hatte. Es ist wirklich nicht schön, und ich konnte nicht für den Schaden aufkommen.«

Axel kratzte sich am Kopf, eine Bewegung, die ihm die Gelegenheit gab, den Bizeps spielen zu lassen. »Ich würde diese verbitterte, kratzbürstige Beatrice gern mal kennenlernen. Klingt, als könnte man Spaß mit ihr haben.«

Huxley zog sie an seine Seite. »Das wirst du schön bleiben lassen.«

Fox konnte auch nicht die Klappe halten: »Diese Lippenstiftfarbe bringt deine Augen zur Geltung, Bruder.«

Er brauchte dringend neue Brüder. Davon abgesehen mochte er es, von Beatrice markiert zu werden, auch mit rotem Lippenstift. Er stellte sich vor, wie es wäre, das Gesicht zwischen ihren Oberschenkeln zu vergraben, sie in sich aufzusaugen, sein stoppeliges Kinn und seine Wangen mit ihrem weiblichen Duft zu bedecken. Das waren keine Gedanken, die er vor seinen nervtötenden Geschwistern haben sollte. »Wenn ihr zwei fertig seid, mich zu nerven, wäre es Zeit zu gehen.«

Und Zeit, dass Beatrice auf seine Aufforderung antwortete. Er hätte das Theater darauf verwettet, dass sie kurz davor gewesen war einzuwilligen, die Nacht mit ihm zu verbringen. Aber sie löste sich aus seinem besitzergreifenden Halt und machte einen Schritt auf Axel zu, um sein Schlangentattoo betrachten zu können. Axel verzog die Lippen zu einem Lächeln, das er für sein Ladykillerlächeln hielt.

Beatrice trat zurück und stemmte die Hände in die Hüfte. »Ist das etwa eine Puffotter?«

Er bewegte die tätowierten Rippen. »Eine Frau, die sich mit Schlangen auskennt. Ich glaube, ich bin verliebt.«

Huxley dachte darüber nach, Axels Zwangsjacke zu manipulieren, sodass das Ding seinen nervigen Bruder nächstes Mal nie wieder freigeben würde. »Warum bist du immer noch hier?«

»Weil dein Mädchen mich anstarrt.«

»Ich wette, die Frauen stehen auf die Tattoos«, meinte sie.

Axel zwinkerte ihr zu. »Worauf du wetten kannst.«

»Das bringt mich auf eine Idee.«

»Du willst gern meine Schlange anfassen?« Axel wackelte verführerisch mit der Augenbraue, was Huxley zur Weißglut brachte.

Fox tippte mit dem Mittelfinger an seinen Oberschenkel – seine Gedankenleser-Geste. »Das ist nicht die schlechteste Idee.«

Huxley war sich nicht sicher, welchem Bruder er zuerst eine reinhauen wollte. Doch ehe er sich entschieden hatte, wandte sich Bea wieder ihm zu: »Hast du ihnen schon von deiner Entscheidung erzählt, was die Musik angeht?«

»Wir ändern die Musik«, erklärte er. Jetzt wussten sie es. Und jetzt konnten sie sich verziehen.

»Im Ernst?« Axels Augen leuchteten wie damals, als ihr

Dad ihm zu Weihnachten die Gophernatter geschenkt hatte. Dieses Reptil hatte er mehr geliebt, als für schöne Frauen den Bizeps anzuspannen.

»Ich werde die Musik übernehmen«, sagte Fox. »Du hast mit den Bauarbeiten schon genug um die Ohren, und dem Muskelschlumpf vertraue ich nicht.«

Beatrice applaudierte ihm begeistert. »Du hast einen Witz gemacht!«

Fox verzog keine Miene. »Wir werden ja sehen, wer zuletzt lacht, wenn du erst mal die Änderung der Nummern vorgeschlagen hast.«

Huxley versteifte sich augenblicklich. »Änderung der Nummern?«

Sie schlug die Fersen aneinander, was er schon ein paarmal bei ihr gesehen hatte und absolut bezaubernd fand. Sie machte eine Geste in Richtung Axels freiem Oberkörper. »Er hat schon was zu bieten, und diese Magic-Mike-Shows sind gerade wirklich beliebt.«

Axel warf sich jetzt erst richtig in Pose. »Wenn du willst, dass ich für dich strippe, musst du nur fragen.«

Huxley grummelte.

Beatrice brachte ihn mit einer Handbewegung zum Verstummen. »Ich habe ein bisschen recherchiert, und da gibt es ein paar australische Magier, die halb nackt auftreten. Das ist nur ein Gag natürlich, aber die Damen stehen darauf. Ich dachte, es wäre ein super Weg, die Show ein wenig aufzupeppen und euch bei Frauen besser zu vermarkten, für *Girls' Nights* oder Junggesellinnenabschiede.«

»Auf keinen Fall.« Huxley würde seinen entstellten Körper sicher nicht vor einem Haufen betrunkener Frauen zur Schau stellen. Er zögerte ja sogar, Beatrice seine fiesen Narben und die runzlige Haut zu zeigen. Nicht genug, um aufzuhören, sich um sie zu bemühen, doch nicht alle Frauen konnten mit dem Anblick umgehen.

»Ich bin raus, aber er macht es bestimmt.« Fox nickte mit dem Kopf in Axels Richtung.

»Damit hat er verdammt recht. Zuerst die Musik, und jetzt das. Dass Regina Regenbogen dein Auto zerkratzt hat, könnte das Beste sein, was den Fabelhaften Marlow Boys je passiert ist.«

Dagegen konnte Huxley nichts sagen. Er war außerdem verzweifelt genug, seine Brüder in Unterwäsche auftreten zu lassen, wenn das mehr Umsatz brächte. »Wir probieren es aus.«

Beatrice sah ihn mit großen Augen an, als hätte er eigenhändig den Mond aufgehängt. »Wirklich?«

Seine Kehle war auf einmal staubtrocken. Er öffnete den obersten Knopf seines Hemds. »Danke, dass du an uns gedacht hast. An die Show.«

»War mir ein Vergnügen.« Ihre Stimme war plötzlich auch heiser.

Sie starrten sich an, und es funkte zwischen ihnen, als würde Elektrizität fließen.

Einen Moment lang waren seine Brüder verschwunden. Genau wie seine Sorgen. Er sehnte sich nach dieser verzehrenden Verbindung, die ihm das Gefühl gab, dass sie die einzigen Menschen auf der Welt waren. Wenn er ihre gebannte Aufmerksamkeit richtig deutete, dann war sie genauso darauf erpicht, dort weiterzumachen, wo sie aufgehört hatten.

»Zeit, dass ihr beide wieder geht.« Er sprach mit seinen Brüdern, hielt den Blick aber auf Beatrice gerichtet. »Wir fangen nächsten Samstag mit der neuen Musik und den anderen Änderungen an.«

»Ich überlege mir, wie man es am besten promoten könnte«, sagte sie und stellte sich dichter neben ihn.

»Das wird bestimmt toll.« Axel schlug auf dem Weg nach draußen gegen den Türrahmen. »Aufgepasst, New Orleans!«

Fox tauchte die Hand in die Hosentasche und zog einen goldenen Ring und eine Armbanduhr hervor. Er legte beides auf den Schminktisch. »Setz die am Samstag beim Pokerspiel ein. Und sorg dafür, dass du ordentlich gewinnst. Das mit der Musik erledige ich.«

Die Aufmerksamkeit noch bei Beatrice, entging Huxley nicht, dass sie zuckte, als hätte man ihr eine Ohrfeige verpasst, und dass sich ihr Brustkorb in dem engen Kostüm hob und senkte. Ihr Blick war auf Fox' Gaben gerichtet, vermutlich die Beute einer seiner Raubzüge bei den Taschendieben. Normalerweise würde sich Huxley tierisch aufregen, doch im Moment konnte er sich auf kaum etwas anderes als Beatrice' glasige Augen konzentrieren.

Das Pokerspiel. Glücksspiel. Er hatte damit gerechnet, dass sie darauf reagieren würde, doch er hatte gehofft, sie erst besser kennenzulernen und eine Basis mit ihr aufbauen zu können, ehe er ihr das mit dem Pokern möglichst schonend beibrachte.

Sein Magen zog sich zusammen.

Fox ging, und mit ihm schien jegliche Wärme den Raum zu verlassen.

»Es ist nicht so, wie du denkst.« Huxley sprach zu schnell, so wie jemand sprechen würde, der schuldig war und nicht die Wahrheit sagte. Sie schaute ihn nicht an. Seine Worte durchbrachen die angespannte Stille. »Es ist ein Spiel unter Magiern. Es ist uns gestattet zu schummeln. Eigentlich geht es uns eher ums Angeben vor den Kollegen als ums Gewinnen. Es ist keine Sucht für mich. Nicht wie bei deinem Vater.«

Je mehr er auf sie einredete, desto mehr zog sie die Schultern hoch. Er redete sich um Kopf und Kragen und wusste nicht, wie er aufhören konnte. »Beatrice, bitte. Das ist doch nur ein dummes Spiel. Keine große Sache.«

Sie zuckte zusammen, und er bereute seine Worte sofort.

»Es sollte keine große Sache sein, aber für mich ist es das.« Sie begegnete seinem flehentlichen Blick, ihre ungewöhnlichen Sturmaugen waren regnerisch und trübe. »Ich werde nicht mit einem Mann ausgehen, der spielt. Und ich weiß, wir kennen uns noch nicht lange, aber mit dir etwas anzufangen wäre zu intensiv, als dass es eine unbedeutende Sache werden könnte.«

Auf ihr Eingeständnis ihrer nicht zu leugnenden Anziehung wäre er zu gern eingegangen. Er hatte vor neun Jahren angefangen, bei den Pokerspielen mitzumachen, weil sein Vater auch gespielt hatte. Es war eine weitere Art, Max Marlows Vermächtnis am Leben zu erhalten. Sich dem Mann näher zu fühlen. Es machte Spaß und war herausfordernd. Außerdem förderte es seine Fingerfertigkeit. Er konnte damit die Rechnungen bezahlen, aber es würde ihm einen trüben Tag nicht heller machen. Es war ein Zeitvertreib, nicht mehr. Einer, der sich zwischen ihn und die Frau stellte, die das Wort *Lächeln* auf ihr Lenkrad gemalt hatte.

»Es hat eine Anzeige wegen Verwahrlosung der Theaterfassade gegeben. Wenn ich sie nicht innerhalb eines Monats auf Vordermann bringe, könnte ich das Theater verlieren. Deine Vorschläge, wie wir mehr Publikum anziehen können, sind großartig, und ich weiß es mehr zu schätzen, als du dir vorstellen kannst, aber es wird nicht reichen. Ich muss spielen.«

»Die Tatsache, dass du diese Gewinne *brauchst*, ist zu viel für mich. Das kann ich in meinem Leben nicht haben.« Sie zupfte eine verirrte Feder von ihrer Hüfte und ließ sie fallen. Seine Hoffnung schwebte wie das Gefieder in der Luft, bis es auf dem Boden auftraf. »Wenn es dir nichts ausmacht, würde ich mich jetzt gern umziehen und nach Hause fahren. Ich habe meiner Freundin gesagt, dass es heute nicht so spät wird.«

Klar. Ihre Freundin. Sie war Sekunden davon entfernt gewesen, sich auf eine Nacht voller Hingabe mit ihm einzulassen, doch seine Pflichten hatten einmal mehr sein Leben sabotiert. Wütend auf sich selbst und auf seine Situation wandte er sich zum Gehen, hielt dann jedoch noch einmal inne. Er konnte sie nicht gehen lassen, konnte nicht aus der Tür gehen, ohne sie nicht wenigstens einen Spalt offen zu lassen. »Es tut mir leid, dass ich gesagt habe, es sei keine große Sache. Das ist es. Es war unsensibel von mir.«

»Danke«, flüsterte sie.

Er schluckte schwer. »Du hattest noch mit etwas anderem recht.«

»Mit was?« Ihre gehauchte Frage klang zögerlich.

Mit einem Fuß schon aus der Tür, antwortete er: »Nichts zwischen uns wäre unbedeutend gewesen.«

Kapitel 13

EIGENTLICH GENOSS HUXLEY die wöchentlichen Pokerspiele. Es verschaffte ihm einen Kick, seine Kollegen hinters Licht zu führen oder sie auffliegen zu lassen, wenn er jemanden beim falschen Mischen erwischte oder beim nachlässigen Stapeln der Karten. Er ging dann in der Regel mit ein oder zwei neuen Schmuckstücken, einem Bündel Geldscheinen und einer gewissen Zufriedenheit nach Hause. Den Schmuck verpfändete er, um seinen Brüdern etwas zu bezahlen. Auch Ednas Gehalt konnte er nur auf diese Weise sichern, dafür, dass sie hinter dem Ticketschalter döste und potenzielle Vandalen verscheuchte. Der Rest seines Gewinns deckte seine Miete und versickerte im maroden Gebäude. Das Pokern war seine Hauptstütze gewesen, ein Moment, in dem er vor seinen Sorgen sicher war, und gleichzeitig ein Weg, seine Kosten zu decken.

Heute Abend war das zweite Spiel, seit er Beatrice kennengelernt hatte, und er hasste alles, angefangen von Oliphants Paffen an der Zigarre bis hin zu Miss Terious' Klimpern mit ihren goldenen Wimpern. Der einzige Ort, an dem er sein wollte, war bei einer Frau, die ihn eiskalt hatte abblitzen lassen.

In den vergangenen zehn Tagen hatte er weiter mit Beatrice geprobt und war mit ihr aufgetreten, doch ihre natürliche Fröhlichkeit strahlte nicht mehr. Sie lachte nach wie vor mit Axel und zog Fox auf, bis beide Männer Wachs in ihren Händen waren. Ihr Verhalten ihm gegenüber fühlte sich gedämpft an, als würde ein unsichtbarer Nebel sie voneinander trennen. Sie hatte weder versucht, mit ihm zu tanzen, noch ihn wegen seiner Griesgrämigkeit aufgezogen. Wenn die Nummer es erforderte, dass sie ihn am Arm oder am Rücken berühren musste, zog sie die Hand bei erster Gelegenheit wieder zurück.

Aber sie warf ihm verstohlene Blicke zu, die länger auf ihm verweilten, als angebracht wäre, wobei sie die Augenbrauen voller Verlangen hochzog. Ärger und Begehren stiegen in ihm auf.

Sie wollten beide den anderen. Sie hielten sich beide zurück. Er aus Respekt vor der Hölle, die sie wegen des Verhaltens ihres Vaters durchlitten hatte. Sie aus Angst. Er verstand ihren Grund und hatte die Hoffnung aufgegeben, dass sie ihre Differenzen überwinden konnten. Das machte es jedoch kein bisschen leichter, jeden Tag ihren Wassermelonenduft einzuatmen.

»Mitgehen oder passen.«

Oliphants schroffer Tonfall riss Huxley aus seiner Melancholie. Eine Erinnerung daran, weshalb er hier war. »Ich erhöhe um fünfzig.« Er fügte seine Scheine in den wachsenden Pot. Wenigstens das Pokerspiel lief nach Plan.

Oliphants Schnauzer zuckte vorhersehbar. Huxley hatte ein langsames Spiel erzwungen, hatte gepasst, obwohl er hätte gewinnen können, und sein Geld schwinden lassen, wobei er Verzweiflung simulierte. Bis er das letzte Mal dran war mit Kartenausteilen. Five Card Draw war sein Spiel. Einfach. Sauber. Schwer zu gewinnen, außer man bekam ein

Killerblatt auf die Hand. Dank seiner Fähigkeiten im Trick-
mischen hatte er dafür gesorgt, dass alle ein außergewöhnlich gutes Blatt bekamen.

Oliphant erhöhte erneut den Einsatz.

Miss Terious war als Nächstes dran. Sie drehte nervös an
ihrem dicken Diamantohrstecker. »Ihr werdet alle nicht zufrieden sein, bis ich hier so pleite und nackt rausmarschiere
wie an dem Tag, als ich geboren wurde.«

Das Bild ließ Huxley unweigerlich schaudern. Sie war
im Alter seiner Mutter, hatte ein dickes Muttermal auf der
Wange und genug Make-up aufgetragen, um ein Schiff zu
versenken. Auf ihrem Kinn zeigten sich vereinzelte Haare.
Während ihres Auftritts ließ sie unter anderem Gegenstände
in ihrer ausladenden Oberweite verschwinden.

Dazzling Delmar rieb sich mit der prankenartigen Hand
über den schwarzen Bart und betrachtete seine Karten. Huxley wusste, dass Delmar vier der fünf Karten auf der Hand
hielt, die er für ein Full House brauchte. Das wusste er, weil
er ihm diese Karten absichtlich ausgeteilt hatte, genau wie er
in der letzten Runde geschickt den Kartenstapel ausgetauscht
hatte. Delmar den fehlenden König beim letzten Austeilen
zukommen zu lassen war nun ein Kinderspiel.

Als er noch ein Junge war, hatte Huxley nächtelang unter
seiner *Star-Wars*-Bettdecke im Schein der Taschenlampe mit
den Spielkarten geübt. Er mischte und mischte, stapelte und
nahm Karten ab, bis er Blasen an den Fingern bekam. In der
Schule spielte er, um sich Geld fürs Mittagessen zu verdienen.
Später spielte er, um seine Brüder vor Ärger zu bewahren.

Heute spielte er für das Theater seines Vaters.

Delmar schlug seinen Schein auf den Stapel. »Die Frau
wird mich an den Eiern aufhängen, wenn ich ihr Louis-Vuit-
ton-Geld verliere.«

Er gab immer Kommentare zu »der Frau« ab. Eine Methode, um sein Blatt kleinzureden, genau wie Miss Terious' Gejammer, dass sie den Club pleite verlassen würde. Außerdem erhöhten sie beide nicht, weil aggressives Spielen andere davon abhalten konnte, den Pot zu füllen. Ein Pot, der schön vor sich hin wuchs.

Horatio Heinzinger war der Letzte in der Runde, der kaum Zwanzigjährige, der nicht mal ein T-Bone-Steak in einem Raum voller Pitbulls verschwinden lassen konnte. Der unterdurchschnittliche Zauberer schaffte an einem guten Tag gerade mal zwanzig Kilo beim Bankdrücken, doch dank seines Daddys konnte sich der Junge halb New Orleans kaufen und wieder verkaufen. Eine willkommene Ergänzung an ihrem Tisch.

Horatio klackte mit den Zähnen, ein typisches Verhalten. Als Nächstes kratzte er sich an der Nase. Genauso durchschaubar wie sein Versuch, eine Karte in den Schoß fallen zu lassen, als er vor zwei Spielen die Karten ausgeteilt hatte. Erwischt zu werden war eine Schande. Es bedeutete, dass es demjenigen an Fingerfertigkeit fehlte. Und es bedeutete, dass man passen musste. Horatio hatte bisher in jeder Runde gepasst.

Draufgänger, der er war, trieb er das Spiel voran. Er erhöhte um weitere fünfzig. Seine drei Zweien mussten ihm gefallen. Zu seinem Glück hielt Huxley noch eine vierte für ihn bereit.

Alle gingen bei der Erhöhung mit, und der Pot wuchs weiter. Alle baten beim nächsten Zug um eine neue Karte, für die sie ihre ungewollte eintauschten. Huxley teilte aus und beobachtete genau, wie sie auf ihr neues Blatt reagierten. Es war wunderbar zu wissen, was man ausgeteilt hatte, und die Zeichen zu erkennen, die ihm bei zukünftigen Spielen helfen würden. Wie Miss Terious auf ihrer linken Wange kaute, wenn sie zufrieden war, oder wie Oliphant die Nasenflügel aufblies.

Jetzt kam der spaßige Teil.

Da jeder von ihnen dachte, den Gewinn in der Tasche zu haben, gingen seine Kollegen aufs Ganze und warfen die Hundertdollarscheine nur so rein, als würde das Geld auf Bäumen wachsen. Die Einsätze wurden immer höher. Nur Delmar passte, warf seine Karten auf den Tisch und die Hände in die Luft. Der Pot war am Ende fast zweitausend Dollar schwer. Huxleys größter Gewinn seit Langem. Die Summe bedeutete, dass er Fox und Axel nicht länger anlügen musste, noch »etwas anderes« in der Hinterhand zu haben. Davon abgesehen, wenn er schon in einem verrauchten Zimmer gegenüber einem kitschigen Poster mit Poker spielenden Hunden darauf sitzen musste, anstatt mit Beatrice auszugehen, wollte er wenigstens mit einem ordentlichen Gewinn nach Hause gehen.

Der letzte Zug gehörte ihm. Er betrachtete seinen Royal Flush und blinzelte ein paarmal zu oft – sein vorgetäuschtes Zeichen, dass er nervös war. »Miss Terious wird nicht die Einzige sein, die den Tisch heute pleite verlässt. Dieses Spiel wird ein bisschen zu gewichtig für meinen Geschmack.«

Oliphant blies ihm Zigarrenrauch ins Gesicht. »Was ist denn das Problem? Hast du etwa zu viel für die Reparaturen an deinem Theater ausgegeben?«

Huxley hätte fast seine Karten zerknüllt.

Es war das erste Mal, dass Oliphant die Bauarbeiten erwähnte. Aus Angst, ihm eine reinschlagen zu müssen, hatte Huxley das Thema gemieden, doch er war sich sicher, der knopfäugige Bastard steckte hinter der Anzeige, dank seiner unerbittlichen Vendetta mit der Marlow-Familie.

Es hatte mal eine Zeit gegeben, da war Oliphant schon fast in Ordnung gewesen. Er hatte unter Max Marlow gelernt und sich an dem Wissen des großen Mannes gelabt. Auch wenn Huxley Oliphant noch nie gemocht hatte, sein Vater hatte immer Gefallen daran gefunden, eifrige junge Magier unter seine Fittiche zu nehmen, bis Oliphant Bühnengeheimnisse an einen Konkurrenten ausgeplaudert hatte. Der Idiot hatte sich von einer blonden Spionin verführen lassen. Er hatte behauptet, nur ein Opfer zu sein, und Max angefleht, weiter bei ihm lernen zu dürfen. Doch der sagte ihm, ein guter Magier hätte die Täuschung schon meilenweit gerochen, und hatte ihn zum Teufel gejagt, *nachdem* er andere Zauberer gewarnt hatte, sich von dem inkompetenten Kollegen fernzuhalten.

Der Vorfall hatte Oliphants Ruf ruiniert. Obwohl er versucht hatte, einen Teil seines Stolzes durch die Pokerspiele zurückzugewinnen, hatte die Tatsache, dass er nur wieder und wieder gegen Max verlor, seinen Hass auf die Marlow-Familie geschürt. Außerdem wusste er, wie abgebrannt Huxley war.

»Schon komisch«, sagte Huxley, bemüht, seine Stimme unter Kontrolle zu behalten. »Ich habe noch nie von der Frau gehört, die die Anzeige gegen das Theater vorgebracht hat. Seltsam, dass das einfach so passiert.«

Oliphant blies wieder Rauch aus. »In der Tat seltsam.«

»So seltsam, dass man sich fragen könnte, ob irgendjemand einen Groll gegen die Marlow-Familie hegt.«

»Bei einer Familie wie deiner ist es vermutlich schwer, den Kreis der Verdächtigen einzugrenzen.«

Huxley knirschte mit den Zähnen. »Wir sind schon ein lebhafter Haufen.«

Er hätte Oliphant verpfeifen können, doch was hätte das

für einen Sinn ergeben? Das Theater war wirklich ein Schand-
fleck und hatte die Reparaturen dringend nötig. Doch sollte
Oliphant seinen Rachefeldzug fortsetzen, würde er herausfinden, dass Fox nicht der einzige Marlow war, der mehr wusste,
als er sich anmerken ließ. Huxley wusste genug über Oliphant, um den Mann endgültig zum Schweigen zu bringen.

Oliphant drückte seine Zigarre aus und warf den Stum-
mel in den Aschenbecher. »Ich schätze, du brauchst diesen
Gewinn, bei all den Kosten. Aber wenn ich richtig sehe, hast
du gerade den letzten Schein aus deinem Geldbeutel gezogen.«

»Sieht fast so aus.«

»Da wirst du dir wohl etwas einfallen lassen müssen.«

Die anderen beobachteten das Geschehen ganz genau,
ihre Blicke sausten zwischen den beiden hin und her wie bei
einem olympischen Tischtennismatch. Sie kannten das Spiel.
Oliphant lebte dafür, Huxley zu reizen, und die anderen wollten mehr Beute im Pot.

Das war der Punkt, an dem der Schmuck ins Spiel kam,
die Armbanduhren und Ohrringe und Ringe, die als Einsatz
zulässig waren, wenn das Geld knapp wurde. Doch Oliphant
wollte etwas ganz Bestimmtes: einen T-Rex-Schädel, den er
bei einem episch langen Pokerspiel an Max Marlow verloren
hatte. Oliphant hatte den riesigen Schädel in einer speziellen
Schwebe-Illusionsnummer benutzt, und er würde ihn über
Huxleys verrottende Leiche zurückgewinnen. Oliphant war
der Grund, dass Huxley Poker spielte und Beatrice wohl nie
wieder küssen würde. Ihn dabei zu beobachten, wie er an
diesem Verlust erstickte, würde ihm ein teuflisches Vergnügen bereiten.

Huxley musterte seine Karten. Blinzelte viermal. »Ich
habe einen T-Rex-Schädel. Wäre das zulässig?«

Oliphant erstarrte, nur seine Nasenflügel bebten. »Ich sage Ja.«

»Er ist sehr viel wert«, fügte Huxley hinzu, »wie du sehr wohl weißt.« Er beäugte Oliphants Rubinring, dann Miss Terious' Ohrringe, Horatius' Goldkettchen. »Ihr werdet mit meinem Einsatz mitgehen müssen.«

Delmar lehnte sich auf seinen Stuhlbeinen zurück, das Möbelstück quietschte unter seinem ansehnlichen Gewicht. »Bin froh, dass ich da raus bin. Macht mehr Spaß, das Gemetzel von außen zu beobachten.«

»Ihr bringt mich an meine Grenzen«, kam es von Miss Terious, während sie ihre Ohrstecker auszog und sie mit einem Fünfzigdollarschein in den Pot warf. Sie seufzte und tat so, als würde sie stark bezweifeln, das Spiel gewinnen zu können.

Horatio sprang auf den Bluff-Zug auf. »Jetzt ist es zu spät, noch auszusteigen.« Seine Goldkette glitt in den Pot, gefolgt von etwas Bargeld.

»Schätze, der beste Spieler wird gewinnen.« Oliphant fügte seinen Einsatz hinzu und gab sich Mühe, möglichst entmutigt zu klingen. Dabei hatte er schon fast Schaum vor dem Mund.

»Das wird er«, sagte Huxley. Da alle Einsätze gemacht waren, legte er seine Karten auf den Tisch, eine nach der anderen, und genoss, wie Oliphant die Augen übergingen, als ihm bewusst wurde, dass Huxleys Royal Flush seinen Straight Flush schlug.

»Du hast den Stapel manipuliert.« Oliphant brachte die Beschuldigung durch zusammengepresste Zähne hervor.

Huxley grinste das erste Mal an diesem Abend. »Ihr wart alle zu siegestrunken, um es zu bemerken.«

Miss Terious schnaubte über ihre verlorenen Diamantohrstecker. Delmar und Horatio grummelten vor sich hin, als sie den Raum verließen. Oliphant rührte sich nicht vom Fleck. »Dieser Schädel gehört mir.«

»Dieser Schädel gehörte meinem Vater, was bedeutet, er gehört mir.«

»Er hat es mit einem schlampigen Blatt gewonnen.«

»Wäre es so schlampig gewesen, hättest du ihn doch beim Betrügen erwischt.«

Oliphant sprang auf, und sein Stuhl kippte klappernd hinter ihm um. »Du bist noch arroganter, als er es war. Du hast dieses Theater nicht verdient, genauso wenig wie diesen Schädel. Ich freue mich schon auf den Tag, an dem es unter den Hammer kommt.«

»Nur über meine wurmzerfressene Leiche.«

Huxley sagte ihm nicht, dass er ihn dabei beobachtet hatte, wie er im *Crimson Club* die Gäste bestohlen hatte. Betrunkene zu beklauen war unterste Schublade. Doch betrunkene Gäste in Vitos Club zu beklauen grenzte an Wahnsinn. Ein Wort zum Besitzer, gegen den Al Capone aussah wie ein Teddybär, und Oliphant würde die Marlow-Familie nie wieder belästigen. Doch Huxley wollte sich nicht auf Oliphants Niveau herablassen. Er würde die Dinge auf korrekte Weise klären, so wie es sein Vater gewollt hätte.

Mehr erschöpft als erfreut verließ er den *Crimson Club* mit einem doppelt so hohen Gewinn wie in der Woche zuvor. Axels Nacktauftritt und die aktuelle Musik zogen tatsächlich mehr Publikum an, und ihm blieben noch achtzehn Tage, um die Schulden bei Trevor zu begleichen. Wenn es so weiterging, würde er das Geld noch früher zusammenhaben. Eigentlich sollte er überglücklich sein, begeistert über die Erneuerung des Theaters und die Vereitelung von Oliphants Intrige. Doch die andauernde Sehnsucht in seiner Brust dämpfte seine Freude.

Er hatte den Kuss mit Beatrice in Dauerschleife wieder und wieder im Geiste durchlebt. *Weich. Warm. Wassermelone. Frau.* Könnte er nur mehr davon haben – nur den Hauch von Balance in seinem Leben –, dann wäre er viel besser in der Lage, mit dem Rest umzugehen. Einen Weg zu finden, dass alles funktionierte. Stattdessen war er der reinste Muffischlumpf und seine Griesgrämigkeit rekordverdächtig.

Sein Handy klingelte, und für einen kurzen Moment dachte er schon, es wäre Beatrice – ein weiteres Zeichen dafür, dass er dabei war, den Verstand zu verlieren.

Es war Axel. »Wie heißt noch mal die Tierärztin, die du kennst?«

Die Sorge in Axels Tonfall war ungewohnt für seinen Bruder. »Ist etwas mit Stanley?«, fragte Huxley schnell.

»Er will nicht fressen, und sein Zahnfleisch ist rot und geschwollen. Vielleicht braucht er Antibiotika.«

Huxley war nicht gerade ein Fan der alten Gophernatter, aber Axel behandelte sie wie ein eigenes Kind. »Hast du sein Terrarium auch gut gesäubert? Dafür gesorgt, dass er immer frisches Wasser hat?«

»Ich bin nicht mehr zehn, Hux. Ich weiß, wie ich mich um meine verdammte Schlange zu kümmern habe. Aber …«

»Aber was?«

»Ich hab dir mein ganzes Bargeld gegeben. Ich weiß, die Lage ist brenzlig, aber das kann nicht warten. Kannst du mir vielleicht … ich weiß nicht, ein paar Hundert leihen? Diese Tierarztrechnungen sind immer wahnsinnig hoch, und ich zahle es dir mit den Einnahmen meines nächsten Straßenauftritts zurück. Ich hoffe nur, dass er nicht operiert werden muss.«

»Ja, na klar. Was auch immer du brauchst.« Es war die gleiche Antwort, die Huxley ihm gegeben hatte, als Axel im vergangenen Jahr zur Magierkonferenz nach Vegas hatte fahren wollen. Huxley hatte endlich etwas Geld gespart gehabt und war am Überlegen, ob er damit einen kleinen Teil des Theaters reparieren oder doch lieber mal egoistisch sein und sich eine dringend benötigte neue Couch kaufen sollte. Am Ende hatte er Axel zu der Konferenz geschickt. Das Einzige, was Huxley noch mehr hasste, als sich sein heruntergekommenes Theater anzusehen, war, seine Brüder zu enttäuschen.

»Ich schicke dir die Nummer und lege dir einen Umschlag auf meiner Küchentheke bereit.« Huxley fügte ein weiteres Pokerspiel zu seiner geistigen Liste hinzu. Ein Tierarztbesuch bedeutete, er würde die Bauarbeiten nicht früher abbezahlen können, doch er würde es immer noch hinbekommen. Falls eine Operation nötig wäre, sähe die Sache allerdings anders aus.

Als er auf sein Theater zuging, brauchte er … irgendetwas. Hoffnung. Die Möglichkeit, dass sein Leben sich nicht immer nur um die Bühne und die Familie und darum drehen würde, wie er den Kopf über Wasser halten konnte. Ein Moment mit seinem Vater half ihm in der Regel.

Lichter glitzerten auf der nassen Straße. Dunkle Pfützen platschten unter seinen schleppenden Schritten, während er betrunkene Touristen passierte. Musik drang immer wieder aus sich öffnenden Türen. Er blieb vor dem Marlow Theater stehen und betrachtete das Gerüst, das die Fassade bedeckte. Sein Seufzen hing in der feuchten Luft, während er sich mit der Hand über das Gesicht fuhr.

Plötzlich ertönte lautes Fluchen von der einen Seite des Gebäudes.

Mit gerunzelter Stirn ging er um einen Haufen Baumaterial herum und lugte in die dunkle Gasse hinein. Wieder fluchte jemand. Huxley richtete den Blick weiter nach oben und sah gerade noch die Schuhe eines Einbrechers, der sich durch das Fenster im ersten Stock schob.

»Verdammt.« Das hatte ihm jetzt gerade noch gefehlt.

Er hatte schon einmal einen Hausbesetzer im Theater gehabt. Ein Obdachloser, der sich reingeschlichen hatte, als Axel die Hintertür aufgelassen hatte. Der Penner hatte sich reumütig gezeigt und ohne großes Aufhebens das Feld geräumt. Keine große Sache. Dem Fluchen und den Schuhen zufolge war dieser Eindringling weiblich. Was nicht bedeutete, dass er harmlos war.

Er schloss die Tür auf und schlich nach drinnen. Er kramte in den Werkzeugen bei der Eingangstür und fand einen großen, schweren Schraubenschlüssel, für den Fall, dass er es mit einer Gruppe Einbrecher zu tun hatte. Was er außerdem wiederfand, war seine Wut.

Er konnte diesen Ärger nicht auch noch gebrauchen. Er war müde und ausgelaugt.

Voller Liebeskummer wegen jemandem, den er nicht haben konnte.

Aber es half nichts. Mit zusammengebissenen Zähnen blieb er bei dem großen Poster im Foyer stehen, dem ersten, das sein Vater aufgehängt hatte. Es zeigte seinen Vater mit Zylinder, der Umhang war zur einen Seite ausgebreitet. *Der Fabelhafte Max Marlow,* stand darüber. Rechts, wo der Umhang einen dunklen Hintergrund bildete, stand sein Motto: *Glaub an das Unmögliche.*

Huxley hatte auch einmal geglaubt. Er hatte geglaubt, er könnte das Theater führen und seine Familie unterstützen, mit dem gleichen Elan wie sein Vater. Er hatte geglaubt, seine Shows würden die Massen entzücken.

Die Wahrheit war ernüchternd und deprimierend.

Hatte er versagt, weil er aufgehört hatte zu glauben? Oder

hatte er aufgehört zu glauben, weil er versagt hatte? Ein Henne-Ei-Problem von der unlösbaren Sorte, das einen in den Wahnsinn treiben konnte. Würde er Beatrice fragen, würde sie ihm mit Sicherheit antworten, dass er aufgehört hatte zu glauben. Dass das Schicksal sich nur für die zum Guten wendete, die lächelten und die Tage als teilweise sonnig sahen. Sollte sie recht haben, war er seine eigene Straßensperre, stand er sich selbst im Weg. Der Schraubenschlüssel lag schwer in seiner Hand, doch seine Schultern fühlten sich auf einmal leichter an.

Konnte es so einfach sein? Konnte er sein Schicksal verändern, wenn er seine geistige Einstellung änderte? Er ging davon aus, dass seine Pokerabende eine unüberwindbare Differenz zwischen ihnen darstellten, dass ihr Timing nicht stimmte, wie es bei Timing oft der Fall war.

Außer er glaubte.

Das könnte ein Aufschub sein anstatt ein Ende. Eine Pause in einer unausweichlichen Liebesgeschichte. *Ja*, sagte sein sofort schneller schlagendes Herz. »Ja«, flüsterte er in den leeren Raum.

Er würde an sie beide glauben. An das Unmögliche.

Er war sich sicher, dass sein Vater zustimmen würde.

Ein lauter Rumms störte seinen Moment der Erleuchtung. Er war bereit, rauszulaufen und Beatrice zu suchen, um sie zu fragen, ob sie auf ihn warten und mit ihm gemeinsam das Unmögliche ins Mögliche verwandeln wollte. Doch zuerst musste er sich um diesen dreisten Hausbesetzer kümmern.

Kapitel 14

SÜSSIGKEITEN. BEA WAR sich sicher, Süßigkeiten würden ihren Schmerz lindern. Das hatte sie auch zu ihrem späten Ausflug veranlasst, der zu einem zerkratzten Oberarm geführt hatte, als sie wieder ins Theater geklettert war.

Sie warf ihre Beute auf ihr provisorisches Bett – alte Kostüme, die sie auf dem Boden des Magazins auf einen Haufen getürmt hatte. Sie war dazu übergegangen, bei ihrem Kunstprojekt zu schlafen, in der Hoffnung, dass die Inspiration zurückkommen würde. Zehn Tage lang war sie nun mitten in der Nacht aufgewacht, und es hatte ihr in den Fingern gejuckt, ein weiteres Quadrat für ihr Selbstporträt zu zeichnen, doch ihre aktuellen Versuche wirkten nicht fokussiert und unfertig. Sie hatte ihr Licht verloren. Und sie wusste, warum.

Ihr fehlte ihre Muse.

Sie konnte sich noch so oft ein Lächeln abringen oder mit seinen Brüdern herumalbern, etwas in ihr war getrübt, seit sie wusste, dass Huxley spielte. *Ich kann mir das nicht wieder antun*, sagte sie sich selbst. *Ich weigere mich, das Selbstporträt einer erbärmlichen Frau zu zeichnen, die sich in einen Mann verliebt, der wie ihr Vater ist.* Doch Huxley wirkte vertrauenswürdig, seine süßen Gesten hatten ihr das gezeigt: wie er sich in der

Nacht, als sie sein Auto zerkratzt hatte, um sie gekümmert hatte; wie er sie zum Mittagessen eingeladen und ihr geholfen hatte, ihr Lampenfieber zu bekämpfen; wie er sie geküsst hatte, dass ihr Hören und Sehen vergangen war, und ihr zu einem Nebenjob verholfen hatte. Dennoch blieb sie auf Distanz.

Die Spielsucht und ihre Folgen hatten Beas Leben schon einmal auf den Kopf gestellt. Jetzt hatte sie ihr noch etwas anderes geraubt: den Mann, der ihr Herz im Zickzack erobert hatte.

Ihre kreative Blockade war zurückgekehrt, sie war sogar noch schlimmer als nach dem Verrat ihres Vaters. Oder vielleicht waren die beiden Ereignisse auch verknüpft. Ein wachsender Schneeball aus Wetten und Verlusten.

Sie saß im Schneidersitz da und schob sich eine Handvoll Knallbrause in den Mund, die sie mit einem großen Schluck Cola nachspülte. In ihrem Mund und ihrem Bauch explodierte ein Feuerwerk, was ihr Ziel gewesen war – zu simulieren, wie es war, mit Huxley zusammen zu sein. Sie hoffte, es würde ihre Kreativität befeuern und die trüben Gedanken verjagen. Die Kanthölzer standen aufgereiht an der Wand und neckten sie mit unerreichbarer Inspiration.

Sie brauchte mehr Zucker. Sie teilte ihren Stapel Hubba Bubba und aß eine Handvoll Skittles. Als das nicht funktionierte, packte sie einen roten Lolli aus. Sie saugte an der kirschroten Kugel und drehte sie im Mund. Nichts. Sie griff nach ihrem Handy, weil sie sich fragte, ob Musik vielleicht ihre künstlerischen Poren wieder öffnen konnte, doch eine neue Nachricht erschreckte sie so, dass sie das Telefon fallen ließ.

Big Eddie.

Die Süßigkeiten und die Cola stießen in ihrem Magen zusammen und formten einen Zuckerball. Sie hatte keinen Ton mehr von ihm gehört, seit sie seine Nummer blockiert hatte. Ihre Assistentinnenpflichten und ihre künstlerische Frustration hatten sie so in Beschlag genommen, dass sie die Probleme ihres Vaters – also jetzt ihre eigenen – fast vergessen hätte.

Big Eddie offensichtlich nicht.

> Bezahle, oder dein Daddy bekommt es ab, und
> du wirst nie wieder feste Nahrung zu dir nehmen
> können. Ich treibe alle meine Schulden ein.

Ihre Gedanken wanderten zurück zu dem Tag, als Franklyn Baker mit gebrochenem Arm, Platzwunde am Kopf und einem schwarzblauen Auge nach Hause gekommen war. Big Eddie war zwar nicht derjenige, der damals dafür verantwortlich gewesen war, aber das bedeutete nicht, dass er seine Drohung nicht wahr machen würde.

Ihr Magen zog sich weiter zusammen.

Die Verbindung zu ihrem Vater abzubrechen war essenziell gewesen, doch sie hatte immer Angst davor, *den Anruf* zu erhalten, der ihr mitteilte, dass er verletzt war oder Schlimmeres. Ihr Vater war krank, seine Abhängigkeit forderte ihren Tribut. Er weigerte sich, Hilfe in Anspruch zu nehmen. So wie er sich verhalten hatte, konnte er nicht mit ihrer Fürsorge rechnen, aber das bedeutete nicht, dass er es verdient hatte, zusammengeschlagen zu werden.

Den Lollipop fest an die Innenseite ihrer Wange gepresst, bemühte sie sich, ihre Atmung unter Kontrolle zu bringen, und schloss die Augen, während sich ihr Puls allmählich wieder beruhigte. Diese letzte Nachricht klang etwas verzweifelt, nur eine weitere Warnung, ohne dass bisher etwas passiert wäre. Big Eddie hatte New Orleans nicht erwähnt, und vage Drohungen gegen ihren Vater bedeuteten vermutlich, dass Franklyn bisher nichts geschehen war. Es war wahrscheinlich, dass er abgetaucht war und sich ruhig verhielt, bis sich der Staub gelegt hatte. Sein regelmäßiges Verschwinden war in Beas Kindheit eine ähnliche Konstante gewesen wie der Wechsel der Jahreszeiten.

Nur für den Fall, dass ihr Vater nicht daran gedacht hatte, seine Spuren zu verwischen, schrieb sie eine kurze Antwort an Big Eddie:

> Du bekommst dein Geld. Wenn mein Vater
> verletzt wird, kannst du es knicken.

Eine weitere Lüge, die den Widerling hoffentlich so lange hinhalten würde, um ihrem Vater einen Vorsprung zu verschaffen. Sie schickte noch schnell eine Warnung an ihren Dad. Dabei war es das Letzte, was sie tun wollte. Das Gespräch mit Franklyn Baker zu suchen bedeutete immer eine Reaktion aus süßen Worten und Versprechen, gefolgt von der Bitte um Geld. Der Mann war wie ein Sog, der sie immer wieder mit nach unten riss. Doch dieses Mal würde sie nicht schwach werden. Sie würde diese eine Nachricht schreiben und ihn dann ignorieren, genau wie Big Eddie. Sollte ihr Vater doch mit seinem eigenen Drama zurechtkommen, wie auch immer die Folgen aussahen.

Sie blockierte Big Eddies Nummer ein weiteres Mal und starrte das Display an. Sie konnte sich kein neues Telefon leisten. Das Einzige, was sie tun konnte, war, ihre Nummer zu ändern, doch das bedeutete, dass ihr Vater dieses Mal nicht in der Lage sein würde, sie zu erreichen. Sie würde jede Spur von ihm in ihrem Leben verlieren. Eine seltsame Panik setzte ein, die sich in Ärger verwandelte. Das große Gebäude fühlte sich mit einem Mal dunkler und unsicherer an. Sie fragte sich, warum es ihr nicht egal war, ob Franklyn Baker sich in Luft auflöste.

Der Klang sich nähernder Schritte erschütterte ihr ohnehin schon dünnes Nervenkostüm.

Sie drehte hektisch den Kopf hin und her, schon fast damit rechnend, Big Eddie zu entdecken, doch dann schalt sie sich für ihre zu lebhafte Fantasie. Sie musste sich mal am Riemen reißen. Und sich verstecken. Die Schritte klangen noch entfernt, näherten sich aber offenbar dem Magazin. Sie sollte aufspringen und sich in der Zick-Zack-Kiste verstecken oder sich mit einem in der Nähe liegenden roten Umhang bedecken. Doch vor lauter Drama an diesem Abend schienen ihre Glieder die Funktion eingestellt zu haben.

Ihre Erstarrung wurde nur schlimmer, als Huxley ihr provisorisches Schlafzimmer betrat, den Schraubenschlüssel schwingend. »Das ist Privatbesitz, Sie …« Er riss die Augen auf und schreckte zurück, als er Bea erblickte.

»Du bist es«, stellte sie atemlos fest, erleichtert, ein bekanntes Gesicht zu sehen.

Er ließ den Arm mit dem Schraubenschlüssel sinken. »Was tust du hier?« Sein Blick wanderte von ihrem Bett aus zusammengeknüllten Kostümen zu den Süßigkeiten. Dann fiel er auf ihre Kosmetikartikel, die sie normalerweise hinter alten Requisiten versteckte. »Ist mit deiner Mitbewohnerin irgendetwas vorgefallen?«

Es dauerte zehn lange Sekunden, bis sie ihre Nerven beruhigt hatte und ihr wieder eingefallen war, dass sie hier seit zwei Wochen illegal kampierte. Was ein direkteres Problem darstellte als ein Mann, der ihr von Chicago aus Drohungen schickte. Sie hätte lügen und Huxleys Theorie mit ihrer Mitbewohnerin bestätigen können, doch er war immer ehrlich zu ihr gewesen, sogar, als es ihn ihre Zuneigung gekostet hatte. Am Ende hatten sie es beide bezahlen müssen. Seine Ehrlichkeit mit einer Lüge zu belohnen wäre grausam.

Sie nahm den Lolli aus dem Mund. »Ich wohne hier.«

»Das habe ich mir gedacht. Aber warum? Was ist mit deiner Mitbewohnerin?«

»Ich hatte nie eine.«

»Was soll das heißen, du hattest nie eine?« Er hob die Stimme, und der Schraubenschlüssel zuckte in seiner Hand.

Sie duckte sich, weg von dem bedrohlichen Werkzeug. »Hast du vor, mich damit zu schlagen?«

»Was?«

»Mit dem Schraubenschlüssel? Du siehst aus, als wärst du kurz davor, jemanden damit zu verprügeln.«

Er blinzelte seine Waffe an. Mit einem tiefen Seufzer legte er den Schraubenschlüssel auf den Boden, wo er sich dann ihr gegenüber im Schneidersitz niederließ. Seine langen Beine sahen komisch gefaltet aus, die Knie hoch vor dem Oberkörper. Er fuhr sich mit den großen Händen über die dunkle Jeans. »Willst du mir sagen, du schläfst seit zwei Wochen in meinem Theater?«

Es klang so, als würden ihn die Worte schmerzen. Sie wollte ihm nicht noch mehr Sorgen bereiten. Ihre chaotische Vergangenheit hatte schon genug angerichtet. »Tut mir leid«, sagte sie, den Blick auf den Lolli gerichtet, den sie zwischen den Fingern drehte.

Er packte sie am Handgelenk. »Du musst dich nicht entschuldigen, Beatrice.«

»Aber ich habe dich angelogen, und du bist wütend.«

»Ich bin in der Tat wütend … auf mich selbst. Ich habe dich nicht bezahlt, und ich habe die Augen verschlossen vor der Tatsache, dass du keine Bleibe hast. Zu welcher Art von Mann macht mich das?«

Zur besten Art, wollte sie sagen, was keinen Sinn ergab nach dem, was er gesagt hatte. »Trotzdem habe ich gelogen. Ich habe hier übernachtet, ohne Miete zu bezahlen.«

»Verdienst du bei Della Geld?« Er stellte die Frage leise, die Hand reglos an ihrem Handgelenk.

Ihr fiel das Atmen schwer, als wäre der Sauerstoff zwischen ihnen mit Eisen beladen. »Das tue ich, aber es ist schwer, eine gute und günstige Wohnung zu finden. Außerdem gefällt es mir hier.« Zumindest hatte es das. Vor der beunruhigenden Textnachricht.

»Dir gefällt es, auf dem Boden zu schlafen?«

»An diesem wunderbaren Ort zu schlafen. Ich tue mich seit einer Weile schwer mit dem Malen. Doch dann kam ich hierher, und meine Kreativität war auf einmal wieder da. Ich wollte nicht mehr weggehen.«

Seine Wangenknochen traten noch mehr hervor, als er ihr Handgelenk losließ, und ihr stockte der Atem. Er hatte ihrem Gemälde den Rücken zugekehrt, doch sie konnte ihren flackernden Blick nicht kontrollieren.

Sie war nicht bereit dafür, es ihm zu zeigen. *Sich* ihm in ihrem unfertigen Werk zu zeigen. Doch er drehte natürlich den Kopf und folgte ihrem Blick. *Blöde Verräteraugen.* Er drehte nun auch den Oberkörper, seine Knie hoben sich, als er sich dem Projekt zuwandte. Und Himmel, fühlte sie sich nackt. Entblößt. Er betrachtete ihr Innerstes, das Gute und Böse, das ihre Seele ausmachte.

»Das bist du.« Er stand auf und ging auf das Werk zu.

Sie hatte ihr Profil auf den Holzplanken skizziert, doch nur eine Handvoll Quadrate waren ausgefüllt. Dennoch erkannte er sie. Er wusste es. Sie fragte sich, ob er auch sein blaues Auge erkannte, oder den Teil seines Umhangs. Sie lutschte an dem Lolli, weil sie etwas brauchte, mit dem sie sich beschäftigen konnte. Kirschsüße klebte an ihrer Zunge. Die Nervosität machte sie noch kribbeliger. Er starrte immer noch.

»Es ist noch längst nicht fertig«, erklärte sie um den Lolli herum.

Er blieb mit dem Rücken zu ihr stehen. »Es ist faszinierend.«

Ihre Wangen hatten vermutlich einen ähnlichen Farbton wie ihr Kirschlutscher. »Ich habe das Holz aus einem Zimmer im oberen Stockwerk quasi gestohlen, also schulde ich dir dafür auch noch Geld, zusätzlich zum Auto und dem unerlaubten Wohnen. Oh, und für die Reinigung des Umhangs. Und die Zahnbürste. Und die Beignets. Und das Mittagessen.« Das Wort *Danke* fühlte sich unpassend an. Stattdessen plapperte sie weiter. »Da kommt wohl eine ganz schöne Rechnung zusammen.«

Das graue T-Shirt klebte an seinem breiten Rücken und spannte sich über seine Muskeln, als er die Arme vor der Brust verschränkte. Er bewegte sich danach nicht mehr, legte nur den Kopf schief.

Sie musste niesen.

»Gesundheit«, sagte er. Und dann: »Achtzehn Tage.«

Sie zog die Augenbrauen hoch. »Was ist denn in achtzehn Tagen?«

Als er sich schließlich zu ihr umdrehte, kam ihr Puls ins Stolpern. Seine Pupillen waren riesig, sodass seine zweifarbigen Augen beide dunkel erschienen. Sein gewelltes Haar war unordentlich. Vor zehn Tagen hatte sie die Finger durch diese weichen Haare gleiten lassen. Sie hatte die starken Muskeln in seinem Nacken gespürt.

Sie biss ihren Lolli durch und zerkaute die harte Süßigkeit.

»Achtzehn Tage«, wiederholte er. »So lange habe ich Zeit, das Geld für die Reparaturen des Gebäudes zu verdienen. Danach höre ich mit dem Spielen auf.«

»Warum?« Sie saugte an ihrer nach Kirschen schmeckenden Lippe und lehnte sich nach vorne. Tat er das etwa für sie? Für eine Frau, die er kaum kannte?

»Weil ich vorhabe, dich zu einem Date auszuführen. In achtzehn Tagen.«

»Oh.« Es war eine erbärmliche Silbe. Sie hüpfte nicht wie ihr Herz bei seinem Zugeständnis oder drehte sich wie ihr Magen. Sie hing zwischen ihnen, fest und unbeweglich. Sie sollte begeistert sein, dass er auch an sie dachte, dass er in seinem Leben Raum schaffen wollte, um ihren Ballast darin unterzubringen. Doch diese Worte hatte sie schon einmal gehört.

Dieses Mal bin ich fertig damit.

Nie wieder spielen.

Ich tue das für dich, Kleines.

Sie wollte Huxley glauben, doch ihre Intuition hatte sie schon so oft in die Irre geführt. »Ich mag die Vorstellung nicht, dass du dich für mich veränderst. Dadurch entsteht ein gewisser Druck. Wir kennen uns doch nicht einmal wirklich.«

»Ich ändere nicht meine Persönlichkeit, nur eine nebensächliche Aktivität. Und sich nicht zu kennen ist nicht schlimm. Ich will dich kennenlernen.«

»Willst du es so sehr, dass du ein Spiel für mich aufgibst, das dir Spaß macht?«

»Es würde mir nichts ausmachen, wenn ich nie wieder ein Kartenspiel anfassen müsste.«

»Was ist mit deinen Nummern in der Show? Da benutzt du doch auch Karten.«

Seine Mundwinkel zogen sich nach außen, sodass er fast lächelte. »Ja, Beatrice. In meinen Nummern muss ich sie benutzen. Doch es wird kein Glücksspiel mehr geben.«

»Überhaupt nicht mehr?«

»Überhaupt nicht mehr.«

»In achtzehn Tagen?«

Er nickte, und ihr kam eine Idee. Sie wollte dieses Date mehr als einen lebenslangen Vorrat an Hubba Bubba, doch die Angst, verletzt zu werden, brodelte in ihr und drohte überzukochen. Sie musste sicher sein, dass Huxley auch der gute Mann war, für den sie ihn hielt, ehe sie mit ihm ausging und Gefühle alles noch komplizierter machten. Ihre Erfahrungen zeigten, dass ein Ausspionieren in dieser Richtung leider notwendig war. Und Ausspionieren ging am besten, wenn man sich in der Nähe befand.

»Ich werde dein Angebot annehmen«, sagte sie, »unter einer Bedingung.«

Mit gerecktem Kinn ging er auf sie zu. »Ich bin ganz Ohr.«

Er war so sexy mit seinen zweifarbigen Augen, der breiten Brust und der schlanken Hüfte. Faktoren, die ihre Bedingung zu einer Herausforderung werden lassen würden. Doch sie kniff jetzt nicht mehr. »Ich würde gern bei dir einziehen.«

Er erstarrte. »Bei mir einziehen?«

»In dein Gästezimmer. Du hast das in dem Café erwähnt und gesagt, ich könnte dort vorübergehend unterkommen. Sosehr ich es hier auch mag, es ist in letzter Zeit doch ein wenig … ungemütlicher geworden, und ich kann sonst nirgendwohin. Ich würde dir Miete zahlen, natürlich. Und es wäre nur, bis ich etwas anderes gefunden habe.« Bis sie herausgefunden hätte, ob er es wert war, dass sie mit ihm ausging. Und dass es hier ungemütlich geworden war, war nicht gelogen.

Mit ihm zusammenzuleben würde die sexuelle Spannung zwischen ihnen verschärfen, doch die Nachricht von Big Eddie steckte ihr noch in den Knochen. Die Vorstellung, in einem riesigen Theater zu übernachten, ganz allein, hatte seinen Reiz mit einem Mal verloren. Ein richtiges Bett und ein Zimmer wären auch ein Luxus. Genau wie die Abwesenheit der herumtrampelnden Bauarbeiter, die sie jeden Morgen weckten.

»Also, nur damit ich das richtig verstehe«, erwiderte Huxley, den Anflug eines Lächelns auf dem Gesicht, »du wirst in achtzehn Tagen mit mir ausgehen, wenn wir zusammenwohnen?«

Sie war sich nicht sicher, warum er so breit grinste. Sie wollte nicht, dass er damit aufhörte. »Das werde ich.«

Er fuhr sich mit der Hand über den Mund und verlagerte das Gewicht. »Okay. Aber ich habe auch eine Bedingung.«

»Hat es was mit Zuhälterei zu tun?«

Er lachte in sich hinein, ein tiefer, grollender Laut, den sie am liebsten in Stereo gehört hätte. »Was hast du eigentlich immer mit dem Zuhälter?«

»Ich habe mal eine Sendung über illegalen Menschenhandel gesehen. Das hat mich schwer beeindruckt.« Genau wie die Gangsterfilme und Polizeisendungen, die sie so mochte. Für einen Moment überlegte sie, Huxley vom Schuldendrama ihres Vaters zu erzählen, doch er hatte seine eigenen Finanzprobleme, und andere mit hineinzuziehen machte es nur schlimmer. Ein Beispiel dafür: Mit ihren Versuchen, Franklyn Baker zu helfen, hatte sie sich keinen Gefallen getan.

Huxley ging vor ihr in die Hocke. Er nahm ihre Hände in

seine. »Ich versichere dir, es hat nichts mit Zuhälterei zu tun, aber wenn ich dich als Mitbewohnerin akzeptiere, hätte ich auch gern ein Zugeständnis von dir.«

»Ich wusste, du bist so ein ganz Korrekter.«

»Ist das ein Problem?«

»Kommt auf das Zugeständnis an.«

»Es sind zwei, um genau zu sein.«

»Jetzt wirst du langsam dreist.«

Er legte seine Hand auf ihre. »Du musst dein Kunstprojekt in mein Wohnzimmer verlegen, damit du dort malen kannst, und ich werde dir keine Miete berechnen. Wenn du dich schon weigerst, von mir ein Gehalt zu beziehen, dann lass mich das wenigstens für dich tun.«

Sie hatte noch nie einen so großzügigen Mann kennengelernt, der bereit war, seine Gewohnheiten zu ändern, nur um mit einer Frau ausgehen zu dürfen, der sich weigerte, Miete von ihr anzunehmen, und sie ermutigte, in seiner Wohnung zu malen. Auf dem Papier wirkte er schon mal wundervoll. Doch sie vertraute ihren Instinkten nicht mehr, und es gab keinen besseren Weg, jemanden gründlich kennenzulernen, als ihn in seiner natürlichen Umgebung zu erleben. Der Ortswechsel würde vielleicht sogar ihre kreative Flaute beheben.

Ihr fiel die Antwort nicht schwer, doch sie wollte ihre Hände noch nicht unter seinen wegziehen. »Ich stimme den Bedingungen vielleicht zu, aber ich habe vergessen, dir ein paar essenzielle Fragen zu stellen.«

»Wie zum Beispiel?«

»Welche Farbe haben deine Wände?«

Er ließ sich Zeit für seine Antwort. »Rotkehlcheneiblau.«

»Hast du Ketchup oder grüne Lollis zu Hause?«

»Nein zu den Lollis, Ketchup ist ein Muss.«

Sie würde den Deckel zukleben müssen. Außerdem würde

sie einen Weg finden müssen, ihr Herz zu schützen und Huxley für seine Großzügigkeit zu entschädigen. »Wenn wir das tun, dann nur als Freunde. Vor unserem Date läuft nichts zwischen uns.«

Seine Daumen zeichneten sanfte Kreise auf ihren Handrücken. »Nur Freunde.«

»Dann, denke ich, sind wir uns einig.«

Er stand auf und zog sie mit nach oben. Dann half er ihr, ihr mageres Hab und Gut zusammenzusammeln, wobei sie ihr Bestes gab, ihn dabei nicht zu berühren. Die nächsten achtzehn Tage würde sie alle unziemlichen Gedanken aus ihrem Kopf verbannen. Sie würde sich nicht gestatten, etwas mit ihm anzufangen, bis sie sich sicher war, dass er nicht doch so war wie ihr Vater.

Als sie alles zusammenhatten, fragte sie: »Soll ich meinen Namen in Bellatrix ändern?«

»Warum solltest du das tun?« Er schulterte die größere Tasche und klemmte sich ein paar Holzlatten unter den Arm. Dann ging er voraus, in Richtung Bühne.

Sie folgte mit ihrer Tüte voller Süßigkeiten und den übrigen Holzbrettern. »Unsere platonische Lebenssituation erinnert doch an Geschwister. Aber um ein paar Wochen lang deine Schwester zu sein, brauche ich einen Namen mit X.«

Er blieb abrupt stehen, und sie wäre fast in ihn hineingelaufen. Er drehte sich um und baute sich vor ihr auf. »Du bist nicht meine Schwester, *Beatrice*.«

Er sprach ihren Namen wieder so sexy aus, rollte ihn um seine Zunge, dass ihr die Knie weich wurden. Er ging weiter. Sie stolperte über ihre eigenen Füße.

Nein, keine Geschwister.

Kapitel 15

DAS FRÜHSTÜCK HASSTE Bea am meisten. Sie mochte es nicht, an Huxley vorbeizugehen, der ihr ein heiseres »Guten Morgen« zuwarf, während er ihnen Kaffee machte, das Raue in seiner Stimme unerträglich sexy. Sie hasste es, wie er an seiner Unterlippe saugte, wenn er Zeitung las. Sie verabscheute es, ihn darum zu bitten, ihr Geschirr zu reichen, an das sie selbst nicht kam, weil dabei sein verschlissenes T-Shirt nach oben rutschte und ein Stückchen seines Rückens zu sehen war.

Dann seufzte sie immer. Er schluckte. Sie starrten sich zu lange an.

Frühstück war das Schlimmste.

»Ich koche«, erklärte sie, weil sie eine Ablenkung brauchte. Er trug nicht nur dünne T-Shirts, sondern besaß auch eine Auswahl bezaubernder Nerd-Shirts, die er zu Hause trug.

Auf dem heutigen stand: *Sprich Nerd mit mir.*

»Ich dachte, du magst meine Omeletts«, erwiderte er.

»Ich liebe deine Omeletts.« Sie waren so leicht und fluffig, wie sie sie noch nie gegessen hatte, aber er hatte sie schon die letzten beiden Tage zum Frühstück gemacht und darauf bestanden, sie ihr am Küchentresen zu servieren, mit einem frischen Obstturm dazu. Huxley Marlow war ein echter kulinarischer Architekt. Er zog sich den Barhocker dann immer neben ihren, sodass sich ihre Oberschenkel beim Essen berührten, und sprach mit ihr über die Auftritte des Vorabends – welche Musik am besten angekommen war, wie man das Publikum am besten in Staunen versetzen konnte, ohne die Nacktheit weiter zu steigern.

Seine mittelgroße Wohnung hatte einen dunklen Holzfußboden, hohe Decken und einen offenen Wohn-Ess-Bereich mit einem kleinen Eichentisch, wo sie sich beim Essen gegenübersitzen konnten. Doch sie saßen am Tresen nebeneinander. Sie aß die Heidelbeeren von seinem Teller. Er klaute ihr die Wassermelone. Sie wuschen das Geschirr gemeinsam ab, wobei sich ihre Ellenbogen öfter berührten, als sittlich war.

Sie waren ausgezeichnete Mitbewohner. Mit einem schweren Fall von *sexualus tensionae*.

Außerdem war sie dran mit Kochen.

Er nippte an seinem Kaffee, die Hüfte an den Tresen gedrückt, das Haar sexy verwuschelt vom Schlafen. »Ich dachte, du ziehst es vor, dein Essen zu Skulpturen zu formen, anstatt es zu kochen.«

»Ich bin vielleicht kein Spitzenkoch wie du, aber ein Frühstück bekomme ich durchaus hin.« Irgendwie. »Setz dich, und lass mich mal machen.«

Als er sich nicht rührte, packte sie ihn sanft an der Hüfte und zwang ihn, um den Tresen herum zu gehen. Ein gefährliches Manöver. Eine dünne Jogginghose war alles, was ihre zu heißen Hände von seinem Hüftknochen trennte. Sie hielt ihn länger als notwendig fest und blieb hinter ihm stehen wie ein Stalker. Als er sich endlich auf seinen Barhocker setzte, streifte ihr heißer Atem seinen Nacken. Ein tiefer Laut, halb Seufzen, halb Stöhnen, war von ihrem Mitbewohner zu hören.

Sexualus tensionae.

Kochen war die perfekte Ablenkung.

Ihr kulinarisches Können beschränkte sich darauf, gefrorene Fertiggerichte in der Mikrowelle aufzuwärmen, Dosen zu öffnen und die Süßigkeitenabteilung im Supermarkt leer zu kaufen, aber sie brauchte etwas, das nicht mit Huxley zu tun hatte, auf das sie sich konzentrieren konnte. Im Kühlschrank fand sie Eier, Käse und Pilze. Sie meinte, Huxley und seine großen Hände genau genug beobachtet zu haben, um seine Omelett-Künste imitieren zu können.

Offensichtlich benötigte man aber zum Eiertrennen Fähigkeiten, die sie nicht besaß.

Zerbrochene Eierschalen verteilten sich in der Schüssel … und es waren die letzten Eier, die sie hatten. Immer noch entschlossen, für ihn zu kochen, fuhr sie fort, die Bruchstücke herauszufischen. Sie spürte seinen Blick auf sich, während sie arbeitete, und Gänsehaut breitete sich auf ihren Armen aus.

Um ihrer Rolle als schwesterliche Mitbewohnerin gerecht zu werden, hatte sie immer daran gedacht, einen BH unter ihren Schlafanzug zu ziehen, und darauf geachtet, dass das weiße Baumwolltanktop nicht zu tief ausgeschnitten war. Ihre Flanellschlafanzughose mit dem Wassermelonenprint waren definitiv mitbewohnertauglich. Huxley starrte sie dennoch an, als wäre sie ein roter Lolli und als wäre er süchtig nach roten Lollipops.

Der frische Kaffee dampfte, und ein malziger Duft nach Röstaromen hing zwischen ihnen. Als sie die Schalen erfolgreich entfernt hatte, schnitt und briet sie die Pilze, wie er es getan hatte. Ihr Endprodukt glich allerdings eher einem unappetitlichen Mischmasch.

Huxley nahm seinen Teller entgegen. »Das sieht lecker aus.«

»Du bist ein guter Lügner.«

»Ich lüge nicht. Du hast das super gemacht.«

Ihr wurde warm ums Herz. »Das ist das ausgefallenste Essen, das ich je zubereitet habe. Du kannst dich glücklich schätzen, dass ich eingezogen bin und dich mit meinen kulinarischen Künsten verwöhne.«

Die Tasse in einer Hand, stützte er den Ellenbogen auf dem Tresen ab. »Ein Glück, bist du eingezogen«, murmelte er und schaute ihr dabei unverwandt in die Augen anstatt auf sein Essen.

Er rutschte auf dem Barhocker herum.

Sie hatte das Gefühl, ein Gewicht würde auf ihre Brust drücken.

Sexualus tensionae.

Anstatt sich neben ihn zu setzen, blieb sie auf der anderen Seite des Tresens stehen, wo sich ihre Arme und Beine nicht zufällig berühren konnten und wo sie seinen männlichen Duft nicht wahrnehmen konnte. Sie benutzte den Raum, um sich daran zu erinnern, dass es gute Gründe für ihr selbst auferlegtes Mitbewohnerszenario gab, der wichtigste davon war: An das Beste im Menschen zu glauben hatte bei ihr schon zu oft zu Enttäuschung geführt. Das war ihre Chance, Huxleys wahren Charakter kennenzulernen, ehe sie zu sehr involviert war.

Sie nahm eine Gabel von ihrem Omelett und biss auf etwas Hartes. Sie erstarrte beschämt. Wenn Huxleys verzogene Miene ein Hinweis war, dann hatte er ebenfalls auf Eierschalen gebissen. Sie schaffte es, den Bissen runterzuschlucken, und schob dann ihren Teller von sich. Sie rechnete fest damit, dass er einen Witz machen oder sich über ihr schreckliches Frühstück aufregen würde. Doch er tat nichts dergleichen.

Huxley nahm einen weiteren Bissen und kaute sich lautstark in ihr Herz. »Axel hat irgendeine neue Nummer für heute Abend«, sagte er. »Mit noch weniger Kleidung.«

Sie konnte weder ihre Eier weiteressen noch den Blick vom Gesicht dieses süßen Mannes abwenden. »Es ist vielleicht nicht das, was du dir für das Theater vorgestellt hast«, erwiderte sie, »aber die Reihen füllen sich, und ich habe auch neue Flyer machen lassen. Della lässt mich ein paar Pausen mehr machen, damit ich sie auf dem Markt verteilen kann. Die Frauen meiner Zielgruppe fangen immer an zu kichern, wenn sie ihn lesen.«

Weil sie ein Bild von Axel auf den Werbezettel gedruckt hatte, eines, auf dem er zufälligerweise oberkörperfrei war. Selbst zweidimensional schaffte es der Muskelschlumpf, die Damen zu verzaubern. Bea war auch schon ein paarmal abends nach der Show durch die Straßen rund um das Theater gegangen und hatte betrunkenen Frauen den Flyer in die Hand gedrückt.

Gemeinsam mit ihren Social-Media-Posts verkauften sie dank ihrer Bemühungen jeden Abend mehr Tickets. Sie litt immer noch bei jedem Auftritt unter Lampenfieber, einhergehend mit Panikattacken in der Umkleide. Huxley kam dann immer zu ihr und redete beruhigend auf sie ein, während sie das rote Taschentuch fest in der Hand hielt. Sie erinnerte sich dann gern daran, wie sein leidenschaftlicher Kuss ihr beim ersten Mal gegen die Nervosität geholfen hatte. Sie hielt den Blick auf seinen Zylinder gerichtet oder auf seinen Umhang oder betrachtete die Narben auf seiner Wange, die sie zu gern mal mit den Lippen erkunden wollte. Ihre Fantasien lenkten sie dann irgendwann ab, sodass der Adrenalinschub am Ende ausreichte, um sie auf die Bühne gehen zu lassen.

In der letzten Show hatte sie nur dreimal gepatzt, und sie war keinem Zuschauer in den Schoß gefallen.

Huxley verzog wieder das Gesicht, als er auf eine Schale biss. »Ich habe mir auch eine neue Nummer überlegt. Hast du Angst vor Feuer?«

»So wie das Feuer, das dir aus den Ärmeln schießt bei der Taubennummer?«

»Ja und nein. Dieses Mal wirst du mehr involviert sein.«

Sie war sich ziemlich sicher, dass eine Berührung von Huxley ihre Haut in Flammen setzen konnte. »Mit Feuer komme ich klar.«

»Gut.« Er schlang das restliche Omelett herunter, als wäre es von einem Sternekoch zubereitet worden und nicht von ihren unfähigen Händen.

Sie zwang sich, ihre Aufmerksamkeit auf etwas anderes als sein attraktives Äußeres zu richten, und sah sich im Wohnzimmer um. Ihr pinkfarbenes Pony stand auf dem Couchtisch in all seiner mädchenhaften Pracht. Es war Beas Lieblingsstück im Raum, besonders, wenn sie Huxley dabei ertappte, wie ihn Cotton Candys Anblick amüsierte. Daneben stapelten sich ein paar Magierzeitschriften und seine *Bon-Appétit*-Sammlung. Ihr Blick glitt über das Lesematerial und landete auf ihren Malutensilien, die hinter der Couch lagen.

Gestern war ihr wöchentlicher freier Abend gewesen. Kein Auftritt, kein Lampenfieber. Mit der Abdeckplane auf dem Boden hatte sie stundenlang die Zeit vergessen, bis sie irgendwann Huxleys Hand an ihrem Rücken gespürt hatte. Sie war so begeistert davon gewesen, dass ihre Inspiration zurückgekehrt war, dass sie ganz vergessen hatte, in wessen Haus sie war, auf wessen Fußboden und mit welch faszinierendem Mann sie gerade zusammenlebte. Ihr Schlafzimmer war neben seinem. Nur eine Wand trennte sie voneinander.

»Ich gehe mal ins Bett«, hatte er leise gesagt, seine dunkle Stimme sanft in ihrem Ohr. Die Intimität des Moments ließ sie so schwindeln, dass sie fast mit dem Gesicht in ihre Farbpalette gefallen wäre. Doch was sie am meisten gefreut hatte, war die erstaunliche Tatsache, dass sie nicht den magischen Raum voller Requisiten im Theater brauchte, um ihre Kreativität zum Blühen zu bringen. Dieser neue Ort hatte sie genauso inspiriert.

Selbst jetzt, wo Huxley darauf bestand, die Küche sauber zu machen, zwei Stunden bevor ihr Dienst auf dem Flohmarkt begann, füllte sie Plastikbehälter mit Wasser und baute ihre Malecke auf. Weil sie es konnte. Weil sie voller Energie war. Weil sie bei Huxley war, konnte sie auf einmal nicht anders.

Sie zeichnete zwei Quadrate: einen Teil mit der Herzdame und dem Rand eines Martiniglases. Sie war sich nicht sicher, wann die Jazzmusik eingeschaltet worden war oder wann Huxley sich hinter sie auf die Couch gesetzt hatte. Er fing weder ein Gespräch mit ihr an, noch sah er ihr beim Arbeiten zu. Vielleicht spürte er ihr Bedürfnis nach Konzentration, oder er genoss die Stille genauso. Wie auch immer, seine Nähe brachte ihr eine beruhigende Zufriedenheit.

Als es Zeit war zu duschen, reinigte sie ihre Pinsel und goss das von Farbe trübe Wasser aus. Huxleys Aufmerksamkeit blieb auf die kleine Kiste in seinen Händen gerichtet. *Die Kiste.* Die er gestern schon die ganze Zeit angestarrt hatte. Doch sie war so sehr in ihre Arbeit vertieft gewesen, dass sie ganz vergessen hatte, ihn danach zu fragen.

Sie legte die Pinsel zum Trocknen hin, bereit, herauszufinden, warum er versuchte, eine nicht zu öffnende Kiste zu öffnen, aber er hatte sie schon auf den Tisch gestellt und ging auf ihr Werk zu.

Er verschränkte die Arme. »Wie magst du deinen Martini?«

»Eher süß. Ich stehe irgendwie auf Lemon Drop Martini. Aber es ist noch ein bisschen zu früh für Alkohol.«

Er lachte in sich hinein. »Ich meine doch dein Bild. Du hast den Rand eines Martiniglases gemalt.«

Sie stellte sich neben ihn und betrachtete ebenfalls ihr Gemälde. »Ich mag auch Long Island Ice Tea und Margaritas, aber die habe ich nicht gemalt. Und Limonade. Ohne Alkohol. Und manche Softdrinks.«

»Lemon Drops. Alkoholfreie Limonade. Softdrinks. Kein Ketchup.« Er nickte, während er ihre Vorlieben aufzählte. Die Holzlatten standen an die Wand gelehnt. Er ging darauf zu, blieb stehen, ging wieder ein paar Schritte zurück. »Es ändert sich vollständig, je nachdem, wie nah dran man steht. Die Details verlieren sich aus der Entfernung, sodass man nur dein Profil erkennt. So etwas habe ich noch nie gesehen.«

»Es ist eigentlich nicht originell«, entgegnete sie, plötzlich nervös, weil er ihr Werk inspizierte. »Die Technik ist vorher schon auf viele Arten verwendet worden. Es ist nur meine Weise, damit umzugehen – persönlicher, würde ich sagen.«

»Und komplex. Es muss ewig dauern, ein solches Werk zu vollenden. Wie kann man denn dafür einen Preis festlegen?«

Sie betrachtete die Quadrate, von denen noch mehr leer als bemalt waren, und stellte sich die Stunden vor, die es noch dauern würde, das ganze Bild fertigzustellen. Eher Wochen oder Monate. Sie hatte ihre Zeit nie als Gut betrachtet. Malen war ihr Leben. Es war wie Sauerstoff für sie. Eins ihrer Bilder jemandem zu verkaufen war für sie undenkbar. Etwas, das sie ändern musste, wenn sie vorhatte, einmal von ihrer

Kunst zu leben. »Ich habe noch nie etwas verkauft. Die Vorstellung, meine Werke anderen zu zeigen und von ihnen beurteilen zu lassen, macht mir immer Angst. Ich schätze, ich bin davon ausgegangen, dass ich das entsprechende Selbstvertrauen auf der Kunsthochschule erlerne.«

Er drehte sich zu ihr um, in seinem Blick lag Entschlossenheit. »Du bist unglaublich talentiert. Viele Leute werden deine Arbeiten lieben und andere vielleicht auch nicht – genau wie wir nicht jeden mit unseren Auftritten erfreuen können. Aber das ändert nichts daran, wie genial du bist.«

Sein Kompliment bitzelte in ihrem Bauch wie ein Schluck Champagner. Sie legte den Kopf in den Nacken, um ihm in die Augen zu sehen. »Danke.«

Die oft so ernste Linie seiner Augenbrauen wurde weicher. »Wie viele Bilder hast du schon gemalt?«

»In dieser Art nur dieses eine. Ich habe erst damit angefangen, als ich ins Theater gezogen bin. Was ich davor gemacht habe, war furchtbar.«

»Unmöglich.«

»Doch. Ich meine, so richtig schlecht. Uninspiriert.«

Er musterte sie eingehend. »Was hat sich denn verändert?«

Sein Bedürfnis, sie kennenzulernen, bedeutete ihr mehr, als ihm bewusst war, genau wie die Zeit, die sie gerade gemeinsam verbrachten. Bisher hatte sie ihn nur als Gentleman erlebt. Er hielt seine Wohnung sauber, sagte »Gesundheit«, wenn sie niesen musste – ein nervöser Tick, der in letzter Zeit besser geworden war –, öffnete die Tür für sie und sagte »Bitte« und »Danke«. Generell behandelte er sie sehr zuvorkommend. Alles, was sie von einem Mann erwartete, der vorhatte, mit ihr auszugehen. Dieses Mitbewohnerexperiment entwickelte sich zu seinen Gunsten, doch das änderte nichts daran, dass etwas sehr Hässliches sie noch voneinander trennte.

»Ich denke, deine Show und das Theater haben mich belebt. Was mit meinem Vater passiert war, hat meine Kreativität ausgetrocknet. Etwas in mir war nach seinem Verrat ausgeschaltet.« Nach all seinem Spielen und seinen Lügen. Jedes einzelne Mal, wenn seine Probleme wieder zu ihren geworden waren, hatte sie dichtgemacht und ihre Inspiration verloren.

»Beatrice …« Huxley kam näher. Ihre Zehenspitzen berührten sich. Der winzige Kontakt jagte ihr ein Kribbeln durch den Körper, und es war zu viel. Er war immer noch ein Pokerspieler. Noch weitere fünfzehn Tage war er tabu.

Irgendein Lied summend schob sie sich an ihm vorbei und setzte sich auf die Couch, doch etwas Hartes bohrte sich in ihren Rücken. Sie rutschte zur Seite und zog die seltsame Box hinter sich hervor. Das kleine Rechteck war schwarz mit Goldverzierungen an den Seiten – Kreise und Dreiecke und filigrane Schnörkel, die in symmetrischen Mustern miteinander verwoben waren. »Ist da ein Flaschengeist drin?«

Er setzte sich zu ihr auf die Couch und streckte seine langen Beine in ihre Richtung. »Es ist eine Trickkiste.«

»Also gibt es einen Trick, um sie zu öffnen?«

»Genau.«

Sie drehte die kleine Kiste in den Händen. »Sieht nicht so aus, als wäre das möglich.«

»Es soll eine Herausforderung sein, aber nicht unmöglich. Allerdings versuche ich mich schon seit neun Jahren daran, und bisher hatte ich kein Glück.« Er nahm ihr den Schatz aus der Hand. Dieses Mal berührten sich ihre Finger, und der Kontakt ließ ihren ganzen Arm kribbeln. Sie fragte sich, ob er diese Verbindung genauso spürte wie sie. Ob er sie sich unter den Laken vorstellte, wenn er auf der anderen Seite der Wand schlafen ging.

Er strich mit dem Daumen über die Box. »Sie gehörte meinem Vater. Er hat sie mir in seinem Testament vermacht, zusammen mit dem Auto und dem Theater.«

»Meine Güte, das muss doch überwältigend gewesen sein. Hat das nicht zu Spannungen mit deinen Brüdern geführt?«

»Weil ich die meisten seiner Besitztümer geerbt habe?«

Sie nickte.

Er rieb eine kleine Narbe an seinem kleinen Finger, eine Angewohnheit von ihm, wenn er nachdachte. »Es hat die bereits komplizierte Beziehung zu Xander und Pax noch komplizierter gemacht. Aber Axel und Fox war es egal. Sie hatten ohnehin keine Lust auf den Stress mit dem Theater, und Dad war einfach nur altmodisch und vererbte seine Dinge an den ältesten Sohn. Außerdem wusste er, dass ich es am Laufen halten und die Familie zusammenhalten würde. Oder zumindest alles tun würde, um es zu versuchen.« In seiner Stimme lag Bitterkeit.

»Aber du *hast* es am Laufen gehalten. Es läuft jeden Tag besser, und ihr drei steht euch so nahe.«

»Das stimmt, doch die letzten Jahre waren ziemlich hart. Axel und Fox haben mir sogar schon vorgeschlagen, das Theater zu verkaufen. Also habe ich angefangen, sie anzulügen, und habe ihnen verheimlicht, wie schlecht es finanziell wirklich steht.«

Ihr gefiel nicht, wie niedergeschlagen er klang, und wie sorgenvoll er die Stirn runzelte. Doch das waren keine Probleme, die sie lösen konnte. »Was ist denn in der Box drin?«, fragte sie, in der Hoffnung, der Themenwechsel würde ihn ablenken.

Seufzend musterte er den Gegenstand in seiner Hand.

»Keine Ahnung. Seine Arbeit war schon immer mit Risiken verbunden, weshalb er sein Erbe bereits lange vor seinem Tod geregelt hatte. Das hier …«, sagte er und schüttelte die Kiste, »… war sein exzentrischer Touch, mit dem ich hätte rechnen müssen. Angeblich befindet sich der Schlüssel zu meinem zukünftigen Glück darin. Wir haben alle versucht, sie zu öffnen. Wir haben alle versagt.«

»Ich würde mit dem Hammer drauf losgehen.«

Huxley schaute sie an, als hätte er einen grünen Lolli gegessen. »Es befindet sich ein Glasfläschchen mit Essig darin, das alles Geschriebene auf Papier zerstört, wenn man die Box zerbricht. Jede Nachricht würde unleserlich gemacht.«

Sie musste schlucken. Es musste frustrierend sein, sich seit neun Jahren damit abzumühen und auf eine Nachricht von seinem Vater zu hoffen. Sie wäre längst mit dem Auto über die Box gefahren.

Sie beäugte das Gerät von der Seite. »Vielleicht befindet sich darin ein Regenbogen. Oder winzige Feen. Oder es ist wie eins dieser Zelte bei *Harry Potter*, das klein aussieht, aber in Wirklichkeit riesengroß und mit jeder denkbaren Annehmlichkeit gefüllt ist.«

Sie hatte nicht damit gerechnet, seine Finger auf ihrer Wange zu spüren, das raue und zugleich weiche Streicheln seines Daumens. »Du bist wunderbar«, murmelte er.

Seine Stimme war unglaublich zärtlich, seine Finger göttlich. In Ohnmacht zu fallen war unausweichlich. Vermutlich würde sie Riechsalz brauchen.

Schnell sagte sie: »Fünfzehn Tage.«

Zögerlich zog er die Hand zurück. »Ich weiß, Honigbienchen. Fünfzehn Tage. Du hast es in deinem Kalender markiert, mit einem Glitzerherz umrandet und mit fünf Farben unterstrichen.«

Sie setzte sich ruckartig auf und funkelte ihn böse an. »Wann hast du denn meinen Kalender gesehen?« Außer Fox hatte ihre Gedanken gelesen, während sie die albernen Kritzeleien angefertigt hatte, und hatte es seinem Bruder verpetzt.

Huxley schmunzelte. »Er lag offen da, als ich deine Minnie-Mouse-Hausschuhe in dein Zimmer geräumt habe.«

Sie verengte die Augen zu Schlitzen. »Ich muss duschen und zur Arbeit.« Sie marschierte davon, drehte sich dann aber noch einmal um. »Und nur fürs Protokoll, es sind sechs Farben, nicht fünf.«

Kapitel 16

ALS SIE BEIM FRENCH Market ankam, erhielt Bea eine Textnachricht von Huxley, die sie breit grinsen ließ. Sie sollte nicht grinsen, nicht mal, wenn er ihr vor nicht einmal zwanzig Minuten gesagt hatte, dass sie wunderbar sei. Für die nächsten fünfzehn Tage waren sie nicht mehr als platonische Mitbewohner. Punkt. Doch der Anblick seines Namens auf ihrem Display reichte aus, dass sie regelrecht zur Arbeit hüpfte. Der Inhalt der Nachricht war allerdings oberflächlicher als erwartet.

> Ich gehe jetzt einkaufen. Willst du irgendetwas Bestimmtes zu essen?

Nicht nur weigerte er sich, Miete von ihr anzunehmen, jetzt kam er auch noch für ihren Unterhalt auf. Sein Schuldbewusstsein für ihre Wohnungslosigkeit in allen Ehren, aber das ging zu weit.

> Nichts, antwortete sie. Ich sause nach der Show noch schnell in den Supermarkt. Ich bin dran mit Lebensmittel einkaufen.

Musst du nicht. Ich habe doch Zeit.

Sie warf ihrem Handy einen missbilligenden Blick zu.

Du kannst nicht alles bezahlen.

Ich zahle, was ich will. Wir brauchen auch frische Eier.
Welche ohne Schalen im Inneren.

Sie lachte über seinen Witz auf ihre Kosten.

Ich dachte, du mochtest meine Eier. Du hast den
ganzen Teller leer gegessen.

Das Symbol, dass er eine Antwort formulierte, blieb aus. Die
Pause dauerte so lange, dass sie ihr Handy schon fast weg-
gesteckt hätte. Dann schrieb er:

Ich mochte deine Eier sogar sehr, Beatrice.

Niemand benutzte volle Namen in Textnachrichten. Niemand außer Huxley Marlow von den Fabelhaften Marlow
Boys. Selbst in der Nachricht schaffte er es, ihren Namen mit
einem erotischen Unterton zu versehen. Außerdem war sie
sich nicht sicher, ob sie wirklich noch über Frühstück sprachen.

Was mochtest du denn an meinen Eiern?

Sie schickte ihre doppeldeutige Antwort, ehe sie es sich anders überlegen konnte. Es war, als hätten ihre Finger einen
eigenen Kopf. Außerdem war sie so fröhlich, dass es schon an

Albernheit grenzte. Die Sonne schien, und sie hatte darüber nachgedacht, ein paar kleinere Bilder zu malen, die sie verkaufen konnte – Miniaturausgaben für das Flohmarktpublikum. Wenn sie nicht so viel von sich darin preisgab, würde es auch weniger beängstigend sein, sie der Öffentlichkeit zu zeigen. Außerdem wollte sie etwas Besonderes für Huxley malen, ein Dankeschön für seine Großzügigkeit.

Die Ideen beflügelten ihre Laune, und das Flirten mit Huxley fühlte sich an einem sowieso schon wunderbaren Tag einfach zu gut an. Außerdem lagen Datenbits zwischen ihnen. Und eine zwanzigminütige Autofahrt.

Sie trat beiseite. Touristen fluteten den French Market, das betriebsame Geplauder und die entfernte Jazzmusik wurden leiser, während sie auf seine Antwort wartete.

Die kam eine Sekunde später:

> Ich mochte, dass sie so köstlich geschmeckt haben,
> wie sie ausgesehen haben.

Sie biss sich auf die Wange. Diese Eier waren alles andere als köstlich gewesen. Redete er von ihren Lippen? Von ihrem Wassermelonen-Lipgloss? Es fühlte sich an wie ein hypothetisches Spiel – er wollte sie probieren, sie wollte probiert werden. Ein Spiel, dem sie nicht widerstehen konnte.

Sie setzte gerade zu einer Antwort an, als eine neue Nachricht von einer ihr unbekannten Nummer ankam. Doch auch wenn sie die Nummer nicht kannte, das eine Wort *Hilfe* bedeutete, dass sie von ihrem Vater stammte, und Bea versteifte sich augenblicklich.

Er fing jede Nachricht an sie so an. Einfach und auf den Punkt. In der Vergangenheit hätte sie die Nachricht mit klopfendem Herzen geöffnet, aber es war jedes Mal wieder nur eine Bitte um Geld. Er hatte sich gemerkt, dass sie nicht ans Telefon ging, wenn er anrief, also hatte er sich aufs Schreiben endloser Nachrichten verlegt. Die Bitten enthielten Ausdrücke väterlicher Liebe, dass Beatrice das einzig Gute sei, das er je im Leben zustande gebracht hatte, und dass er ohne sie verloren sei. Dass er bereit sei, sich zu ändern. Er schwor ihr, dass es dieses Mal anders wäre und er nur noch ein bisschen Geld bräuchte.

Seine Absichten waren manchmal sogar aufrichtig. Er glaubte immer wieder, dass er sich ändern konnte. Doch das Ergebnis war stets das gleiche.

Angesichts der Drohungen, die sie erhalten hatte, juckte es ihr in den Fingern, seine neue Nachricht zu lesen, *nur für den Fall*. Um sicherzugehen, dass es ihm gut ging. Aber wenn nicht, was sollte sie dann tun? Wenn sie sich wieder in diesen Tornado hineinziehen ließ, würde sie sich so lange im Kreis drehen, bis sie den Ausweg nicht mehr fand. Im Moment hatte sie noch nicht einmal ihre Telefonnummer gewechselt. Er offenbar schon, was bedeutete, wenn sie ihre auch änderte, konnte keiner von beiden den anderen mehr erreichen. Aus irgendeinem unverständlichen Grund machte ihr die Vorstellung immer noch Angst.

Ihre bitteren Gedanken erinnerten sie daran, warum sie und Huxley die Wartezeit vereinbart hatten und sie ihn gebeten hatte, bei ihm einziehen zu können. Sie musste den Mann erst besser einschätzen können, ehe sie sich auf ihn einließ. Flirten per Textnachricht sollte nicht Teil des besagten Plans sein.

Anstatt die Nachricht ihres Vaters zu lesen, drückte sie auf den Nachrichtenverlauf mit Huxley und antwortete schnell, die Hände zittrig vor Nervosität. Sie hatte vorgehabt, der Flirterei mit einer möglichst unsexy Nachricht ein Ende zu setzen: *Ich menstruiere. Kauf mir Schlagsahne.* Weil Schlagsahne besonders gut schmeckte, wenn man seine Periode hatte, und weil Menstruation sehr unsexy war. Doch die Autokorrektur machte ihr einen Strich durch die Rechnung, sodass ihr Text lautete:

Ich masturbiere. Kauf mir Schlagsahne.

Mist.

Das Symbol verriet, dass Huxley schrieb. Sie hielt die Luft an.

Dann ging ihr Handy aus.

Doppelmist.

Ihr nutzloser Akku verhinderte, dass sie ihre Worte zurücknehmen oder wenigstens seine Antwort lesen konnte. Immerhin konnte sie so auch die Nachricht ihres Vaters nicht lesen, ein Zeichen, dass es richtig gewesen war, ihn zu ignorieren. Unglücklicherweise half es nichts gegen die mehr als peinliche Nachricht, die sie verschickt hatte. Sie konnte ihr Handy auf dem Flohmarkt nicht aufladen, was bedeutete, sie konnte mit dem Empfänger der schmutzigen Nachricht weder sprechen noch ihn sehen, bis sie am Abend wieder mit ihm auf der Bühne stand. Schweiß bildete sich unter ihren Armen, und ihr wurde schlecht.

Das Leben war nicht immer ihr Freund.

Della roch ihre Panik schon meilenweit. »Was geht denn da mit dem Sonnenbrand?«

Bea schlüpfte zu ihr hinter den Stand und drückte sich die Hände an die überhitzten Wangen. »Du meinst, warum ich rot bin, nachdem ich den weltpeinlichsten, von der Autokorrektur veränderten Text an den Mann geschrieben habe, zu dem ich mich wie eine Schwester verhalten sollte?«

»Reden wir etwa von Huxley?«

»Tun wir.«

»Auch wenn mich das mit der Schwester brennend interessiert, klingt das mit der Textnachricht doch zu verlockend, als dass ich das übergehen könnte. Erzähl!«

Da sich Bea darüber bewusst war, dass Della die Marlow-Jungs beschützen wollte, hatte sie ihr nicht von ihrer neuen Wohnsituation erzählt. Die peinliche Nachricht war das sicherere Thema. »Ich habe ihm geschrieben, dass ich masturbiere. Dann war mein Akku leer.«

Sie prustete los. »Wann denn?«

»Als ich hier angekommen bin.«

»Du hast beim Gehen masturbiert? Mit einem dieser ferngesteuerten Dildos?«

»Die gibt es ferngesteuert?«

Della zuckte mit den perfekt gebogenen Augenbrauen. »Allerdings. Und ich kann dir sagen, die machen echt *Spaß*. Aber zurück zu dem Gehen und Masturbieren.«

»Ich habe weder masturbiert, noch bin ich gegangen. Ich habe versucht, mit dem Flirten aufzuhören, und ihm geschrieben, dass ich menstruiere. Im Stehen. Am Eingang vom Markt.«

»Du hast tatsächlich das Wort *menstruieren* benutzt?«

Bea funkelte sie böse an.

Doch Della sah nur noch amüsierter aus. »Das ist entzückend altmodisch. Deine Overknees gefallen mir auch. Du hast immer so schön ausgefallene Strümpfe.«

»Danke dir, aber wir schweifen vom Thema ab.« Obwohl Bea in der Tat eine beeindruckende Sammlung bunter Strümpfe besaß, inklusive der regenbogenfarbenen, die sie heute trug.

Als Kind hatte sie immer in Secondhandläden eingekauft

und Stunden damit verbracht, die weggeworfenen Schätze anderer zu durchwühlen. Sie trug Fellwesten über Spitzenblusen, pinke Strumpfhosen zu geblümten Röcken. Die anderen Kinder lachten über sie und nannten sie obdachlos und farbenblind. Ihr taten sie leid, weil sie immer nur langweilige Jeans und Shirts trugen.

Della zwickte Bea in die Hüfte. »Du hast ihm also diese schmutzige Nachricht geschickt und hast keine Ahnung, wie er geantwortet hat?«

»Das fasst meine Schande ganz gut zusammen.«

Della klatschte in die Hände und rieb sie sich wie ein kriminelles Mastermind. »Die Vorstellung heute Abend verspricht interessant zu werden.«

»Genau wie unsere Pyjamaparty.«

Della setzte ihre Beschützermiene auf – die vollen Lippen schmal gezogen, die dunklen Augen verfinstert. Doch ehe sie Bea ausquetschen konnte, traten zwei Frauen an den Tisch, die ganz begeistert waren von Dellas Schmuck. Sie benahm sich wie der Profi, der sie war, und machte ein gutes Geschäft. Bea dagegen imitierte weiterhin einen Hummer mit Sonnenbrand.

Es folgten weitere Kunden. Als sie schließlich wieder allein waren, kam Della sofort zur Sache. »Schläfst du mit Huxley?«

Wie üblich war ihre direkte Art gleichermaßen erfrischend und erschreckend. »Ich schlafe nicht direkt *mit* ihm. Ich schlafe im Zimmer nebenan.«

Als sich Dellas Augen zu Schlitzen verengten, legte Bea ihr drehbuchreifes Leben offen: vom Übernachten im Theater, ihrer schlechten Erfahrungen mit Spielsucht, der Anzeige gegen das Theater, den Pokerspielen, bis hin zu den fünfzehn verbleibenden Tagen und ihrer Mitbewohnerstrategie.

»Nur damit ich das richtig verstehe«, sagte Della und zählte an den Fingern ab, während sie sprach. »Ihr habt beide zugegeben, dass ihr aufeinander steht, ihr wohnt in derselben Wohnung, ihr kocht zusammen, ihr esst zusammen, aber ihr verzichtet auf das Beste?«

»Klingt korrekt.«

Statt einer Antwort musterte Della ihre Schmuckauslage. Sie wählte eine Halskette mit grünen und cremefarbenen Kugeln und hielt sie Bea hin. »Tut mir leid, wenn ich dich vorschnell verurteilt habe, als wir uns kennengelernt haben – das mit dem Lückenbüßer, meine ich. Da habe ich mich getäuscht. Ich hätte nicht die Willenskraft, mit einem Mann zusammenzuleben, an dem ich Interesse habe, ohne mich nachts zu ihm ins Zimmer zu schleichen. Es muss extrem schwer sein, sich zurückzuhalten.«

Bea nahm das angebotene Geschenk an, die sich drehenden Glasperlen schimmerten genauso schön wie Dellas indirektes Kompliment. Della hatte außerdem den Nagel auf den Kopf getroffen. Trotz Beas Unsicherheit und ihren Problemen mochte sie Huxley Marlow wirklich sehr. »Danke, aber ich versuche wirklich, es langsam anzugehen. Mich nicht zu sehr reinzusteigern oder mir zu schnell Hoffnungen zu machen. Davon abgesehen, dass ich gerade den Einsatz erhöht habe, indem ich Masturbation ins Spiel gebracht habe. Wie soll ich denn bloß heute Abend mit ihm zusammenarbeiten?«

»Ich kann ja mitkommen. Für den moralischen Beistand ... und um mich hinter deinem Rücken schlappzulachen.«

»Ich wollte schon immer eine hinterhältige beste Freundin haben.«

Sie grinsten sich an.

Bea drehte sich um, damit Della ihr die Halskette anlegen konnte. »Siehst du dir die Zaubershow denn oft an?«

»Früher schon, aber seit ein paar Jahren war ich nicht mehr dort.« Sie hakte die Öse ein und strich die Enden von Beas Haaren glatt. »Es fällt mir schwer, Fox zuzusehen.«

Dellas melancholischer Tonfall ließ Bea herumfahren und ihre Chefin und neue Freundin ansehen. Das offensichtliche Verlangen in Dellas Blick rief Schuldgefühle in Bea wach. Da sie das Beziehungsthema hatte vermeiden wollen, weil es zu Huxley geführt hätte, hatte sie Della nie nach den Männern in ihrem Leben gefragt. Abgesehen davon, dass sie festgestellt hatten, dass sie beide Singles waren, hatte sie nie weiter nachgehakt und nicht gesehen, was direkt vor ihren Augen lag.

»Du magst Fox.« Wie hatte sie die Anzeichen übersehen können?

»Wenn ›ihn mögen‹ eine ungesunde Besessenheit bedeutet, die mein Leben völlig aus der Bahn wirft, dann ja … dann mag ich Fox.«

»Weiß er es?«

Sie zuckte mit den Schultern. »Er scheint bei allen anderen die Gedanken lesen zu können, nur nicht bei mir.«

»Und du hast es ihm nicht gesagt?«

»Es ist kompliziert.« Della spielte an ihrem Armband herum, offensichtlich bereit, das Thema zu beenden, doch Beas Blick forderte unerbittlich eine Antwort. Diesen Blick hatte sie drauf, wenn es nötig war.

Della schnaubte und gab auf. »Er ist der beste Freund meines Bruders Rayce. Und als Rayce vor ein paar Jahren weggezogen ist, hat er Fox gebeten, auf mich aufzupassen, was keine neue Rolle für ihn ist. Mein Vater hat uns verlassen, als ich noch sehr klein war. Fox war damals unglaublich überfürsorglich. Und heute ist er schlimmer als jeder große Bruder.«

»Aber du siehst ihn nicht als Bruder.«

Sie drehte ihr Armband immer nervöser um den Arm. »Nicht mal annähernd. Einmal habe ich mit ihm geflirtet. Ich bin ihm zufällig in einem Club begegnet, und dank meines Kumpels, Wodka, habe ich mich getraut, ihn auf die Tanzfläche zu ziehen. Einen Moment lang dachte ich, er hätte vor, mich zu küssen, doch dann war er auf einmal ganz seltsam und ist gegangen. Er hat mich nie darauf angesprochen, und ich habe es nie wieder versucht. Es ist offensichtlich, dass er kein Interesse hat. Und wenn ich ihm meine Gefühle gestehe, ist er am Ende nur genervt oder flippt aus. Ich könnte ihn ganz verlieren. Das ist es nicht wert.«

»Ach, Della.« Bea zog sie in ihre Arme. »Vielleicht würde er dich auch überraschen. Vielleicht hat er auch Gefühle für dich. Wenn du es ihm sagst, könnte er sie dir ebenfalls gestehen oder dich mit anderen Augen sehen.«

Seufzend wand sich Della aus Beas Umarmung. »Glaub mir, er sieht in mir nur die kleine Schwester. Nicht mehr und nicht weniger. Deshalb schaue ich nicht zu, wenn er auftritt. Er ist sowieso schon ständig bei mir in der Wohnung und hilft mir mit irgendwelchen Sachen, die ich auch alleine machen könnte. Aber ihn auf der Bühne zu sehen ist noch einmal etwas anderes. Irgendwie haut mich das um. Also, wie gesagt, es ist kompliziert.« Sie zupfte an der Nagelhaut ihres linken Zeigefingers.

Bea wusste nur zu gut, wie es war, sich nach einem Mann zu sehnen, der unerreichbar war. Sie lebte sogar mit so einem zusammen. Doch Della kannte Fox schon seit Jahren. Gegen diese Art unerwidertes Begehren wirkte ihre Fünfzehn-Tage-Wartezeit wie der reinste Kindergeburtstag. Bea spürte, dass Della sich einen Themenwechsel wünschte, wozu sie jetzt gern bereit war. Vor ihrem Kurznachrichten-Desaster hatte sie darüber nachgedacht, mehr kleine Gemälde zu malen, die sie verkaufen konnte. Dellas Marktstand stellte eine Verkaufsmöglichkeit dar. »Wenn ich ein paar Miniaturgemälde anfertigen würde, auf natürlichen Oberflächen wie Altholz und ausrangierten Küchenschranktüren, könnte ich sie dann vielleicht hier verkaufen?«

»Natürlich«, antwortete Della schnell. »Ich kann meinen Schmuck sicher etwas zusammenschieben, oder wir hängen sie an die Rückwand.«

Bea hätte am liebsten gleich Huxley geschrieben, um die gute Neuigkeit mit ihm zu teilen und ihm von den vielen Möglichkeiten zu erzählen, die ihr durch den Kopf schossen. Doch ihr Handy war aus, und sie hatte die Situation ohnehin schon schwierig gemacht mit ihrem Masturbieren-Kommentar. Außerdem fand sie es schon fast bedenklich, wie schnell er zu ihrem Vertrauten wurde.

Ihrem Freund, dem sie alles erzählen wollte.

Das Körperliche aus ihrer Beziehung herauszuhalten würde ihr Herz zwar zu einem gewissen Teil beschützen, doch ihre wachsende Freundschaft machte ihn mehr und mehr zu einem festen Bestandteil ihres Lebens. »Glaubst du, Huxley wird Wort halten und nicht mehr spielen, wenn er fertig ist?«

Als Della gerade zu einer Antwort ansetzen wollte, zog ein Mann mit Brille ihre Aufmerksamkeit auf sich, der am Nachbarstand seine Frau ankeifte, weil sie zu viel Zeit dort verbracht hatte. Dann drohte er, ihre Kreditkarten zu zerschneiden. Mit der Hand an ihrem Ellbogen führte er sie herrisch weg.

Della zog missbilligend die Augenbrauen zusammen. »Dieser Mann ist ein Eins-a-Arschloch, das vermutlich ein Geschäftstreffen vortäuschen würde, um seine Sekretärin zu vögeln. Huxley ist nicht so ein Unmensch. Er ist ein guter Kerl. Wenn ich an deiner Stelle wäre, würde ich ihm glauben. Aber du hast viel durchgemacht. Du hast noch ein paar Wochen bis zu eurem Date. Wenn du dir dann immer noch unsicher bist, schieb die Deadline einfach noch etwas hinaus. Wenn du es zu schnell angehen lässt, obwohl du noch nicht bereit bist, wird es nicht funktionieren, egal wie vertrauenswürdig Huxley ist.«

Wenn es nach Beas Körper ging, wäre die Deadline sofort null und nichtig, doch Dellas Ratschlag fühlte sich richtig an. Sich Hals über Kopf in etwas hineinzustürzen würde ihnen nichts nützen. So wie die Dinge standen, flirtete sie im einen Moment noch mit Huxley und stieg im nächsten auf die Bremse. Freundschaft vor Beziehung war die sichere Option, egal wie lange es dauern würde. Und sie gingen noch gar nicht miteinander aus. Er konnte sie noch nicht unwiderruflich verletzen.

Trotzdem graute ihr vor ihrem Zusammentreffen am Abend.

»Bitte, komm mit und sieh dir die Show an.« Bea legte flehentlich die Hände aneinander. »Zu wissen, dass du da bist, wird mich beruhigen, und du kannst mir dabei zusehen, wie ich mich vor Huxley blamiere. Und vielleicht wird Fox endlich deine Gedanken lesen.«

Della rückte den Schmuck in der Auslage zurecht, obwohl bereits alles in Reih und Glied lag. Sie wiederholte die unnötige Aufgabe mit den Ohrringen, die Schultern verkrampft hochgezogen. »Was das Gedankenlesen angeht, stehen die Chancen schlecht, aber ich könnte ein Video von Axel und seiner magischen Stripteasenummer machen und auf YouTube für euch posten. Ich wette, das würde euch ordentlich Klicks einbringen und das Geschäft ankurbeln. Außerdem wäre es ziemlich dumm von mir, zu verpassen, wie du dich wegen dieser sexy Textnachricht in Grund und Boden schämst. Huxleys Reaktion darauf ist bestimmt unbezahlbar.«

Sie grinste, und Bea stöhnte.

Ihr Handy war jetzt offiziell Staatsfeind Nummer eins.

Kapitel 17

BEATRICE ZU QUÄLEN war außerordentlich amüsant. Und sie hatte es verdient. Ihre schmutzige Nachricht zu lesen hatte einer neuen Form der Folter geglichen. Huxley war gezwungen gewesen, extralange zu duschen, wobei er sich Schlagsahne und seine Assistentin vorstellte und verschiedene Szenarien, die alle damit endeten, dass sie ins Schwitzen und außer Atem gerieten. Am Ende seiner Fantasie hatte er eine Hand an den Fliesen abgestützt und seine Erlösung war nicht mal ansatzweise befriedigend.

Er war immer noch fest entschlossen, ihren platonischen Mitbewohnerstatus zu erhalten und ihr zu beweisen, dass sie ihm vertrauen konnte und er zu seinem Wort stand. Seine Fantasien konnte er allerdings nicht kontrollieren. Er stellte sich oft vor, mit der Hand unter ihr Trägertop zu gleiten, sie gegen den Küchentresen zu drücken, sich in ihr Zimmer zu schleichen, um mit der Zunge über ihr Ohr zu fahren und ihr zuzuflüstern, dass sie die spektakulär einzigartigste Kreatur war, die er je getroffen hatte.

Würde ein Einhorn sich in einen Menschen verwandeln, wäre es Beatrice Baker. Ihr künstlerisches Talent war atemberaubend. Ihre Fähigkeit, seine nervtötende Trickkiste in etwas Amüsantes zu verwandeln, war wunderbar. Er hatte es nicht unbedingt genossen, ihr misslungenes Omelett zu essen, doch die Tatsache, dass sie versucht hatte, ihn zu bekochen, hatte ihn mit einer ungewohnten Freude erfüllt.

Dann diese Kurznachricht.

Sie hatte ihm nicht in die Augen sehen können, seit sie vorhin im Theater angekommen war, und sie hatte auch nicht auf seine neckende Antwort reagiert. Entweder schämte sie sich einfach zu sehr, oder ihr uraltes Handy hatte mal wieder den Geist aufgegeben, worüber sie sich ständig beschwerte. Er ging davon aus, dass Letzteres zutraf, was es noch spaßiger machte, sie zu quälen.

Axels Musik plärrte in den halb leeren Saal – halb voll, korrigierte er sich selbst. Foreigners *Urgent* vibrierte wie eine Sexdroge durch den Raum, während Axel in einem dreiteiligen Anzug auf die Bühne stolzierte. Die zum größten Teil weiblichen Zuschauer pfiffen jetzt schon vor Begeisterung, weil sie wussten, was kam. So war es schon, seit er angefangen hatte, während seiner Nummern zu strippen. Ihm verschaffte es einen Kick, seine Muskeln zu zeigen und mit seinem Körper zu prahlen, wie der Pfau, der er eben war. Die Frauen im Publikum waren wie Geier, die es kaum erwarten konnten, sich am Anblick seiner Haut zu weiden.

Die unzüchtigen Nummern waren immer noch in ihre normalen Magienummern eingebettet, doch sie waren gezwungen gewesen, ein Mindestalter von achtzehn Jahren einzuführen. Niemand wollte seine noch so leicht zu prägenden Teenager Axels Arschwackeln aussetzen, während er einen Dollarschein aus einer frisch aufgeschnittenen Zitrone zog. Die Veränderungen waren gut fürs Geschäft, und Huxley konnte sich nicht beschweren, aber er vermisste die Kinder, die normalerweise im Publikum gesessen hatten. Die meisten hatten auf ihr Handy gestarrt, anstatt das Geschehen auf der Bühne zu verfolgen, aber ein paar waren doch immer dabei, die begeistert klatschten und mitfieberten, wie es Beatrice getan hatte, als sie die Show das erste Mal gesehen hatte. Es war eine der schönen Seiten seines Berufs.

Beatrice stand jetzt neben ihm und weigerte sich, ihn anzusehen, während Axel auftrat. »Das ist seine neue Nummer«, stellte sie überflüssigerweise fest.

Axels Jackett, seine Weste und sein Hemd fielen zu Boden. Huxley hätte am liebsten sein Augenlicht verloren, doch Beatrice tippte mit den Fußspitzen und schüttelte die Schultern. Sie konnte nicht stillstehen, wenn Musik lief. Als Axel seine Hosen griff und sie wegriss, erstarrte sie dann doch für einen Moment. »Definitiv neu«, stellte sie fest.

»Unser Vater wäre entsetzt.« Huxley fragte sich außerdem, wo man Anzughosen herbekam, die mit Klettverschlüssen an den Hosenbeinen versehen waren.

Die Frauen jubelten, Axel grinste. Dann führte er eine klassische Becher-und-Bälle-Nummer auf, wobei er die Bauchmuskeln und die Bizepse spielen ließ, während er umgedrehte Martinishaker hin und her rückte und der rote Ball immer dort auftauchte, wo man es am wenigsten erwartete. Als er die Zuschauer aufforderte zu raten, wo der Ball als Nächstes auftauchen würde, war die beliebteste Antwort: *»Aus deinem Hintern!«*

Er trug einen lilafarbenen Tanga.

Sex sells. Das war eine Regel des 21. Jahrhunderts. Es brachte nichts, sich gegen diese Strömung stemmen zu wollen, besonders dann nicht, wenn man einen Bruder hatte, der von Natur aus eine sexy Ausstrahlung besaß. Genau wie die Frau neben Huxley, die das Thema der schmutzigen Nachricht tunlichst vermied.

»Wir sind dran«, sagte er, bereit, den Elefanten in ihrer

Mitte anzusprechen. Es gab keinen besseren Ort als die Bühne, um sie damit zu konfrontieren.

Beatrice schaute ihn an, wie sie es immer tat, bevor sie gemeinsam auftraten. Sie hatte die Schultern hochgezogen, die Zähne in der Unterlippe vergraben. Ihr Herz fühlte sich vermutlich so an, als würde es gleich explodieren. Seines tat das auch oft, doch aus einem anderen Grund.

Da er es nicht gern sah, dass sie immer noch mit ihrem Lampenfieber zu kämpfen hatte, griff er sie am Oberarm und wiederholte die Worte, die er jeden Abend zu ihr sagte. »Tritt für *mich* auf, Beatrice. Nicht für sie. Nur für mich.«

Normalerweise wurde ihr Blick dann immer glasig, und ein sehnsüchtiger Blick legte sich auf ihr Gesicht. Heute nickte sie nur kurz und huschte dann auf die Bühne, wobei ihre High Heels klackerten. Ihr hautenges Kostüm schmiegte sich an ihre Kurven. Die Federn schwangen hinter ihr her, während sie einen dramatischen Bogen beschritt.

Er konnte es kaum erwarten, sie zu quälen.

Er folgte einen Moment später, die Zick-Zack-Kiste vor sich herschiebend. Sie zogen die übliche Show ab, drehten die Kiste und schlugen die Metallplatten gegeneinander, die sie benutzen wollten. Als Beatrice fest in dem Apparat verschlossen war, die Hände die gelben Taschentücher wedelnd, flüsterte er ihr zu, so leise, dass nur sie es hören konnte: »Ich habe drei verschiedene Sorten Schlagsahne für dich gekauft. Die stehen zu Hause im Kühlschrank.«

Ihre Wangen bekamen sofort rote Flecken. Sie antwortete nicht.

Er wandte sich dem Publikum zu und schlug wieder seine metallenen Waffen aneinander. Mit dem Rücken zum Raum tat er so, als würde er eine in ihre Brust schieben. Sie zuckte zusammen, so wie sie es geprobt hatten. Er wiederholte den

Trick und schob die Platte nicht ganz hinein, während er leise mit ihr sprach. »Ich bin davon ausgegangen, dass du für deine Zwecke die mit dem vollen Fettgehalt wolltest, aber da ich mir nicht sicher war, habe ich auch noch ein paar andere gekauft.« Er schob die erste Platte ganz in die Kiste.

Das Publikum schnappte nach Luft.

Beas Wangen glühten im gleichen Farbton wie ihre Haare.

»Ich habe mich auch gefragt, an welchem Punkt die Sahne zum Einsatz kommt. Am besten gleich zu Anfang, oder besser, wenn du schon gut dabei bist? Und hast du zufällig noch Schlangenmenschenfähigkeiten, von denen ich nichts weiß? Wenn ja, dann könnten wir sie in der Show verwenden.«

Es folgte eine weitere Metallplatte. Mehr hörbares Staunen. Beatrice errötete weiter.

Sie sagte kein Wort, doch sie suchte Dellas Blick im Publikum, die mit ihrem Handy filmte. Die Freundin von Fox schien das alles sehr amüsant zu finden. Beatrice formte mit dem Mund lautlos das Wort *Hilfe*.

Della prustete los.

Huxley holte zum Todesstoß aus. »Ich habe außerdem noch ein Glas Kirschen gekauft, aber die sind für mich. Ich kann Schlagsahne nicht ohne Kirschen essen.« Er zwinkerte ihr zu.

»*Menstruieren*«, zischte sie ihm zu. »Es sollte *menstruieren* heißen.« Dann fiel ihr Kopf nach vorne. »Ich hasse mein Handy.«

Er mochte ihr Handy überaus.

* * *

Beas Demütigung hatte ein neues Level erreicht. Huxley nahm sie auf den Arm und hatte noch seinen Spaß dabei.

Wäre sie nicht in eine Zick-Zack-Kiste eingesperrt, hätte sie ihm in den Allerwertesten getreten.

Was sie allerdings tat, war, nicht auf seine mehrdeutigen Spielereien einzugehen. Sie konnte es kaum erwarten, dass die fünfzehn Tage vorbei waren, wie die Kritzeleien in ihrem Kalender verraten hatten; doch Dellas Ratschlag und Beas Erfahrungen bestärkten sie darin, an ihrem Anti-Flirt-Plan festzuhalten. Sie würde all diese prickelnden Gefühle für Huxley unter Verschluss halten, bis sie sicher war, dass sie sich nicht im wirbelnden Tornado eines weiteren Mannes wiederfinden würde.

Sie gesellte sich für den letzten Applaus vor dem Vorhang zu den Jungs und verbeugte sich mit ihrem Ensemble. Das Jubeln und Pfeifen war lauter als sonst – dank Axel, der für die Verbeugung nur in ein paar schwarze Hosen geschlüpft war. Normalerweise verlief sich die Menge dann schnell, die Leute tippten auf ihren Handys herum oder plauderten während des Rausgehens mit ihren Begleitern. Heute Abend blieb eine Gruppe Frauen, offenbar ein Junggesellinnenabschied, zurück, die die Jungs ziemlich vehement dazu drängten, ein Foto mit ihnen zu machen. Axel lud sie ein, auf die Bühne zu kommen. Bea trat beiseite und zupfte an den Federn ihres Kostüms herum.

Della trat an die Bühne heran und winkte Bea mit ihrem Handy zu. »Ich habe dich aufgenommen, wie du *Fifty Shades of Red* aufführst. Ich wünschte bloß, ich wüsste, was er zu dir gesagt hat.«

»Es war genauso furchtbar, wie du es dir vorstellst.«

»Oder genauso genial.«

Mehrere Frauen kicherten und gafften Axel an. Bea ging vor Della in die Hocke, glücklich darüber, jemanden zum Plaudern zu haben. »Hast du Fox auf Video aufgenommen?«

Sie schielte zu ihrem Handy, als wohnte ihr Herz darin. »Er sah wahnsinnig gut aus da oben.«

Sie sahen beide zu den Männern rüber. Axel wurde gerade von zwei der Groupies betatscht, ihre Pfoten überall auf seinem Schlangentattoo. Als eine davon sich an Fox ranschmiss, gab Della einen gequälten Laut von sich. Die Frau legte ihm eine Hand an die Hüfte. Er neigte lächelnd den Kopf und wandte sich ihr zu.

»Ich hätte nicht kommen sollen.« Della fuhr herum und stürmte in Richtung Ausgang, ehe Bea sie trösten oder sich dafür entschuldigen konnte, sie hierhergeschleppt zu haben. Fox war mit Sicherheit blind wie eine Fledermaus, was ihn zu einem Mitglied der Flughundfamilie *flying fox* machen würde: eine Megafledermaus aus den asiatischen Subtropen mit einer Flügelspannweite von anderthalb Metern. Diese Flughunde waren groß genug, um als Vampire durchzugehen.

Vielleicht hatte sie den falschen Bruder auf glitzernde Haut hin untersucht.

Plötzlich stutzte sie, als eine andere, ziemlich temperamentvolle Dame anfing, mit den Männern zu flirten – mit einem Mann besonders. Dem Mann, der ihr am Morgen noch Kaffee gekocht hatte.

Die Frau bei Huxley war rothaarig wie Bea, allerdings waren ihre Haare gefärbt. Sie trug ein lustiges Kleid im Pin-up-Stil, wie Bea es auch gekauft hätte, aber sie hatte sicher keinen spielsüchtigen Vater, geschweige denn die Neigung, im Vollrausch fremde Autos zu zerkratzen. Die Frau legte die Hand auf Huxleys Bauch und streckte das Handy in die Luft, um ein Selfie mit ihm zu machen.

Bea wurde flau im Magen. *Er gehört nicht mir*, erinnerte sie sich selbst. *Ihm steht es frei, zu flirten und zu daten und Selfies zu machen.* Ihr Körper reagierte dennoch.

Als das Foto gemacht war, ging die Frau nicht weg, sondern drückte sich noch näher an Huxley, den einen Arm um seinen Rücken geschlungen. Bea rechnete damit, dass Huxley sich entschuldigen oder zumindest von ihr wegrücken würde. Doch er lächelte nur über etwas, das sie sagte.

Er lächelte nicht oft bei anderen. Bea hatte sich jedes befriedigende Lächeln schwer verdient. Und doch stand er jetzt da, flirtete und lächelte mit einer künstlichen Rothaarigen. Beas Augen brannten. Ihr stockender Atem kratzte ihr im Hals. Egal, wie rot sie vorher geworden war, als er sie geneckt hatte, sie war sich sicher, dass ihre Haut jetzt noch fleckiger war.

Dann schaute er zu ihr, vielleicht, weil er ihren verlassenen Blick spürte. Sein Lächeln erstarb. Bea wartete nicht, bis er sich aus den Fängen seines Groupies gelöst hatte. Sie eilte zu ihrer Umkleide, schloss die Tür hinter sich ab und ließ die Stirn gegen die Tür sinken.

Laute Schritte blieben vor dem Zimmer stehen. »Beatrice.«

Sie antwortete nicht.

»Das war doch nur Show, wie bei unseren Auftritten. Nur um das Geschäft anzukurbeln.«

»Ich weiß«, erwiderte sie mit bemüht fester Stimme. »Ist mir egal.«

»Das glaube ich nicht.«

»Wir sind nur Freunde, Huxley. Mitbewohner. Du kannst tun und lassen, was du möchtest.«

»Es gibt nur eine Frau, mit der ich ausgehen möchte, *Beatrice*.«

Es sollte verboten sein, dass er auf diese Weise ihren ganzen Namen verwendete und ihr mit den drei Silben weiche Knie machte. Ihre Schwäche änderte allerdings nichts an den Tatsachen oder an den fünfzehn Tagen, die noch vor ihnen lagen. »Ich glaube nicht, dass die Frau da draußen auf ein Date aus war.« Eher auf eine private Zauberstunde im Schlafzimmer.

Bea konnte seinen Gesichtsausdruck nicht sehen, wusste also nicht, ob er sauer auf sie war oder auf sich oder auf die Situation. Ein leichtes Kratzen war von der anderen Seite der Tür zu hören. »Es gibt auch nur eine Frau, mit der ich *nicht-ausgehen* will«, sagte er leise, und die subtile Andeutung füllte ihren Kopf mit Bildern seiner Hände an ihrem Körper.

Sie fand sich in einem Strudel der Gefühle wieder, hin- und hergerissen zwischen ihrer wachsenden Zuneigung zu diesem Mann, ihrer Eifersucht, ihrer Vergangenheit, seiner Spielerei und weiteren fünfzehn Tagen in dieser unangenehmen Unsicherheit. Das Publikum würde in den nächsten Wochen weiter wachsen. Mehr Frauen würden die Show sehen. Was auch mehr After-Show-Fotoshootings bedeutete. Mehr Flirten. Lächelnde Selfies. Aber die Gäste zu umgarnen würde ihrer Mundpropaganda *tatsächlich* guttun.

»Ist schon in Ordnung«, wiederholte sie und hob die Stirn von der Tür. »Ich verstehe, dass es zum Job gehört.« Aber warum war ihre Stimme dann so brüchig?

Sie meinte, ein tiefes Grummeln zu vernehmen, war sich aber nicht sicher. Die Stille zog sich in die Länge. Vielleicht hatte sie verpasst, dass er gegangen war?

»Da ist ein goldener Body im Schrank«, sagte er plötzlich zu ihrer Verblüffung. »Probier mal, ob er dir passt. Ich würde morgen gern eine späte Probe einschieben, nach der Show – um die Feuernummer einzustudieren. Dafür brauchst du das Kostüm. Keine Netzstrümpfe, keine zusätzlichen Federn oder Sonstiges. Wir sehen uns dann zu Hause.«

Seine Schritte entfernten sich, und sie sackte in sich zusammen. Sie wollte nicht zusammensacken, wollte nicht wieder die Marionette eines Mannes sein, der ihre emotionalen Fäden in der Hand hielt. Es war nicht Huxleys Schuld, aber ihre übliche Teflonhaut war dünner geworden. Ihre Fähigkeit, zu lächeln und einfach weiterzumachen, war mit einem Mal zu einer Herausforderung geworden; was bedeutete, dass sie ihre Bemühungen verstärken musste. Es würde ihr nichts ausmachen, wenn Huxley mit einer anderen Frau schlief, während sie Mitbewohner waren. Sie würde nicht zulassen, dass ihre Eifersucht ihre Freundschaft ruinierte. Außerdem war sie neugierig auf den goldenen Body und was Huxley mit ihr vorhatte.

Sie versuchte, sich auf Gold und Feuer zu konzentrieren und auf die neue Kunst, die Della an ihrem Stand für sie verkaufen wollte. In den kommenden Tagen wollte sie vermehrt malen, sich in ihre Kunst stürzen. An ihrem geheimen Projekt für Huxley arbeiten. Sie würde noch mehr lächeln müssen.

Doch ihre aktuellen Bemühungen führten bereits dazu, dass ihre Wangen sich verkrampft anfühlten. Es war ein Scheiblettenkäse-Lächeln, wenn man eigentlich ein Cheddar-Grinsen hätte haben wollen. Das letzte Mal, als sie so bemüht gelächelt hatte, war sie am Ende in Lemon-Drop-Martinis ertrunken und hatte das Auto eines Fremden zerkratzt. Ihr Scheiblettenkäse-Lächeln erlosch. Egal, was passierte, sie konnte nicht zulassen, dass sie wieder so zerbrach.

Kapitel 18

AM NÄCHSTEN ABEND huschte Bea sofort nach dem Schlussapplaus von der Bühne, weil sie keine Lust hatte, Huxley in seiner Rolle des Flirty-Schlumpfs zuzusehen. Die Show war gut gelaufen, die Plätze waren wieder zur Hälfte besetzt gewesen. Axel war selbstbewusst wie immer. Fox war aalglatt. Huxleys Intensität war schon fast greifbar, seine Hand wie ein Brandzeichen auf ihrer Hüfte, ihrem Arm, ihrem Rücken, während sie gemeinsam auf der Bühne arbeiteten. Seine Schlagsahne-Neckerei blieb heute seltsamerweise aus.

Nachdem sie am Abend zuvor eine Weile in den Straßen New Orleans' umhergewandert war, hatte Huxley bereits geschlafen, als sie nach Hause gekommen war. Am Morgen war er bereits weg gewesen, als sie aufgewacht war. Ihm war vermutlich aufgefallen, dass er alle möglichen anderen Frauen haben konnte, bei denen es keine Wartezeit gab, bis man mit ihnen ausgehen konnte. Oder auch *nicht-ausgehen*.

Sie ruhte sich in ihrer Umkleide aus, entspannte ein wenig auf dem kleinen Bett. Die drei Tauben gurrten. Sie hatte sie Muffi, Hefti und Schlaubi genannt. Die behaglichen roten Wände wirkten tröstend auf sie. Es war schön, eine Umkleide zu haben. Es gab ihr das Gefühl, eine Diva zu sein, die

Art Frau, die es gewohnt war, Befehle zu geben, und die nur Mineralwasser aus Nepal trank und japanische Erdbeeren in belgische Schokolade getaucht aß.

Ihr Lächeln kehrte zurück, wenn auch noch etwas verhalten.

Sie schrak hoch, als ihr Handy eine neue Nachricht meldete. Vielleicht war es Huxley, der ihr erklärte, dass ihre Abendprobe ausfiel. Dass er ihr Date in vierzehn Tagen absagen wollte. Es sollte ihr egal sein. Es wäre ohnehin das Beste. Dann müsste sie sich keine Gedanken mehr um Pokerspiele und verschleudertes Geld und gebrochene Herzen machen.

Doch warum fühlte sie sich dann so, als hätte man ihr Inneres in einen Martini-Shaker gesteckt und ordentlich gemixt?

Sie ignorierte ihr Unwohlsein, setzte sich auf und öffnete die Nachricht. Es war Huxley, der ihr mitteilte, dass er bereit war für die Probe.

Eine Welle der Erleichterung durchflutete sie, dass er sie nicht abschießen wollte. Doch die Nachrichten von ihrem Vater waren immer noch auf ihrem Handy, noch immer ungelesen. Sie starrte die erste an – das eine Wort *Hilfe* – und umklammerte ihr Telefon so fest, dass es sich in ihre Handfläche grub. Sie hatte Franklyn Baker noch nie angeschrien. Nicht einmal, als er ihr Bankkonto leer geräumt hatte. Da hatte sie allerdings so viele yogische Atemzüge nehmen müssen, dass sie sich für den schwarzen Gürtel des herabschauenden Hundes qualifiziert hätte.

Bitterkeit braute sich in ihr zusammen, ein Ministurm unterdrückter Wut. Der zum Tornado wurde, den er immer wieder in ihr hervorrief. Sie hasste ihren Vater. Und sie liebte ihn. Es gab keinen ebenen Boden mit ihm, der sich nicht anfühlte wie eine tektonische Zerreißstelle, kurz vor dem Aufbrechen. Er war verantwortlich für ihren seelischen Ballast, der Grund, warum Huxley mit Zuschauerinnen flirtete, anstatt sie zu küssen. Der Tornado wirbelte immer schneller, bis es in ihrer Kehle brannte. Vielleicht hatte ihre Geschichtslehrerin doch recht gehabt, und Beas unterdrückte Sorgen mussten sich irgendwann in einer Atomwolke aus erstickter Entrüstung entladen.

Sie hätte fast ihren Vater angerufen und diese Büchse der Pandora geöffnet, damit sie ihn endlich anschreien konnte, was ihr durch die Sicherheit des Telefons vielleicht ausnahmsweise gelingen konnte. Doch sie hielt sich zurück. Stattdessen blockierte sie endlich seine aktuelle Nummer. Sie hatte sich immer noch nicht dazu durchgerungen, ihre eigene zu ändern. Wenn er sich ein anderes Handy zulegte, würde er sie vielleicht wieder kontaktieren, aber es fühlte sich dennoch wie ein erster Schritt in die richtige Richtung an. Außerdem hatte sie ihn über die Drohungen unterrichtet, womit sie ihren Teil getan hatte. Mit dem Rest musste er selbst klarkommen.

Genervt von ihrem Handy, weil es ihr so unangenehme Gedanken bereitete und auch noch eine so peinliche Nachricht verschickt hatte, löste sie es vom Ladekabel und warf es in ihre Handtasche. Sie zog den goldenen Body an. Das Material war dicht gewebt, dick und glänzend, und zwängte ihre Taille ein wie ein Korsett. Ihre Beine waren nackt, wie Huxley es verlangt hatte. Ihr Herz fühlte sich genauso nackt an. Wund von ihren Gedanken an die Vergangenheit und die Gegenwart.

Sie legte eine Schicht Wassermelonen-Lipgloss auf und setzte ein Käsesoßen-Lächeln auf – besser als Scheiblettenkäse, aber nur ein bisschen –, ehe sie zu Huxley auf die Bühne trat. Die laute Musik, das Pfeifen und wilde Jubeln von vorher waren verstummt. Nur ihre Absätze klackten über den Holzboden. Sie blieb am Bühnenrand stehen und riss erstaunt die Augen auf.

Kerzen.

Dreißig bis vierzig Kerzen erhellten die Bühne, inklusive zwei mannshohe Kandelaber und kleinere Sockel mit eingelassenen Teelichtern. In der Mitte der Bühne stand ein schwarzer Tisch.

»Du hast eine Weile gebraucht.« Huxleys dunkle Stimme ließ sie vor Schreck zusammenfahren. Er stand hinter ihr. »Alles okay?«

»Ich hab nur ein bisschen die Zeit vergessen.« Übersetzung: Sie hatte absichtlich getrödelt, um sein Flirten nicht mitansehen zu müssen.

»Verstehe.«

Tat er das? Konnte er ihre wirbelnde Unruhe spüren?

Er blieb hinter ihr stehen, vor ihnen flackerten die Kerzen, sein warmer Atem streifte ihre Haare. Der Moment fühlte sich intim an. Zu intim. Sie zwang sich, einen Schritt nach vorne zu gehen. »Das ist aber ein imposanter Aufbau. Mal wieder muss ich deinen Vampirstatus hinterfragen. Benutzt du vielleicht Make-up, um deine Glitzerhaut zu überdecken?«

»Ich dachte, wir hätten beschlossen, dass ich nicht unsterblich bin?«

»Es gibt eine Checkliste. Die ist bisher ausgeglichen.«

Er stellte sich neben sie, seine Mundwinkel zuckten. »Kann ich diese Liste mal sehen?«

Das würde bedeuten, dass er ihre Sterblicher-Mann-Kolumne lesen würde, mit dem verräterischen Stichpunkt: Sein seltenes Lächeln lässt mich dahinschmelzen. Es ist zu zärtlich für einen Unsterblichen. »Sie ist in unsichtbarer Tinte geschrieben. Nur Frauen können sie lesen, wenn sie ›The Sound of Music‹ singen und dabei ein Knoblauchkleid tragen und Einrad fahren.«

Er lachte nicht, verdrehte nicht einmal die Augen. »Ein Einhorn«, murmelte er nur.

»Wo?« Bea schaute sich um.

»Direkt vor mir.«

Ehe sie seinen Kommentar verarbeiten konnte, marschierte er an ihr vorbei. Er trug immer noch sein Zaubereroutfit, auch wenn er den Zylinder abgesetzt hatte. Sein wehender Umhang war auch ein anderer – rot statt der samtenen Galaxie. Er nahm eine Machete vom schwarzen Tisch. Seltsamerweise wirkte die Waffe in seiner großen Hand ganz natürlich.

Er zerschnitt damit die Luft. »Mit Feuer zu arbeiten ist gefährlich. Es erfordert Vertrauen.« Seine Klinge zeichnete eine gleichmäßige Acht in die Luft. »Vertraust du mir, Beatrice?«

Sie war hin und weg. Vor ihrem inneren Auge sah sie ihn auf einem fremden Markt, die Stände überladen mit exotischen Früchten und bunten Tüchern, und Schlangen tanzten zu seinem wirbelnden Schwert. In dem einen Moment war er ihr schlaftrunkener Mitbewohner, im nächsten ein talentierter Magier, der mit seinen weiblichen Fans flirtet, und dann das. Majestätisch. Atemberaubend. Sie nickte anstatt einer Antwort.

Das Wirbeln der Machete hörte auf. Seine Miene wirkte angespannt. »Leg dich auf den Tisch.«

Es war ein knapper Befehl, seine Chefseite, die zum Vorschein kam. Ein Chef mit einem Hauch sexy Dominanz. Auch wenn er nicht zugegeben hatte, Schundromane zu lesen, glaubte sie doch, mit ihrem Verdacht richtigzuliegen. Sie stellte sich vor, dass die Charaktere in den Büchern seine Figur auf der Bühne inspiriert hatten. Sie fragte sich, ob es ihn erregte, wenn die Szenen heißer wurden. Bei diesem Gedanken wurde ihr warm.

Seinem Befehl folgend legte sie sich auf den kalten Tisch – eine willkommene Abkühlung für ihre zu heißen Arme und Beine. Sie wartete auf weitere Anweisungen.

»Vertrauen«, fuhr er fort, »ist die Grundlage der Beziehung eines Magiers zu seiner Assistentin. Ohne Vertrauen funktioniert es nicht. Wenn ich bei einem Auftritt etwas verändere, was wir geprobt haben, und du mir nicht vertraust, könntest du zögern oder erstarren oder annehmen, ich hätte unseren Ablauf vergessen. Du könntest verletzt werden.«

Sie war sich nicht sicher, ob er immer noch über seine neue Nummer sprach. Sie war sich nicht einmal sicher, ob sie noch wusste, wie man atmete.

»Wenn ich dich also frage, ob du mir vertraust«, hörte sie ihn von irgendwo hinter sich, »brauche ich mehr als nur ein Kopfnicken von dir. Ich muss die Worte hören, und ich muss wissen, dass du sie auch meinst. Also, versuchen wir es noch einmal.« Seine Stimme war mit einem Mal näher an ihrem Kopf. »Vertraust du, Beatrice Baker, mir, Huxley Marlow?«

Anstatt sich an seine Güte zu erinnern, die er ihr gegenüber in den letzten Wochen gezeigt hatte, oder an das Geständnis seiner Gefühle für sie, wanderten ihre Gedanken zu ihrem Vater, dem zu vertrauen dazu geführt hatte, dass sie die Highschool hatte abbrechen müssen, ihr Bankkonto geplündert wurde und ein Kredithai sie bedrohte. Sie nieste einmal und noch ein zweites Mal.

»Ja«, sagte sie dann, leiser als geplant.

Huxley brummte mürrisch.

* * *

Sie vertraute ihm nicht. Huxley hörte es an ihrer zögerlichen Antwort, hatte es gestern Abend an ihrer Reaktion auf die blöde Fotoaktion gemerkt und an ihrem überhasteten Abgang von der Bühne heute.

Dieses verdammte Niesen.

Ihm war ihre kleine, verräterische Angewohnheit schon aufgefallen, sodass er es hassen gelernt hatte, wenn sie in seiner Gegenwart nieste. In diesem Fall verriet es ihm alles, was er wissen musste: Sie mochte einem möglichen Date mit ihm vielleicht zugestimmt haben, aber in Wahrheit wartete sie nur darauf, dass er es vermasselte, sie verletzte oder belog und betrog. Dass er sich nahm, was er wollte, und dann weiterzog. Er war oft genug derjenige gewesen, dem ihr strahlendes Lächeln gegolten hatte, um zu wissen, dass es in letzter Zeit ziemlich gezwungen gewirkt hatte. Außerdem sah er ihr an, dass sie es nur als Ablenkung benutzte.

Sie war verletzt. Das war sie vermutlich schon seit Jahren: seit sie geglaubt hatte, die Erwachsenenrolle ignorieren zu können, in die sie gedrängt worden war, seit ihre Mutter in der Weltgeschichte herumreiste, während ihr Vater das Geld für die Miete verzockte, und sie schließlich sogar ihre Träume wegen seiner Sucht aufgeben musste. Eine teilweise bewölkte Welt durch eine sonnige Brille zu sehen war ein Geschenk. Es war aber auch ein Fluch. Er wollte ihr Lächeln nicht mehr. Er wollte ihre Wut. Für sie, damit sie all den Schmerz spüren konnte, den sie so lange weggesperrt hatte. Er wollte für sie da sein, wenn sie ihn rausließ.

Doch jetzt brauchte er zunächst einmal ihr Vertrauen.

Mit vor Ärger schnellen Schritten trat er seitlich an den Tisch und blieb gerade noch weit genug davon entfernt stehen. Er zog eine kleine Flasche aus dem Ärmel und trank den Alkohol, der sich darin befand. Beatrice Augen weiteten sich, während sie jede seiner Bewegungen verfolgte. Er nahm eine Kerze in die Hand, hielt sie dicht an seine erhobene Machete und blies in die Flamme.

Feuer sprang auf die Klinge über und wanderte der Länge nach die Waffe entlang. Beatrice schnappte erstaunt nach Luft und hielt sich an den Seiten des Tisches fest. Huxley stellte sich breitbeiniger hin, ließ die Klinge durch die Luft gleiten, wobei er immer darauf achtete, sie in sicherer Entfernung von seiner ängstlichen Assistentin zu halten. Mit einem aggressiven Schlag in Richtung ihres Körpers erzeugte er genug Wind, um die Flamme zu löschen.

Beatrice lag stocksteif da. Seine Lunge leistete Rekordarbeit. Dann klatschte sie begeistert und schenkte ihm endlich wieder ein aufrichtiges Lächeln. »Du kannst Feuer spucken. Du bist praktisch ein Drache.«

»Es ist nur eine Nummer.«

»Eine großartige.«

Er ließ die Machete sinken. »Hattest du Angst?«

Sie legte sich eine Hand an die Brust. »Mein Herzschlag rast geradezu davon.«

»Weil du dachtest, ich würde dich verbrennen oder schneiden?«

»Natürlich nicht. Es war nur neu für mich. Ich habe mich von der Vorführung mitreißen lassen und wusste nicht, was du als Nächstes tun würdest. Ich war nervös. Aufgeregt, aber nervös aufgeregt. Aber … was ist mit dir?« Ihr Blick fiel auf seine verbrannte Augenbraue. »Ich kann mir vorstellen, dass Feuer dich auch nervös macht.«

Er sog die nach Feuer riechende Luft ein, und ungebetene Erinnerungen ließen seine Narben jucken. »Nicht, wenn ich die Kontrolle darüber habe. Mit Feuer zu arbeiten hat mir geholfen, ein paar meiner Ängste zu bekämpfen.«

Genau das, was er heute Abend auch für sie tun wollte.

Sie starrten sich an, bis ein Poltern über ihnen die Stille zerriss. Ihre Blicke schnellten nach oben. Vermutlich wieder ein Stück Putz, das im oberen Stockwerk irgendwo heruntergefallen war. Eine Erinnerung daran, dass die Reparatur der Fassade erst die Spitze des Eisbergs war. Die wahren Probleme steckten in der Elektrik und den Rohrleitungen, die nicht ordnungsgemäß instand gehalten waren. Er fürchtete immer noch, ein anderer Kontrolleur der Stadt könnte vorbeikommen und ihm den Laden dichtmachen, wenn er diese Verstöße bemerkte. Doch die Probleme waren in den Wänden versteckt, nicht außen am Theater sichtbar. Oliphant konnte davon nichts wissen, und Huxley würde sich darum kümmern, sobald er konnte.

Seine einzige aktuelle Sorge war, Beatrice zu beruhigen und ihr zu beweisen, dass er zu seinem Wort stand. »Ich werde alles mit dir durchgehen. Dir genau erklären, was ich tue, bevor ich es tue, sodass du weißt, womit du zu rechnen hast. Keine Überraschungen. Nichts Unbekanntes.«

Er half ihr auf die Füße und beschrieb das Benzin, das er für die Klinge verwendet hatte, und wie der Alkohol, den er in den Mund genommen hatte, die Flamme entzünden würde.

Sie führten die Nummer noch einmal auf, eine extravagante Lichtshow aus Klinge und Kerzen.

Danach legte sie sich wieder auf den Tisch. Er beugte sich über sie. »Für unser Finale werde ich über deinem Bauch Feuer entzünden. Ich werde eine Spur der Flüssigkeit darauf gießen und dann die brennende Machete darüber hinwegführen. Das Feuer wird auf dich überspringen, aber nur deine Mitte wird Feuer fangen.«

Sie schluckte. »Wie kannst du dir da sicher sein?«

»Weil ich es schon oft gemacht habe und niemals deine Gesundheit aufs Spiel setzen würde.«

Sie schien sich zu entspannen.

Er nahm einen Pinsel und die Brennflüssigkeit von einem Podest und malte eine Linie quer über ihren Bauch. »Der Body besteht aus Aramidfasern. Das ist ein feuerbeständiges Material, das dich vor den Flammen schützen wird. Sobald ich dich angezündet habe, lasse ich das Feuer für zehn Sekunden tanzen, dann wedele ich mit meinem Umhang und lösche es damit. Es ist ein spezieller Umhang, der mit einem feuerlöschenden Mittel behandelt wurde. Danach setzt du dich auf und beweist, dass du unverletzt bist.«

Sie schielte zu der Linie, die er gemalt hatte. »Das Material wird nicht schmelzen?«

»Der Body ist dafür gemacht, Feuer standzuhalten.«

»Wird es heiß werden?«

»Es wird etwas unangenehm, aber nicht so, dass man es nicht aushalten könnte.«

Sie kaute auf ihrer Unterlippe. »Wenn ich es nicht mag, ist es dann okay, wenn wir den Teil der Nummer weglassen?«

Er wollte ihr am liebsten über die Wange streichen und die Sorge aus ihrem Gesicht vertreiben, doch er durfte sie nicht berühren, wenn er vorher mit der Brennflüssigkeit hantiert hatte. Außerdem war er sich nicht sicher, ob sie seine Berührung überhaupt wollte. »Du wirst niemals etwas tun müssen, das du nicht willst.«

Ihr Blick wurde weicher. »Dann setz mich in Flammen.«

Huxley hätte sie zu gern auch von innen in Flammen gesetzt. Ihren Körper angezündet und ihre Welt in einen Funkenregen verwandelt. Doch jetzt musste er erst einmal etwas beweisen.

Er trat zurück und trug eine frische Schicht Benzin auf seine Klinge auf. Nach einem Schluck aus seinem Fläschchen spuckte er Feuer und entzündete damit die Machete. »Ich werde die Klinge jetzt in deine Richtung schwingen. Genau über deinem Bauch werde ich anhalten.«

»Bereit.« Ihre Lippen waren entschlossen aufeinanderge-presst, und sie hatte das Kinn in die Höhe gereckt. Ihr Blick war fest, sie krallte sich nicht am Tisch fest, und sie nieste nicht. Sie lag unter Huxley, der ein Feuerschwert schwang, und sie hatte keine Angst.

Er ließ die Klinge hinabgleiten und hielt knapp über ih-rem Körper inne. Feuer sprang von seiner Klinge auf ihren Body, und eine Flamme schoss über ihren Bauch, wild und doch gezähmt. Genau wie es sich mit seinen Gefühlen ver-hielt, wenn er mit Beatrice zusammen war. Er wäre am liebsten ein ungezügeltes Lauffeuer mit ihr, nicht so verhal-ten und bedacht. Locker. Ungezähmt. Er wollte den Gries-gram vergessen, der seine Zeit damit verbrachte, Rechnun-gen zu sortieren und das Theater davor zu bewahren, in sich zusammenzufallen. Doch das würde warten müssen. Jetzt war er verantwortlich für die Sicherheit seiner Assis-tentin.

Acht Sekunden verstrichen, und ihre Nase zuckte.

Neun Sekunden, und ihre Brust hob und senkte sich schneller.

Zehn Sekunden, und sie blinzelte hektisch.

Er löschte das Feuer auf seiner Machete und wölbte den Umhang über ihrem Körper, sodass das verbleibende Feuer erstickt wurde. Sie war unter ihm gefangen, der beißende Geruch von Rauch und Alkohol vermischte sich mit ihrem Wassermelonenduft. Es verstärkte sein Bewusstsein von ihr. Von *ihnen*.

Er hätte sich aufrichten sollen, ihr Raum geben nach der intensiven Probe. Stattdessen beugte er sich noch weiter über sie. »Hattest du Angst?«

»Nein.« Ihre leise Stimme flüsterte zwischen ihnen.

»Warum?«

»Weil ich wusste, was du tun würdest.«

Sie waren wie eingesponnen, bedeckt von seinem Umhang, flackerndes Licht erhellte die Zentimeter zwischen ihnen. Seine Muskeln entspannten sich zum ersten Mal an diesem Tag. »Dann solltest du Folgendes wissen: Ich habe nicht vor, mit einer anderen Frau auszugehen. Oder *nichtauszugehen*. Wenn ich für Fotos lächle und mit Zuschauern spreche, männlich oder weiblich, dann tue ich das, um das Geschäft anzukurbeln, auch ohne zu strippen. Kartenspielen oder andere Glücksspiele sind mir egal, und ich werde das Pokern nur zu gern aufgeben – was bedeutet, dass ich dich in zwei Wochen ausführen werde. Aber nur, wenn du mir eine Frage ehrlich beantwortest.«

»Wenn es eine Matheaufgabe ist, kann es sein, dass ich nicht bestehe.«

Ein tiefes Lachen drang aus seiner Brust. Es fühlte sich gut an zu lachen. Er liebte es, dass sie ernste Situationen immer aufzulockern wusste. Dennoch setzte er wieder eine ernste Miene auf und stellte die wichtigste Frage von allen: »Vertraust du mir?«

Dieses Mal hielt sie den Blickkontakt und antwortete mit einem klaren: »Ja.«

* * *

Zwanzig Minuten später räumte Huxley noch die Bühne auf, während Beatrice sich umzog. Die Hitze des Feuers und ihres

Vertrauens umgab ihn immer noch, sein Herz klopfte laut in seiner Brust.

Nur, dass da nicht nur sein Herzklopfen war.

Edna schlurfte in den Saal, ihr Gehstock klapperte den Gang entlang. »Das riecht wie in einer öffentlichen Toilette hier drinnen.«

Wenn Edna nicht so eine Institution wäre, hätte er die alte Ticketverkäuferin bereits vor Jahren in den Ruhestand geschickt. Doch sie hatte schon Max Marlow dabei geholfen, seine Poster zu entwerfen und die Shows von Anfang an zu bewerben. Sie war sogar eingesprungen, wenn seine Assistentin frei hatte. Sie hatte Huxley und seine Brüder hin und wieder babygesittet, als sie noch zu jung waren, um zaubern zu lernen, aber zu alt für die Kinderbetreuung. Er hatte sich zwischendurch gefragt, ob sie in seinen Vater verliebt gewesen war, aber dann hatte sie wieder das Theater beleidigt und sich über den stickigen Verkaufsstand beschwert.

Warum sie noch im Theater arbeitete, war Huxley ein Rätsel, doch er würde sich von ihrem missbilligenden Tonfall nicht seine gute Laune verderben lassen. »Es ist spät«, sagte er zu ihr.

»Ich kann sehr wohl die Uhr lesen. Bei dir dagegen bin ich mir da nicht so sicher. Warum bist du noch immer hier?«

»Das Gleiche könnte ich dich auch fragen. Dein Mann lässt dein Foto noch auf einen Milchkarton drucken.« Er bückte sich, um die letzten Kerzen aufzuheben.

»Unwahrscheinlich. Das wäre viel anstrengender, als die Fernbedienung zu betätigen.« Edna legte beide Hände über den Schlangenkopf ihres Gehstocks, die nach vorne gezogenen Schultern ließen sie buckliger wirken, als sie war. »Bist du mit dem Mädchen hier?«

Er versteifte sich. »Wenn du mit *dem Mädchen* Beatrice

meinst, dann ja – ich bin mit ihr hier. Wir haben eine neue Nummer geprobt.« Während sie Vertrauen aufgebaut und ihre Sorgen vertrieben hatten.

Edna schnaubte.

Er hätte einfach gehen, die Kerzen wegräumen und vor der Umkleide auf Beatrice warten sollen, doch Ednas verächtliches Schnauben nervte ihn.

Er baute sich endlich ein Leben außerhalb des Theaters auf, traf Entscheidungen für sich selbst. Vielleicht waren sie egoistisch, doch er verdiente es. Wenn Edna versuchte, ihm ein schlechtes Gewissen einzureden, weil er seine Pflichten für das Theater vernachlässigte, würde sie sich einen anderen Job suchen müssen, der es ihr erlaubte, Gäste anzumaulen, während sie ihr Kreuzworträtsel ausfüllte. »Beatrice ist das Beste, was mir seit Langem passiert ist. Sie ist nett und lustig. Sie hat uns sogar geholfen, das Geschäft anzukurbeln. Also, wenn du über sie reden möchtest, benutze wenigstens ihren Namen.«

Ein weiteres Schnauben ertönte. Edna schob die Brille auf ihrer gebogenen Nase nach oben. »Na schön, dann hoffe ich, dass *Beatrice* von der bleibenden Sorte ist. Mir scheint sie eher eine Herumtreiberin zu sein, so wie sie hier aus dem Nichts aufgetaucht ist. Und du bist in New Orleans verwurzelt.«

Sie machte im Schneckentempo auf dem Absatz kehrt und ließ Huxley mit ein paar Kerzen in der erschlaffenden Hand und einer unangenehmen Enge in der Brust zurück.

Auch wenn sie auf dreiste Weise direkt war, konnte Edna auch sehr scharfsinnig sein. Er hatte tatsächlich nicht viel weiter gedacht als bis zu seinem Date mit Beatrice in vierzehn Tagen. Sie hatten beide gesagt, die Sache zwischen ihnen würde nichts Lockeres werden, doch in letzter Zeit war sie verschlossener gewesen, hatte sein Handeln hinterfragt.

Ihre Verunsicherung war verständlich, und sie hatten heute Abend Fortschritte gemacht. Aber im Herzen war sie ein freier Geist, wie ihre Mutter, die sich gelangweilt hatte und seitdem mit irgendwelchen Musikern durch die Welt zog. Es könnte sein, dass er auf eine ziemliche Enttäuschung zusteuerte.

Ein undefinierter Schmerz breitete sich in ihm aus. Er grub die Fingernägel in das geschmolzene Kerzenwachs und sah Edna hinterher, wie sie langsam aus dem Theater schlurfte.

Kapitel 19

»**FALLS DU DEINE PASTA** mit Meeresfrüchtepesto machst, sollte es besser genug sein, dass es für mich auch noch reicht.« Axel platzte in Huxleys Wohnung und marschierte in die Küche. Er setzte sich mit seinem Eindringlingshintern auf den Tresen, genau neben die gewaschenen Shrimps.

Fox schlenderte hinter ihm herein und schnappte sich eine geputzte grüne Bohne. »Mit mir kannst du auch rechnen.«

Huxley hielt im Zwiebelschneiden inne, legte das Küchenmesser aber nicht aus der Hand. »Ich kann mich nicht erinnern, einen von euch eingeladen zu haben.«

Axel zog sein Handy aus der Tasche. Er grinste das Display an und fing an zu tippen, während er weiter mit Huxley sprach. »Es ist Montag-Spaßtag. Früher hast du montags immer für uns gekocht.«

»Ich habe jeden Tag für euch gekocht. Dann sind wir erwachsen geworden.«

Ihre Mutter hatte gerade einmal Wasser kochen können. Max Marlows Fähigkeiten in der Küche waren gar nicht mal schlecht gewesen, doch er war nicht oft genug zu Hause, um sie wirklich zu nutzen. Aus reiner Notwendigkeit hatte Huxley mit dreizehn gelernt, wie man Lasagne machte, und kurz danach auch Burritos. Geschmolzener Käse machte alle Marlow-Jungs glücklich.

»Ich vermisse das, großer Bruder«, sülzte Axel. »Ich vermisse unsere Zeit als Familie.« Dabei war er so vertieft in sein Handy, dass er Huxley nicht einmal ansah.

Zeit als Familie, von wegen. Aber Huxley bemühte sich um einen sanfteren Tonfall. »Wie geht es Stanley? Hilft das Antibiotikum?«

»Wie ein Zaubermittel.« Er schaute nun doch von seinem Telefon auf. In seinem Blick lag Erleichterung. »Deine Tierärztin war toll. Eine Operation war nicht nötig.«

Gott sei Dank.

Fox ging ins Wohnzimmer und blieb stehen, um Beas Kunstwerke zu betrachten. Die kleineren Bilder, an denen sie in letzter Zeit gearbeitet hatte, waren genauso brillant wie ihr noch nicht fertig gestelltes Selbstporträt. Weniger persönlich, doch handwerklich perfekt. Er hatte sie nicht gefragt, warum sie seine verbrannte Augenbraue in ihrem großen Porträt untergebracht hatte, oder einen Ausschnitt aus seinem Umhang. Er war sich nicht sicher, ob es geplant gewesen war oder ob sie nur einer spontanen Eingebung gefolgt war. Doch das war auch nicht wichtig. Sie hatte es getan, das war alles, was zählte.

»Sie ist talentiert«, stellte Fox fest und trat näher an eine ihrer Miniaturen heran.

Huxley lächelte. »Ja, sehr.«

Sie hatte vor Begeisterung nur so gesprudelt, als sie ihre neue Apfelreihe beschrieben hatte, wie jede Frucht aus winzigen Quadraten aufgebaut war wie bei ihrem Porträt, nur dass dieses Mal Insekten und andere Tiere darauf abgebildet waren, die sich von dem Obst ernährten. Aus der Nähe betrachtet konnte man die Schale eines Prachtkäfers erkennen, die Flügel eines Apfelwicklers oder den muskulösen Oberschenkel eines Pferdes. Von Weitem nahm die dreidimensionale Frucht Gestalt an. So wie seine Welt um sie herum Gestalt annahm.

»Aber du schläfst immer noch nicht mit ihr«, sagte Fox, und es war keine Frage, sondern eine Feststellung.

Huxley hätte um ein Haar die Kontrolle über sein Messer verloren. »Was geht dich das an, bitte?«

Er hatte die Details seiner Beziehung zu Beatrice nie näher erläutert, seinen Brüdern lediglich gesagt, sie könne sich keine Miete leisten und würde erst einmal bei ihm unterkommen. Zu viele Informationen verwandelten Fox in einen Psychoanalytiker und Axel in seinen schlimmsten Albtraum.

Axel senkte tatsächlich sein Handy. »Du schläfst nicht mit ihr?«

Huxley hackte schneller, verstümmelte die arme Zwiebel regelrecht. »Auch für dich gilt: Geht dich nichts an.«

»Aber sie ist heiß … außer sie steht nicht auf dich. Liegt es an dem Striptease? Habe ich sie für andere Männer ruiniert, indem ich zu viel oberkörperfrei herumgelaufen bin?«

»Das Einzige, was du ruiniert hast, ist mein Appetit.«

»Liegt es an der Größe meines Zauberstabs? Sie hat gesagt, sie würde gern sehen, wie er Funken sprüht.«

Huxley atmete tief durch, während sich seine Nasenflügel vor Wut weiteten. »Ich bin der älteste Bruder. Ich habe den Elderstab, okay? Da besteht keine Konkurrenz.«

»Hebt sie sich etwa für die Hochzeitsnacht auf?« Axel konnte ein Grinsen nicht unterdrücken.

Huxley hätte seinen Brüdern niemals die Ersatzschlüssel zu seiner Wohnung geben sollen. Wenigstens war Beatrice noch nicht von der Arbeit nach Hause gekommen. »Warum ärgert ihr einen Mann, der ein Messer in der Hand hält?«

Axel wandte seine Aufmerksamkeit wieder seinem Handy zu.

Fox ließ sich aufs Sofa sinken und nahm das pinkfarbene Pony in die Hand. »Du hast wirklich die unbequemste Couch der Welt, und was das hier angeht, traue ich mich gar nicht zu fragen.«

»Die Couch ist scheiße. Und wenn dir dein Leben lieb ist, stellst du das wieder hin.« Huxley wusste nicht, seit wann er so empfindlich geworden war, was das pinkfarbene Plastikpferdchen anging.

Achselzuckend tauschte Fox das Pony gegen die Rätselkiste. »Ich habe die Sache mit Beatrice für dich vermasselt.«

Der Kommentar ließ Huxley stutzen. »Erstens ist nichts vermasselt. Zweitens, wieso sollte das deine Schuld sein?«

Fox drückte seitlich an der Kiste herum, probierte verschiedene Abfolgen aus. Natürlich öffnete sie sich nicht. »An dem Abend, als ihr euch endlich geküsst habt, habe ich dir den Ring und die Armbanduhr gegeben. Das Pokerspiel erwähnt. Sie sah aus, als würde sie jeden Moment in Ohnmacht fallen, und seitdem ist alles anders. Hat sie ein Problem mit Spielsucht?«

Huxley ließ das Messer los und stützte die Hände auf dem weißen Küchentresen auf. »Das ist untertrieben.«

»Was der Grund ist, weshalb ich es vermasselt habe. Aber in letzter Zeit scheint sie verändert, lächelt wieder mehr.«

Seit der Probe für die Feuernummer. Seit er daran gearbeitet hatte, ihr Vertrauen zu erlangen.

Die vergangenen vier Tage waren besser und schlechter gewesen. Abgesehen von ein paar Momenten, in denen er sie gedankenverloren erwischt hatte, mit gerunzelter Stirn und ernster Miene, schienen ihre Vorurteile wie weggewischt, und sie war wieder ganz die kokettierende Frau, die seine

Selbstbeherrschung herausforderte. Inzwischen grenzte es an Folter. An diesem Morgen hatte sie nicht einmal einen BH unter dem Trägertop getragen. Er hatte sich bei dem Anblick unwillkürlich in die Faust gebissen und dann schnell einen angestoßenen Zeh vorgetäuscht.

»Wir haben eine Abmachung«, sagte er.

»Die keinen Sex beinhaltet?« Axel hüpfte von der Theke runter und öffnete Huxleys Kühlschrank.

Huxley verschränkte schnell die Arme vor der Brust, weil er sonst Axel die Kühlschranktür an den Kopf geschmissen hätte. »Unser Sex oder das Nichtstattfinden von Sex geht euch einen Scheißdreck an.«

»Das sehe ich anders.«

»Ach ja, und wieso?«

Axel tauchte aus dem Kühlschrank auf, eine Schale mit übrig gebliebenem Hühnchensalat in der Hand. Er öffnete den Deckel und aß mit den Fingern. »Ich muss mit dir arbeiten. Du warst in letzter Zeit noch griesgrämiger als üblich. Außerdem verbringst du lächerlich viel Zeit damit, Bea anzustarren.«

»Wann denn?«

»Immer, wenn sie im Zimmer ist«, schaltete sich Fox ein.

Mannomann. Steht es schon so schlimm um mich? Ednas Kommentar steckte ihm noch in den Knochen und verursachte ihm immer wieder Bauchschmerzen, wenn er daran dachte, eventuell zu viel Gefühl in eine Frau zu investieren, die es gar nicht ernst mit ihm meinte. Wenn Beatrice da war, konnte er diese Sorgen ausblenden. Er erinnerte sich dann daran, wie sie Teile von ihm in ihrem Porträt verwendet hatte. Er staunte immer wieder darüber, wie sehr er sich schon auf sie eingestellt hatte – was für seine Verhältnisse schon fast an Besessenheit grenzte. Es konnte an der erzwungenen Wartezeit liegen, der damit verbundenen Sehnsucht und Fantasie. Der Kuss hatte ihm einen Vorgeschmack gegeben, wie süß es sein würde.

Doch am wahrscheinlichsten war es der Beatrice-Baker-Effekt: ihr Einhornwesen, das die Menschen in ihren Bann zog.

Axel leckte sich die Finger ab und machte Anstalten, den restlichen Hühnchensalat zurück in den Kühlschrank zu stellen.

Huxley schloss die Tür mit einem Tritt. »Denk nicht mal dran, das wieder da reinzustellen.«

»Warum nicht?« Perplex musterte er den Salat.

»Ich gehe auch nicht zu dir nach Hause und stecke einfach so meine Finger in dein Essen.«

»Das liegt daran, dass ich nur Bier und Salami im Kühlschrank habe.«

»Was bist du, neunzehn?«

»Jetzt aber genug der Komplimente, ich werde noch ganz rot.« Axel stellte die Tupperschüssel auf den Tresen und tätschelte den Deckel. »Ich nehme ihn mit nach Hause. Nachdem wir unser Familienessen genossen haben.«

Sie hatten seit Ewigkeiten nicht mehr zusammen gegessen. Axel war immer mit seinen Straßenauftritten beschäftigt und Fox mit – was auch immer Fox tat. Von dem irritierenden Verhör mal abgesehen, vermisste er das Ritual der Marlow-Männer, sich gemeinsam vollzustopfen und dabei dummes Zeug zu reden. Dabei musste er an seine jüngsten Brüder denken, und er fragte sich, ob Xander immer noch rohe Tomaten hasste und ob Paxton sich inzwischen kulinarisch über das Level von Schweinefutter erhoben hatte. Er sollte eigentlich versuchen, seine Brüder ausfindig zu machen, doch er war sich nicht sicher, ob sie auch von ihm hören wollten.

Zu den beiden Geschwistern, die ihm den Tod des Vaters verziehen hatten, sagte er: »Gibt es einen echten Grund, weshalb ihr hier seid, außer dass ihr euch bei mir durchfuttern und mich ärgern wollt?«

Fox schaute von der Rätselkiste auf. »Um deine Autoschlüssel zu holen. Wir haben einen Typ kennengelernt, der kennt da jemanden. Wir lassen es neu lackieren.«

»Wie viel soll das kosten?«

»Nichts.«

Huxley kniff die Augen zusammen. »Wie kann es sein, dass es nichts kostet, ein Auto zu reparieren?«

Fox starrte Huxley nur stumm an, Axel hatte den Blick zu Boden gesenkt.

Huxley brummte missmutig. Er hätte sich aufregen können, weil sie irgendetwas Dummes getan hatten, um seinen Mustang auf Vordermann zu bringen, doch er war es auch leid, das entstellte Auto zu fahren. Wenn ihn noch einmal jemand *Arschgesicht* oder *Isopod* nannte, würde man ihn festnehmen lassen müssen.

Statt ihnen also die Hölle heißzumachen, holte er mehr gefrorene Shrimps und Muscheln aus dem Eisfach. »Beatrice wird jeden Moment nach Hause kommen. Wehe, einer von euch erwähnt das Pokern. Oder den Sex.«

Axel nahm zwei Bier aus dem Kühlschrank und setzte sich damit zu Fox auf die Couch. »Dieses Sofa ist wirklich beschissen, und was ist da jetzt mit Bea los? Wie lange bleibt sie hier? Und warum genau habt ihr keinen Sex, hast du gesagt?«

»Falls du vorhast, vom Abendessen wieder ausgeladen zu werden«, sagte Huxley, während er die gefrorenen Meeresfrüchte in lauwarmem Wasser auftaute, »mach nur so weiter.«

Fox nahm einen kräftigen Zug aus der Bierflasche. »Mich macht dieser Mangel an Koitus auch neugierig, muss ich sagen.«

Axel prustete los.

Huxley warf Fox einen bösen Blick zu. »Du weißt doch so was normalerweise noch vor mir. Was ist denn los mit dir?«

Fox zuckte mit den Schultern.

»Nein, jetzt mal im Ernst. Erzähl uns mehr zum Thema Koitus.« Axel amüsierte sich eindeutig zu sehr.

Ihrer Fragerei überdrüssig, wischte sich Huxley die Hände an einem Küchenhandtuch ab und wandte sich seinen nervigen Brüdern zu. »Beas Vater ist ein Spieler, der ihr Leben ruiniert hat. Sie ist deshalb ziemlich empfindlich, was das Thema Glücksspiel angeht, also auch mein Pokern, weshalb ich vorgeschlagen habe, dass wir eine gewisse Zeit abwarten. Noch zwei Spiele, dann werde ich genug Geld beisammenhaben, um Trevor für die Bauarbeiten an der Fassade zu bezahlen. Danach höre ich auf. Beatrice hat zugestimmt, dann mit mir auszugehen.«

»Und *dann* wird es zum Koitus kommen?« Axel grinste an seiner Bierflasche vorbei.

Huxley zeigte ihm den Mittelfinger.

Fox schien weniger erheitert. »Bist du dir sicher, dass das klug ist?«

»Ich bin mir sicher, dass es genial ist.«

Fox fuhr sich mit der Hand durch die Haare. Anstatt seines üblichen Pferdeschwanzes fielen ihm die offenen Haare heute bis auf die Schultern. »Oliphant wird nicht lockerlassen. Wenn du mit einem so dicken Gewinn abziehst, ohne dass er eine Revanche bekommt, wird er sich rächen.«

»Mit dem komme ich schon klar.«

Fox' Miene blieb starr. »War es nicht das, was Dad auch

gesagt hat, bevor Oliphant seine Plakate in der ganzen Stadt verunstaltet hat?«

Oliphant hatte damals Minipenisse drucken lassen und sie an die zweidimensionalen Hände seines Vaters geklebt. Die Aktion war kindisch und dumm gewesen. Es war Oliphants Rache, nachdem er seinen wertvollen T-Rex-Schädel an ihren Vater verloren hatte. So niederträchtig der Mann auch war, er war jetzt auch schon in den Vierzigern, nicht mehr in den Zwanzigern. Er war ein elender Feigling, kein Möchtegern-Verbindungsstudent.

Außerdem besaß Huxley Druckmittel. »Um ihn muss man sich keine Sorgen machen. In zwei Wochen kappe ich die Verbindung zu der Gruppe.«

»Und dann kommt es zum Koitus!«, rief Axel, genau in dem Moment, als Beatrice die Wohnung betrat.

Huxley fluchte in sich hinein.

Sie musterte die drei Brüder. »Wer hat hier Koitus?«

»Wehe«, zischte Huxley Axel zu.

Axel hob abwehrend die Hände und lachte sich schlapp.

Fox blieb weiter ernst. Seine Besorgnis wurmte Huxley. Fox' Gabe des Gedankenlesens war kein mystischer sechster Sinn. Er war nur einfach besonders gut darin, die Ticks und Marotten der Menschen zu erkennen, indem er mehr beobachtete, als dass er selbst sprach, was ihm die Möglichkeit gab, Stimmungen zu spüren und Verhalten zu verstehen. Seine Fähigkeit, Taten und Reaktionen vorherzusagen, war verblüffend. Er weigerte sich, unter die Wahrsager zu gehen, wegen des zwielichtigen Geschäfts ihrer Mutter, doch er lag öfter richtig als falsch.

Dieses Mal lag er falsch. Oliphant würde kein Problem darstellen.

Huxley würde nicht zulassen, dass dieser Affe seine sorgsam gehegten Pläne mit Beatrice durchkreuzte. Er hatte ihr in zehn Tagen ein Date versprochen, und das würden sie auch haben. Wäre er nicht so darauf erpicht gewesen, einen Mittelweg mit ihr zu finden, wäre ihm eingefallen, ein zusätzliches Spiel einzuplanen, um so seine Pokerkrone zu verlieren. Als Verlierer hätte er die Spielrunde sauber verlassen können, ohne eine der ungeschriebenen Regeln zu brechen. Doch jetzt zu Beatrice zu gehen und ihr zu erklären, dass er unbedacht gehandelt und vergessen hatte, eine weitere Woche einzuplanen, und dass er noch *ein* weiteres Spiel machen musste, wäre ein Deal Breaker. Das Vertrauen, das er sich so mühsam verdient hatte, wäre dahin. Außerdem tat es nichts zur Sache. Er hatte Oliphant in der Tasche, der Mann wusste es nur noch nicht.

Er begegnete Fox' zusammengepresstem Kiefer mit einem Stirnrunzeln. Dann wandte sich Huxley Beatrice zu, rang sich ein Lächeln ab und sagte: »Axel hat bloß damit angegeben, wie viele Frauen ihm jetzt schreiben, seit er ein erotischer Tänzer ist.«

»Du bist doch nur neidisch«, erwiderte Axel.

Huxley war kein bisschen neidisch. Nicht, wenn Beatrice in seiner Küche stand, bekleidet mit Herzchenstrumpfhosen, schwarzem Rock und einem rosafarbenen schulterlosen Oberteil. Beim Anblick ihres nackten Schlüsselbeins musste er sich unwillkürlich die Lippen lecken. »Wie war es auf dem Markt?«

»Es war die Hölle los.« Sie beäugte das Essen und dann ihre uneingeladenen Gäste. »Findet hier eine Party statt?«

Axel streckte die Füße samt Stiefel auf dem Couchtisch aus. »Ich bin der Ehrengast. Du darfst mich gern verwöhnen.«

»Oder ihn rauswerfen«, schlug Huxley vor.

Sie schielte zur immer noch geöffneten Haustür. »Haben wir noch Platz für eine weitere Person?«

»Hast du ein Date mitgebracht?«, fragte Axel, eine Sekunde davon entfernt, sich ein blaues Auge einzufangen.

Doch ihre Antwort kam prompt: »Habe ich.«

Huxley blieb eine Erwiderung im Halse stecken. Sie hatten ihr versprochenes Date seit ihrer Abendprobe nicht mehr erwähnt, doch sie hatte seitdem keine Gelegenheit ausgelassen, ihn zu berühren – streifte ihn immer wieder im Vorbeigehen oder wenn sie neben ihm stand, genau wie er es auch tat. Der fehlende BH an diesem Morgen war zu auffällig gewesen, um ein Zufall zu sein. Er war davon ausgegangen, ihr verändertes Verhalten war ein Zeichen dafür, dass sie das Ende der verbleibenden zehn Tage genauso herbeisehnte wie er. Außer natürlich, sie hatte angefangen, in ihm wirklich nur einen kumpelhaften Mitbewohner zu sehen, und es war ihr egal, dass ihr flirtendes Verhalten ihn in einen dauerhaften Erregungszustand versetzte.

Oder vielleicht hatte Edna auch recht, und sie fing bereits an, das Interesse an ihm zu verlieren, und suchte sich lieber einen Mann, der nicht pokerte und nicht an ein Theater gekettet war, das in New Orleans stand. *Oder* seine Fantasie ging gerade mit ihm durch, und Beatrice wollte ihn bloß veralbern.

Das Letztere annehmend, sagte er: »Wenn du ein Date mitbringst, musst du mir aber auch kochen helfen.«

Sie stellte sich neben ihn, und ihre Hüfte berührte seinen Oberschenkel. »Mein Date heißt Della, und ich helfe dir liebend gern beim Kochen.«

Er atmete erleichtert auf, zuckte jedoch gleichzeitig innerlich zusammen. Er war bereit, ihr Essen jeden Tag zu sich zu nehmen, doch andere ihren zweifelhaften Kochkünsten auszusetzen grenzte an Grausamkeit. »Ich hab nur Spaß gemacht. Ist alles unter Kontrolle.«

Sie drehte sich um, wobei ihre Brust ganz leicht seinen Arm streifte. Seine Knie wurden weich. Was man von einem anderen Körperteil nicht behaupten konnte. Sie reckte das Kinn in die Höhe und sah ihm in die Augen. »Aber wir sind zusammen doch so gut. In der Küche«, fügte sie hinzu.

Er atmete hörbar aus. »Du spielst mit dem Feuer, Beatrice.«

»Du bist derjenige, der mit Feuer spielt«, korrigierte sie ihn im gleichen gesenkten Tonfall. »Ich bin diejenige, die sich verbrennt.«

Die Andeutung gefiel ihm nicht, egal wie unschuldig sie geäußert war. Außerdem war er kein Dummkopf. Sie wusste, dass sie ihn anstachelte mit ihrer schlecht getarnten Koketterie. Die Direktheit ihrer neuen Zuneigung war qualvoll und aufregend zugleich. Er hoffte nur, dass es nicht so war wie bei ihrem Lächeln – wunderschön von außen, doch in Wahrheit überdeckte es einen Schmerz, mit dem sie nicht umgehen konnte.

»Foltere mich nur weiter«, sagte er, ihrem Beispiel folgend, »und aus zehn Tagen werden schnell wieder zwanzig.«

Sie schürzte die Lippen und zuckte dann mit den Achseln. »Du bluffst doch.«

Natürlich tat er das. Zehn Tage brachten ihn schon an die Grenze seines Durchhaltevermögens. Doch ihre offenbar unbeabsichtigte Verwendung des Pokerbegriffs ließ sie den Blick senken.

Sie wollte ihm ausweichen, doch er verstellte ihr den Weg. »Dann ist es ja gut, dass du meine Tells lesen kannst.«

Glücksspieljargon zu vermeiden würde es zum Tabuthema werden lassen, und Tabuthemen waren wie giftiges

Unkraut, das überall dort wucherte, wo man es am wenigsten erwartete, und das selbst perfekt gepflegte Gärten einnehmen konnte.

Sie holte tief Luft, klickte die Absätze gegeneinander und kam wieder näher. »Ich habe auch geblufft.«

Sie starrte ihn an. Er starrte auf ihre roten Lippen.

Zehn Tage, erinnerte er sich selbst.

* * *

»Ihr wisst schon, dass wir auch noch da sind, oder?« Axels Einmischung war ausnahmsweise nicht unwillkommen.

Bea vergrößerte widerstrebend die Distanz zwischen Huxley und ihrem überforderten Körper, wobei sie sich mal wieder fragte, seit wann sie so eine flirtbesessene Femme fatale geworden war. Die alte Beatrice Baker hatte weder fatale noch Femme-Qualitäten. Sie war quirlig und einfach nur spaßig drauf, Koketterie und Berechnung gehörten eigentlich nicht zu ihrem Repertoire. Doch seit Huxleys leidenschaftlicher Feuerprobe besaß sie plötzlich den Hüftschwung einer Bauchtänzerin und das feminine Selbstbewusstsein einer Burlesquetänzerin. Und alles nur, weil er sich ihr Vertrauen verdient hatte.

Eine gewisse nagende Unsicherheit blieb, wenn Huxley nicht da war, doch je mehr Zeit sie mit ihm verbrachte, desto sicherer war sie sich. An diesem Morgen hatte sie sogar den BH unter dem Top weggelassen, weil sie nicht mehr bereit war, so zu tun, als wären sie bloß platonische Mitbewohner.

Dellas Eintreten half, die sexuelle Spannung zwischen ihnen weiter aufzulösen.

»Ich musste hinter einem Müllwagen warten, und dann kam *Single Ladies* im Radio, das musste ich natürlich zuerst zu Ende hören.« Sie ließ ihre Handtasche auf die Bank bei der Tür fallen. »Mit einer Dinnerparty hatte ich gar nicht gerechnet.«

Huxley verzog das Gesicht mit Blick auf seine Brüder. »Ich auch nicht.«

Della hatte ihre Rastazöpfe auf dem Kopf zu einem verwickelten Knoten gedreht. Sie musterte die Gruppe. »Ich wollte mir eigentlich nur kurz Beas Kunstwerke anschauen, aber ich kann auch wieder gehen.«

Huxley nickte mit dem Kinn in ihre Richtung. »*Du* solltest bleiben. Bei denen dagegen bin ich mir nicht so sicher. Um genau zu sein, würde ich dich gern als meine Schwester adoptieren und diese zwei Clowns feuern.«

Axel lag ausgebreitet auf Huxleys Couch, die Stiefel immer noch auf dem Tisch davor abgelegt. Er verschränkte die Hände hinter dem Kopf. »Ich habe zu viel Hunger, um beleidigt zu sein, und sie gehört sowieso zur Familie. Stimmt's nicht, Sis?«

Dellas Blick wanderte zu Fox, der sehr still geworden war. Reglos wie eine Statue. Sein Gesichtsausdruck war oft sehr verschlossen, doch jetzt war er noch undurchschaubarer als sonst.

»Della«, sagte er zum Gruß.

»Fox«, erwiderte sie. »Du hast deinen Werkzeugkasten bei mir im Bad stehen lassen.«

»Das habe ich.«

»Hast du vor, ihn auch wieder abzuholen?«

»Ja.«

»Und wann?«

»Morgen.«

»Um wie viel Uhr?«

»Weiß nicht.«

Della kaute auf ihrer Unterlippe.

Es war ein lockerer Austausch. Allem Anschein nach normal. Doch Fox war noch foxiger als sonst: völlig regungslos, noch einsilbiger, und er blinzelte noch weniger. Der einzige Teil an ihm, der sich bewegte, war sein rechter Mittelfinger, der gegen seinen Oberschenkel tippte. Wenn Bea es nicht besser wüsste, würde sie sagen, er versuchte, Dellas Gedanken zu lesen. Sie würde auch sagen, dass er es nicht schaffte.

Della rieb sich das Brustbein und wandte sich Axel zu. »Wenn ich deine Schwester bin, dann solltest du besser meinen schwesterlichen Rat befolgen. Leg dich nie mit dem Koch an. Er spuckt dir sonst ins Essen.«

Axel blieb ungerührt. »Wenn er das tut, erzähle ich Bea eben, dass er sich als Kind für eine Katze gehalten hat.«

Bea eilte in den Wohnbereich und setzte sich auf den breiten Sessel gegenüber von Axel. Sie stützte das Kinn in die Hände. »Erzähl mir mehr.«

»Du hältst gefälligst die Klappe«, drohte Huxley.

Sie ignorierten Huxley, und Axels Grinsen wurde breiter. »Er ist unserem Kater Houdini monatelang auf Schritt und Tritt gefolgt. Er hat sich die Arme abgeleckt, anstatt zu duschen. Er hat auf dem Boden neben ihm gegessen.«

»Nein.«

»Doch.«

Bea fasste sich an die Brust und lachte so sehr, dass ihr die Seiten wehtaten. Sie hatte selbst keine Geschwister. Sie hatte ihre Cousins ab und zu gesehen, doch sie verbrachten ihren Besuch in der Regel damit, *Duck Dynasty* zu schauen oder sich im Armdrücken zu messen, während sie Papierkügelchen mit dem Mund auf ihre Großmutter spuckten, deren eigene Spucke ihr in einem Rinnsal über die betrunkene Wange lief. In Erinnerungen zu schwelgen hatten sie nicht im Repertoire. »Bitte, erzähl weiter.«

Axel brauchte ihre Ermunterung nicht. Er kam offenbar gerade richtig in Fahrt. »Er hat auch die Schundromane unserer Mutter geklaut und sie unter seinem Bett versteckt, wo andere in dem Alter den *Playboy* lagern. Er hat sie für Selbsthilfebücher in Sachen Liebe gehalten.«

»Alles Lügen«, murmelte Huxley. Als Beas Gelächter den ganzen Sessel zum Erbeben brachte, zeigte er mit dem Messer in Axels Richtung. »Warum erzählst du ihr nicht auch davon, wie du mal eine gesamte Kompanie GI-Joe-Figuren verschluckt hast, um Lisa Hedgecroft mit deinen vermeintlichen Zauberkünsten zu beeindrucken.«

Axel rieb sich das Kinn. »Ja, das war nicht gerade mein hellster Moment.«

Fox hörte auf, mit dem Finger an sein Bein zu tippen, und lehnte sich in die Sofakissen zurück. »Ich kann mich noch gut an die Schmerzenslaute aus dem Bad erinnern. Dann hat er immer wieder gerufen: ›Hab noch einen raus.‹«

Bea und Della wechselten einen entsetzten Blick und brachen dann wieder in Gelächter aus.

Huxley hielt im Kochen inne, die Aufmerksamkeit auf Bea gerichtet, während sie sich Tränen aus den Augen wischte. Sein Adamsapfel bewegte sich nach unten, und sein zweifarbiger Blick blieb an ihrem Gesicht hängen, was ihre Haut zum Kribbeln brachte. Dann drehte er sich zum Kühlschrank um und holte frische Kräuter und Parmesan heraus, wie immer entspannt, wenn es um Küchenarbeit ging. Mehr Gäste schockten ihn nicht. Nervige Brüder konnten ihn nicht aus dem Takt bringen. Er hackte und mischte und rührte, glücklich, seine Familie verwöhnen zu können.

Eine Familie, zu der sie sich zugehörig fühlte.

Achtundzwanzig Jahre mit ihren Eltern, und sie hatte sich immer mehr wie eine Schiffbrüchige als ein Crewmitglied gefühlt: Freundin für ihre Mutter und Mutter für ihren Vater, gezwungen, um ihr Überleben zu kämpfen. Drei Wochen nachdem sie in die Welt der Fabelhaften Marlow Boys gestolpert war, fühlte sie sich bereits zu Hause.

Kapitel 20

SOBALD DIE TELLER GESPÜLT waren und ihre lebhaften Gäste wieder gegangen waren, zog Bea ihren Schlafanzug an und setzte sich zu Huxley auf die Couch. Sie hatten sich angewöhnt, in der Mitte zu sitzen, wo kein Teil des Rahmens sich in die Beine bohrte, sie aber noch genügend »angemessenen« Abstand zueinander halten konnten. Doch selbst ohne Körperkontakt fühlte sie sich wie im süßen Softdrinkrausch. Voller Blubberblasen und neckendem Gelächter.

Er schaltete den Fernseher ein und zappte eine Weile durch die Programme, ehe er bei einer Wiederholung von *CSI* hängen blieb. Sie hatten erst vor Kurzem festgestellt, dass sie beide auf die Krimiserie standen. Huxley mochte es, die Fälle zu knacken, während sie das Ende mochte, weil man immer wusste, dass die bösen Jungs geschnappt wurden. Sie wünschte sich, das echte Leben wäre auch so.

Zehn Minuten später verengte sie nachdenklich die Augen zu Schlitzen. »Die Schwester. Es muss die Schwester gewesen sein.«

»Auf keinen Fall. Der Bruder ist viel zu auffällig. Sein bester Freund hat ihn bei einem Motorradtreffen gesehen, das ist wohl das schwächste Alibi überhaupt.«

Sie machten sich wie immer ein Spiel daraus, möglichst früh den Bösewicht ausfindig zu machen, und jeder zählte die Gründe auf, die dafürsprachen, dass es der Bruder oder die Schwester oder die verdächtige Kellnerin war. Bea hatte in der Regel recht. »Aber die Schwester ist viel zu hilfsbereit. Es sind doch immer die Netten.«

»Das bedeutet, wenn Mrs Yarrow umgebracht wird, bist du die Hauptverdächtige.«

Das war nicht sehr weit hergeholt. Mrs Yarrow wohnte nebenan und verbrachte übermäßig viel Zeit damit, ihren Garten zu pflegen. Wobei sie Hotpants trug. Sechzigjährige sollten keine Hotpants mehr tragen. Am wenigsten Mrs Yarrow, die in dem Outfit auch noch mit Huxley flirten wollte. »Ich mag vielleicht niederträchtige Gedanken gehabt haben, aber es wäre dann doch Notwehr gewesen. Ihr Garten zieht einfach abnormal viele Bienen an.«

Er setzte eine verschwörerische Miene auf. »Sollen wir ihre Selbstbräuner-Spraydose mit Gift präparieren?«

»Nö. Wir färben den Inhalt blau. Das wird ihr eine Lehre sein, so wunderschöne Blumen nicht auszureißen. Und was den Bruder angeht, da liegst du meilenweit daneben. Du kannst mir eigentlich auch gleich einen Punkt für diese Folge geben.«

Dass sie die Ergebnisse ihres Spiels schriftlich festhielten, war eigentlich nur Bea zuliebe, die dann immer freudig um Huxley herumtanzte und mit dem Block vor seinem Gesicht wedelte, wenn sie mal wieder gewonnen hatte.

Unbeeindruckt legte er den Arm über die Rückenlehne der Couch. Seine Hand kam auf Höhe ihrer Schulter zu liegen, und mit einem Schlag waren alle Gedanken an ihr Spiel wie weggewischt. Bea versuchte, die Sendung weiter zu verfolgen, doch Huxleys Hand befand sich in ihrem peripheren

Blickfeld, zu nah an ihrem Körper. Ihre Augen taten ihr bald schon weh, weil sie ständig zur Seite schielte. Sie zog ihn nicht mal auf, als die Schwester als Täterin entlarvt wurde.

Huxley wirkte auch abgelenkt und schien kaum auf den Bildschirm zu schauen. »Danke«, sagte er plötzlich.

»Für was?«

»Für heute Abend.«

Sie drehte sich zu ihm um. »Aber ich habe doch gar nichts getan. Du hast gekocht. Es ist deine Familie. Ich bin nur ein Gast.«

»Wir hatten schon länger kein Familienessen mehr. Sie waren eigentlich nur vorbeigekommen, um meinen Mustang mitzunehmen, was bedeutet, dass sie nur hier waren, weil du mein Auto mit dem Schlüssel entstellt hast. Die Witze und das generelle Quatschmachen waren ebenfalls wegen dir, um mich schlecht dastehen zu lassen, in der liebevollen Art und Weise, wie Brüder es untereinander tun.« Er angelte sich eine lose Haarsträhne von ihr und drehte die Locke um den Finger. »Dich hierzuhaben macht alles spaßiger.«

Sie lehnte sich weiter zurück, insgeheim hoffend, seine geschäftigen Finger könnten es bis zu ihrer Haut schaffen. Weil … *darum*. Sein Eingeständnis. Der Kontakt. Die Berührung. Wenn sie mit Huxley zusammen war, fühlte sich einfach alles so unglaublich richtig an. »Bei Gruppen habe ich mich früher immer nur in der Peripherie befunden, kam zwar mit jedem klar, war aber auch irgendwie die Außenseiterin und nie Teil einer Clique. Hier zu sein, mit dir – ich kann dir gar nicht sagen, wie ich mich dadurch fühle.«

Echt.

Wichtig.

Zufrieden.

»Das macht mich glücklicher, als du dir vorstellen kannst.«
Er zeichnete langsame Kreise auf ihre Schulter, was ihr ein
Schaudern über den Rücken laufen ließ.

Sie sprachen nicht weiter. Die nächste Folge begann. Auf
dem Fernseher flackerten Szenen zerstückelter Leichen und
wüstenartiger Landschaften. Dieses Mal rieten sie nicht, wer
wen erschossen hatte oder wer der Lügner war. Ihre Blicke
wichen immer wieder vom Bildschirm ab, und der Abstand
zwischen ihren Oberschenkeln verringerte sich immer weiter.

»Wie lange hast du diese Couch eigentlich schon?«, fragte
sie, als sie sich bemühte, eine bequeme Position zu finden.

Er bewegte sich mit ihr und zog sie näher an sich ran.
Mehr Körperkontakt. Mehr von ihm. Er legte den Arm fest
um sie, bis sie sich unter sein Kinn kuschelte. »Zu lange«, antwortete er leise. »Ich wollte sie eigentlich schon längst ersetzen, aber erst habe ich Fox geholfen, seine Wohnung einzu-
richten, dann habe ich Axel nach Vegas zu einer Konferenz
fahren lassen. Und das Theater hat hohe laufende Kosten. Ich
werde mir bald etwas Neues besorgen.«

»Deine Brüder können sich glücklich schätzen, dich zu
haben.«

Er zuckte mit den Schultern und streichelte ihr über die
Haare. Die nächsten zehn, zwanzig, dreißig Minuten atme-
ten sie gleichzeitig, aneinandergeschmiegt. Sie schnupperte
an der Haut über seinem Schlüsselbein und sog seinen männlichen Geruch ein. Seine Finger glitten an ihrem Arm auf
und ab. Weiter gingen sie nicht, doch das Kuscheln hatte etwas Intimes an sich, das sich unglaublich gut anfühlte. Und
ein unerwarteter Gedanke traf sie in ihrem verletzlichen Zustand: Was, wenn das zu gut ist, um wahr zu sein?

Ach, sie hatte es so satt, diese Angst weiter mit sich herumzutragen. Aber was, wenn Huxley nicht ehrlich zu *sich selbst* war, was die Rolle des Pokerns in seinem Leben anging?

Er war ein ehrenhafter Mann, dem seine Familie wichtig war. Für ihn war ein Versprechen so bindend wie Axels Zwangsjacke. Er nahm die Verantwortung für das Theater auf sich, um seinen verstorbenen Vater stolz zu machen. Außerdem las er Schundromane. Es mochte als heimliches Laster begonnen haben oder wie ein erster Wegweiser in Sachen Frauen, doch die Art und Weise, wie er darum gekämpft hatte, ihre Mauern einzureißen, sich ihr Vertrauen zu verdienen in einem Spiel mit dem Feuer, wie er seine Leidenschaft verleugnet hatte, um ihr zu beweisen, dass er es ernst meinte, war er durch und durch ein Romantiker. Er würde sie nicht absichtlich verletzen.

Was nicht bedeutete, dass er es nicht aus Versehen tun konnte.

Sie nieste einmal. Zweimal.

»Gesundheit.« Er lehnte sich zurück, um ihr ins Gesicht sehen zu können. »Alles okay?«

»Klar. Alles super.« Es war auch super. Er war super.

Reiß dich zusammen, Bea.

Sie legte ihm die flache Hand auf den Bauch. Sein fester Körper holte sie wieder auf den Boden und dämpfte ihre Panik. Sie erinnerte sich daran, wie gut sie sich in letzter Zeit mit ihm gefühlt hatte, wie eingestimmt sie aufeinander waren. Sie konzentrierte sich auf die Wärme seines Körpers an ihrem und auf sonst nichts. Seine Haut schien zu glühen unter seinem *Property-of-Starfleet*-T-Shirt. Ein Körper, den sie unbedingt sehen wollte. Sie dachte oft an die Narben, die Della erwähnt hatte, die verborgenen an seinem Oberkörper, fragte sich, wo genau sie sich befanden und wie sie aussahen.

Was in der Nacht, als sein Vater gestorben war, passiert war, das ihn ins Krankenhaus gebracht hatte.

Die Kenntnis dessen, was er erlebt hatte, und die männliche Stärke unter ihren Händen verbannten ihre lächerlichen Sorgen. Ihre Nase juckte, doch sie nieste nicht noch einmal. Sein Atem wurde abgehackter, wie ihr eigener auch.

Seine Hand wanderte unter ihre offenen Haare und streiften ihr empfindliches Ohr. Er legte die Hand an ihren Hals. »Beatrice.«

Sie schnurrte innerlich beim Klang ihres Namens und drückte sich an ihn, den Kopf geneigt, um jede Narbe und jede Falte betrachten zu können, die sein attraktives Gesicht zeichneten. Eine heftige Begierde lag in seinem Blick, eine kaum noch zu zügelnde Wildheit. Er lehnte sich zu ihr, und ihr eigenes Verlangen stieg ins Unermessliche. Als er endlich seinen Mund zu ihr neigte, konnte sie nicht widerstehen.

Sie schloss die Augen, und *oh* – das Gefühl seiner Lippen, die endlich die ihren berührten, war berauschend. Sie stöhnten beide auf. Sein Kuss fing leicht und sanft an, dann verstärkte sich der Druck seiner Lippen. Seine Finger legten sich um ihren Kopf. Sie reagierte mit ebenbürtiger Gier, zog ihn an sich und ließ ihre Zunge wild mit seiner tanzen. Der Kuss war heiß und fordernd, von der Sorte, die alte Flüche brach und Frösche in schicke Prinzen verwandelte.

Sie versuchte, ihn noch näher an sich zu ziehen, doch er wich zurück. Da sie ihm so nah war, konnte sie seinen Gesichtsausdruck nicht entziffern, also seufzte sie nur missbilligend und wollte ihn wieder küssen.

Er hielt sie fest und flüsterte: »Noch zehn Tage.«

Sie krallte sich in sein Baumwollshirt. »Wer spielt jetzt mit dem Feuer?«

»Wir haben eine Abmachung, Honigbienchen. Eine, die ich nicht vorhabe zu brechen.«

Tief in ihrem Inneren wusste sie, dass es die richtige Entscheidung war. Ihr Herz glaubte daran, dass Huxley so ehrlich war, wie man nur sein konnte. Aber ihr Kopf und seine hartnäckigen Bedenken waren erst vor ein paar Minuten verstummt. Das änderte nichts daran, wie aufgeladen ihr Körper war. »Das ist nicht das, was ein romantischer Held tun würde.«

»Das kann ich ja nicht wissen.«

Der hatte wirklich Nerven. »Er würde mich nach allen Regeln der Kunst vernaschen. Meine Welt auf den Kopf stellen.«

Er streifte mit seiner Nase ihre Nasenspitze. »Willst du, dass dieser Held sein Versprechen bricht?«

Sie lockerte den Griff um sein Shirt. »Nein.«

»Willst du, dass er seiner Leidenschaft nachgibt, im Wissen, damit die Sache auf lange Sicht zu ruinieren? Oder willst du, dass er sich selbst foltert, indem er sich zurückhält, weil er weiß, dass die Frau in seinen Armen die Qualen wert ist?«

»Das ist nicht fair«, sagte sie seufzend. *Sie* war der Grund, dass er sich zurückzog. *Ihre* Probleme hatten ihre Annäherung die ganze Zeit untergraben.

Und er hatte auf jeden Fall schnulzige Bücher gelesen.

Er zog ihren Kopf an seine Brust. »Nein, das ist es nicht. Aber am Samstag ist mein letztes Pokerspiel. Wenn ich dich jetzt weiterküsse, wird es nur umso schwieriger, dann aufzuhören. Und wenn wir miteinander schlafen, wirst du es hassen, dass ich zum Pokern gehe. Wir werden diese Beziehung ohne Zweifel beginnen. Mit den Gewinnen aus dem Spiel nächste Woche habe ich genug Geld, um die Bauarbeiten zu bezahlen, was bedeutet, dass ich dich am Donnerstagabend ausführen werde. Und nachdem ich dich ausgeführt habe, werde ich dir eine Art Zaubertrick zeigen, der dir die Knie weich werden lässt.«

Dieses schmutzige Versprechen steigerte ihre Erregung nur weiter. Basierend auf der Beule in seiner Jeans war sein Körper genauso rebellisch wie ihrer. Seine Willenskraft war allerdings noch viel beeindruckender. Vielleicht war das seine Superkraft: kryptonitresistente Selbstbeherrschung.

Ihr Handy summte auf dem Couchtisch, was in dem Moment eine willkommene Ablenkung darstellte, außer es war eine Nachricht von ihrem Vater, der wieder mal eine neue Nummer benutzte, oder von Big Eddie.

Sie löste sich aus Huxleys Umarmung und angelte sich ihr Telefon, nur für den Fall, dass es Della war, die etwas zu ihrer Arbeit schrieb, oder ihre Mutter, die ein neues Selfie schickte. Das Letzte, was Bea von Molly Baker gehört hatte, war, dass sie in Japan mit einer Band namens Crispy Caterpillars umherreiste.

Die Nachricht war weder von ihrer Mutter noch von Della.

Es war ihr Vater, der von einer neuen Nummer aus das übliche Spiel abzog. *Hilfe*, lautete der kurze Betreff.

Sie stöhnte genervt auf. »Ich sollte endlich meine Nummer ändern. Er gibt einfach nie auf.«

»Wer gibt nie auf? Ist das ein Kerl, der dich belästigt?« Huxleys Miene verfinsterte sich schlagartig.

»Nein, kein Kerl. Oder, na ja, schon – ein Kerl. Aber nicht irgendeiner, sondern mein Vater.« Sie zog die Knie heran, das Telefon lag schwer in ihrer Hand.

Huxley, der jetzt wieder in gesundem Abstand zu ihr saß, schlug die Beine übereinander. »Hast du Kontakt zu ihm?«

»Er weiß, dass ich nichts mehr mit ihm zu tun haben will und dass ich nicht drangehe, wenn er anruft, also schreibt er mir das Wort *Hilfe*, was mich normalerweise zum Einknicken bringt. Dann bittet er mich wieder um Geld, und ich stelle mir vor, wie er irgendwann tot im Graben endet, und gebe nach. Ich habe seine Nummer blockiert, aber er muss sich ein neues Handy zugelegt haben. Seine Hartnäckigkeit ist wirklich beeindruckend.«

Sie konnte sich gerade noch zurückhalten, Huxley von Big Eddie und dem Drama, das sie verfolgte, zu erzählen. Sie hatte den Kredithai vor einer Weile mal nebenbei erwähnt, als Huxley sie zum Mittagessen eingeladen und sie wegen des Verbrecherfotos gefragt hatte. Sie würde sich vermutlich besser fühlen, wenn sie jetzt ins Detail ginge, aber sie wollte nicht wie ein Charakter aus *CSI* enden, der vorsätzlich Leute mit in sein Unglück hineinzog. Diese Leute waren genauso schlimm wie die Mädchen in den Horrorfilmen, die arglos allein in die Dunkelheit liefen.

»Warum hast du deine Nummer dann nicht geändert?«, fragte Huxley.

Sie drehte das Handy in der Hand. Es war nur ein flacher, metallener Gegenstand. Es ärgerte sie nicht oder brachte sie zum Lachen oder gab ihr Nahrung – weder für ihren Leib noch für ihre Seele –, doch es verband sie mit den beiden Menschen, die für ihre Existenz verantwortlich waren. »Ich mag meinen Vater nicht besonders, aber ich liebe ihn. Ich mag meine Mutter, aber ich liebe sie nicht. Ich habe mir meine Eltern nicht ausgesucht, aber meine Mutter hat einen anderen Mann, den sie sehr mochte, verlassen, um mit meinem Vater zusammen zu sein, was bedeutet, dass sie sich irgendwann einmal geliebt haben. Sie haben sich entschlossen, mich zu haben. Nicht zu wissen, wo sie sind oder ob es ihnen gut geht, wäre schlimmer, als ihre Nachrichten zu lesen, besonders die meines Vaters.«

Molly Baker war eine lustige Mutter gewesen, als Bea noch klein gewesen war. Sie hatte ihre Kunst unterstützt und ihr beigebracht, dass Baker-Mädchen tanzen mussten, wenn Musik lief. Sie glaubte, dass Optimismus ansteckend war und die Menschen um sie herum glücklicher machte. Sie war eine unterhaltsame Freundin, doch sie war nicht für sie da gewesen, als Bea die Highschool abgebrochen hatte, um Vollzeit zu arbeiten, oder an den Tagen, an denen Bea die Kotze ihres betrunkenen Vaters hatte aufwischen müssen. Sie hatte sich Beas Liebe nicht verdient, genauso wenig wie ihr Vater sich Beas Respekt verdient hatte. Doch sie waren trotzdem beide noch ihre Eltern.

Sie beäugte ihr Handy sorgenvoll, aus Angst, die letzte Nachricht könnte ernst gemeint gewesen sein. Vielleicht hatte Big Eddie seine Drohung, Franklyn Baker etwas anzutun, wahr gemacht.

»Ich bewundere dich«, sagte Huxley.

»Weil ich aus einer dysfunktionalen Familie stamme?«

»Weil du aus einer dysfunktionalen Familie stammst und so großmütig warst, ihnen zu verzeihen. Bei uns spricht keiner mehr mit unserer Mutter. Sie hat meinen Vater zu oft betrogen und sich nicht an die Wünsche gehalten, die er in seinem Testament festgelegt hatte, und verprasst das Geld von der Versicherung, anstatt mit dem Theater zu helfen. Ich habe keine Ahnung, warum er ihr vertraut hat oder warum er sie überhaupt geheiratet hat. Die Frau hat nicht einmal auf seiner Beerdigung geweint. Nicht, dass es irgendetwas geändert hätte. Er ist tot, und ich werde nie wieder mit ihr sprechen.«

»Warum nicht?«

Sein sachlicher Tonfall wurde schwermütig. »Ich habe Angst davor, was ich sagen könnte.«

»Weil sie dir das Geld nicht gegeben hat?«

Er schüttelte vehement den Kopf. »Klar, darüber habe ich mich schon geärgert. Sie wusste genau, dass Dad einen Teil der Auszahlung für das Theater vorgesehen hatte. Nein, es war ihre Unfähigkeit als Mutter, die das Fass zum Überlaufen gebracht hat. Nach dem Tod unseres Vaters hatten Fox und Axel eine schwierige Zeit. Ich hatte eine schwierige Zeit, aber bei Paxton und Xander war es am schlimmsten. Sie hatten Probleme mit unserem Vater gehabt. Vermutlich haben sie sich kurz vor seinem Tod noch mit ihm gestritten. Unsere Mutter hätte danach für sie da sein und ihnen helfen müssen, alles zu verarbeiten. Doch sie tat nichts.«

Er rieb die Narbe an seinem kleinen Finger – kurze, wütende Bewegungen. »Die beiden haben dann irgendwann die Stadt verlassen, und ich habe seit Jahren nicht mehr mit ihnen gesprochen. Ob es nun richtig ist oder falsch, aber ich mache meine Mutter für vieles davon verantwortlich. Außerdem ruiniert sie wissentlich das Leben von Menschen, nur um ein paar Kröten zu verdienen. Also, ja, ich will sie nicht kennen und schon gar nicht so sein wie sie.«

Genau wie Bea nicht so sein wollte wie ihr Vater. Das war der Grund, weshalb sie immer versuchte, alle Leute glücklich zu machen und ihre Welt zu verschönern. Huxley dagegen nahm seine Versprechen zu ernst. »Du kannst deine Mutter natürlich hassen«, sagte sie vorsichtig, »oder du könntest ihr dankbar sein.«

»Dafür, dass sie ihre Kinder nicht liebt?«

»Dafür, dass sie dich zu einem loyalen, liebevollen Menschen gemacht hat.«

Die harten Linien um seinen Mund herum wurden weicher. »Du genießt es ganz offensichtlich, diesen Helden deiner romantischen Geschichte zu quälen, stimmt's?«

Er war nicht der Einzige, der schmerzhafte Qualen ertragen musste. Ihre Arme kribbelten immer noch von seiner Berührung. Ihre Lippen sehnten sich nach einem weiteren Kuss. »Willst du mich noch mal küssen?«

Sein vertrautes Brummeln vibrierte zwischen ihnen. »Ich würde dich gern an allen möglichen Stellen küssen.« Anstatt sein verlockendes Versprechen einzulösen, streckte er ihr auffordernd die Hand hin. »Doch fürs Erste solltest du mir mal dein Handy geben.«

»Warum denn?«

»Ich glaube, du wüsstest gern, dass es deinem Vater gut geht, aber du willst nicht selbst nachschauen. Du hast Angst, seine Worte zu lesen, weil du dann wieder in seine Probleme hineingezogen werden könntest. Wenn ich dir sage, was in der Nachricht steht, wird es leichter für dich sein.«

Sie zögerte, ihm ihr Telefon auszuhändigen, weil sie immer noch befürchtete, diese Nachrichten würden sie beide in etwas verwickeln, das sie gern vermieden hätte, doch irgendwie brauchte sie plötzlich Huxleys Unterstützung. Die Tatsache, dass er ihre Angst verstand, in einen Tornado gezogen zu werden, war ein Zeugnis davon, wie gut er sie inzwischen kannte. Seine Geste war intuitiv und süß. Wenn Fox mal vorhatte, seinen Mentalistenjob aufzugeben, konnte Huxley für ihn übernehmen.

Sie reichte ihm das Handy. »Wenn er irgendetwas von krummen Dingern schreibt, die er vorhat zu drehen, will ich es gar nicht wissen. Wenn er um Geld bittet, sag es mir nicht. Ich will nur wissen, dass es ihm gut geht.« Dass ein gewisser Kredithai ihn nicht ins Krankenhaus befördert hatte.

Allein bei dem Gedanken meldete sich schon ihr schlechtes Gewissen, doch sie brachte es schnell zum Verstummen. Sie war nicht diejenige, die über ihre Verhältnisse gespielt oder sich mit den falschen Leuten eingelassen hatte. Sie hatte es satt, sich verantwortlich zu fühlen. Nachdem sie wusste, dass ihr Vater unversehrt war, würde sie tun, was sie bisher vermieden hatte. Sie würde ihre Telefonnummer ändern und den Kontakt zu ihm endgültig abbrechen.

Wenn sie so darüber nachdachte, sollte sie das eigentlich jetzt schon tun, bevor Huxley seine Nachrichten las. Sie sollte endlich aufhören, so ein Feigling zu sein.

Sie wollte nach ihrem Telefon greifen, bereit, Franklyn Baker endlich aus ihrem Leben zu streichen, doch Huxley umklammerte es fest, die Augen beim Lesen zusammengekniffen. Dann sprang er auf und ging hin und her. Sein kantiges Kinn schien wie aus Stein gemeißelt zu sein, seine Lippen bildeten eine grimmige Linie. »Gibt es da einen Mann, der dich bedroht hat?«

Seine Stimme war gesenkt, und er klang so verbissen vor zurückgehaltener Wut, dass sie unwillkürlich die Luft anhielt.

»Beatrice …« Er fuhr sich mit der Hand über das Gesicht und ging vor ihr in die Hocke. »Hast du versprochen, einen der Gläubiger deines Vaters auszubezahlen? Oder spinnt er sich die Geschichte nur zusammen?«

Sie fühlte sich auf der unbequemen Couch plötzlich sehr klein, als wäre die Welt für sie zu groß geworden, um sie zu überschauen. »Das habe ich.«

* * *

»Grundgütiger.« Huxley setzte das wütende Auf- und Abschreiten auf dem Holzboden fort. »Du musst mir alles ganz genau erzählen: wer der Typ ist, womit er gedroht hat, wie viel du ihm angeblich schuldest.« Warum, zum Teufel, sie ihm die unbedeutende Tatsache verschwiegen hatte, dass ihr Leben in Gefahr war. Er hatte die Anzeichen übersehen, wie ihre Wohnungslosigkeit, als sie sich in seinem Theater verkrochen hatte. Und jetzt das.

»Er ist ein Kredithai, aber er kann mich hier unmöglich ausfindig machen. Ich benutze keine Kreditkarten oder so, und ich habe das GPS an meinem Handy ausgeschaltet.«

Er starrte ihr Telefon an und fragte sich, wie sie darauf kam, dass das GPS die Lösung war. »Ein Handy kann auch ohne aktiviertes GPS geortet werden.«

Sie riss die Augen auf. »Wirklich?«

»Ja, wirklich. Womit hat er gedroht?«

Anstatt ihm zu antworten, sank sie weiter in sich zusammen, als würde seine Wut sie kleiner machen. Er musste sich alle Mühe geben, sich zusammenzureißen und seine Stimme zu senken. Er hatte ständig Beatrice vor Augen, der etwas zustoßen konnte. »Ich wollte nicht wütend werden«, sagte er etwas ruhiger, »aber das ist wirklich wichtig. Womit hat der Mann gedroht?«

Sie zog die Knie an die Brust. »Er hat gesagt, er würde mir für jeden Tag, den die Zahlung überfällig ist, einen Finger abschneiden. Das war vor einem Monat.«

»Vor einem *Monat?* Warum hast du denn nichts gesagt? Hast du überhaupt die Polizei gerufen?« Und schon war seine Selbstbeherrschung wieder dahin.

»Die Polizei zu rufen hätte doch nur meinen Vater reingeritten. Ich weiß, er hat es verdient, aber das hat mit dieser Liebe-Hass-Geschichte zu tun. Ich kann nicht diejenige sein, die ihm das antut. Und ich habe dir schon von den Drohungen erzählt.«

»Ich glaube, ich würde mich daran erinnern, dass dein Leben in Gefahr ist.«

»Bei unserem ersten Mittagessen – in dem Frühstückscafé. Du hast mich gefragt, was es mit den Verbrecherfotos auf sich hat und ob jetzt irgendwelche Kriminelle mich nach New Orleans verfolgen würden. Ich habe dir gesagt, dass es da einen Mann gibt, der meine Finger abschneiden will. Seitdem gab es noch andere Dinge, aber das ist mein Problem – das Problem meines *Vaters* –, und ich wollte dich da nicht mit reinziehen.«

Als er das hörte, hätte Huxley am liebsten mit der Faust auf die Wand einschlagen. Beatrice hatte es ihm tatsächlich erzählt. Er hatte es abgetan, weil er davon ausgegangen war, dass sie nur Spaß machte, so wie es eben ihre Art war. Wie hatte er sie nur so im Stich lassen können? »Ich dachte, du hättest nur gescherzt. Und welche anderen Dinge gab es noch?«

»Nichts als leere Drohungen, und das tut auch nichts zur Sache. Ich glaube nicht, dass er ein Hightech-Kredithai ist. Wenn er mein Handy hätte orten können, wäre er doch längst hier aufgetaucht. Und ich schlafe mit einer Schere im Bett.«

Er wollte, dass sie in *seinem* Bett schlief. An ihn gekuschelt, sicher und behütet. Er wollte auch sichergehen, dass ihr Aufenthaltsort geheim blieb. Er scrollte wieder durch ihre Nachrichten. »Du hast deinem Vater ein Foto von Krokodilschädeln geschickt.«

Sie runzelte die Stirn. »Das mit dem Spruch zur Wildnis? Vom French Market?«

Er sah noch einmal nach. »Ich denke schon. Das Foto kann ich nicht sehen, aber in der nächsten Nachricht bedankt er sich dafür, dass du es ihm geschickt hast. Er meint, du solltest nächstes Mal mit den Krokodilköpfen zusammen posieren.«

»Aber das Foto habe ich doch meiner Mutter geschickt.«

Er überprüfte ein weiteres Mal die Nachrichten. »Du musst es versehentlich an deinen Vater gesendet haben. Wenn er das jemandem erzählt hat oder jemand im Besitz seines alten Handys ist und eins und eins zusammenzählt, wird derjenige schnell herausfinden, dass es in New Orleans aufgenommen worden ist.« Es könnte jetzt schon jemand in der Stadt sein und sie verfolgen. Vorhaben, ihr etwas anzutun. Bei dem Gedanken wurde ihm ganz schlecht. »Ich brauche Details. Über die Schulden. Alles, was dir sonst noch einfällt.«

Er war sich nicht sicher, wie er es zuvor geschafft hatte, den Kuss zu unterbrechen und sich selbst davon abzuhalten, sie auf die Couch zu werfen und jede Kuhle und jede Kurve ihres Körpers zu erkunden. Vielleicht war es Ednas Warnung gewesen, sich nicht an seine Assistentin zu binden, oder sein Wunsch, Beatrice' Vertrauen nicht wieder zu verlieren. Sie passte wirklich gut zu seiner Familie und hatte sich nahtlos in sein Leben eingefügt. Ihr Körper war mit seinem verschmolzen, als wäre es eine Erweiterung dessen. Sollte Beatrice Baker etwas zustoßen, würde ihn das völlig aus der Bahn werfen.

Sie erzählte ihm das wenige, das sie wusste, bei jeder weiteren Information verschlimmerten sich seine Bauchschmerzen. »Ich werde das mit Fox und Axel besprechen«, sagte er, als sie geendet hatte. »Wir lassen uns schon etwas einfallen. Aber ich will nicht, dass du weiter nachts allein durch die Stadt läufst. Kein Flyerverteilen an betrunkene Frauen mehr!«

Sie zog die Augenbrauen zusammen. »Meinst du wirklich,

dass das nötig ist? Es ist jetzt einen Monat her, und nichts ist passiert.«

»Das ist ernst, Beatrice. Mit solchen Typen ist nicht zu spaßen.« Er sagte ihr nicht, dass Big Eddie sehr wahrscheinlich für jemanden noch viel Furchteinflößenderen arbeitete. Das Letzte, was er wollte, war, ihr noch mehr Angst zu machen.

Sie nickte widerstrebend. »Ich schätze, das ergibt Sinn. Was schreibt er denn sonst noch in seinen Nachrichten?«

Er überflog sie wieder, war aber zu aufgebracht, um klar zu denken. Er verlangsamte das Streichen seines Daumens und fing oben an. »Einige sind von der Sorte, die du vermeiden wolltest, aber in zwei warnt er dich, dass ein Mann namens Big Eddie nach dir sucht. Dass er mit Drohungen um sich wirft.«

Sie starrte einen Moment lang stumm vor sich hin. »Hat er meinem Dad etwas getan?«

Franklyn Bakers Nachrichten reichten von Jammern über unbezahlte Rechnungen und darüber, wie sehr er sein »Mäuschen« vermisste, bis hin zu Behauptungen, dass er ohne Kredit bald auf der Straße schlafen müsse. Er schrieb, dass Beatrice das einzig Gute in seinem Leben sei. Der Mann wusste wirklich, wie er seine Elternkarte ausspielen musste. »Er erwähnt nichts davon, dass er verletzt ist, und so, wie ich es einschätze, ist er durchaus in der Lage, für sich selbst zu sorgen. Hier, lies die Nachrichten ruhig selbst, wenn du möchtest.«

Sie hielt den Blick auf die Knie gerichtet. »Ich denke, ich gehe dann ins Bett.« Sie stand auf und sah zu Huxley hoch. Ein leichtes Stirnrunzeln verriet ihre Besorgnis, doch ihre Mundwinkel zeigten nach oben. »Danke für den tollen Abend.«

Da wurde sie von einem Verbrecher bedroht und konzentrierte sich trotzdem auf den positiven Teil des Abends, ignorierte das Schlechte und sah einen Hoffnungsschimmer. Er nahm es ihr nicht ab. »Wenn du heute Nacht nicht schlafen kannst, meine Tür steht dir immer offen. Benutze sie.«

Sie zog die nackten Zehen an und schielte auf ihre Schlafzimmertüren. Sie schluckte. »Ich weiß deine Fürsorge zu schätzen, aber mir geht's gut.«

Damit war sie allerdings allein.

Kapitel 21

SAMSTAGS WAR AUF dem French Market immer die Hölle los. Bea und Della wechselten sich mit Toilettenpausen ab und fanden kaum Zeit, einen Happen zu essen. Della bezirzte die Kunden mit ihren süßen Jeansshorts und ihrem großartigen Schmuck, während Bea verkaufte Waren einpackte und Wechselgeld rausgab. Einige Kunden deuteten auch auf Beas Zeichnungen und lächelten.

Es war der dritte Tag, an dem sie ihre Kunst an der Rückwand des Standes präsentierte. Am ersten Tag, als Huxley ihr geholfen hatte, die Stücke vor dem roten Batikstoff aufzuhängen, hatte er ihr zugeraunt: »Du hast die schönsten Äpfel, die ich je gesehen habe.«

Der Charmeur hatte nicht von Obst gesprochen, doch er hatte ihr ganz offensichtlich Glück gebracht, denn noch an diesem Nachmittag hatte sie eine Zeichnung verkauft.

Zwei ältere Frauen zeigten gerade auf die vier verbleibenden Äpfel und redeten offenbar angeregt darüber. Die einzigen Worte, die sie aufschnappte, waren *unkonventionell* und *einzigartig* und *gewagt*, genug, um ihre Brust vor Stolz schwellen zu lassen und ihre Ängste zu minimieren. Die Frauen begeisterten sich für ihre Werke, ihre verrückte Fantasie. Es fühlte sich an, als würde man sie in Glitzer baden.

Della packte Bea am Ellenbogen. »Dieses Mal musst du verhandeln. Deine Arbeit ist sehr zeitaufwendig, du solltest sie nicht unter Wert verkaufen.«

Ihr erster Verkauf hatte gerade einmal drei Sekunden gedauert. Die Frau hatte ihr für die Zeichnung vierzig Dollar gegeben anstatt der achtzig, die sie veranschlagt hatte, und Bea hatte sich beherrschen müssen, nicht vor Freude auf und ab zu hüpfen. »Neulich war ich einfach zu aufgeregt. Ich hätte es auch für einen Penny verkauft.«

Della schnaubte. »Das verstehe ich. Ich konnte es am Anfang auch nicht glauben, dass die Leute tatsächlich bereit waren, ihr Geld für meinen Schmuck auszugeben, aber es ist ein Geschäft. Du darfst dein Produkt auch nicht zu billig anbieten. Wenn du mehr verlangst, denken die Leute, dass es mehr wert ist.«

Bea stellte sich vor, wie sie sich selbst in eine Skulptur oder ein Gemälde verliebte und es dann nicht kaufen konnte. »Was, wenn jemand es sich einfach nicht leisten kann?«

»Dann kommt jemand anderes, der es kann.«

»Was, wenn es jemand ganz, ganz toll findet?«

»Es ist eine Ware, Bea. Kein Wundermittel gegen Krebs.«

Richtig. Eine Ware.

Bea setzte ihre beste Verhandlungsmiene auf und näherte sich den Frauen. Die kleinere der beiden trug eine zitronengelbe Bluse und eine locker sitzende Hose mit Blumenprint. Das Outfit war ebenso farbenfroh wie Beas geblümtes Neckholderkleid. Die größere Frau hatte die glänzendsten schwarzen Haare, die sie je gesehen hatte, und trug eine dazupassende pechschwarze Kette um den Hals. Die Schmucksteine wanden sich so oft um ihren Hals, dass sie ihr Schlüsselbein völlig verdeckten. So wie es aussah, musste sie Probleme beim Atmen haben.

Und genau so fühlte Bea sich auch. Aber sie würde das schon hinbekommen.

»Die Gemälde sind Originale.« Bea senkte die Stimme, um genauso verhandlungssicher zu klingen, wie sie hoffentlich aussah.

Die Zitronenfrau flüsterte ihrer Begleitung etwas ins Ohr, dann stemmte sie eine manikürte Hand in die Hüfte. »Sind Sie die Künstlerin?«

»Ja, das bin ich.«

Die Frau beäugte Bea und reckte das Kinn in die Höhe. »Fertigen Sie auch größere Werke an?«

»Das tue ich in der Tat.« Und einfach so war ihre natürliche, höhere Stimme zurück. »Ich arbeite gerade an einem Selbstporträt. Das Konzept ist das gleiche – ich versuche, alle Aspekte zu erkunden, die einen Apfel zum Apfel machen oder eine Person einzigartig. Gestern habe ich zum Beispiel eine Löwenzahnblüte in mein Porträt gezeichnet, weil ich die als Kind immer gesammelt habe, um daraus Halsbänder für die Hunde in unserem Ort zu machen. Ich selbst durfte keinen Hund haben, was vermutlich besser so war, wenn man bedenkt, dass wir für uns selbst kaum genug zu essen hatten. Aber ich wollte immer einen Irischen Wolfshund. Sie sind groß genug, um darauf reiten zu können.«

Della verdrehte die Augen wegen Beas verbaler Sintflut, und Bea schloss schnell den Mund. Das Geplapper war teilweise ihrer Nervosität und teilweise ihrer Begeisterung geschuldet, aber wenn sie diesen Verkauf mit mehr als vierzig Dollar Gewinn abschließen wollte, musste sie sich am Riemen reißen.

»Größere Werke sind sehr zeitaufwendig«, erklärte sie fachmännisch.

»Das kann ich mir vorstellen. Kann ich das violette Bild einmal von Nahem betrachten?«

Bea reichte ihr das Bild und konnte sich gerade noch beherrschen, sich nicht über ihr Lieblingsdetail darin auszulassen. Wenn sie jetzt anfing, über den Mauseschwanz zu plaudern, den sie gemalt hatte, würde das unweigerlich zu dem Nager führen, den sie mit zwölf in der Küche gefunden hatte. Sie hatte Princess Tiny ein Jahr lang behalten.

Bea gab der Frau etwas Privatsphäre und beobachtete stattdessen Della, die mit der schwarzhaarigen Frau ins Gespräch vertieft zu sein schien. Della schwang ihre langen Rastazöpfe über die rechte Schulter und drehte unbewusst an ihrem Armband, was sie immer tat, wenn sie mit Kunden verhandelte oder sich überlegte, wie sie neuen Schmuck ausstellen wollte. Was auch immer die beiden besprachen, Della war im Geschäftsmodus. Die Frau reichte ihr eine Visitenkarte.

»Ich würde gern ein Gemälde in Auftrag geben.«

Der Satz der Frau in Gelb ließ Bea zusammenzucken. »Haben Sie sich etwas Bestimmtes vorgestellt?«

»Ich habe ein spezielles Projekt im Kopf, ein viel größeres Werk. Ich gehe davon aus, dass Sie Auftragsarbeit annehmen?«

Dass jemandem ihr Stil so gut gefiel, dass sie Bea vertraute, sich an einem neuen Konzept zu versuchen, war noch viel besser, als ein bereits fertiggestelltes Bild zu verkaufen. Sie hätte am liebsten gejubelt und gerufen: *Ja! Wo soll ich unterschreiben?* Aber das war nicht das, was eine seriöse Geschäftsfrau tun würde. »Ich arbeite nicht mit Beigetönen«, sagte sie.

»Kein Problem.«

»Und ich bräuchte einen Vorschuss.«

»Verständlich.«

»Ich bräuchte ihn in bar. Außerdem müsste ich sehen, wo Sie das Bild hinhängen wollen. Falls es ein Porträt ist, müssten wir einen Nachmittag zusammen verbringen. Ich bräuchte uneingeschränkten Zugang zu Ihrem Zuhause und zu Ihren Fotos.« Man konnte das Gesicht einer Person unmöglich für die Ewigkeit festhalten, ohne einen Einblick in die Welt der Person gehabt zu haben. Doch Bea befürchtete, zu weit gegangen zu sein. Kaum war sie einmal in Fahrt, musste sie gleich so übertriebene Forderungen stellen. Das musste an ihrem Diva-Umkleideraum im Theater liegen. Das hatte sich ja früher oder später auf sie auswirken müssen.

Die Frau schien sich von Beas extravaganter Liste allerdings nicht abschrecken zu lassen. Sie zog ihr Handy aus der Umhängetasche und zeigte Bea ein Foto des süßesten Pudels der Welt. »Sie würden Maude malen. Sie wird langsam alt, und wir hätten gern ein Porträt von ihr für unseren Salon. Wir fliegen Sie nach New York. Sie können einen Tag mit ihr verbringen. Wie viel Vorschuss bräuchten Sie?«

Bea hatte noch nie in einem Flugzeug gesessen und auch noch nie eine Vertragsarbeit ausgeführt. Sie hatte bisher noch nicht einmal erfolgreich verhandelt. Schweißperlen bildeten sich in ihrem Ausschnitt, und ihr Mund wurde trocken. Als ihr wieder einfiel, wie man atmete, brachte sie nur heraus: »Würden Sie mich bitte einen Moment entschuldigen?«

Dann machte sie das Ganze noch peinlicher, indem sie Della mit zur Seite nickendem Kopf und tonlos mit dem Mund geformten Worten zu verstehen gab, dass sie dringend mit ihr reden musste. In der hintersten Ecke des Standes atmete Bea einmal tief durch, ehe sie Della einweihte: »Sie will, dass ich ihr ein großes Porträt ihres Pudels anfertige.«

»Aber warum siehst du dann so aus, als hättest du eine ganze Tasse von Joes scharfer Soße getrunken?«

Wenn Ketchup das schlimmste Lebensmittel der Welt war, war Joes scharfe Soße wohl das beste. Egal wie sehr sie bereits am Schwitzen war, sie übergoss ihre Po'boys trotzdem noch damit. »Weil ich einen Vorschuss verlangt habe.«

»Sieh mal einer an, du kannst ja richtig dreist sein.«

Sie gaben sich ein unauffälliges High Five. »Jetzt will sie wissen, wie viel ich möchte. Außerdem will sie mich nach New York einfliegen lassen, damit ich Maude, den Hund, kennenlernen und ihr Zuhause sehen kann.«

»Wow!« Della schüttelte grinsend den Kopf. »Vielleicht sollten wir die Aufgaben tauschen. Ich mache das mit dem Wechselgeld und du verkaufst meinen Schmuck.«

»Nur, wenn ich eine Gehaltserhöhung in Form von Po'boys bekomme. Mit extrascharfer Soße, bitte.«

»Abgemacht.«

Sie musterten das schrille Pärchen. Beide Frauen waren gewieft genug, um eine echte Chanel-Handtasche blind von einer gefälschten zu unterscheiden. Mit ihnen zu verhandeln würde Geschicklichkeit erfordern.

»Die, mit der ich gesprochen habe, heißt Jaqueline Berry«, erzählte Della. »Sie ist eine total angesagte Schmuckdesignerin. Die zwei sind hier im Urlaub, aber sie kam hierher, um sich meinen Schmuck ansehen. Sie will ihre Produktlinien erweitern.«

»Della, das ist ja toll!«

Sie wischte Beas Aufregung mit einer ungeduldigen Handbewegung weg. »Mit ihr zu arbeiten würde bedeuten, nach New York zu ziehen. Ich liebe New Orleans.« Sie drehte wieder an ihrem Armband. Machte sie der Gedanke nervös, Fox zu verlassen? »Wie auch immer, ich weiß jedenfalls ein bisschen was über sie, und die Dame ist eine ausgewachsene Exzentrikern, weshalb ein Hundeporträt nicht wirklich überraschend ist. Außerdem haben sie einen Haufen Kohle.«

Bea wollte gerade auf das Thema zurückkommen, dass Della eine unglaubliche Jobmöglichkeit sausen ließ, als eine Biene über ihren Kopf flog. Sie erstarrte.

Della fuhr fort, Verhandlungstaktiken zu entwickeln, doch Beas Augen huschten unkontrollierbar umher auf der Suche nach ihrem summenden Erzfeind. »Handtasche«, sagte sie nur zu Della.

»Was?«

»Ich brauche meine Handtasche. Mein EpiPen ist da drin.«

»Bist du allergisch auf Verhandeln?«

»Ja. Aber auch auf Bienenstiche. Als ich acht war, bin ich mal fast gestorben.« Ihre Nahtoderfahrung war mit einem Piñata-Spiel einhergegangen, und einer sehr unglücklichen Melanie Swank, die den Stock ins Gesicht bekommen hatte, als Bea gestochen worden war. Es war das letzte Mal gewesen, dass sie zu einem Kindergeburtstag eingeladen worden war. Sie hatte nicht vor, sich noch einmal das Leben von einer Biene ruinieren zu lassen. »Der EpiPen ist nur eine Vorsichtsmaßnahme.«

Della war schon weg und suchte unter dem Tisch nach Beas Handtasche, bevor sie den letzten Satz beendet hatte. Kleine Pappschächtelchen flogen umher, bis sie endlich die perlenverzierte Regenbogentasche in der Hand hielt. »Hat sie dich gestochen? Was muss ich jetzt machen?«, fragte sie mit weit aufgerissenen Augen.

Die Biene flog zu Della und umkreiste ihren Kopf. Sie schlug mit der Handtasche nach dem Insekt. Bea duckte sich und vollführte eine Pirouette. Die exzentrischen Damen beobachteten das Treiben mit hochgezogenen Augenbrauen. Bis die Biene endlich abdrehte, waren Dellas Zöpfe verknotet und Beas Kopf glich dem Nest eines Bartgeiers.

Della sackte in sich zusammen. »Also, ich bin jedenfalls allergisch darauf, dass du allergisch auf Bienen bist. Jetzt sag mir, was du über diesen Vorschuss denkst.«

Eine halbe Stunde später kehrte Beas erste Auftraggeberin, Arabella Grieves, von der Bank zurück und reichte ihr einen Umschlag voller Hundertdollarscheine. Fünfundzwanzig, um genau zu sein. Die andere Hälfte sollte Bea nach Fertigstellung des Werks erhalten, und sie würde in einer Woche nach New York fliegen. Für den Rest des Tages schwebte sie regelrecht über den Boden.

Bis es ihr kalt über den Rücken lief, als würde jemand sie beobachten.

Sie lauschte auf das vertraute Summen, aus Angst, die Biene könnte zurückgekehrt sein, um sie in einem unbewussten Moment zu überraschen. Doch sie konnte nichts hören. Als Nächstes suchte sie die Menschenmenge vor sich nach einem großen Mann mit Ziegenbart ab, doch Big Eddie war nirgends zu entdecken.

Dann verfluchte sie Huxley.

Es war seine Schuld, dass sie ständig nervöse Blicke über die Schulter warf, dass sie nach der Arbeit kreuz und quer über Seitenstraßen nach Hause fuhr, wie eine Undercoverpolizistin, die hartnäckige Verfolger abschütteln wollte. Noch ein Fakejob, den sie ihrem Lebenslauf hinzufügen konnte, gleich hinter Verhandlungsexpertin und Diva.

Sie hatten einen Tag zuvor ein Fabelhaftes-Marlow-Treffen gehabt, währenddessen die Brüder Bea über die Ergebnisse ihres Herumschnüffelns informiert hatten. Wie sich herausgestellt hatte, war Big Eddie nur ein kleines Rädchen in einer größeren kriminellen Organisation. Da er noch nicht in New Orleans aufgetaucht war, gingen sie davon aus, dass ihr Aufenthaltsort ihm nicht bekannt war. Was Huxley allerdings nicht davon abhielt, in einen übertriebenen Beschützermodus zu verfallen. Er begleitete sie morgens und abends zu ihrem Auto oder von ihrem Auto zur Wohnung. Er schrieb ihr regelmäßig Textnachrichten, um zu sehen, ob alles in Ordnung war. Außerdem hatte er dafür gesorgt, dass einer von Dellas YouTube-Posts entfernt wurde, der mit dem Titel: *Beatrice Baker und die Fabelhaften Marlow Boys*. Bea fand das extrem schade, doch Huxley sorgte sich nur darum, wie lange der Post bereits online gewesen war.

Er war erdrückender Freund und dominierendes Männchen in einem, wobei der dominierende Teil erstaunlich süß war. Niemand hatte sich je so um Bea gesorgt.

* * *

Sie konnte ihre Neuigkeiten gerade noch bis zum Ende der Show für sich behalten. Der Auftritt ging vor. Wenn sie ihrer Freude freien Lauf gelassen hätte, wäre sie wohl eher über die Bühne getanzt, als dass sie ordentlich assistiert hätte.

Nach dem letzten Vorhang und ein paar nervigen weiblichen Fans, die Huxley viel zu lange belagerten, zog sie ihn in ihre Umkleide. »Ich habe heute etwas verkauft.«

»Natürlich hast du das. Ich habe dir doch gesagt, deine Äpfel sind die schönsten, die ich je gesehen habe.« Sein Blick fiel kurz auf ihren Busen.

Wenn sie nicht so darauf brennen würde, ihre Neuigkeiten loszuwerden, hätte sie ihn gefragt, ob er eine Banane hatte, die sie als Nächstes malen konnte. Stattdessen wippte sie auf den Zehenspitzen auf und ab. »Ich habe aber keinen Apfel verkauft. Ich habe einen Auftrag bekommen, um ein Porträt anzufertigen.«

»Nein!«

»Doch! Ich habe wie ein Profi verhandelt.« Jetzt hüpfte sie richtig. Dann war sie plötzlich in der Luft. Huxley hob sie unter den Achseln hoch und drehte sie im Kreis. Sein Umhang flatterte um sie herum. Bea legte den Kopf in den Nacken und lachte.

Er setzte sie wieder vor sich ab. »Ich bin stolz auf dich.«

Sie umfasste seine Unterarme. »Ich bin auch stolz auf mich. Und sieh mal, was auf dem Make-up-Tisch liegt.«

Dort lag das rote Taschentuch, das sie nicht benutzt hatte. Er sah sie erstaunt an. »Du hast es nicht mit auf die Bühne genommen?«

»Nö. Ich glaube, ich habe mein Lampenfieber fast ganz besiegt. Dank dir.«

Sein Blick wanderte zu ihren Lippen, wie er es oft tat. Seine Hände legten sich an ihre Taille. »Das hast du alles selbst gemacht, Beatrice, was bedeutet, dass wir noch mehr zu feiern haben. Aber zurück zu diesem Porträt – wer ist denn das Objekt des Bildes?«

Er hatte die Frage leise gestellt und sie nicht losgelassen dabei. Sie wiegte sich leicht, als ob Musik laufen würde. Er ging mit ihrer Bewegung mit. Das tat er in letzter Zeit oft, tanzte, ohne es zu bemerken, wenn sie zu Hause ihre Swingmusik aufgedreht hatte und sie sich in der Küche aneinander vorbeischoben. Ihr griesgrämiger Zauberer fand doch noch seine spaßige Seite an sich.

Sie wäre ihm am liebsten um den Hals gefallen und hätte richtig mit ihm getanzt und mit einem Kuss gefeiert. Doch sie begnügte sich damit, den Anblick seines stoppeligen Kinns zu genießen. »Maude, der Hund. Die Kundin lässt mich nächsten Montag nach New York einfliegen.«

»Nächsten Montag«, wiederholte er, und sein Griff um ihre Hüfte wurde fester. Es waren nur noch neun Tage bis dahin, doch ihr erstes Date rückte ebenfalls näher. So vieles würde sich dann verändern. Nach dem Donnerstag würden sie nicht mehr so weit voneinander entfernt stehen, sich nicht mehr nur zurückhaltend berühren und die Lippen des anderen betrachten müssen, anstatt sie zu küssen.

Als Huxley sagte: »Ich muss los«, erinnerte sie sich daran, warum es jetzt weder Tanzen noch Küssen geben würde.

»Klar.« Sie wich einen Schritt zurück. »Ich wünsche dir einen schönen Abend.«

Ihr wurde unwillkürlich flau im Magen. Es gab keine Lügen zwischen ihnen. Es war sein letzter Pokerabend. Das hatte er deutlich gemacht. Dennoch konnte sie nicht anders, als ihn sich in einem verrauchten, düsteren Raum vorzustellen, wie er seinen Einsatz machte, gewann und verlor. Das Ergebnis tat nichts zur Sache. Seine Ehrlichkeit konnte ihren Panikanfall auch nicht verhindern. Jede Art von Glücksspiel würde immer ihre innere Uhr zurückdrehen zu der Zeit, als sie als Teenager hatte feststellen müssen, dass ihr Geld für die Miete aus ihrem geheimen Krümelmonsterglas gestohlen worden war. Oder zu dem Moment Jahre später, als ihr Kontoauszug ihr geplündertes Konto verraten hatte.

Huxley nahm seinen Zylinder ab und fuhr sich mit der Hand durch die weichen Locken. Bea wandte den Blick Muffi, Hefti und Schlaubi zu, die in ihrem Käfig gurrten.

»Fox wird dich zu deinem Auto begleiten«, sagte Huxley schließlich. »Und herzlichen Glückwunsch noch mal.«

Seine sich entfernenden Schritte brachen ihr das Herz, doch sie hielt sich nicht mit dem dumpfen Schmerz auf. Zum ersten Mal fühlte sie sich wie eine vollwertige Künstlerin und nicht wie eine Amateurin oder Essensbildhauerin. Sie lebte in einer aufregenden Stadt mit aufregenden Freunden und würde schon bald mit einem aufregenden Mann ausgehen, der nicht mehr spielte. Sie brauchte keine teure Kunsthochschule, um glücklich zu sein. Sie konnte auch so Kunstkurse belegen oder Huxley in der Privatsphäre ihrer Wohnung zeichnen. Sie konnten *Titanic* umgekehrt spielen, sodass er ausgestreckt auf der Couch lag, splitterfasernackt, während sie seine kantige Hüfte zeichnete und ihm sexy Augen malte.

Sie lächelte über diese Fantasie, während sie nach Hause fuhr. Dort nahm sie einen späten Snack zu sich, bestehend aus einem Pop-Tart. Ihr *Titanic*-Fantasie dauerte an, während sie die Zähne putzte und ins Bett krabbelte. Ihre aufgewühlten Gedanken unterwanderten ihre Schlafbemühungen, bis sie hörte, wie sich die Wohnungstür öffnete und wieder schloss.

Huxley, der von seinem letzten Pokerspiel zurückkehrte.

Sie lauschte, wie der Wasserhahn in der Küche aufgedreht wurde und wieder zu. Sie stellte sich ihn vor, wie er am Tresen lehnte, den Kopf in den Nacken gelegt, während er ein Glas Wasser trank. Er trug sicher noch seine schwarzen Stoffhosen und das goldene Hemd, ganz der adrette Zauberer. Sie fragte sich, ob er auch den Umhang noch anhatte.

Seine Schritte näherten sich ihrer Zimmertür. Er blieb stehen. Genau wie ihr Herz.

Dann lief es auf Hochtouren.

Er war so nah. Sie waren so nah dran, die letzte Distanz zwischen sich endlich zu überwinden. Sie setzte sich auf, und die Decke rutschte ihr in den Schoß. Der Stoff ihres dünnen Trägertops streifte ihre empfindlichen Brustwarzen.

Sie hörte einen leisen dumpfen Laut. Seine Stirn, die er an die Barriere zwischen ihnen gelegt hatte?

Sie tappte zur Tür und presste die eigene Stirn gegen das Holz. Es war, als wären sie wieder im Theater, zusammen und doch voneinander getrennt, während sie unbemerkt seiner privaten Beichte beiwohnte. Zwei Menschen, deren Gedanken verbunden waren, deren Körper jedoch durch Unsicherheiten voneinander getrennt bleiben mussten. Sie konnte einfach die Tür öffnen, ihr Oberteil ausziehen und sein Hemd aufknöpfen. Wenn sie es darauf anlegte, würde er es ihr sicher nicht verwehren. Doch sie würde den Zigarettengeruch an seiner Kleidung riechen und sich daran erinnern, wo er gewesen war und warum sie gewartet hatten.

Selbst jetzt hielten seltsame Erinnerungen sie zurück. Sie hatte Silvester oft mit ihrem Vater gefeiert, nur sie zwei mit Bergen von Süßigkeiten in einem Meer aus Luftschlangen. Jedes Jahr hatte er ihr versprochen, den Anonymen Spielern beizutreten, sich Hilfe zu suchen und aufzuhören. Das sagte er dann immer mit dem Mund voller Gummibären und Luftschlangen in den kupferfarbenen Haaren. Sie glaubte ihm, weil er nicht gelogen hatte. Er hatte wirklich immer daran geglaubt, dass das nächste Jahr anders werden würde. Und das nächste. Und das nächste.

Er wollte sich verändern, aber er war zu schwach, es dann auch durchzuziehen.

Diese Sache mit Huxley konnte für sie zur sich wiederholenden Geschichte werden. Er könnte fälschlicherweise glauben, das Pokerspielen nicht zu brauchen, doch sie vertraute seiner Aussage. Ihre Zeit als Mitbewohner – das gemeinsame Kochen, Lachen und Teilen des Wohnzimmers, während sie malte und er las oder mit seiner Trickkiste beschäftigt war – hatte ihr bewiesen, wie wunderbar Huxley wirklich war. Sie würde nicht noch einmal an ihm zweifeln. Ihr Date würde wie geplant stattfinden können. In nur noch fünf Tagen.

Sie stand still, und ihr Atem ging schnell. Sie hörte, wie er seufzte, gefolgt von einem leisen Kratzen. Sie stellte sich vor, wie er einen Liebesbrief an die Tür schrieb, so romantisch, dass er eines epischen Liebesromans würdig war. Ein Schwur, ihr treu zu sein. Ein Versprechen, ihre Welt aus den Angeln zu heben. Ein Gelöbnis, seine magischen Hände an ihrem Körper einzusetzen, bis sie schwebte.

Sie zeichnete auf ihrer Seite ein Herz mit den Fingern. Dann ein Schloss.

Dann einen Prinzen mit einem großen *Schwert*.

Sie stöhnte zu laut, und das Kratzen auf der anderen Seite brach ab. Ihre Fantasien nicht. Sie stellte sich vor, Huxleys Hose zu öffnen und ihn in voller Pracht zu berühren, wie hart und doch samtig er sich anfühlen würde. Würde sein vertrautes Brummen erklingen? War er der Typ Liebhaber, der sich über sie knien würde, um jede ihrer Bewegungen zu verfolgen, oder würde er seine Brust an ihre drücken, Haut an Haut, Herz an Herz? Sie konnte sich nicht entscheiden, was sie besser fände. Sie wollte alles.

Er bewegte sich, seine Schritte wanderten zu seinem Zimmer. Seufzend warf sie ihren überhitzten Körper auf ihr Bett, noch erregter als zuvor. Sie würde heute Nacht keinen Schlaf finden. Genauso wenig wie in den nächsten fünf Nächten. Bis zu ihrem versprochenen Date und bis er sein Versprechen, ihre Knie weich werden zu lassen, eingelöst hatte.

Doch die Schritte kamen zurück und blieben erneut vor ihrer Tür stehen. Sie stützte sich neugierig auf die Ellenbogen auf. Sein Schatten fiel unter ihrer Tür durch, und dann wurde ein gefaltetes Papier in ihr Zimmer geschoben. Sie glitt aus dem Bett und krabbelte auf Händen und Füßen über den Holzboden auf ihr Geschenk zu. Vielleicht hatte er ihr einen Zettel geschrieben, auf dem er sie bat, ihn auf einer Skala von eins bis zehn zu bewerten. Oder ein »Mit welchem Disney-Prinzen würdest du am liebsten schlafen?«-Fragebogen. Flynn Rider aus *Rapunzel*, bitte und danke.

Was sie bekam, war so viel besser.

Liebste Beatrice,
du denkst vielleicht, ich hätte dich noch nicht berührt, doch
das habe ich. Jedes Mal, wenn ich die Augen schließe, lasse
ich meine Hände über deine Hüfte gleiten und über deine
Oberschenkel. Ich drücke dir feuchte Küsse auf jeden
Zentimeter deines Körpers. Ich habe keine Ahnung, wie ich
je stillstehen konnte, wenn Musik lief, aber diese Zeiten
sind vorbei. Donnerstagabend ist bloß der Anfang.
Dein Huxley

Mein. Er ist mein Huxley. Er war der brennende Sauerstoff in ihrer Brust, die feuchte Hitze zwischen ihren Beinen. Er war besser als Flynn Rider oder der Märchenprinz oder dieser umwerfende Zeichentrickmann, der Schneewittchen geküsst hat. Er war aus Fleisch und Knochen. Zu gut, um wahr zu sein. Ein Zauberer, der wahnsinnig gute Liebesbriefe schrieb.

Kapitel 22

HUXLEY FÜHRTE BEATRICE in den gut besuchten Club, die Hand an ihrem unteren Rücken, während er sie durch die Menge schob. Er hatte lange überlegt, wohin er sie an ihrem ersten Date ausführen sollte. Es sollte definitiv etwas sein, wo er sie nach Belieben berühren und ihren tanzenden Körper an seinem spüren konnte.

Der *Brimstone Club* hatte ihn noch nie enttäuscht. Die Luft war geschwängert von Alkohol und Parfüm, und die sinnlichen Rhythmen der Band erfüllten den Raum. Goldene Lichter beleuchteten die karmesinroten Sofas. Flüsternde Pärchen schauten nicht auf, als sie an ihnen vorbeigingen. Er folgte Beatrice auf den Fuß, während er sie zur Bar leitete.

Sie blinzelte mit den hellgrauen Augen, als sie die Masse aus Armen und Beinen auf der Tanzfläche betrachtete. »Das ist ja der Wahnsinn hier.«

»Axel hat es vorgeschlagen.« Huxley konnte seine Hand nicht von der Kuhle an ihrem Rücken nehmen und den Blick nicht von ihren Kurven abwenden, die sich durch das rote Kleid abzeichneten. Der Stoff war in der Taille eng und an der Hüfte ausgestellt, sodass er nur ahnen konnte, was darunterlag. Er winkte den Barkeeper zu sich, weil er dringend etwas für seine trockene Kehle brauchte. »Einen Manhattan für mich, mit Extrakirsche bitte, und einen Lemon Drop Martini für die Dame.«

Der Barkeeper nickte, und Bea drückte sich an seine Seite. »Du hast für mich bestellt.«

»Ist das für dich in Ordnung?«

Anstatt zu bestätigen oder zu leugnen, was sie von der Sache hielt, sagte sie bloß: »Du weißt, was ich mag.«

Das tat er tatsächlich. Die Akte, die er im Geiste über Beatrice Baker angelegt hatte, war inzwischen ordentlich angewachsen. Jede Nuance war dort katalogisiert und für die Zukunft gesichert. Sie mochte Lemon Drop Martini und Long Island Iced Tea, und sie lernte gern seltsame Tierfakten auswendig. Sie hasste Ketchup und grüne Lollis. Sie liebte es, die Verbrecher bei *CSI* zu entlarven und ihm dann ihren Triumph unter die Nase zu reiben. Er hoffte, sie mochte es auch, in diesem Club mit ihm zu tanzen und später gemeinsam in *ihre* Wohnung zurückzukehren.

Huxley betrachtete es schon als ihre gemeinsame Wohnung. Er mochte es, mit ihr dort zu sein, und hatte nicht vor, sie wieder ausziehen zu lassen. In letzter Zeit hatte er sich sogar weniger Druck gemacht, was die Reparaturen des Theaters anging, und hatte an seinem freien Tag mal nicht den Blaumann angezogen, um selbst etwas zu erledigen. Es war nicht leicht, sich zurückzuziehen, doch auf der Couch zu lesen, während Beatrice malte und sie beide mit dem Fuß zu Swing- oder Jazzmusik wippten, verschaffte ihm einen unbeschreiblichen Seelenfrieden.

Heute würden sie mehr tun, als nur mit den Füßen zu wippen.

Wenn er sich nicht solche Sorgen um die Drohungen Big Eddies machen würde, hätte er sich schon in der berauschenden Atmosphäre und ihrem bevorstehenden Abend verloren.

Doch so wie die Dinge standen, suchte er die feiernde Menge nach einem großen Mann ab, wie Beatrice ihn beschrieben hatte: Ziegenbärtchen, kleiner Bierbauch, dunkle Haare. Er konnte den Ganoven nicht sehen, aber dafür fiel sein Blick auf jemanden, den er fast genauso wenig sehen wollte.

»Diesen Schnurrbart kenne ich doch ...« Beatrice schaute ebenfalls in Oliphants Richtung. Dann riss sie die Augen auf. »Dieser Typ war doch an dem Abend in der Bar, als wir uns kennengelernt haben.«

Huxley würde diesen Abend niemals vergessen, und er hätte es vorgezogen, seinen Erzfeind nicht als Erinnerung daran hier anzutreffen. Er versuchte, sich wieder auf seine Begleitung zu konzentrieren, die mit der Hand über sein feines Hemd fuhr.

Sie befeuchtete sich die Lippen. »Ich glaube, ich habe noch gar nicht erwähnt, wie umwerfend du aussiehst.«

Er hatte sich beim Anziehen heute Abend eine Scheibe von Fox abgeschnitten und sich für ein schwarzes Hemd und schicke Stoffhosen entschieden, die er seit Ewigkeiten nicht mehr getragen hatte. Wenn es dazu führte, dass Beatrice ihn ansah, als wäre er ein Eis in der Waffel, würde er sich freiwillig öfter so anziehen. »Du bist es, die alle Blicke auf sich zieht, Honigbienchen. Deine roten Lippen und das rote Kleid machen es einem Mann nicht leicht, sich zu konzentrieren.«

»Allen Männern?«

»Dieser Mann jedenfalls hat vergessen, ob die Welt rund oder eckig ist.« Doch was er nicht vergessen konnte, war der zuckende Schnurrbart, der ihn und sein Date beobachtete. Er wollte Beatrice nicht allein lassen, nicht einmal für eine Sekunde. Doch es hatte Oliphant sicher nicht zufällig ins *Brimstone* verschlagen.

Als Huxley verkündet hatte, dass er kein Poker mehr spielen würde, wäre Oliphant fast an seiner Zigarre erstickt. Er hatte eine Hasstirade gegen ihn losgelassen, doch Huxley hatte nicht mit der Wimper gezuckt. Beleidigungen und Gezeter waren nichts im Vergleich dazu, Beatrice zu enttäuschen, und auch nur ein weiteres Pokerspiel würde die Frau an seinem Arm mehr als enttäuschen.

Er hob die Stimme, um gegen das Gitarrensolo und die jubelnde Menge anzukommen. »Ich muss mal mit dem Schnurrbart reden. Bin gleich wieder da.«

»Beeil dich.« Sie drückte ihm die Lippen an den Hals, ein sanfter Kuss, der in ihm widerhallte.

Er würde sich definitiv beeilen. Und er würde nicht gerade zimperlich mit Oliphant umgehen, dafür, dass er sein sehnsüchtig erwartetes Date störte. Nachdem er sich noch einmal schnell umgeblickt hatte, um sicherzugehen, dass Big Eddie nicht doch irgendwo lauerte, schob er sich zu Oliphant durch.

»Ich würde ja sagen, schön, dich hier zu sehen, doch es ist nichts Schönes daran.« Huxley drehte sich so, dass er Beatrice sehen konnte. Ihr Oberkörper wiegte sich im Takt der Musik.

Oliphant hakte die Daumen unter seine Hosenträger. »Ist es jetzt ein Verbrechen, ein bisschen Jazzmusik zu genießen?«

Sich zwischen Huxley und sein Date zu stellen war jedenfalls ein Schwerverbrechen. »Hör auf, so zu tun, als würdest du mich nicht stalken.«

»Ich dachte, ich frag mal nach, ob du deine Meinung geändert hast, was die Revanche angeht.«

»Ich weiß nicht, welchen Teil von ›Ich verlasse die Pokerrunde für immer‹ du nicht verstanden hast, aber ich erkläre es dir gern noch mal vereinfacht.« Er überragte den älteren Mann um mindestens einen Kopf. »Nichts, was du tust oder sagst, kann mich zurück an den Tisch bringen. Du hast verloren, es war alles fair. Jetzt gib auf und vergiss es. In diesem Leben wird es nicht mehr passieren. Ich würde es auch begrüßen, wenn du das mit der Anzeige zugeben würdest. Ich war nicht stolz darauf, wie das Theater aussah, und es wird noch vor der Anhörung so gut wie neu sein, aber das war kein feiner Schachzug.«

Ein Mann mit Bart näherte sich Beatrice, und Huxley brach seine Tirade ab. Sie lächelte dem unwillkommenen Gast zu. Sie lächelte jeden an. Der Idiot fasste es als Einladung auf, sich mit den Ellenbogen auf der Bar hinter sich abzustützen. Huxley knirschte mit den Backenzähnen.

Er wollte Oliphant schon stehen lassen, doch das Schwein öffnete den schleimigen Mund. »Sie ist eine süße kleine Lady. Von der vertrauensvollen Sorte. Würde nicht wollen, dass sie den falschen Menschen vertraut.«

Huxley ballte die Hände zu Fäusten. »Wenn du sie ansiehst, sie ansprichst oder auch nur in ihre Richtung atmest, dann gnade dir Gott …«

Der ältere Mann winkte ab. »Kein Grund, gleich ausfallend zu werden. Mir ist nur aufgefallen, wie sie von zwielichtigen Gestalten beäugt wurde.«

Huxley lief ein eisiger Schauer über den Rücken. Es war nicht Oliphants Art, mit Drohungen um sich zu werfen. Er war hinterlistig, ein Feigling, der sich im Schatten hielt und falsche Namen verwendete, um ihn anzuzeigen. Sollte er jemanden gesehen haben, der Beatrice beobachtete, konnte es sich um Big Eddie handeln. Er starrte seinen Erzfeind an. »Hast du zufällig einen großen Mann mit Ziegenbärtchen gesehen?«

Oliphant strich sein Hemd glatt, seine Augen funkelten verschlagen. »Habe ich nicht. Aber da ist ein bärtiger Mann, der es auf dein Date abgesehen hat. Und ich bin froh zu hören, dass die Bauarbeiten am Theater abgeschlossen sind. Ich bin mir sicher, es war teuer und stressig.«

Stressig war eine Untertreibung, wenn man seinen vergangenen Monat beschreiben wollte, aber nächste Woche würde Huxley Trevor die letzte Rate bezahlen. Axels Schlange hatte keine Operation gebraucht. Das Theater sah aus wie aus dem Ei gepellt. Dieses nervige Kapitel in seinem Leben abzuschließen war ein riesiger Schritt für ihn. Doch er verstand nicht ganz, warum Oliphant so zufrieden aussah. Schon fast triumphierend. Wenn es tatsächlich Oliphant gewesen war, der Anzeige erstattet hatte, würde er doch darauf brennen, dass Huxley versagte. Fox' Warnung, dass der Bastard sich rächen würde, wenn er ihm die Revanche verweigerte, kam ihm wieder in den Sinn und ließ ihn innerlich zusammenzucken.

Zeit, das klarzustellen. »Ich habe alles verpfändet, was ich gewonnen habe, um für die Bauarbeiten zu bezahlen. Es ist nichts mehr übrig – nichts, was du in einem nächsten Spiel zurückgewinnen könntest. Ich werde dich in Ruhe lassen, wenn du mich in Ruhe lässt, aber merk dir eins: Wenn du dich mit mir anlegst, oder mit irgendjemandem, der mir nahesteht, wirst du für den Rest deines Lebens nicht mehr in der Lage sein, die Spielkarten zu halten.«

Oliphants Schnurrbart zuckte. »Leere Drohungen machen mir keine Angst.«

Die Drohungen waren alles andere als leer, doch Huxley hatte nicht vor, seine Hand offenzulegen und damit seinen Vorteil zu verspielen. Wenn der Idiot glaubte, es sei clever, in Vitos Club Taschendiebstahl zu betreiben, war das sein Todesurteil. Sollte der italienische Hüne Wind davon bekommen, dass Oliphant seine Gäste beklaute, würden sie Oliphants Leiche anhand des Zahnstatus identifizieren müssen, und Huxley würde fast alles tun, um seine geliebten Menschen zu beschützen. Inklusive Vito über Oliphants Aktivitäten in Kenntnis zu setzen.

»Es war grandios, dich zu sehen, wie immer.« Huxley wandte sich zum Gehen und gab sich keine Mühe, seine Verachtung zu verhehlen.

»Genau wie dein Vater«, sagte Oliphant, der immer das letzte Wort haben musste. »Du denkst immer, du bist besser als alle anderen. Nicht einen Funken Klasse hast du in dir.«

Huxley fuhr herum. »Du solltest besser lernen, wann es Zeit ist, die Klappe zu halten. Und dieser dumme Dinosaurierschädel, den du so unbedingt zurückhaben willst, seit mein Vater ihn gewonnen hat – den habe ich auch verpfändet.«

Oliphants Knopfaugen verengten sich zu Schlitzen. Er konnte so lange finster schauen, wie er wollte, Huxleys Hand hatte sich nicht geändert, genauso wenig wie die Tatsache, dass ihr Gespräch schon vor fünf Minuten hätte beendet sein sollen.

Er wandte sich ab, um zu Beatrice zurückzugehen, als ihm das Herz stehen blieb.

Sie war weg. Ihre Drinks standen noch auf der Bar, doch sie war nicht mehr da. Genau wie der Mann mit Bart, ein Mann, der genauso gut für Big Eddie arbeiten konnte.

Der Raum begann sich zu drehen, die romantischen Lichter waren auf einmal zu dunkel, und er verspürte einen Anflug von Klaustrophobie. Ein bedrohliches Gefühl machte sich in seiner Brust breit. Er schmeckte Galle. Huxley schob sich auf die Stelle zu, wo sie gestanden hatte, bereit, den Laden auseinanderzunehmen, um sie zu finden. Doch da tauchte sie plötzlich wieder auf, etwas in ihrer Handfläche betrachtend. Sie wirkte völlig arglos, ganz und gar nicht so, wie er sie sich vorgestellt hatte – mit Drogen vollgepumpt in den Fängen irgendwelcher Ganoven.

Sobald er sie erreicht hatte, schlang er die Arme um sie.

Sie erwiderte die Umarmung. »Ich habe dich auch vermisst.«

Verdammt. Er brachte seinen Puls nicht unter Kontrolle und konnte sie nicht loslassen. Aber er wollte ihr auch keine Angst machen. Sie hatte sich bereits beschwert, dass seine übertriebene Wachsamkeit sie verrückt machte. »Fünf Minuten von dir getrennt zu sein ist definitiv zu lang.«

»Ich habe einen Glückspfennig gefunden«, strahlte sie, so süß, dass seine Anspannung verflog. »Und ich habe deine Extrakirsche gegessen.«

Er atmete tief durch. »Das ist der Grund, warum ich sie bestellt habe. Und ich hoffe, du hast dir etwas gewünscht.«

»Habe ich.« Sie lehnten sich an die Bar, ihre Schulter an seiner Seite. Sie nippte an ihrem Martini und wiegte die Hüfte. »Ein Mann hat mich zum Tanzen aufgefordert.«

»Fandest du ihn attraktiv?«

»Hässlich wie ein Sternmull.«

Ihre unglaubliche Kenntnis seltsamer Tiere entspannte ihn weiter, und er zwang sich, den Raum nicht mehr nach Big Eddie abzusuchen. Sie war in Sicherheit. Wenn er dabei war, würde ihr nichts passieren. Er durfte den Abend nicht ruinieren, indem er jetzt überreagierte. »Von da, wo ich gestanden habe, sah er gar nicht mal so schlecht aus«, erwiderte er, den Blick fest auf die schönste Frau im ganzen Club gerichtet. »Ein bisschen zu viel Hipster vielleicht, aber kein Sternmull.«

Sie hob eine Hand und fuhr seine verbrannte Augenbraue nach, dann die Narbe an seiner Wange. »Er war langweilig. Fade wie jeder andere Mann hier auch. Außer dir.«

»Ich habe Narben am Körper.« Die Wahrheit platzte aus

ihm heraus, bevor er den Gedanken überhaupt hatte fassen können. Er konnte nicht verstehen, wie eine Frau, die so faszinierend war wie Beatrice Baker, sein entstelltes Äußeres attraktiv finden konnte. Außerdem wollte er nicht, dass sie überrascht war, wenn sie nach Hause kamen.

Ihre Augen wanderten zu seiner Brust. »Della hat es erwähnt.«

»Macht es dir nichts aus?«

»Ich habe ein Muttermal über dem Bauchnabel. Es hat die Form eines verwelkten Gänseblümchens. Macht dir das etwas aus?«

Hitze machte sich in ihm breit. »Ich kann es kaum erwarten, dieses welke Muttermal kennenzulernen.«

Sie reckte das Kinn in die Höhe, die Augen so voller Emotionen, dass er sich sicher war, alle anderen Menschen im Club wären durch eine besonders gute Illusion verschwunden. »Ich kann es kaum erwarten, deine Narben kennenzulernen.«

Wo habe ich diese Frau nur gefunden? Aber er kannte die Wahrheit. Er hatte sie nicht gefunden. Sie hatte sich ihren Weg in sein Leben gekratzt – und in sein Herz. Wegen ihr hatte er wieder mehr Zeit mit seinen Brüdern verbracht und sich nicht mehr nur wegen des Theaters verrückt gemacht. Die Fabelhaften Marlow Boys traten wieder vor vollen Rängen auf. Er würde zwar gern einen Weg finden, auch wieder Kinder zu unterhalten, nicht nur aufgedrehte Frauen, aber er hatte endlich eine Balance gefunden. Beatrice war die magische Zutat.

Sie bewegte die Hüfte, ganz leicht nur, im Takt der Gitarre. Sie bestellten noch eine Runde. Seine Sorge löste sich allmählich in Luft auf. Sie redeten. Sie tanzte ihn an, ihr Körper an seinen Rhythmus angepasst, bis er sie zur Tanzfläche führte – jeder Schritt von der sinnlichen Stimmung des *Brimstone* angeheizt, und seinem Bedürfnis, die Hände endlich an diese Frau legen zu dürfen.

* * *

Bea war völlig verzaubert. Die Tanzfläche bebte vor sich bewegenden Körpern, umschlossen vom berauschenden Rhythmus des Clubs, als wären sie Teil eines einzigen Organs, das pumpte und klopfte und sich wand. Diese Musik war die pure Sinnlichkeit. Die Luft triefte nur so davor, die rauchigen Klänge wie ein hochwirksames Aphrodisiakum. Bea war schon ganz high von der sexy Atmosphäre. Und erst recht von Huxley Marlow, einem sehr fabelhaften Marlow Boy.

Sein muskulöser Oberschenkel schob sich beim Tanzen zwischen ihre Beine, seine große Hand lag heiß an ihrem unteren Rücken. Die andere Hand befühlte ihre Rippen und streifte dabei ihre Brüste. Seine Hüfte war immer im Takt, während er ihren Körper führte, als wäre sie eine Gitarre und er der Gitarrenmeister. Sie krallte die Finger in seine Haare. Er liebkoste spielerisch ihren Hals, ihr Ohr. Sie wand sich an ihm, verwegen und schmutzig. Von wegen Femme fatale. Sie war eine verführerische Sirene, die vorhatte, ihren Geliebten zu hypnotisieren.

Huxleys Körper reagierte, sein Oberschenkel drückte sich fester an ihren. Druck baute sich in ihrer Körpermitte auf. Sie spürte seine Erregung hart und heiß an ihrer Hüfte. Das Gefühl, zu wissen, dass er so erregt und hart war wegen ihr, war unbeschreiblich. Ihre High Heels positionierten sie genau richtig, sodass sie sein Schlüsselbein mit feuchten Küssen überziehen konnte. Sie tauchte die Zunge in die Kuhle an seinem Halsansatz und schmeckte das Salz seines Schweißes. Ein wohliges Brummen vibrierte an ihren Lippen.

Das Tempo veränderte sich. Es wurde provokativer, schneller, noch berauschender. Sie schloss die Augen und war sich sicher, in den Noten der Musik zu verschwinden, sich zwischen dem stählernen Ziehen der Gitarre und dem steten Puls des Basses zu verlieren. Sie legte den Kopf in den Nacken und lehnte sich nach hinten, über Huxleys Unterarm gewölbt. Er folgte ihrer Bewegung, als wären sie miteinander verbunden, sein Herz an ihres gekettet. Er küsste ihr Kinn, dann ihren Hals. Ihr Dekolleté, das sich aus ihrem Kleid drückte.

Dann küsste er sie auf den Mund.

Es war kein zaghaftes Vortasten, das erst langsam anschwoll. Das sinnliche Tanzen hatte dafür gesorgt, dass es ein Kuss war wie eine Raketenzündung, glühend heiß von der ersten Sekunde an.

Ihre Zungen hatten wochenlanges Warten aufzuholen, rollten sich umeinander, während ihre Hände sich fanden und ihre Körper sich aneinander rieben. Selbst zum Luftholen ließen ihre Lippen nicht voneinander ab. Sie teilten den Sauerstoff des anderen, ihr Atem süß vom Alkohol und aufgeladen von Verlangen. Seine Zunge schoss in ihren Mund, ein schnelles Schnalzen, das ihre Oberlippe streifte. Sie nagte an seiner Unterlippe. Sie drückten die Stirn aneinander und küssten sich immer wieder, während sie tanzten.

Bea hatte Folk Dance gemacht und Bauchtanz und Breakdance, aber sie war noch nie so sehr eins geworden mit der Musik und hatte sich in einem Wogen aus Lippen und Körperteilen verloren.

Ein Song ging in den nächsten über, und der in den wieder nächsten. Sie war feucht zwischen den Oberschenkeln. Hux-

ley war wie eine Stahlstange an ihrer Hüfte. Als sie das Vorspiel nicht mehr länger ertrug, krallte sie sich in sein Hemd
und raunte ihm zu: »Wenn du mich nicht sofort mit nach
Hause nimmst, werde ich noch für Exhibitionismus festgenommen, und dann wird dieses Verbrecherfoto, das ich die
vergangenen achtundzwanzig Jahre erfolgreich vermieden
habe, doch noch Realität.«

Kapitel 23

BEA SCHWEBTE ÜBER dem Boden, bildlich und wörtlich. Huxley hatte sie an seine Brust gedrückt und küsste sie stürmisch, während er mit dem Fuß die Wohnungstür hinter sich zukickte.

»Du bist aber ganz schön multitaskingfähig«, murmelte sie an seiner vernarbten Wange. Sie fuhr mit der Zunge über die Ränder seines verletzten Ohrs. Er stöhnte auf.

Sie hatte vorhin herausgehört, dass er sehr verletzlich war, wenn es um seinen vernarbten Körper ging. Seine Unsicherheit machte sie traurig. Sie wünschte, er könnte sich durch ihre Augen sehen, wie sie gerade die Dinge, die nicht perfekt waren, an ihm so schätzte. Dieser Mann war wunderschön, von innen wie von außen, doch es ihm zu sagen war nicht genug. Sie würde es ihm zeigen müssen.

Er hatte aber offenbar andere Pläne.

»Heute Nacht gehörst du mir«, sagte er, als er sie in sein Zimmer trug und auf sein Bett legte. »Ich habe vor, dich besinnungslos zu küssen, meine Zunge und meine Finger so einzusetzen, dass deine Orgasmen die Wände erschüttern. Aber das ist noch nicht alles.« Er kniete sich vor sie und hob ihr linkes Bein, seine zweifarbigen Augen wild vor Lust. Er öffnete die kleine Schnalle ihrer Riemchen-High-Heels und küsste ihr Fuß und Knöchel, während er ihr den roten Schuh auszog.

»Was hast du noch vor?« Ihre atemlose Stimme klang schon fast verzweifelt.

»Oh, Beatrice. Was habe ich nicht vor?«

Sein gebrummtes Versprechen ließ sie quietschen. Ihre Brüste fühlten sich voller an, das Ziehen zwischen ihren Beinen wurde heftiger. Sie wand sich auf seiner dunkelblauen Bettdecke. »Ich will Details.«

Sie wollte die ganze Nacht seiner dunklen Stimme zuhören.

Ohne auf ihre Bitte einzugehen, ließ er auch ihrem anderen Fuß die andachtsvolle Behandlung zukommen, die er damit beendete, ihre Waden zu streicheln und ihr Kleid anzuheben, bis seine Finger die Ränder ihrer schwarzen Spitzenstrümpfe umfassten, die sie in dem Vampirladen gekauft hatte. »Ich liebe diese Strümpfe an dir. Du hast mich an dem Tag in dem Laden schon damit gequält. Und ich stelle mir seit Wochen vor, wie es ist, sie dir von den Beinen zu rollen.«

»Was sonst noch?« Sie wollte es wissen. Sie wollte jeden seiner Gedanken lesen und erfahren, welch verdorbene Fantasien ihn nachts hatten wach liegen lassen.

Er lächelte nachgiebig. »Ich habe vor, jeden Zentimeter deiner Beine zu küssen, während ich deine Oberschenkel öffne und fühle, wie feucht du bist. Würde dir das gefallen, Beatrice?«

»Ist der Himmel blau?«

Er schmunzelte. »Aber das wird nicht reichen, oder?«

Sie schüttelte den Kopf, Worte waren jetzt keine Option mehr. Aber bei Gott, sie liebte es, ihren Namen aus seinem Mund rollen zu hören wie von einer samtenen Rutschbahn.

Ihm zuzusehen war auch nicht schlecht. Das Licht, das aus dem Wohnzimmer durch die Tür fiel, reichte gerade aus, um seine gebogene Nase und die eleganten Kanten seines Kinns zu beleuchten. Seine Verbrennungen. Seine Narben. Es gab nichts, was nicht attraktiv war an Huxley Marlow.

Mit geschickten Fingern und gierigem Blick rollte er einen ihrer Strümpfe runter. »Ich habe vor, mein Gesicht zwischen deinen Beinen zu vergraben, mich an deinem Geschmack zu betrinken.« Alles in ihr zog sich zusammen, aber er war noch nicht fertig. »Ich werde mich an deinen vollen Brüsten satt essen und herausfinden, was genau dich anturnt. Dann, und wirklich erst dann, werde ich meinen vor Ungeduld schmerzenden Schwanz in dir vergraben. Und mach keinen Fehler, Beatrice, er schmerzt wirklich.«

Lieber Gott, ich bin's, Beatrice. Danke für die Erfindung des Dirty Talks.

»Bist du sicher, dass du nur Schundromane *gelesen* hast? Oder schreibst du auch unter einem Künstlernamen selbst welche?«

Grinsend rollte er auch den anderen Strumpf runter. »Das wirst du wohl nie erfahren.«

Er überschüttete ihre Beine mit Aufmerksamkeit, fuhr mit der Nasenspitze über ihre Waden, zeichnete sie mit seinen Zähnen. Er näherte sich ihrem Rocksaum und zog sich wieder zurück. Er neckte sie. Lockte sie. Trieb sie in den Wahnsinn. Doch damit war sie nicht allein. Wenn Huxleys überschwängliches Stöhnen irgendein Anhaltspunkt war, dann hatte sich die Anschaffung des teuren Rasierers mit den fünf Klingen, um ihre Beine samtig glatt zu machen, tatsächlich gelohnt.

Als er sie so weit hatte, dass sie sich vor ihm drehte und wand, stand er auf und streckte ihr die Hand hin, um ihr aufzuhelfen. »So umwerfend dieses Kleid auch ist, es muss jetzt weg.«

Sie war vor lauter Begierde ganz schwach auf den Beinen, sodass sie beim Versuch aufzustehen, in seine Arme taumelte. »Du hast mich tollpatschig gemacht.«

Sein Blick war voller Ernst. »Ich werde immer da sein, um dich aufzufangen.«

Ihr Herz hämmerte gegen ihren Brustkorb.

Eine wilde Knutscherei später waren ihre Lippen wund, und er riss sich von ihr los. Seine Wangen waren gerötet. Er drehte sie um und strich ihr die Haare über die Schulter.

»Umwerfend«, murmelte er, während er den kleinen Knopf in ihrem Nacken öffnete. Die obere Hälfte ihres Neckholderkleids fiel herunter, sodass ihr trägerloser BH zum Vorschein kam. Kühle Luft streifte ihre nackte Haut, sein warmer Atem kitzelte in ihrem Hals. Seine Arme umfassten sie von hinten, und er nahm ihre von Spitze umgebenen Brüste in die Hände. »Du solltest immer rot tragen.«

Sie ließ den Kopf an seine Brust sinken und bog sich durch. »Ich male meinen Körper auch rot an, wenn du mich weiter so berührst.«

»Wir malen uns gegenseitig an. Aber nicht heute Nacht.« Er massierte ihre Brüste mit einer solchen Hingabe, dass sie stöhnte. »Heute sehe ich nur dich. Kein gezwungenes Lächeln. Keine vorgetäuschte Tapferkeit. Keine Farbe, hinter der du dich verstecken kannst. Nur dich.«

Ihr eben noch weicher Körper versteifte sich. Hatte er ihre Zurückhaltung in den vergangenen Wochen gespürt? Wie sie zwischen Nervosität und Begierde geschwankt hatte? Sie fand nicht, dass ihr Optimismus eine schlechte Art war, durchs Leben zu gehen. Er brachte sie dazu, weiterzumachen, und hielt sie davon ab, sich zu lange mit Dingen aufzuhalten, die sie ohnehin nicht ändern konnte. Er hatte ihr geholfen, sich keine Sorgen mehr zu machen, dass Huxley wieder mit dem Spielen anfangen und damit ihre fragile Basis zum Einsturz bringen konnte. Und doch bat Huxley sie jetzt, tiefer zu schauen, verletzlich zu sein. Den Hauch von Zurückhaltung anzuerkennen, der immer noch in ihr haftete: Sobald sie miteinander schliefen, würde er einen Teil ihres Herzens besitzen.

Er ließ sie los und griff nach dem Reißverschluss an ihrem Rücken. Ein Schauer lief ihr über den Rücken, als er ihn nach unten zog. Als das Kleid ein Häufchen zu ihren Füßen bildete, flüsterte er: »Dreh dich um.«

Sie bewegte sich nicht. Ihr Puls raste in ihrem Hals.

»Beatrice.« Die Zärtlichkeit in seiner Stimme wusch über sie hinweg wie eine sanfte Welle. »Dreh dich um, Honigbienchen.«

Honigbienchen. Beatrice. Wie er sie nannte, tat nichts zur Sache. Das Flehen in seiner Stimme war es, was zählte. Seine Geduld in den vergangenen Monaten. Er zählte.

Sie drehte sich um, genoss diesen Moment, ihre Zukunft, was auch immer sie bringen mochte.

Ihm fiel die Kinnlade herunter. »Sieh dich nur an.«

Sein Blick war verschleiert, als er ihn über ihr rotes Spitzenunterhöschen und den trägerlosen BH schweifen ließ. Über jeden Zentimeter ihres Körpers. Er wirkte fast wie berauscht. Ein Ausdruck, den man bei Huxley selten sah. Er war der Planer, der Denker. Der Chefbruder, der allen Widrigkeiten die Stirn bot, die das Leben ihm in den Weg warf.

»Musst du dich hinlegen?«, fragte sie.

Er schüttelte den Kopf. »Ich brauche nur kurz einen Moment.«

»Du kannst mich ruhig berühren.«

Stattdessen berührte er sich selbst. »Verdammt *schmerzhaft*«, presste er hervor.

Er trug immer noch seine Hose, doch er griff durch den gespannten Stoff an seine Erektion und bewegte die Hand ein paarmal auf und ab. Bei dem Anblick fühlte sie sich plötzlich auch wie in einem Rausch. Erregt bis kurz vor dem Delirium. Sie war es, die ihn so weit brachte. Sie reduzierte ihn auf diesen lustvollen Schmerz. Er ließ wieder los und atmete hörbar aus. Dann kam er auf sie zu.

Ihr Körper reagierte mit pochender Begierde, doch sie streckte ihm die Handfläche entgegen. »Zuerst will ich dich sehen.«

Er leckte sich über die Lippen, die Augenlider schwer. »Willst du nicht, dass ich das verwelkte Gänseblümchen küsse?«

Die Leidenschaft in seinem stürmischen Blick hatte sich nicht verändert, doch ein Hauch von Zweifel hatte seine Antwort verzögert. Ihr Muttermal. Seine Narben. Er hatte Angst, sie würde diesen Kuss nicht mehr wollen, sobald sie ihn gesehen hatte. Was unmöglich war.

»Zieh dein Hemd aus.« Sie war plötzlich wieder ganz Diva, stellte Forderungen nur für ihr eigenes Vergnügen.

Er blinzelte und ballte die Hände kurz zu Fäusten. Ohne den Blickkontakt abreißen zu lassen, kickte er seine schwarzen Oxfordschuhe weg und zog seine Socken aus, wobei sein Vorgehen sehr methodisch wirkte. Sie genoss die Show und seinen aktuellen Bekleidungsstatus. Männer, die barfuß waren, hatten irgendetwas, vielleicht die Lockerheit – schicke schwarze Hose und elegantes Hemd oben, unaufgeregte Entspanntheit unten.

Als Nächstes zog er sein Hemd aus der Hose und steckte den obersten Knopf durch das Knopfloch. Dann den nächsten und den übernächsten. Als er unten angekommen war, klaffte das Hemd offen und gab einen Streifen Haut und Brusthaare preis. Es reichte nicht aus. »Alles.«

»Ganz schön streng.«

»Das liegt an meiner Umkleide im Theater. Du hast mich in eine Diva verwandelt.«

»Ich wollte mir dir schon länger mal über dein temperamentvolles Wesen sprechen.« Grinsend ließ er das Hemd zu Boden gleiten, und ihre Knie wurden zu Wachs. Nicht wegen der zusammengezogenen Haut, die einen footballgroßen Bereich auf der linken Seite seines Brustkorbs und den größten Teil seines Bauchs bedeckte. Nicht wegen der wütenden Narbe, die von seinem rechten Brustmuskel zu seiner Taille verlief. Er zeigte ihr seine Kriegswunden, den Schmerz, den er ertragen hatte, die Farben, die den Mann geformt hatten, zu dem er geworden war.

Das war sein Selbstporträt, und sie wollte vor seiner Schönheit niederknien. *Geehrt* schaffte es nicht zu beschreiben, wie seine Verletzlichkeit sie auf die beste Art schwach werden ließ.

Sie ging auf ihn zu und berührte die runzlige Haut über seinen Rippen. »Eine Verbrennung?«

»Ja.« Die Antwort kam wie ein geflüstertes Geheimnis.

Sie fuhr die lange Narbe nach, die über seine Mitte lief. »Und die hier?«

»Eine Stichwunde.« Das dämmrige Licht betonte seine Muskeln, als sich seine Bauchmuskeln unter ihren erkundenden Fingern zusammenzogen. »Darf ich dich jetzt berühren?«, fragte er.

»Ich bin noch nicht fertig.«

Seine Finger zuckten. »Ich kann nicht mehr länger warten.«

Er packte sie an der Hüfte und zog sie an sich. »Außer, du willst, dass der Rest meiner Haut ebenfalls verbrennt, schlage ich vor, du lässt mich jetzt sofort deinen grandiosen Arsch anfassen.« Er umfasste ihren Po mit den ganzen Händen, sein Kopf fiel nach vorne, als er sich an ihr rieb. »Umwerfend«, wiederholte er murmelnd.

Bei seiner Reaktion auf ihre Kurven war sie froh, dass sie nicht mit Emma Stone oder irgendjemand anderem den Körper getauscht hatte. Und sie verlor die Beherrschung. Sein Selbstporträt zu betrachten konnte warten. Sie fühlte sich entflammbar. Sie brauchte seine Haut an ihrer, seine Hände, die ihr Fleisch kneteten, als hätte er noch nie zuvor eine Frau berührt. Sie hatten Wochen voller aufgestautem Verlangen wiedergutzumachen.

Sie küssten sich und stöhnten, mit gierigen Händen und knabbernden Zähnen.

»Hose«, hauchte sie, als sie die Fingernägel in seine Schultern grub.

Weil sie nicht aufhören wollte, seinen Hals und seine Brust zu küssen, sorgte das Ausziehen seiner Hose für ein paar Lacher und einbeiniges Gehüpfe. Dann presste er sich wieder an sie, seine Boxershorts konnten sein magisches *Schwert* kaum noch zurückhalten. Es war so groß wie das, das sie mit dem Finger an ihre Tür gemalt hatte. Sie versuchte, ihn zu erklimmen.

Leise lachend führte er sie zu seinem Bett. »Die Biene ist also auch ein Äffchen.«

»Glaubst du wirklich, das ist eine gute Zeit für einen Bienenwitz?«

»Es ist immer eine gute Zeit für einen Bienenwitz.« Er nahm sie an der Hüfte und legte sie auf die Matratze. Doch sie hatte andere Pläne. Sie musste ihn spüren. Ihn berühren.

Sie schob sich auf die Knie und tauchte die Hand in seine Unterhose. Sie seufzte, als er stöhnte.

Er schwankte. »Hör auf.«

»Nein.« Er fühlte sich genau so samtig-hart an, wie sie es sich vorgestellt hatte, und es raubte ihr den Verstand.

Er knurrte und zog sich zurück, schüttelte dann die Boxershorts ab, was ihr endlich den Anblick bescherte, den sie sich immer wieder ausgemalt hatte. Gelockte blonde Haare überzogen die unverbrannten Stellen seiner Brust – das gleiche Haar, das auf das Schwert zulief, das ihr Prinz so stolz vor sich trug. Es zuckte in voller Pracht. Feuchte Hitze sammelte sich zwischen ihren Oberschenkeln, und sie konnte einfach nicht wegschauen. Huxley war kein massiger Mann. Er war natürlich schlank mit breiten Schultern und schlanker Taille. Er stand mit unerschrockenem Selbstbewusstsein vor ihr, die kräftigen Oberschenkel angespannt, jegliches Zögern, ihr seinen Körper zu zeigen, war verschwunden. Das allein verwandelte sie in Wachs.

Er gesellte sich zu ihr aufs Bett, seine entschlossenen Bewegungen brachten sie dazu, sich nach hinten abzulegen. Er kniete zwischen ihren Beinen und verbrachte die versprochene Zeit damit, ihr hässliches Muttermal zu liebkosen, ehe er ihr den BH auszog und die Unterhose nach unten schob. Jeder Zentimeter ihrer blassen Haut war entblößt. Er thronte über ihr, sein stolzer Schwanz zuckte. Er malte Kreise um ihre Brustwarzen und fuhr dann mit der Hand weiter nach unten.

»Rot ist wirklich meine Lieblingsfarbe.«

Sie war sich nicht sicher, ob er sich damit auf ihre soeben entfernte Unterwäsche bezog oder auf die roten Löckchen, mit denen er gerade spielte. Es war ihr egal. »Berühre mich.«

»Ich berühre dich doch.«

»*Bitte.*« Sie war sich nicht zu schade zu betteln.

Ihre Knie fielen seitlich auseinander, und er schnappte nach Luft. »Du bist so feucht.« Er streichelte sie mit ehrfürchtigen Strichen, die sie wahnsinnig machten. Auf den Knien umfasste er mit der anderen Hand seinen Schaft, während er sie bearbeitete, als müsste er seine Begierde zurückhalten. Als er den Daumen genau dorthin drückte, wo sie es am meisten brauchte, zuckte ihre Hüfte unkontrollierbar. »Hör auf, mich zu necken.«

»Ich kann nicht.«

»Huxley …«

»*Beatrice* …«

Ihre Hüfte zuckte wieder, alles in ihr war fest zusammengezogen. Sie hatte noch nie so auf jemanden reagiert im Bett. Sie hatte noch nie das Gefühl gehabt, eine Familie zu haben, bis dieser Prinz von einem Mann sie in seine aufgenommen hatte. Sie hatte noch nie jemandem so sehr gefallen und der Grund sein wollen, dass er vor Lust aufschrie. Aber es war sie selbst, die aufschrie. Er schob zwei Finger in sie hinein, sein Daumen arbeitete auf Hochtouren, alles Necken war verschwunden. Wie auf der Tanzfläche dirigierte er ihren Körper, kontrollierte ihre Bewegungen. Doch dabei wahrte er auch Distanz. Er beobachtete sie, als eine Drehung seiner Finger sie nach Luft schnappen ließ.

Seine Augen weiteten sich vor Begehren. »Mein lautes Honigbienchen.«

Sein tiefes Raunen gab ihr den Rest, und in ihrem Bauch rollte sich alles zu einem fiebrigen Knoten zusammen, dessen Ränder kribbelten. Sie biss sich auf die Lippen. Seine magischen Finger bearbeiteten sie, bis sie sich unter ihm auflöste. Seine gebannte Aufmerksamkeit verstärkte ihre Lust noch zusätzlich.

Würde sie ihr Selbstporträt jetzt malen, wäre sie ein farbenfroher Regenbogen.

Ein Beben durchlief ihren Körper. »Das hast du nicht zum ersten Mal gemacht.«

»Doch.« Er zog seine Finger heraus und streichelte ihr geschwollenes Fleisch. »So noch nie.«

Ihr wurde warm ums Herz. Sie verstand, was er damit meinte. Sie waren beide keine Jungfrau mehr. Nichts, was sie heute Nacht tun würden, taten sie zum ersten Mal, doch es war trotzdem neu. Es würde weltbewegend sein, weil sie beide es waren.

Sie griff nach ihm, weil sie mehr brauchte. »Ich muss dich unbedingt in mir spüren.«

Kapitel 24

HUXLEY HÄTTE NICHT gedacht, dass er Beatrice noch mehr wollen konnte, doch das Begehren in ihrer Stimme blendete ihn geradezu. Was inakzeptabel war. Er wollte jedes Erschaudern ihres Körpers mitbekommen, jedes Durchdrücken ihres Rückens. Er leckte sich die Finger ab, ein kleiner Vorgeschmack, bei dem es fürs Erste bleiben musste. So gern er sich auch an Beatrice Baker satt essen wollte, seine Willenskraft ließ allmählich nach.

Er schnappte sich ein Kondom vom Nachttisch und legte es neben sie. »Wenn du es unbedingt willst, sage ich bestimmt nicht Nein. Aber ich muss erst noch etwas erledigen.«

Etwas, das mit der Huldigung ihres spektakulären Busens zu tun hatte. Alles an Beatrice war weich und üppig – ihr grandioser Hintern, die vollen Brüste, die er jetzt umfasste. Er hatte große Hände, und trotzdem passten sie nicht in seine Hand, die blassrosa Brustwarzen reckten sich ihm eifrig entgegen. Er rollte mit der Zunge darüber. Er saugte und küsste und drückte, bis sein Blick verschwamm.

Ihre hektischen Hände zogen an seinen Haaren. »Jetzt«, bettelte sie.

Ein Wunsch, den er ihr nicht verwehren konnte. Das Kondom in der Hand, platzierte er sich zwischen ihren Beinen und riss das Päckchen mit den Zähnen auf. »Du gehörst mir, Beatrice. Nur mir.«

Sie kratzte mit den Nägeln über seine Oberschenkel. »Mein magischer Mann.«

Seine Kehle brannte bei ihren Worten. »Ganz dein.«

Sie hatte ihn besessen seit dem Tag, an dem er sich in ihr Auto gesetzt und ihren Wassermelonenduft eingeatmet hatte, während er ihre exzentrischen Bilder bestaunt hatte. Er würde ihr gehören, solange sie es wollte.

Er rollte das Kondom ab und positionierte sich vor ihr. Dann hielt er eine Sekunde inne und sah sie an. Ihre roten Haare waren wild, ihre weiche Haut ein Traum auf seinen dunklen Laken. Sie sah seine verbrannte Haut gar nicht, oder die vernarbte Stichwunde, die seinen Oberkörper zerteilte. Ihre Sturmaugen waren auf die Stelle gerichtet, wo sie sich gleich verbinden würden. Sie begehrte ihn, trotz seines entstellten Körpers.

»Dein«, wiederholte er. Ein Beschluss. Ein Gesetz, das er gern erlassen würde.

Dann stieß er in sie hinein.

Ihr heißer Druck umfing ihn, Zentimeter um glorreichen Zentimeter. Sie stöhnten beide, mächtige Seufzer, die sie wochenlang zurückgehalten hatten. Seufzer der Lust. Seufzer der Richtigkeit.

Seufzer verdammter *Perfektion*.

Ihr Gesicht war erst angespannt, dann wieder weicher. Er streichelte ihre Wange. »Alles okay?«

Sie nickte. »Tiefer.«

Die Verführerin hatte seine Gedanken gelesen. Er hob die Hüfte und schob sich bis zum Anschlag in sie hinein. Sie schrie leise auf. Sein raues Knurren kratzte in seiner Kehle. Ihre Hüften lagen aneinander, aber es war nicht genug Kontakt. Nichts würde jemals genug sein. Er ließ sich auf die Ellenbogen nieder und stemmte sich über diese faszinierende Frau. Er rollte mit dem Becken.

»Gott, Huxley.« Sie wiegte sich im Einklang mit seinen trägen Stößen.

»Du fühlst dich so gut an. So perfekt.«

Mit jeder Bewegung wurde es besser, heißer, feuchter. Immer wieder zog er sich aus ihr heraus und stieß wieder hinein – in stetem Rhythmus, allerdings war an seinem rasenden Puls oder der Hitze in seiner Mitte nichts Stetes.

Der Himmel war nichts im Vergleich zu Beatrice Baker.

Sie umfasste seinen Hinterkopf und eroberte seinen Mund in einem glühenden Kuss. »Schneller.«

»Nein.«

»Doch.«

»Nicht, wenn du willst, dass das noch eine Weile geht.« Schweiß sammelte sich an seinem Rücken, während jeder rollende Stoß seine Lust vergrößerte. Er war bis zum Zerreißen gespannt, kurz vor dem Platzen, doch er wollte unbedingt, dass es für sie ein Erdbeben wurde.

Sie wand sich an ihm, drängte ihn vorwärts. »Die nächste Runde können wir langsam angehen.«

Er war so versessen darauf gewesen, jede Sekunde mit ihr zu genießen, dass er ganz vergessen hatte, dass das nur der Anfang war. Sie würden noch endlos viele Tage haben, um sich gegenseitig zu erkunden und ihr furchtbares Frühstück zusammen zu essen und alte Krimiserien im Fernsehen anzuschauen. Abends würden sie auf der Bühne stehen, dann nach Hause kommen, und im Bett würde die Magie weitergehen.

Sie zog sich um ihn zusammen, ein inneres Drücken, das seine Zurückhaltung endgültig sprengte. Langsam war vorbei. Er ging wieder auf die Knie und neigte ihre Hüfte, um ihr alles zu geben, was er hatte. All seine Angst der vergangenen Jahre. All seine Sorge, dass ihr etwas zustoßen konnte. All seine Dankbarkeit, dass sie in seinem Leben aufgetaucht war. Nichts hatte sich jemals so *richtig* angefühlt.

»Gott, Huxley. Ja. Genau so. *Ja!*« Sie kam mit einem Schrei, gefolgt von unzusammenhängenden Lauten, die sein Ego auf Wolke sieben katapultierten.

Sein Körper verkrampfte sich, mehr Lust, als er je empfunden hatte, rollte seine Oberschenkel hinauf, in einem atemberaubenden Rausch, dessen Stärke ihm den Rest gab. Seine Erlösung kam in stockenden Wellen. Seine Arme bebten. Sein Körper zuckte unkontrollierbar und wäre beinahe auf ihr zusammengebrochen.

Sanfte Küsse auf seinem Gesicht ließen ihn in die Realität zurückkehren, genau wie das zärtliche Streicheln seines Rückens. »Das war aber ganz schön *wow*.«

Er küsste sie auf den Hals. »Du hast meine Gedanken gelesen.«

»Sei mein Valentinsschatz«, flüsterte sie.

Er lachte leise und musste sich bemühen, noch nicht aus ihr herauszurutschen. »Valentinstag ist doch erst in neun Monaten.«

Sie umarmte ihn fester. »Ich weiß.«

Ah.

Beatrice wollte ihm gehören, nicht nur heute Nacht oder die nächsten Monate. Sie würde sich nicht einfach aus dem Staub machen, weil eine Laune sie überkam, wie er es befürchtet hatte. Sie war sein Zick-Zack-Mädchen. Seine Wassermelonenfrau. Sie sah nach vorn, sah ihn in ihrer Zukunft, und er wäre ein Idiot, das kaputt zu machen.

Er spürte, wie er wieder hart wurde, seine Lust schwoll mit seinem Herzen. »Ich bin sehr gern dein Valentin.«

In Runde zwei vergrub er sein Gesicht zwischen ihren Beinen, bis sie ihn anflehte aufzuhören. Runde drei war so langsam und quälend, dass sie beide schweißgebadet waren danach und die Raumtemperatur auf glühend heiß schoss.

Jetzt lagen sie zusammen da – die Beine ineinander verwoben, die Finger verschränkt, während der Morgen näher rückte. Sein Zimmer roch nach Beatrice und nach Sex.

Jedes Mal, wenn sie blinzelte, kitzelten ihre Wimpern seine Brust. »Was ist passiert?«, fragte sie leise. »An dem Abend, als dein Vater gestorben ist?«

Wenn sie die Frage vor diesem Abend gestellt hätte, hätte er die Wahrheit mit Sicherheit vereinfacht wiedergegeben. Details ausgelassen und sie mit einer Kurzfassung abgespeist. Doch sie war jetzt sein Valentin. Wenn er von ihr verlangte, dass sie ihre Schutzmauer einriss für ihn und sich nicht mehr länger hinter ihrem Lächeln versteckte, musste er ihr das Gleiche bieten.

Das Licht der Straßenlaterne fiel durch das Fenster und beleuchtete seinen Zylinder auf dem Schrank und das Max-Marlow-Poster an der Wand. Sein Umhang lag achtlos weggeworfen auf dem Boden, weil er sich am Abend so eilig umgezogen hatte. Alles Erinnerungen an seinen Vater. »Ich war der Einzige der Marlows, der zu seiner letzten Show gegangen ist. Fox und Axel hatten die immer gleichen Nummern satt. Xander und Paxton hassten die Magierszene. Aber ich liebte es, meinem Dad zuzusehen. Er führte an dem Abend seine jährliche Nummer auf, bei der er sich in Handschellen in ein mit Wasser gefülltes Fass hinabließ. Die Zuschauer rasteten immer total aus, wenn er den Deckel aufstieß, und applaudierten wie verrückt. Beim letzten Mal lief es nicht nach Plan.«

Beatrice strich mit der Nasenspitze über seine Brust. Es

war eine so einfache Geste. Und doch lag so viel Zuneigung darin. Es brachte ihn dazu, sich zu wünschen, er könnte tatsächlich einen Liebesroman schreiben und jede darin vorkommende Heldin an ihr orientieren – betörend, stark, voller Leben.

»Er war zu lange im Fass«, fuhr er fort. »Ich wusste es, aber wenn es eine Sache gab, die mein Dad mir immer eingetrichtert hatte, dann war es, niemals die Illusion zu zerstören. ›Fall niemals aus deiner Rolle oder lass das Publikum deine Tricks sehen.‹ Aber im Fass war eine Delle, die er nicht bemerkt hatte. Dadurch hatte er nicht den Platz, den er brauchte, um die Handschellen zu lösen. Er war eingeschlossen, er ertrank, und ich stand bloß da und schaute zu.« Bitterkeit stieg in ihm auf. Neun Jahre voller Reue.

»Es war nicht deine Schuld.«

Das hatte er schon oft gehört, aber nicht von allen. »Sag das meinen Brüdern.«

»Fox und Axel?«

»Nein. Sie liebten das Theater und waren schon immer genauso besessen von der Magie wie ich. Sie kannten die Regeln, wenn es um die Auftritte ging. Aber Paxton und Xander hassten alles, was mit Zauberei zu tun hatte, und das hat zu einem Bruch zwischen ihnen und unserem Vater geführt. Dad hat sie vernachlässigt und sich auf uns konzentriert. Es gab jede Menge böses Blut, was Pax und Xander allerdings nicht davon abgehalten hat, völlig auszuflippen, als Dad gestorben ist. Sie waren sehr wütend, dass ich nicht früher eingegriffen hatte, machten mir Vorwürfe, mir wäre die Illusion wichtiger gewesen als unser Vater. Sie hatten nicht unrecht.«

»Doch! Das hatten sie.«

Er schwieg. Max Marlow war mit seinen Nummern immer Risiken eingegangen. Deshalb hatte sein Vater auch eine

Lebensversicherung abgeschlossen und ein detailliertes Testament vorbereitet, bis hin zu der nervigen Trickkiste, die Huxley vermutlich niemals knacken würde. Doch Huxley hatte gewusst, dass an jenem Abend etwas nicht gestimmt hatte. Egal, was sein Vater ihm eingebläut hatte und dass ein Publikum dabei gewesen war, er hatte es gewusst, und er hatte nichts getan. Er hatte seinen Vater verloren und dabei auch noch Paxton und Xander vertrieben.

»Und die Narben?« Sie fuhr die Brandnarben mit dem Finger nach. »Wie ist das passiert?«

Es war eigentlich die nächste Gutenachtgeschichte, die er sich wünschte, gar nicht erzählen zu müssen, doch sie musste alles hören. Er strich ihr ein paar lose Haare hinters Ohr und atmete ihren Duft ein. »Als mir bewusst geworden war, dass Dad wirklich tot war, bin ich in die erstbeste Bar gestolpert und habe mein Körpergewicht in Wodka in mich reingekippt. Irgendwann haben sie mir nichts mehr gegeben, also bin ich weitergezogen, und in der nächsten Bar habe ich dann einen Streit mit den falschen Typen angefangen.«

Vieles, was in jener Nacht passiert war, lag im Nebel, doch nicht seine Wut. Sein rasender *Zorn*. »Ich konnte kaum noch geradeaus schauen, doch mein Mundwerk funktionierte einwandfrei – und lose war es auch noch. Ich wollte einfach auf irgendetwas oder irgendjemanden einschlagen. Oder vielleicht wollte ich auch geschlagen werden. Was auch immer ich gesagt habe, es hat ausgereicht, dass mich eine ganze Gruppe Kerle in eine dunkle Gasse gezerrt hat.«

»Baby«, murmelte sie mitfühlend und streichelte seine vernarbte Brust.

Sein Gesicht und sein Körper waren eine permanente Erinnerung daran, dass er seinen Vater im Stich gelassen hatte, doch er wusste nicht mehr, wann er das letzte Mal über diesen Abend gesprochen hatte. Vor neun Jahren wahrscheinlich. Heute Abend in seinem dunklen Zimmer mit seinem Valentinsschatz im Arm purzelten die Worte nur so aus ihm heraus. »Soweit sie es im Krankenhaus noch sagen konnten, wurde mit irgendetwas Rostigem auf mich eingestochen, das kein Messer war. Mein Ohr musste dabei ebenfalls dran glauben, und mein Gesicht hat auch einiges abbekommen, wahrscheinlich, weil ich mich gewehrt habe. Dann haben mich ein paar Männer auf dem Boden fixiert, während mich jemand mit Alkohol übergossen hat. Sie haben mich angezündet.«

Beatrice zog scharf die Luft ein. Sie küsste sein entstelltes Ohr, dann die Narben, die in ihrer Reichweite lagen.

»Ist schon in Ordnung, Honigbienchen. Das ist neun Jahre her.«

Doch sie ließ sich nicht so ohne Weiteres beruhigen. »Wenn ich dir gerade erzählt hätte, dass jemand mich in Alkohol getränkt und dann angesteckt hätte, wärst du dann jetzt so gelassen?«

Er versteifte sich. Nein. Das wäre er nicht. Dabei fielen ihm wieder Big Eddie und die Drohungen ein, und er stellte sich sein süßes Mädchen vor, wie sie um ihr Leben kämpfen musste. »Okay, das sehe ich ein.«

Sie stützte sich auf den Ellenbogen. »Wer hat dich gefunden?«

»Fox«, sagte er und schluckte seine Anspannung hinunter. »Er ist meiner Spur gefolgt, hat unsere anderen Brüder mitgeschleppt. Sie kamen bei mir an, als das Feuer gerade angefangen hatte zu brennen. Noch ein wenig länger, und die Verbrennungen wären noch viel schlimmer gewesen. Aber es war die Stichwunde, die mich eine ganze Weile ans Bett gefesselt hat. Was auch immer sie als Waffe verwendet hatten, es hat mich ziemlich zerfetzt und eine hässliche Infektion verursacht.«

Wilde Entschlossenheit funkelte in ihren ungewöhnlich grauen Augen auf. »Wage es nicht, dich jemals wieder zu betrinken und einen Streit anzufangen. Das werde ich nicht zulassen.«

Da er es sich zur Gewohnheit gemacht hatte, nicht zu lügen, erwiderte er: »Versprich mir, dass du es auch nicht tust.«

»Ich würde eher Eigentum demolieren, als einen Streit anzufangen.«

Das stimmte vermutlich. Und er konnte nicht versprechen, dass er sich nie wieder auf dieses niedere Level gewalttätiger Verzweiflung herablassen würde. Wenn diese Nacht ihn eine Sache gelehrt hatte, dann, dass er eine dunkle Seite an sich hatte. Er war jemand, der auch austeilen konnte, wenn sich das Schicksal gegen ihn wandte. Im vergangenen Monat war Beatrice Baker zu einem festen Bestandteil seines Lebens geworden. Sollte ihr etwas zustoßen, würde seine Wut alles zerstören, was sich ihm in den Weg stellte.

Kapitel 25

DAS LETZTE, WAS BEA wollte, war, ihr Liebesnest zu verlassen, um nach New York zu fliegen, selbst wenn es nur für eine Nacht war. Huxleys Valentinsschatz zu sein war besser, als ein Schloss aus Skittles zu bauen. Sie würde lieber mit ihm im Bett liegen, als alles Beige auf der Welt zu übermalen. Und doch stand sie jetzt da und packte eine Tasche, um Maude, den Pudel, zu treffen, während Huxley auf ihrem Bett lümmelte, in nichts außer ein paar schwarzen Unterhosen, und eine Ausgabe von *Bon Appétit* durchblätterte. Dabei tat er so, als würde er sie nicht absichtlich ablenken.

Er hörte auf zu blättern und betrachtete eine Seite ausgiebiger. »Diesen Red Snapper muss ich unbedingt auch mal machen.«

Ein solcher Kommentar sollte eigentlich nicht verführerisch sein, doch Huxley war dabei halb nackt, die Haare immer noch verwuschelt von ihren eifrigen Fingern. Alles, was aus seinem Mund kam, glich einem Vorspiel.

»Ich mag Fisch«, sagte sie fahrig.

Er nagte an seiner Unterlippe, eine entzückende Geste, die ihn jungenhaft wirken ließen. »Die geräucherte Paprika ist eine coole Note.«

»Ja ... cool.«

Was war cool? Alles, was sie sah, war der rote Abdruck, den sie auf seiner Schulter hinterlassen hatte.

Er kratzte sich an der Brust. »Wenn du zurückkommst, machen wir einen Taco-Abend.«

Jep. Knabbern. Kratzen. Das war ein ernsthaftes Vorspiel, und über Tacos zu reden war definitiv ein Euphemismus. Sie hörte auf zu packen. »Warum folterst du mich?«

Er neigte den Kopf. »Mit Fischtacos?«

Sie gestikulierte vage in seine Richtung. »Damit.«

Er schaute auf seine nackte Brust. »Damit?«

»Mit dir, mit allem. Das ist zu viel.«

Er grinste teuflisch. »Erzähl mir mehr.«

Wenn sie jetzt damit anfing, ihm von ihrer Besessenheit zu erzählen, würde sie nicht mehr aufhören können. Sie dachte ständig an ihn, während sie auf dem Markt arbeitete, und konnte es kaum erwarten, mit ihm auf der Bühne aufzutreten. Der Sex, den sie in ihrer Diva-Umkleide gehabt hatten (dreimal), war atemberaubend gewesen. Mit Huxley als Muse hatte sie weiter an ihrem Selbstporträt gearbeitet, und neben ihm aufzuwachen machte ihr das Lächeln so leicht wie Atmen. Er hatte das Spielen aus seinem Leben verbannt, um ihr Sicherheit zu geben und ihrer Beziehung eine Chance. Seine Brüder waren wie eine Familie für sie. New Orleans war ihr neues Zuhause.

Sie wollte nicht nach New York fliegen.

»Ich sollte meine Reise aufschieben«, sagte sie. »Ich kann den Auftrag genauso gut später beginnen. Es ist zu früh, unser Nest zu verlassen. Während ich weg bin, könnte der Blitz in unsere Wohnung einschlagen, oder du könntest von einem Erdbeben verschluckt werden.«

Er warf seine Zeitschrift beiseite und lud sie mit einem Tätscheln der Matratze ein, sich zu ihm zu setzen. Sie trug bereits ihr Glücksoutfit, bestehend aus ihrer Polka-Dots-Bluse und ihren pinkfarbenen Dreiviertelhosen. Sie sollte ihre Kleider nicht mehr knittrig machen oder ihr Make-up verschmieren, indem sie sich auch nur in die Nähe von Huxley Marlow legte. Ihr Körper war da allerdings anderer Meinung. Er nordete ihr flatterndes Herz.

Sobald sie auf der Seite neben ihm lag, legte er ihr die Hand an die Hüfte. »Du bist doch nur eine Nacht weg. Hier wird sich nichts verändern. Die Wohnung wird noch genauso aussehen. Ich werde noch hier sein. Es wird Fischtacos geben und *CSI*-Wiederholungen, wenn du zurückkommst. Aber ich werde dich natürlich vermissen.«

Er hatte recht. Sie stellte sich an. Eine Nacht voneinander getrennt zu sein war gar nichts. Und doch machte sich Unruhe in ihr breit. Das letzte Mal, dass sie wegen etwas so aufgeregt gewesen war, war es um die Kunsthochschule gegangen. Und das Happy End hatte eher einer Ölpest geglichen.

Sie schüttelte die Erinnerung ab. »Ich werde dich auch vermissen, aber dafür wird es uns Gelegenheit zu einer sagenhaft tollen Wiedervereinigung geben. Du kannst mich am Flughafen überraschen. Wir werden aufeinander zulaufen und uns in die Arme fallen.«

»Sagenhaft toll?«

»Am sagenhaftesten.«

Er sah sie wieder so an, als wäre sie ein Einhorn. Er küsste sie auf die Wangen, dann auf die Stirn und auf die Nase. Überallhin, nur nicht auf die cherrybombroten Lippen. »Schaffst du es denn, überrascht zu wirken?«

»Diesen Blick in deinen Augen zu sehen überrascht mich jedes Mal.«

Dieses Mal weiteten sich seine Pupillen. Er küsste sie auf den Mund, trotz ihres Lippenstifts und des bevorstehenden

Flugs. Er vertiefte den Kuss, und sie war sofort dabei. Sekunden später waren sie beide mit Cherry-Bomb verschmiert. »Wir sehen aus wie sexbesessene Clowns.«

Er gab ihr einen Klaps auf den Hintern. »Dann solltest du dich wohl besser wieder sauber machen.«

Ehe sie aufstand, zog sie einen Umschlag unter ihrem Kopfkissen hervor. Sie hatte schon etwas Bargeld von ihrem Vorschuss genommen, sich aber noch nicht darum gekümmert, den Rest auf ein Bankkonto einzuzahlen. Mit allem, was Huxley für sie getan hatte – ihr ein Zuhause gegeben, für sie gekocht und mehr bezahlt, als er hätte tun sollen –, wollte sie gern etwas beisteuern.

Sie spielte mit den Rändern des Umschlags. »Da drinnen sind achtzehnhundert Dollar. Ich möchte, dass du dir etwas für Miete und Essen nimmst und den Rest verwendest, um das Auto zu reparieren.«

Er machte keine Anstalten, den Umschlag von ihr entgegenzunehmen. »Nein.«

»Doch.«

»Deine Diva-Attitüde funktioniert bei mir nicht.«

Sie zog in gespielter Strenge die Augenbrauen zusammen. »Bin ich nicht Furcht einflößend?«

Er wischte ihr einen Fleck Cherry-Bomb weg, der über ihre Lippe hinausgeschmiert war. Sie seufzte. Verschmierter Lippenstift war nicht gerade Furcht einflößend.

»Mein Auto ist schon repariert, und es hat nichts gekostet. Irgendjemand war Fox und Axel noch etwas schuldig. Und da ich die Bauarbeiten schon bezahlt habe und unsere Shows fast immer ausverkauft sind, ist das Geld gar nicht mehr so ein Thema. Du wirst jetzt außerdem ein regelmäßiges Gehalt von mir bekommen für deine Assistentinnentätigkeit. Wenn du dann etwas zu Miete und Lebensmittelkosten beisteuern möchtest, kannst du das gern tun. Aber du hast gerade erst angefangen, etwas zu verdienen. Ich finde, du solltest das Geld sparen. Du kannst damit Malutensilien kaufen oder noch einen Kunstkurs besuchen.«

Sie wollte schon widersprechen und ihm sagen, dass sie keine Almosen von ihm brauchte, dass es ihr Lohn genug war, mit ihm auftreten zu dürfen und ihr Lampenfieber besiegt zu haben. Doch etwas zu sparen, um damit neue Malutensilien zu kaufen, war auch wichtig, und er hatte seine Lügendetektormiene aufgesetzt. Es war ihm also ernst. Wenigstens war sie fast fertig mit ihrem Überraschungsgeschenk für ihn. Ein Dankeschön-Gemälde, das er nicht ablehnen können würde.

Sie drückte ihm den Umschlag auf die nackte Brust. »Dann bewahre das für mich auf. Bis ich Zeit habe, ein neues Konto zu eröffnen. Du kannst es auch für unsere ausgefallenen Fischtacos verwenden. Aber du musst mir versprechen, mir Bescheid zu sagen, wenn du wieder knapp bei Kasse bist oder Hilfe mit dem Theater brauchst. Ich will gern etwas beitragen.«

Er nahm ihr den Umschlag aus der Hand und küsste ihr die Handfläche. »Abgemacht. Jetzt steh auf, und pack weiter, ehe ich dir diese sündigen pinkfarbenen Hosen ausziehen muss.«

* * *

Huxley hasste es, Beatrice packen zu sehen. Er konnte sich nicht mehr vorstellen, ohne sie einzuschlafen. Der Gedanke, dass sie allein reiste, machte ihn unruhig. Er hatte noch nie eine Frau so beschützen wollen. Er war sich nicht sicher, ob es an den Drohungen Big Eddies lag oder daran, wie er manchmal einfach spontan mit ihr zu tanzen anfing, sei es im Wohnzimmer oder auf dem Bürgersteig, oder dass er vorgab, mit der Trickkiste beschäftigt zu sein, während sie malte. In letzter Zeit ärgerte ihn die Kiste fast gar nicht mehr. Er fragte sich, ob sie wusste, dass sie beim Malen vor sich hin summte, leise und beruhigend. Was er allerdings wusste, war, dass es ihn voll erwischt hatte.

Sie aßen ein eierschalenfreies Omelett, dann schlüpfte er in seine Lieblingsjeans und ein *Gryffindor*-T-Shirt. Immerhin war es sein freier Tag. Allerdings kein Lieblingstag, weil er Beatrice verabschieden musste.

Er würde ihr irgendeine schöne Überraschung bereiten, wenn sie zurückkam. Vielleicht würde er ihr ein Einhorn malen. Ein großes Bild mit einem bunten Regenbogen. Seine künstlerischen Fähigkeiten beschränkten sich auf das Zaubern, doch er war sich ziemlich sicher, dass sie sich über seine laienhaften Bemühungen amüsieren würde. Doch zuerst musste er dem Theater einen Besuch abstatten und Trevor die allerletzte Rate bezahlen.

Er begleitete Beatrice zu ihrem Auto und gab ihr einen Kuss auf die Nasenspitze. Alles andere hätte nur dazu geführt, dass sie sich beide wieder den Lippenstift aus dem Gesicht wischen mussten. »Schreib mir, wenn du ankommst.«

Sie fuhr ihm mit der Hand durch die Haare. »Schreib mir, wenn du an mich denkst.«

»Das wird dein Handy sprengen.«

Sie lächelte sein Lieblingslächeln – offen und sorgenfrei. »Vielleicht nicht *jedes* Mal.«

»Guten Morgen, Huxley!« Mrs Yarrow winkte aus ihrem Vorgarten, flankiert von ihren farbenfrohen Blumen. Ihr knappes gelbes Top konnte ihr von Selbstbräuner gezeichnetes Dekolleté gerade so im Zaum halten.

Er senkte schnell den Blick. »Der Garten sieht toll aus.«

»Ich habe mir diesen Rindenmulch besorgt, von dem ich Ihnen erzählt hatte. Der hat Wunder bewirkt. Kommen Sie doch später mal vorbei – ich zeige Ihnen meine Azaleen.«

Ein leises Grummeln ertönte von Beatrice. »Ich wette, dass sie dir ihre *Azaleen* zeigen will.«

Leise lachend strich er ihr mit dem Daumen die Falte zwischen den Augenbrauen glatt. »Bist du etwa eifersüchtig auf eine sechzigjährige Frau?«

Sie betrachteten gemeinsam ihre Nachbarin in ihrer überbräunten Pracht. Wenn die ledrige Haut ihn nicht abstieß, dann taten es mit Sicherheit die blondierten, auf dem Kopf zu einem Turm toupierten Haare oder die aufgespritzten Lippen. Genau wie ihr Familienstand, der nämlich *verheiratet* lautete. Mrs Yarrows Grinsen erstarb, als sie nach etwas vor ihrem Gesicht schlug.

Beatrice war wenig amüsiert. »Ihr etwas anzutun wäre definitiv Notwehr.«

Dagegen konnte er nichts sagen. Sollte er noch mehr Bienen hier sehen, würde er den Garten niederbrennen müssen.

»Viel Spaß mit Maude, dem Pudel.« Er ging rückwärts zu seinem Mustang, der auf der anderen Straßenseite geparkt war, weil er keine Sekunde lang den Blick von Beatrice abwenden wollte.

Statt sich über das frisch lackierte Auto zu freuen, zog sie einen Schmollmund. »Irgendwie vermisse ich meine Kritzeleien. Sie haben mich an den Abend erinnert, als wir uns kennengelernt haben.«

So dankbar er auch für diese Nacht war, würde er lieber in Ugg-Stiefeln herumlaufen, als noch einen Tag länger das verschandelte Auto zu fahren. Er legte die flache Hand an die mitternachtsblaue Seite des Wagens, seine andere Schönheit streichelnd. Jetzt musste sich sein Vater nicht mehr länger im Grab umdrehen. »Du hast eh das meiste falsch geschrieben.«

Sie öffnete die Fahrertür des Käfers und stieg mit einem Fuß ein. »Ich könnte es noch mal machen und dieses Mal alles richtig schreiben.«

»Nein danke. Aber wenn du mir mehr über Masturbation und Schlagsahne schreiben möchtest, nur zu.«

Sie verzog das Gesicht auf ihre niedliche Art und Weise.

Er zwinkerte. Die Schlagsahne brachte ihn auf schmutzige Gedanken.

Sie stiegen jeder ins eigene Auto. Sie schlossen die Tür und ließen den Motor an. Auf einmal fühlte er sich verloren, so als wäre er in ein Zimmer gegangen und hätte vergessen, was ihn dorthin geführt hatte. Als hätte er vergessen, etwas zu tun, das er noch hätte tun sollen. Stirnrunzelnd ging er im Kopf den Morgen noch einmal durch: Er hatte den Ofen nicht angelassen, keinen Wasserhahn laufen lassen. Er hatte dafür gesorgt, dass alle Lichter gelöscht waren. Er grübelte weiter, und plötzlich verspürte er einen seltsamen Schmerz in der Brust.

Beatrice war schon vor ihm losgefahren, doch er traf sie an der zweiten Ampel wieder. Sie hielten nebeneinander, und das seltsame Gefühle kehrte wieder, dieses Mal sogar noch stärker. Ihre Fensterscheiben waren nicht heruntergelassen, aber er wusste trotzdem, dass sie Musik hörte: Sie nickte mit dem Kopf und trommelte auf ihr *SMILE*-Lenkrad ein.

Sie war so versunken, dass sie ihn nicht bemerkte, doch er war wie verzaubert von ihrem Einhornzauber. Sie war so voller Leben. Voller Spaß. Voller Lachen. Ihre Albernheit füllte die wachsende Leere in seiner Brust mit etwas Neuem, einer tieferen Zuneigung, die ihn in dem teilweise bewölkten Himmel über sich nur die Streifen aus Licht sehen ließ.

Liebe. Pure, unverfälschte Liebe – das war es, was er empfand.

Das war es, was er vergessen hatte, was er hätte sagen sollen, als sie gemeinsam vor der Wohnung bei ihren Autos
gestanden hatten und Witze über Textnachrichten gemacht
hatten.

Er hätte Beatrice Baker sagen sollen, dass er sie liebte.

Er hupte, und sie fuhr erschrocken zusammen. Anders
als andere Menschen, denen es peinlich ist, singend in ihrem
Auto erwischt zu werden, schämte sie sich kein bisschen und
hörte auch nicht auf. Sie sang noch lauter. Sie schüttelte die
Schultern und wippte mit dem Kopf und verschwendete absolut keinen Gedanken daran, ob sie sich gerade zum Affen
machte. Er liebte sie genau deswegen, und er musste es ihr
unbedingt sagen. Jetzt. Bevor sie verreiste. Bevor diese seltsame Leere in seiner Brust sich ausbreitete.

Er ließ das Fenster runter, und seine Handflächen waren
auf einmal schwitzig, doch die Ampel schaltete auf Grün. Sie
warf ihm einen Handkuss zu und fuhr weiter. Er fuhr auf die
Kreuzung und wartete, bis er links abbiegen konnte. Er wartete, dass das Loch in seinem Bauch schrumpfte.

* * *

Trevor wartete vor dem Theater auf ihn, der Blaumann von
Farbklecksen übersät. »War mir nicht sicher, ob wir es rechtzeitig schaffen würden, aber die Jungs haben echt Gas gegeben.«

Huxley trat einen Schritt zurück, um sein Theater zu betrachten. Die zerbrochenen Fenster im ersten Stock hatten
neue Gläser. Die Säulen und Simse leuchteten rot, weiß und
gold im Sonnenlicht, nirgendwo blätterte etwas ab. Die Back-

steinmauer war frisch gestrichen. Das Marlow-Theater-Schild war wieder beleuchtet, und die Regenrinnen waren nicht mehr verbeult. Max Marlow wäre stolz.

Huxley war stolz.

So frustrierend es auch gewesen war, die Reparaturen bisher nicht bezahlen zu können, war ihm doch jetzt erst bewusst, wie dringend er das gebraucht hatte. Beatrice war nicht der einzige Grund, warum er glücklicher war und wieder besser schlafen konnte. Er sah endlich Licht am Ende des Tunnels. Zum ersten Mal seit Jahren hatte er das Gefühl, des Zylinders und des Umhangs seines Vaters würdig zu sein. Nie mehr sollte das Theater in so einen heruntergekommenen Zustand geraten, das schwor er sich.

Das Innere brauchte noch jede Menge Zuwendung, doch er würde es nach und nach angehen, wenn wieder Geld reinkam. Er würde auch weiterhin bei den Shows auf neue Nummern setzen, neue Musik. Immer neue Wege suchen, die Zuschauer zu begeistern und Tickets zu verkaufen.

Er würde das Vermächtnis des großen Max Marlow in Ehren halten.

Er reichte Trevor den Umschlag mit der letzten Zahlung. »Ich kann dir gar nicht genug danken. Lass es mich wissen, wenn du mal die Show besuchen möchtest. Du bist jederzeit willkommen.«

Der groß gewachsene Mann rieb sich den dunklen Vollbart. »Ich kann nicht behaupten, dass solche Magie-Shows mein Ding sind, aber ich habe eine zwanzigjährige Stieftochter, die fast in Ohnmacht gefallen wäre, als ich ihr erzählt habe, dass ich hier am Theater Reparaturen vornehme.«

Die Art von Begeisterung bei weiblichen Fans roch förmlich nach Axel. Huxley schauderte. Er würde sich nie auf der Bühne ausziehen, aber Axel war offenbar dazu geboren, seinen Körper zur Schau zu stellen. »Sag ihr, sie soll einfach deinen Namen nennen, wenn sie Tickets bestellt. Sie kann auch gern ein paar Freundinnen mitbringen.«

Trevor gab ihm einen Klaps auf den Rücken. »Die wird ausflippen vor Freude. Ich muss mal los, hab einen neuen großen Auftrag. Wage es ja nicht, die frische Farbe zu zerkratzen.«

Huxley hätte das Gebäude am liebsten in Folie eingepackt, wenn es möglich gewesen wäre. So wie die Lage jetzt war, würde er in der kommenden Zeit nur für die laufende Instandhaltung sorgen müssen.

Edna schlurfte an ihm vorbei zu ihrem Ticketschalter. Als sie Trevor sah, blieb sie kurz stehen, um hinter seinem Rücken das Gesicht zu verziehen. »Sind diese Hooligans endlich fertig mit dem Krach? Ist schwer, sich auf seine Arbeit zu konzentrieren bei dem Gehämmer und Getöse.«

Mit »Arbeit« meinte Edna das Lösen ihrer Kreuzworträtsel.

Unbeeindruckt von ihrer mürrischen Laune, bewunderte Huxley weiter das restaurierte Gebäude. Er stellte sich seinen Vater neben sich vor, wie er stolz den Arm um seine Schulter legte. Vielleicht würde Huxley ihn heute Abend mal wieder besuchen, ein ruhiger Abend im Theater, wenn Beatrice schon nicht da war. »Dad würde es gefallen«, sagte er zu Edna.

Sie schnaubte. »Ihr Marlow-Jungs seid wirklich nicht die cleversten.«

Er kratzte sich an der Wange und fragte sich, wo das nun wieder herkam. »Warum arbeiten Sie dann immer noch für uns?«

»Ich glaube an Wohltätigkeit.«

Er war zu begeistert von der fertiggestellten Fassade, als

dass er sich die Mühe machte, dieses Rätsel zu knacken. Er nahm sein Handy und machte ein Foto von Trevors Arbeit. Seine Anhörung vor Gericht war in zwei Tagen, doch die Sache würde schnell vom Tisch sein. Er würde den guten Ruf der Marlows wiederherstellen. Von hier an war alles ein Kinderspiel.

Nur dass es das nicht war.

Huxley war wild entschlossen, Beatrice mit einem Geschenk zu überraschen, doch er malte in etwa so gut, wie er stricken konnte, was ziemlich erbärmlich war. Er verbrachte den ganzen Nachmittag vor einer riesigen Leinwand kauernd und fragte sich, wie es sein konnte, dass das Lila, das er haben wollte, immer braun wurde.

»Blöde Farben«, schimpfte er vor sich hin und umklammerte den Pinsel noch fester.

Sein Gemälde sollte ein wildes Einhorn darstellen, das von einem Regenbogen zum nächsten sprang. Frei und farbenfroh, wie sein Wassermelonenmädchen. Er hatte die pinkfarbene *My-little-Pony*-Puppe als Modell verwendet, doch die gemalte Version erinnerte mehr an ein Mutantenpferd mit Penis auf dem Kopf. Trotzdem konnte er es kaum erwarten, ihre Reaktion auf seine Bemühungen zu sehen.

Der Abend kam und ging, und er vergaß, zu Abend zu essen. Er hatte nicht einmal mit dem Hintergrund angefangen. Dabei hatte er nur Pause gemacht, um die Nachrichten zu lesen, die sein summendes Handy ihm ankündigte.

So wie jetzt.

Es war schon nach zwei Uhr nachts. Er hätte nicht damit gerechnet, dass Beatrice noch wach war, doch er beschwerte sich sicher nicht. Dieses Mal schrieb sie ihm keine lustigen Bemerkungen wie die, dass sie sich wünschte, auf dem Marmorfußboden ihrer Kundin Rollschuh laufen zu können, oder dass Maude in den Chihuahua des Nachbarn verliebt war. Stattdessen schickte sie ein Selfie von sich mit ihrem neuen Lieblingspudel, wie sie in einem plüschigen Hundekörbchen miteinander kuschelten.

Er grinste. Zu versuchen, diese Art von Lebensfreude in einem Bild einzufangen, war ein hoffnungsloses Unterfangen. Sie konnte und sollte nicht gezähmt werden.

Er schob den Hintergrund bis morgen auf, schnappte sich seine Schlüssel und fuhr zum Theater. Er mochte die Gelegenheit verpasst haben, Beatrice zu sagen, dass er sie liebte, bevor sie gefahren war, doch er würde es ihr sofort sagen, wenn sie zurückkehrte. Jetzt würde er es seinem Vater sagen. Es mochte albern wirken, in einem dunklen Theater zu sitzen und mit sich selbst zu sprechen. Vielleicht hörte Max Marlow ihn an diesen einsamen Abenden. Vielleicht auch nicht. Aber dieses Mal war es keine traurige Beichte des verlorenen Sohns. Dieses Mal war es die Verkündung von jemandem, der sich endlich gefunden hatte.

Er parkte auf der gegenüberliegenden Straßenseite. Das Brummen seines Motors erstarb – des Motors, den er mit seinem Vater gemeinsam zusammengebaut hatte. Das Timing war perfekt, dass das Auto gemeinsam mit dem Theater repariert war. Alle Teile fielen an ihren Platz. Er schloss die Autotür und fuhr mit der Hand über den Streifen auf der Kühlerhaube. Ein Glück, dass dieser so dünn war und nicht zu auffällig, sonst hätte Beatrice das Auto am Ende nie für das ihres Ex-Freunds gehalten. Dann wäre sie nie in seinem Leben aufgetaucht.

Er steckte die Hände in die Taschen und überquerte die Straße, ein leises Lächeln umspielte seine Lippen. Allein der Gedanke an sein Zick-Zack-Mädchen brachte ihn zum Lächeln. So einfach und doch so erstaunlich, wie Liebe die eigene Welt auf den Kopf stellen konnte. Wie sie ein halb leeres Glas in ein halb volles verwandeln konnte. Wenn er nicht aufpasste, würde er noch anfangen, über die Straße zu hüpfen.

Die Gegend war ruhig und friedlich um diese Uhrzeit, die perfekte Kulisse für seine Träumereien. Da hörte er das unverkennbare Zischen einer Spraydose und das Klappern, als eine Dose auf dem Asphalt auftraf.

Die Richtung, aus der das Geräusch gekommen war, konnte nur eines bedeuten, eine Möglichkeit, die Huxley das Blut in den Adern gefrieren ließ, während er auf das frisch renovierte Gebäude zulief. Als er es erblickte, wurde ihm schlecht. Jegliches Lächeln erlosch auf seinem Gesicht.

Dieser verdammte Oliphant.

Kapitel 26

IRGENDEIN PUNK SAUSTE an ihm vorbei, rannte, als stünde sein Arsch in Flammen, doch Huxley nahm weder die Verfolgung auf, noch rief er ihm etwas hinterher. Er stand einfach nur wie erstarrt da, während sich der Asphalt unter seinen Füßen zu bewegen schien. Er konnte nichts anderes tun, als das riesige männliche Glied anzustarren, das an sein frisch renoviertes Theater gesprayt war.

Es gab mehrere Bilder, doch das größte besaß eine gewisse künstlerische Qualität, im Stil eines Comics, mit Flügeln, die der Erektion beigefügt waren. Dagegen sah Huxleys Penis-Mutanten-Einhorn ganz schön blass aus. Er musste schlucken. Er hatte alle Optionen ausgeschöpft, um sein Theater zu reparieren. Es erneut streichen zu lassen würde noch einmal ein paar Tausend kosten, und sein Anhörungstermin war schon übermorgen. Hinter seinen Augen tanzten Punkte.

Angesichts Oliphants früherer Taten wie das Verschandeln von Max Marlows Plakaten mit Peniskritzeleien trug diese Tat die eindeutige Handschrift des Schnauzbarts. Das musste der Grund gewesen sein, warum Oliphant so triumphierend reagiert hatte, als Huxley zugegeben hatte, seinen letzten Cent in die Renovierung des Theaters gesteckt zu haben. Oliphant wusste, dass ein weiterer Schlag so kurz vor der Anhörung sein Schicksal besiegeln würde. Es war ein Versuch, ihn wieder an den Pokertisch zu zwingen.

Auf keinen verdammten Fall.

Oliphant hatte seinen hinterhältigen Plan offensichtlich nicht zu Ende gedacht. Huxley hatte die Fotos von vorher und Trevors Bestätigung, dass die Arbeit erledigt worden war. Er würde einfach die Polizei rufen und dafür sorgen, dass Oliphant zur Rechenschaft gezogen wurde.

Sein Handy vibrierte, und Huxley zuckte zusammen. Oliphants Name auf dem Display, der eine neue Nachricht von ihm anzeigte, steigerte seine Wut nur weiter.

> Kehre morgen Vormittag um elf Uhr an den Pokertisch zurück. Solltest du nicht auftauchen oder die Polizei alarmieren, lasse ich dem Inspektor von der Stadt einen anonymen Hinweis zukommen, dass er sich die Elektrik des Theaters mal genauer anschauen soll.

Huxley hätte um ein Haar sein Handy zertrümmert. Wie, um alles in der Welt, hatte der Schleimbeutel von den Problemen mit der Elektrik erfahren? Nicht, dass es irgendetwas zur Sache tat. Sollte die Stadtverwaltung von dem Zustand des Theaters Wind bekommen, würden sie es vermutlich ganz schließen lassen. Ohne die Einnahmen ihrer Shows könnte er sich weder das erneute Streichen noch die fehlenden Reparaturen im Inneren leisten. Und dabei würde es nicht bleiben. Die Inspekteure würden auch die defekten Rohrleitungen entdecken und den abplatzenden Putz.

Sie konnten das Gebäude als abbruchreif deklarieren.

Wie zum Teufel hatte er es so weit kommen lassen können? Nach all dem Fortschritt, wie hatte die Situation jetzt noch schlimmer werden können?

Wäre Beatrice hier, würde sie Oliphant einen stachligen Lumpfisch nennen oder ein stinkendes Warzenschwein. Huxley hielt ihn eher für einen niederträchtigen Wurm, der in Axels Zwangsjacke gehörte. Traurigerweise änderte das nichts an diesem Schlamassel.

Anstatt auf die Knie zu sinken und sich die Haare zu raufen, wie es Huxley am liebsten getan hätte, tigerte er auf dem Bürgersteig auf und ab. Er wägte seine Optionen ab. Die Polizei zu rufen war keine mehr. Poker zu spielen war der sichere Weg, um Beatrice zu verlieren. Das ließ ihm nur seinen letzten Trumpf, nämlich Vito auf Oliphant anzusetzen.

Huxley schrieb eine Nachricht, und jedes aggressive Tippen auf das Display vibrierte bis in sein Handgelenk.

Ein Wort über die Elektrik, und ich sage Vito,
dass du die Gäste des *Crimson Club* bestiehlst.

Oliphants Antwort kam prompt. Zu prompt, als hätte er mit der Drohung gerechnet.

Dann ist es ja gut, dass Vito einen Teil meines
Verdienstes einstreicht. Mir scheint, deine einzige
Option ist ein weiteres Pokerspiel.

Huxleys Lunge streikte. Er starrte die Nachricht an, als wäre sie an jemand anderen gerichtet. Als würde gerade das Leben eines anderen den Bach runtergehen. Vito war sein Ass im Ärmel gewesen. Sein Back-up-Plan, ohne den er aufgeschmissen war.

Anstatt sich Max Marlow vorzustellen, wie er stolz den

Arm um Huxleys Schulter legte, sah er seinen Vater jetzt, wie er finster auf ihn herabstarrte und ihm all die Male aufzählte, die ihn sein Sohn enttäuscht hatte. Das Theater war nicht nur seine Einkommensquelle, sondern auch die seiner Brüder. Es war das Vermächtnis seines Vaters. Huxley konnte seine Familie nicht hängen lassen. Mal wieder. Immer wieder: seinen Vater nicht gerettet zu haben, als er es gekonnt hätte, Max Marlows ganzen Stolz ruiniert zu haben und jetzt das Theater möglicherweise auch noch ganz zu verlieren.

Huxley dachte an Beatrice und das Gespräch, das sie vor ihrer Abreise geführt hatten. Sie hatte ihm ihren Honorarvorschuss anvertraut und ihm gesagt, dass sie ihm mit der Miete helfen wollte oder mit zukünftigen Rechnungen für das Theater, wenn Not am Mann war. Verdammt, was er brauchte, war ein Wunder, und ihre achtzehnhundert Dollar konnten ein Anfang sein. Der Einsatz für ein Spiel. Nur noch ein letztes Spiel, um Oliphants Drohung zunichtezumachen. Es würde den miesen Ganoven erst einmal davon abhalten, die Informationen weiterzugeben. Auf lange Sicht würde er sich etwas ausdenken müssen, um den Rachefeldzug des Mannes zu stoppen, doch es würde ihm ein wenig Zeit verschaffen.

Huxley tigerte wieder auf und ab. Er murmelte vor sich hin. Er rief sich ins Gedächtnis, wie Beatrice ihn gedrängt hatte, ihr Geld und ihre Hilfe anzunehmen. Sie wollte etwas beitragen, das hatte sie selbst gesagt. Dann stellte er sich vor, wie er ihr erklären musste, dass es noch ein letztes Pokerspiel gegeben hatte. Ihre perfekten roten Lippen würden sich angewidert verziehen. Sie würde wahrscheinlich ihre Sachen packen und ausziehen. Ihr Erspartes zu verspielen war genau das, was ihr Vater getan hatte. Genau das, was Huxley versprochen hatte, ihr niemals anzutun.

Aber wenn er sich ihr Geld nicht lieh, würde er seinen Brüdern sagen müssen, dass sie keinen Job mehr hatten, und mitansehen müssen, wie jemand anderes sein Erbe ersteigerte.

Er musste mit ihr sprechen. Ihr erklären, dass es keine andere Möglichkeit gab. Obwohl es so spät war, rief er sie auf dem Handy an. Es ging sofort die Mailbox dran.

»*Verdammt noch mal.*« Natürlich war es ausgeschaltet. Oder der Akku war leer. Er tigerte weiter. Ihm tat schon der Kiefer weh, weil er so fest mit den Zähnen knirschte.

Anstatt nach Hause zu gehen, kehrte er zu seinem Auto zurück und saß einfach nur da und starrte ins Leere. Er wusste nicht mehr, wann er eingenickt war, doch das Quietschen und Zischen eines haltenden Busses weckte ihn unsanft. Es war bereits Morgen. Hip-Hop-Musik dröhnte aus einem vorbeifahrenden Auto. Menschen eilten vorbei auf dem Weg zur Arbeit, manche blieben kurz stehen, um über den Anblick der Theaterfassade zu lachen oder ein Foto zu machen. Er hatte einen bitteren Geschmack im Mund.

Er zwang sich, den Blick abzuwenden, und versuchte erneut, Beatrice zu erreichen. Wieder nur die Mailbox.

Ein schallendes Lachen ließ ihn aufschauen. Irgendein Fahrradkurier in Radlerhosen amüsierte sich köstlich. Über sein Theater. Über Huxley. Die Schande, die auf seinen Schultern lastete, wog immer schwerer. Es war sieben Uhr morgens, noch vier Stunden bis zu Oliphants Deadline. Da er keine andere Wahl hatte, schrieb er Beatrice:

> Du hast gesagt, ich könnte dein Geld verwenden, wenn das Theater in Schwierigkeiten wäre.
>
> Es ist in Schwierigkeiten.

Es tut mir leid, dass ich dich darum bitten muss.

Aber ich brauche das Geld als Einsatz für ein
letztes Pokerspiel.

Oliphant hat irgendeinen Typ bezahlt, damit er
das Theater mit Graffiti beschmiert, und jetzt droht
er mir.

Ich habe keine andere Wahl.

Er starrte die Nachrichten an, die er geschickt hatte, und
fragte sich, ob er ihr noch weitere Erklärungen schreiben
sollte, Hilferufe. Doch der Schmerz, den er empfunden hatte,
als sie gefahren war, bevor er ihr seine Liebe hatte gestehen
können, durchfuhr ihn wie ein Blitz. Er fühlte sich ausge-
brannt. Wie der Schatten des Teilweise-sonnig-Mannes, zu
dem er dachte, geworden zu sein. Er war sich nicht sicher, ob
er die richtige Entscheidung getroffen hatte. Er war sich nicht
sicher, ob er überhaupt jemals eine Wahl gehabt hatte.

Er ließ den Kopf aufs Lenkrad sinken und schloss die Augen. Er musste Oliphant noch schreiben und das Pokerspiel
mit ihm vereinbaren. Vermutlich waren die anderen bereits
eingeweiht, baumelnde Köder für ein spontanes Spiel. Selbst
der Gedanke daran, Oliphant zu besiegen, konnte die Leere
nicht füllen, die von ihm Besitz ergriffen hatte. Eine Flasche
Wodka würde vielleicht helfen.

Ehe er sein Telefon zur Hand nehmen oder einen Schnaps-
laden aufsuchen konnte, wurde heftig gegen seine Fenster-
scheibe geklopft.

Der Schlangenkopf von Ednas Gehstock starrte ihn an. Er
kurbelte die Scheibe runter und hielt den Kopf in sicherem

Abstand. »Das Theater ist Vandalen zum Opfer gefallen«, sagte er.

»Ich bin alt, nicht blind. Ich kann einen fliegenden Johannes durchaus noch erkennen.«

Er ließ sich in seinen Autositz sinken. »Ich wette, Dad würde sich wünschen, das Theater verkauft zu haben. Besser, als es so zu sehen.« Er machte eine kraftlose Handbewegung in Richtung der kichernden Meute.

Edna schnaubte. »Dein Vater liebte das Theater, doch er hat es für euch Jungs aufgebaut. Um euch glücklich zu machen. Also, wenn du ihn wirklich enttäuschen willst, dann mach nur so weiter, und wirf dein Leben für diesen Haufen Backsteine weg.«

Er hätte fast mit den Handflächen auf das Lenkrad geschlagen. Edna hatte doch keine Ahnung. Sie war nicht dabei gewesen, als Max Marlow mit Huxley im abgedunkelten Theatersaal gesessen und seinen Kindern erzählt hatte, dass den Marlows die Magie im Blut lag und dass ihre Auftritte den Menschen Freude brachten. »Das Theater war sein Leben.«

Ihr runzliger Mund schrumpfte auf seine halbe Größe zusammen, und sie zeigte mit ihrem giftigen Gehstock auf ihn. »Ihr *Jungs* wart sein Leben. Er hat seinen guten Ruf für euch aufgebaut. Er ist gestorben, weil er *euch* beeindrucken wollte. Das Gleiche tust du jetzt auch – du bringst dich um, nur weil du einen Geist beeindrucken willst. Wenn du einen Toten glücklich machen willst, schenke ihm ein paar Enkelkinder, um Himmels willen. Mit dem Mädchen. Sie ist gar nicht so übel.«

Etwas von undankbaren Kindern vor sich hin murmelnd, humpelte sie auf den Ticketschalter zu, ihren Gehstock schwingend. Die Gaffer trollten sich. Huxley fasste sich an die Nasenwurzel.

Edna Lisowsky war eine verschrobene alte Frau, aber sie hatte Max Marlow besser gekannt als jeder andere, besser selbst als seine eigenen Kinder. Sie hatte fast alle ihre wachen Stunden mit dem Mann verbracht. Eine Tatsache, die ihn immer noch verwunderte, genau wie das Rätsel, warum sie dem Theater nach seinem Tod immer noch treu blieb. Außer sie hatte den Zauberer wirklich all die Jahre lang geliebt und sich entschieden, auch nach dessen Tod seiner Familie nahe zu sein und sie weiterhin mit schnippischen Weisheiten und unverblümten Ratschlägen zu versorgen, anstatt zu gehen. Max Marlow war ein gut aussehender Mann gewesen, charismatisch und charmant. Und Liebe war etwas Grenzenloses, zu groß, um mit dem Tod zu enden.

Riesig. Unmessbar. Unbeirrbar.

Sie war der Grund, weshalb Helden für ihre Heldinnen alles riskierten, selbst wenn das bedeutete, am Ende zu verlieren. Nicht, dass er das aus Liebesromanen wüsste oder so. Aber er hatte den vorigen Tag damit verbracht, immer wieder vor Augen zu haben, wie Beatrice mit seinem Umhang getanzt hatte, während er gegen ihre Verbindung angekämpft hatte. Er hatte das perfekte Dinner für ihre Rückkehr geplant, freute sich schon darauf, für sie zu kochen. Er hatte ein deformiertes Einhorn gemalt, um sie zum Lächeln zu bringen, obwohl es ihn wahnsinnig gemacht hatte, und er würde es sofort wieder tun.

Er liebte sie. Das wusste er. Und doch riskierte er *sie* für eine gottverdammte Immobilie, anstatt alles für sie zu riskieren.

»Du siehst scheiße aus.« Fox glitt auf den Beifahrersitz.

Huxley antwortete nicht. Übelkeit machte sich in ihm breit. Er konnte nicht noch einmal pokern, egal wie gut seine Gründe waren. Nicht, wenn es bedeutete, dass er Beatrice verlieren würde. Doch er hatte ihr bereits geschrieben, dass er vorhatte zu spielen.

Er war so ein Idiot.

Axel rückte Fox' Sitz nach vorne, was ihm ein paar Beschimpfungen seines Bruders einbrachte, und nahm auf dem Rücksitz Platz. »Wenn ich Oliphant erwische, schneide ich ihm den Schwanz ab, klebe ein paar Flügel dran und lasse ihn ihm in den eigenen Mund fliegen.«

Es wäre ein amüsantes Bild, wenn Huxley nicht ohnehin schon kurz davor wäre, sich zu erbrechen. »Weshalb ich vorhatte, Vito anzurufen, aber der steckt mit Oliphant unter einer Decke.«

Fox dachte ausnahmsweise einmal nicht zehn Schritte voraus. »Was hat denn Vito damit zu schaffen?«

»Ist jetzt auch egal«, murmelte Huxley. Er hätte auf Fox' Warnung hören sollen, was Oliphants zwielichtige Rachegelüste anging. Da konnte man jetzt nichts mehr machen, doch das Wort *zwielichtig* erschütterte ihn.

Es brachte ihn dazu, sich noch mehr nach Beatrice zu sehnen.

Fox drang nicht weiter in ihn. »Was ist mit dem Graffiti?«, fragte er stattdessen. »Ist nicht morgen schon die Anhörung?«

Huxley seufzte. »Wenn der Inspektor das Gebäude überprüft, wird er entweder unsere Frist verlängern wegen der Schmiererei, oder er wird annehmen, wir hätten es selbst veranlasst, um den Prozess zu verzögern. Wenn Letzteres der Fall ist, wird uns das Gericht der Verletzung der städtischen Richtlinien für schuldig befinden und uns eine saftige Strafzahlung aufdrücken, *und* wir müssen neu streichen. Sie werden uns vermutlich eine letzte Frist setzen, doch das wird uns was kosten. So oder so brauchen wir schnellstmöglich Kohle. Und so nervig das alles ist, betraf die Sache mit der

Verwahrlosung nur das Äußere. Wir haben jetzt noch größere Probleme.«

Er fuhr fort, ihnen von Oliphants Drohung zu berichten und der Möglichkeit, dass sie das Theater verlieren würden, wenn die Stadtverwaltung von den maroden Zuständen im Inneren des Gebäudes Wind bekam. »Wir brauchen also mehr Geld, um das mit dem Graffiti zu regeln, und ich muss Oliphant irgendwie davon abhalten, das mit unserer defekten Elektrik auszuplaudern. Aber das bekomme ich schon irgendwie hin.«

»Du bist ein Idiot.«

Huxley zuckte bei Fox' plötzlicher Beschimpfung zusammen, auch wenn sie nicht unangebracht war. Darauf war er selbst schon gekommen. »Erzähle mir was, das ich noch nicht weiß.«

»Okay. Es ist, als wüsstest du nicht, dass du eine Familie hast.«

»So ein Quatsch.« Huxley tat nichts anderes, als sich abzurackern, damit seine Brüder zufrieden waren. Zahlte ihnen die Möbel, die Tierarztrechnungen, Magierkonferenzen. Sorgte dafür, dass sie nicht arbeitslos wurden.

Fox gestikulierte wütend zwischen Axel und sich hin und her. »Wir zwei Typen, deine Brüder – erinnerst du dich an uns? Uns ist das Theater genauso wichtig. Und ich habe es satt, dass du immer denkst, du müsstest alles alleine schaffen. Also, ich rufe jetzt Trevor und ein paar andere Jungs an, die sich um die Malerarbeiten kümmern. Wir kratzen ein bisschen Geld zusammen für die Strafzahlung, falls es dazu kommen sollte, und kümmern uns darum, dass mehr reinkommt für die Reparaturkosten. Aber das wichtige Wort hier ist *wir*. Das ist nicht allein deine Aufgabe. Hör endlich auf, das zu denken! Und wenn ich mit diesen Anrufen fertig bin, knöpfe ich mir Oliphant vor. Ich habe etwas gegen ihn in der Hand, das ihn zum Schweigen bringen wird.«

Huxley musterte seinen Bruder prüfend. »Was genau hast du gegen ihn in der Hand?«

Fox' Gesicht war so undurchschaubar wie immer. »Frag mich das nicht, dann werde ich dich auch nicht weiter nach der Sache mit Vito fragen, die schiefgelaufen ist. Aber wenn du mich sofort angerufen hättest, anstatt das alles allein schultern zu wollen, würdest du jetzt nicht hier sitzen wie ein Häufchen Elend.«

Axel sagte irgendwas, dass er auch helfen wollte, aber die Worte kamen kaum bei Huxley an. Er war zu sehr damit beschäftigt, gegen die Panik anzugehen, die ihn zu ersticken drohte. Er war wirklich ein Idiot. Er hätte sich an Fox und Axel wenden und mit ihnen zusammenarbeiten sollen, anstatt sich wie immer um sie kümmern zu wollen. Er war nicht ihr Vater, und sie waren jetzt alle älter. Er musste die Schwerarbeit für die Familie nicht mehr übernehmen. Hätte Huxley zuerst Fox angerufen, wäre er erst gar nicht in Panik verfallen und hätte Beatrice nie um ihr Geld gebeten, um es als Spieleinsatz zu verwenden.

Vielleicht las sie seine Nachrichten gerade jetzt. Verfluchte ihn. Schrieb ihn ab. Er hatte das schreckliche Gefühl, die Sache mit ihr kaputt gemacht zu haben, egal wie er sich als Nächstes verhalten würde.

Und dann war da noch Ednas Ratschlag. Wie ein Soundtrack zu seiner Angst. »Meint ihr, Dad würde es bereuen, dass er mir das Theater vererbt hat? Wenn er es so sehen könnte?«

Axel lehnte sich über die Mittelkonsole nach vorne. »Was hatte er denn für eine Wahl? Hätte er es vielleicht *mir* vermachen sollen?«

Huxley hätte fast losgelacht. »Ich meine die Entscheidungen, die ich getroffen habe. Ich weiß, er hätte gewollt, dass sein Vermächtnis fortgeführt wird, aber ich hätte es auch gleich zu Anfang verkaufen können. Den Erlös aufteilen. Es hätte uns allen ein bisschen Geld gebracht. Vielleicht wären Xander und Paxton nie weggegangen. Oder ich hätte es verkaufen können, als ihr es mir vorgeschlagen habt, als das Geschäft anfing, schlechter zu laufen. Dann müsste Dad jetzt nicht von oben mitansehen, wie alles zerfällt.«

Ein Teenager in Basketballshorts fuhr mit dem Fahrrad am Theater vorbei. Als er es erblickte, hielt er abrupt an und prustete los vor Lachen.

Fox murmelte: »Idioten«, und fuhr dann mit ihrem Gespräch fort: »Dad hat dir das Theater nicht vermacht, weil er den Gedanken nicht ertragen konnte, es zu verlieren. Er hat dir das Theater überlassen, um uns zusammenzuhalten.« Als Huxley nichts erwiderte, schüttelte Fox den Kopf. »Ohne das Theater hätten wir uns vermutlich in alle Windrichtungen zerstreut. Xander und Paxton hatten ohnehin nicht vor hierzubleiben, auch wenn der Unfall nicht gewesen wäre. Ihre Probleme mit Dad und unser Familiendrama gingen tiefer als das. Und wir hätten dir nicht vorschlagen sollen, das Theater zu verkaufen. Das haben wir nur getan, weil wir uns Sorgen um dich gemacht haben, dass du dich zu sehr stresst. Wir hätten stattdessen mehr darauf drängen sollen, uns einzubringen und dir etwas abzunehmen.«

»Aber wenn ich es verkauft hätte, müsstet ihr nicht von Gehaltsscheck zu Gehaltsscheck leben.«

»Das stimmt. Ich würde in meiner Freizeit vermutlich Taschendiebstahl betreiben, und unser Magic Mike hier ...«, Fox deutete mit dem Daumen auf Axel, »... würde wahrscheinlich eine zweifelhafte Stripperkarriere hinlegen. Wir würden uns kaum noch sehen, geschweige denn jeden Tag miteinander auftreten.«

Axel klopfte Huxley auf die Schulter. »Wenn es das wäre, was ich tun würde, dann, verdammt, *Ja!* – da wäre Dad sauer. *Ich* bin sauer. Du hättest das Theater verkaufen sollen.« Wie immer ein alter Komiker.

Fox hielt den Blickkontakt zu Huxley, beide ignorierten Axel, während Fox' Argumente bei Huxley einsickerten. Ohne das Theater stünden sie sich jetzt nicht so nahe. Daran konnte auch ein fliegender Riesenpenis nichts ändern. Genauso wenig, wie er ihnen das Herumalbern und Lachen über Schüsseln voller Pasta mit Meeresfrüchtepesto nicht nehmen konnte. Er konnte nicht seine zwei Brüder ersetzen, die sonst was getan hatten, um sein zerkratztes Auto reparieren zu lassen. Er tat deswegen alles, was er konnte, um das Theater zu retten, weil er die Überbleibsel der Familie zusammenhalten wollte. Das würde seinen Vater stolz machen, und eine Frau zu finden, die er liebte und die ihn liebte, war wie stehende Ovationen für diesen Auftritt. Die beste Art des natürlichen High-Fühlens, die es gab.

Doch diese Liebe hatte er vielleicht verspielt. »Ich habe Mist gebaut«, gestand er seinen Brüdern und erzählte ihnen dann davon, wie er Beatrice geschrieben und damit vermutlich ihr Vertrauen verloren hatte. Er hatte zwar dem Pokern mit Oliphant noch nicht zugestimmt, aber sie um ihr Geld zu bitten – tiefer hätte er nicht sinken können.

»Du bist ein Arsch.« Axels Blick war stechend. »Frauen wie Beatrice trifft man doch nicht jeden Tag. Du hast selbst gesagt, das Pokern ist für sie ein absolutes No-Go.«

Er konnte sich glücklich schätzen, überhaupt *jemals* eine Frau wie Beatrice getroffen zu haben. »Es war eine Kurzschlussreaktion. Mit der Erpressung und allem hat mir der Kopf so geschwirrt, dass ich nicht mehr klar denken konnte.«

Fox wurde noch eine Stufe lauter. »Also, warum redest du dann mit uns, anstatt vor ihr zu Kreuze zu kriechen?«

»Sie ist verreist.«

»Dann ruf sie an!«

Er fragte sich, warum Fox so aufgebracht war. Sein Bruder verlor so gut wie nie die Beherrschung. Er lächelte normalerweise nicht einmal. »Ihr Handy ist wahrscheinlich aus«, verteidigte sich Huxley. »Der Akku ist Schrott.«

Fox öffnete die Beifahrertür. »Ich gehe jetzt los und besorge Graffiti-Entferner, um diese Katastrophe hier zu verarzten, während du versuchst, Bea zu erreichen und herauszufinden, wie du sie zurückgewinnen kannst. Und mach keinen Fehler. Sie ist dein Match. So jemanden einfach wieder aus deinem Leben rausmarschieren zu lassen wird der größte Fehler sein, den du jemals machen wirst.«

Huxley war sich seiner Dummheit sehr wohl bewusst. Was es nicht leichter machte, es von jemand anderem zu hören. »Was weißt du schon von Liebe? Du bist seit Ewigkeiten nicht mehr mit einer Frau ausgegangen.« Selbst nach den vergangenen Shows, als Fox mit den Groupies geflirtet hatte, war er immer allein nach Hause gegangen.

Fox ließ die Schultern sinken. »Ich weiß genug. Nicht um deinen Seelenverwandten zu kämpfen wird dich kaputt machen. Was noch etwas ist, um das ich mich kümmern muss.« Er schloss die Tür hinter sich, und Huxley konnte ihm nur sprachlos hinterherschauen.

Axel starrte Fox' leeren Sitz an. »Was ist denn da gerade passiert?«

»Frag mich nicht.« Irgendetwas war mit ihrem Bruder los, oder *irgendjemand*? Aber alles, was jetzt zählte, war Beatrice.

335

Nicht um sie und um ihre Vergebung zu kämpfen würde Huxley tatsächlich kaputt machen. Es würde ihn in die grimmigste Version seiner Selbst verwandeln. Sie um ihr Geld zu bitten, um noch einmal zu pokern, war inakzeptabel, und das alles nur, weil es ihm nur um das Theater gegangen war und er Angst gehabt hatte, einen Mann zu enttäuschen, der vor neun Jahren gestorben war.

Huxley warf Axel aus seinem Auto und verbrachte die nächsten zwanzig Minuten damit, Beatrice zu schreiben. Mit jeder weiteren Entschuldigung wurde ihm schlechter. Seine Handflächen waren schwitzig. Er hinterließ ihr auch ein paar Nachrichten auf der Mailbox. Dabei betete er die ganze Zeit, dass Fox' Kontakt Oliphant als Bedrohung wirklich ausschalten würde.

Jetzt konnte er nichts anderes tun als warten.

Beatrice' Flugzeug landete um vier Uhr nachmittags. Er würde den Vormittag gemeinsam mit seinen Brüdern dazu nutzen, ihr Möglichstes zu tun, um eine Schicht des Graffitis abzutragen. Dann würde er sie am Flughafen abholen, mit seinem Herz und einer Tüte Skittles in der Hand, bereit, um seine Liebe zu kämpfen.

Kapitel 27

MAUDE ZU ZEICHNEN würde ein Riesenspaß werden. Die Pudeldame war von der eingebildeten Sorte, die das Frauchen spazieren führte und nicht umgekehrt. Sie war schlau und hinterhältig, versteckte die Fernbedienung, wenn sie sich ignoriert fühlte, und konnte mit der Pfote die Türen im Haus öffnen. Sie stand auf den Nachbarhund, einen Chihuahua, und gegen ihre Auswahl an diamantbesetzten Halsbändern sah Beas Schrankinhalt blass aus. Die Lila-, Pink- und Blautöne, die sie benutzen wollte, um die Eigenheiten der Hündin in winzigen Quadraten einzufangen, würden das polierte Zuhause von Arabella und ihrer Frau mit Sicherheit etwas heiterer gestalten.

Mit Fotos und ein paar groben Skizzen bewaffnet, war Bea bereits früher zum Flughafen gefahren und hatte ihr Ticket umgebucht, weil sie es kaum erwarten konnte, nach Hause zu kommen und mit der Arbeit beginnen zu können. Sie würde heute noch Utensilien besorgen, sodass sie morgen nach dem Aufwachen sofort loslegen konnte. Arabella war von ihrem Plan begeistert und verabschiedete sie mit Küsschen auf beide Wangen. Alles, was Bea noch brauchte, um diesen perfekten Tag noch perfekter zu machen, war ein funktionierendes Handy.

Sie war nachts eingeschlafen, nachdem sie Huxley ein Selfie geschickt hatte, das sie mit Maude im Hundekörbchen aufgenommen hatte, und war am Morgen viel zu spät aufgewacht, und ihr Display war schwarz. Da sie es zu eilig hatte, alles zusammenzupacken und ein Taxi zu nehmen, kam sie nicht mehr dazu, ihr Telefon aufzuladen, doch es machte sie nervös. Sie hätte sich selbst nie als abhängig von Technik bezeichnet, doch sie mochte es eben, mit ihrem Zauberer verbunden zu sein, auch wenn es nur auf elektronischem Wege war.

Sie wippte auf den Fersen, während sie ihr Handy am Flughafen in eine Steckdose steckte. Sie musste Huxley Bescheid sagen, dass sie einen anderen Flug nahm, für den Fall, dass er vorhatte, sie mit einem sagenhaft romantischen Empfang zu überraschen. Die Möglichkeit ließ sie mit den Fingern tippen, zum Takt ihrer wippenden Fersen.

Zwei kleine Jungs standen ihr gegenüber, einer mit Hasenzähnen und einer Hand voller Spielkarten, der andere im *Transformers*-T-Shirt, eine jüngere Version des älteren Blonden. Der *Transformers*-Junge wählte eine Karte aus dem Fächer, den ihm der ältere entgegenstreckte, und sah sich die Karte verstohlen an. Bea beobachtete die Kinder schmunzelnd und stellte sich dabei einen jungen Huxley vor, der mit Fox und Axel Karten spielte. Wie er seine Geschwister mit einem cleveren Trick in Staunen versetzte.

Der ältere Bruder wedelte mit der anderen Hand über den Spielkarten. Der kleinere sah ihm gebannt zu, bemüht, keine Bewegung zu verpassen, die ihm den Trick hinter der Illusion verraten konnte. Als der Hasenzahn-Junge eine Herzneun aus dem Stapel zog, fiel dem kleinen Bruder die Kinnlade herunter.

Bea klatschte begeistert, ehe sie sich selbst davon abhalten konnte. Sie hatte noch nie viel über eigene Kinder nachgedacht, doch jetzt tat sie es. Sie stellte sich Huxley vor, wie er mit ihrem Baby auf der Brust einschlief oder die Kleinen später mit Kartentricks und verschwindenden Münzen unterhielt. Wie er für die Familie kochte. Wie sie gemeinsam mit ihren Kindern Skulpturen aus Kartoffelbrei und Erdnussbutter bauten.

Sie konnte sich keine farbenfrohere Welt vorstellen.

Sie hatte nicht vor, ihn mit Gesprächen über Babys und die Zukunft in die Enge zu treiben, doch die herzerwärmende Vorstellung ließ sie erkennen, dass ihre Verknalltheit in Huxley mehr war als das. Ja. Sie liebte ihren umwerfenden Zauberer. Sie musste es ihm jetzt sagen. Ihre wachsende Glut mit ihm teilen, ehe sie vor purer Freude platzte.

Schwindelig von ihrer erfolgreichen Reise und ihrem rasenden Herzschlag, checkte sie ihr Handy auf ein Lebenszeichen. Das Display leuchtete ihr hell entgegen. Sie setzte sich auf einen der großen Wartesessel und zog die Beine an, wobei es ihr egal war, dass ihr Polka-Dots-Kleid zerknittert wurde. Alles, was zählte, war, dass sie kurz davor war, Huxley zu sagen, dass sie ihn mehr liebte als alle Süßigkeiten auf der Welt. Er würde ihr Kleid später ohnehin in Unordnung bringen, etwas, das sie ihm noch einmal vorschlagen sollte, ehe sie ins Flugzeug stieg.

Doch als sie die einundvierzig eingegangenen Nachrichten von ihm entdeckte, verflog ihre verspielte Laune.

Einundvierzig Nachrichten konnten nichts Gutes verheißen. Vielleicht war Fox etwas zugestoßen. Oder Axel. Oder Della. Ein Feuer konnte das Theater verwüstet haben. Vielleicht war Big Eddie doch noch aufgetaucht, und Huxley hatte sich auf ihn gestürzt und war im Gefängnis gelandet. Oder vielleicht hatte Huxley ihr tatsächlich jedes Mal geschrieben, wenn er an sie gedacht hatte, und damit doch noch ihr Handy zum Explodieren gebracht.

In der Hoffnung, dass Letzteres zutraf, aber mit dem Schlimmsten rechnend, tippte sie auf seinen Namen.

Du hast gesagt, ich könnte dein Geld verwenden,
wenn das Theater in Schwierigkeiten wäre.

Es ist in Schwierigkeiten.

Es tut mir leid, dass ich dich darum bitten muss.

Aber ich brauche das Geld als Einsatz für ein
letztes Pokerspiel.

Oliphant hat irgendeinen Typ bezahlt, damit er das
Theater mit Graffiti beschmiert, und jetzt droht er mir.

Sie schlug sich die Hand vor den Mund und drehte das Handy um, nicht in der Lage weiterzulesen. Das breite weiße Band um ihre Taille fühlte sich mit einem Mal viel zu eng an. Die abgestandene Luft im Terminal blieb ihr im Hals stecken. *Ich habe es falsch gelesen. Ich muss es falsch gelesen haben.*

Sie las die ersten vier Nachrichten noch einmal, und ihre Augen brannten, als sie bei »für ein letztes Pokerspiel« angekommen war. Die Worte starrten sie an, leuchteten wie ein Neonschild, das sie vor einer drohenden Gefahr warnte. Sie drehte das Handy wieder um, ihr Blick war plötzlich verschleiert. Die Wände schienen sich zu drehen. Die Vorstellung, dass jemand das Theater beschmiert hatte, tat Bea in der Seele weh, doch es gab immer noch ein letztes Mal. Dann noch eins und noch eins.

Ein endloser Kreislauf von letzten Malen.

Doch Huxley war nicht ihr Vater. Er trank nicht. Er sorgte sich um seine Familie. Er war verantwortungsvoll in seiner Chefbruder-Art und stellte sich selbst immer hintenan. So wie im Bett, wo er sich ihr so hingebungsvoll widmete, dass es ihr den Verstand raubte. Außerdem war er der Mann, der ihre Kreativität endlich wieder angekurbelt hatte, und alles, was er wollte, war, noch ein letztes Pokerspiel zu machen.

Mit zitternden Händen griff sie nach ihrem Handy, weil sie unbedingt antworten wollte. *Natürlich,* sah sie sich selbst schon schreiben. *Das verstehe ich.* Es war nur Geld, und sie hasste es, mitansehen zu müssen, wie das Theater Schaden nahm, doch das Brennen in ihren Augen wurde stärker. Sie hatte das alles schon einmal erlebt. Sie hatte sich geschworen, es nie wieder zu tun. Und doch versuchte sie gerade, sich einzureden, er wäre anders. Dass es dieses Mal anders wäre.

Es war nie anders.

Sie konnte keine weiteren Nachrichten von ihm lesen. Es würde nichts bringen. Es war genau wie bei ihrem Vater, er bat sie um Geld und umschmeichelte sie dann mit zahllosen sentimentalen Nachrichten. Das konnte sie nicht noch einmal durchmachen. Nicht mit einem Mann, dem ihr Herz gehörte. Das würde den Schmerz so viel größer machen.

Mit bebenden Fingern löschte sie seine Nachrichten und steckte ihr Handy ein. Sie stieg ins Flugzeug und starrte aus dem Fenster.

Ihre Reise nach New York war ihr erster Flug überhaupt gewesen. Sie hatte die zwei Stunden damit verbracht, ihre Lehne immer wieder vor und zurück zu stellen und das Tablett ein- und auszuklappen, während sie mit der Frau auf dem Nachbarsitz über die Magie der Flugreisen und des Durch-die-Luft-Sausens plauderte. Auf dem Rückflug sah sie nichts außer der beigefarbenen Innenausstattung des Flugzeugs.

Ein untersetzter Mann nahm neben ihr Platz und schloss mit einem Klicken seinen Sitzgurt. »Fliegen Sie nach New Orleans, um Urlaub zu machen?«

Sie erwiderte ein einfaches »Ja« und starrte weiter stumm aus dem Fenster. Ihr typisches Lächeln war außer Dienst, genau wie das Hüpfende in ihrer Stimme.

In New Orleans zu leben war wie ein Urlaub gewesen. Ein berauschender Trip. Für eine Weile war sie ein Zick-Zack-Mädchen mit einem Zick-Zack-Leben und Zick-Zack-Freunden gewesen. Für eine Weile war New Orleans ihr Zuhause gewesen.

Doch ein Zuhause war etwas Bleibendes. Urlaube gingen immer zu Ende.

Sie war sich nicht sicher, wo sie als Nächstes hingehen oder was sie tun sollte. Vielleicht würde sie sich einfach eine Karte kaufen und sehen, wo ihr Finger landete, wenn sie blind darauf deutete. In einen neuen Bundesstaat fahren. Wie ihre Mutter sein und dorthin reisen, wo ihre Laune sie gerade hinführte. Malen konnte sie überall und aus dem Kofferraum ihres Käfers leben. Da morgen bereits der Termin für die Anhörung anstand, hatte Huxley mit Sicherheit bereits ein Pokerspiel vereinbart und ihren Vorschuss gesetzt, doch sie würde noch mehr Geld verdienen, wenn sie das Porträt von Maude fertig hatte.

Sie würde ihr Lächeln wiederfinden und weiterziehen, so wie sie es immer tat. Nur, dass ihr Kinn zitterte, und das tat es nie. Eine verräterische Träne lief ihr aus den blinzelnden Augen.

Der Flug verging viel zu schnell. Sie musste sich auf die Innenseite der Wange beißen, um nicht richtig loszuheulen, als sie ihre Tasche hochhob, doch sie dankte der Fügung, dass sie einen Flug früher genommen hatte. Huxley jetzt zu sehen hätte den wackeligen Damm gebrochen, der ihre Tränen zurückhielt.

Auf dem Heimweg war ihr Blick verschwommen. Sie war nicht mehr die coole Undercoverpolizistin, die auf verborgenen Seitenstraßen fuhr, um Big Eddie abzuhängen, für den Fall, dass er ihr auf der Spur sein sollte. Sie schaute kaum in den Rückspiegel. Als sie bei Huxleys Wohnung angekommen war, hämmerte ihr Herz wie ein Rammbock gegen ihre Rippen. Sie fuhr zweimal die Straße ab, um sicherzugehen, dass sein Auto nicht da war. Sie war vielleicht keine Undercoverpolizistin, aber sie war ein Navy SEAL, der sich in die Wohnung schleichen und wieder verschwinden würde, bevor Huxley nach Hause kam.

Ein Navy SEAL im Polka-Dots-Kleid.

Aber sie war gerade fünf Schritte in die Wohnung hineingegangen, als sie erstarrte. Sie ließ die Tasche fallen und griff sich an die Brust. Eine riesige Leinwand lehnte am Couchtisch. Farben waren auf ihrer Malerplane verteilt, zusammen mit schmutzigen Pinseln und einer Schüssel matschbraunen Wassers. Ihr behelfsmäßiges Atelier sah aus wie das Spielzimmer eines Kleinkinds, doch es war das Bild selbst, das ihre Tränen schließlich doch zum Laufen brachte.

Ihr Fabelhafter-Marlow-Mann hatte ihr ein Mutanteneinhorn gemalt. Auf der Flanke des Tieres prangte ein Stern, ein Regenbogen verlief unter seinen Hufen. Auch wenn es von der Form eher einer Giraffe als einem Pferd ähnelte, verriet das phallische Horn auf seiner Stirn doch seine wahre Natur. Sie gab sich keine Mühe, sich weiter auf die Wangen zu beißen oder die Tränen wegzuwischen. Sie fiel auf die Knie und ließ ihrem Schluchzen freien Lauf.

Vergrabener Schmerz, verursacht durch den Verrat ihres Vaters, brach hervor. Schmerz, weil ihre Mutter so wenig mütterlich gewesen war. Wegen Nick, dem Vollidioten, und Tanya Frys gemeiner Haarfärbeaktion. Wegen der Geburtstagspartys, zu denen sie nie eingeladen worden war. Weil sie die Schule hatte abbrechen müssen. Wegen jedem *nur noch ein Mal*, das sie je hatte hören müssen.

Das war die Atomwolke aus aufgestauter Wut, vor der sie gewarnt worden war. Es war die Art von Weinen, die völlig aus dem Ruder lief. Inklusive Schluckauf.

Ihre Wut war nicht nur auf die Vergangenheit gerichtet, sondern auch auf sie selbst. Sie war bereit gewesen, sich davonzustehlen, ohne Huxley zu konfrontieren. Ohne ihm zu sagen, wie schmerzhaft diese Nachrichten für sie gewesen waren. Genauso wie sie ihrem Vater nie gesagt hatte, dass sein Verhalten ihr das Herz gebrochen hatte.

Huxley hatte ihr gezeigt, wie wunderschön Liebe sein konnte. Er hatte ihr geholfen, ihr Lampenfieber zu besiegen, und sie in Flammen gesetzt, um ihr Vertrauen zu gewinnen. Er hatte ihr fürchterliches Omelett gegessen und sie geliebt wie ein Superheld. Er hatte sie inspiriert, wieder zu malen. Er hatte es nicht verdient, einfach verlassen zu werden ohne Erklärung dafür. Sie schuldete es sich selbst, ihren Schmerz rauszulassen. Sie schuldete ihm die Möglichkeit, es ihr zu erklären. Bei der Vorstellung, ihn zu konfrontieren, wurde ihr schlecht, doch jetzt einfach zu gehen bedeutete, den Weg des geringsten Widerstands einzuschlagen.

Und das war der Weg, den ihr Vater immer wählte.

Ihre Tränen versiegten. Ihr heftiges Schluchzen ließ nach.

Sie war so versunken gewesen, dass sie weder das Öffnen der Wohnungstür gehört hatte noch die sich nähernden Schritte. Erst als dunkle Adidas-Sportschuhe vor ihrem gesenkten Blick auftauchten, schrak sie hoch und fiel nach hinten.

»Hallo, Beatrice.«

Heilige Scheiße.

Big Eddie war genauso groß, wie sie ihn in Erinnerung hatte, und sein Hawaiihemd spannte leicht über seinem Bierbauch. Eine Goldkette hing um seinen Hals, und die kräftigen, beringten Finger seiner rechten Hand hielten eine Pistole. Das war keine Übung. Der Ganove, der gedroht hatte, ihr die Finger abzuschneiden, stand über ihr, ein fieses Grinsen auf dem Ziegenbartgesicht.

Er hob die Waffe, und Angst durchflutete sie wie eine riesige Welle.

Sie hätte schreien oder weglaufen sollen oder ihm eine Kopfnuss in die Eier geben, da sie genau auf der richtigen Höhe saß. Stattdessen heulte sie wieder los. Wie hatte sie nur so enden können, mit einer Waffe auf sich gerichtet, während das beste schlechteste Einhornbild, gemalt vom besten Mann, sie anschaute.

Ein weiteres Schluchzen erschütterte ihre Brust.

»Genug jetzt!« Big Eddie starrte sie finster an, den Lauf der Pistole auf ihr Gesicht gerichtet. »Halt endlich die Klappe!«

»Aber du wirst mich erschießen.«

Er wedelte mit der Pistole, als hätte er vor, die Luft damit zu bemalen. »Gib mir mein Geld, und du musst dir keine Sorgen machen, erschossen zu werden.«

»Ich habe dein Geld aber nicht.« Bea wusste, was das bedeutete, und sie suchte den Raum fieberhaft nach etwas wie einem Küchenmesser oder einem Schraubenzieher ab – doch ohne Erfolg. Nur ein Zauberstab konnte ihr jetzt eine entfernte Waffe zufliegen lassen.

345

»Verfluchter Franklyn Baker«, murmelte er. »Nutzloses Stück Scheiße.«

»Da würde ich nicht widersprechen. Und ich würde es außerdem vorziehen, nicht für ihn sterben zu müssen.« Sie holte ein paarmal tief Luft. Sie musste nachdenken. Big Eddie davon überzeugen, dass sie ihn bezahlen würde. Ihn lange genug ablenken, um zu fliehen.

»Das hättest du dir überlegen sollen, bevor du seine Schulden auf dich genommen hast.« Schweißringe zeichneten sich unter den Achseln des Mannes ab. Irgendetwas flackerte in seinem Blick – ein Anflug von Zögern?

Sie wischte sich über die laufende Nase und hoffte inständig, dass dieses Zögern bedeutete, dass ihm die Vorstellung, ihr etwas anzutun, nicht gefiel. »Du könntest auch lügen. Behaupten, du hättest mich nicht gefunden.« Sie versuchte, sich unauffällig zurückzulehnen, um an ihre Handtasche zu kommen. Ihr Handy zu finden. Hilfe zu rufen.

Sein zögerlicher Blick verschwand, und er presste die Lippen aufeinander. »Das geht hier jetzt so oder so aus, Kleine. Entweder mein Geld oder eine Kugel. Du hast die Wahl.«

Panik machte sich in ihr breit. »Bitte. Ich besorge das Geld. Es wird etwas Zeit brauchen, aber ich werde einen Weg finden. Bitte, *bitte* … Tu es nicht.«

Er schwitzte stärker, kleine Perlen sammelten sich an seinem Hals. Er umklammerte den Griff der Pistole und richtete sie auf ihr Herz. Sie schloss die Augen so fest, dass ihr schon Punkte hinter den Lidern tanzten. Ihr Puls klopfte in ihren Ohren, und sie betete, dass er es kurz und schmerzlos machen würde. Ihr Körper zuckte unkontrollierbar.

Doch nichts passierte.

Vorsichtig öffnete sie ein Auge. Big Eddie hatte die Schultern sinken lassen, die Pistole war auf den Boden gerichtet.

»Du siehst ihr einfach so ähnlich«, sagte er, das Gesicht auf einmal entspannter.

»Wem denn?« Sie hatte keine Ahnung, wovon er redete. Ihr Atem ging so schnell, dass sie Angst hatte, ohnmächtig zu werden.

Er rieb sich mit der freien Hand übers Gesicht und lachte verbittert. »Deine Mutter hat jeden Raum erhellt, den sie betreten hat. Hat mir das Gefühl gegeben, unbesiegbar zu sein. Dann hat sie mich für deinen Vater, dieses Arschloch, verlassen. Ich sollte dich eigentlich allein dafür schon töten. Ihnen beiden eine Lektion erteilen, was es bedeutet, das zu verlieren, was man am meisten liebt.«

Big Eddie? *Er* war der Mann, mit dem ihre Mutter zusammen gewesen war, als sie sich in Franklyn Baker verliebt hatte? Das würde seinen geschockten Gesichtsausdruck erklären, als Bea die Bar betreten hatte, um mit ihm zu verhandeln, genau wie sein Zögern jetzt. Wenn sie es nicht besser wüsste, würde sie sagen, Big Eddie gefiel die Vorstellung, Bea zu erschießen – die Tochter der Frau, die er einst geliebt hatte –, genauso wenig wie ihr, von ihm erschossen zu werden.

Das war doch etwas, womit sie arbeiten konnte. Sie war jetzt eine Darstellerin. Huxley hatte ihr die Kunst der Illusion beigebracht, und er war der beste Lehrer.

»Meine Mutter hat mir von dir erzählt«, sagte sie zu Big Eddie, während sie versuchte, ihre zitternden Hände unter Kontrolle zu bringen. »Sie sagte, es gab da einen Mann, den sie geliebt hat, als sie meinen Dad kennenlernte. Ich glaube, sie hat ihre Wahl bereut.« Das war zwar zum Teil eine Lüge, aber das konnte er nicht wissen, und Bea musste jetzt mit seinen Gefühlen spielen. »Wenn du mir etwas antust, verletzt du auch sie.«

Er schüttelte den Kopf und murmelte etwas in seinen Bart. Dann starrte er Bea an. »Wenn ich das Geld nicht bekomme, das ihr mir schuldet, ist es mein Hals, der in der Schlinge steckt. Du hast mir gegenüber eine Verpflichtung, und ich habe eine gegenüber Leuten, die weitaus gefährlicher sind als ich.«

Bea holte noch einmal Luft, um sich Mut zu machen, und sagte dann: »Dazu hätte ich einen Vorschlag.«

Kapitel 28

HUXLEYS SCHULTER schmerzte vom Schrubben der Mauer, und die chemischen Reinigungsmittel zur Entfernung des Graffitis bereiteten ihm Kopfweh. Außerdem hatten sie kaum etwas ausrichten können. Da waren immer noch überall Penisse. Fliegende Penisse. Er schaute ständig auf die Uhr, was die Zeit noch schneller vergehen ließ.

Beatrice würde in drei Stunden landen. Das gab ihm noch hundertachtzig Minuten Zeit, seine Entschuldigung durchzugehen und sein Zukreuzekriechen zu perfektionieren. Sie musste ihm einfach noch eine Chance geben. Ihn anhören. Er würde sie auch frische Beleidigungen in seinen Mustang kratzen lassen, wenn es nötig war. Er würde jeden Tag ihr Omelett mit Eierschalen essen. Er würde sie auf Knien anflehen.

Im Moment trieften seine Brüder und er nur so vor Schweiß und Frust. Ihre Finger waren rot von den starken Chemikalien. Huxleys ausgewaschene Jeans und sein *Stormtrooper*-T-Shirt hatten den beißenden Geruch angenommen. Passend zu seinem Schuldbewusstsein. Er war der Grund, dass sie vor Schmutz starrten. Er hatte Oliphant geärgert, ihn herausgefordert mit diesem dämlichen Dinosaurierschädel.

349

Er hatte dem Mann die Revanche verweigert, weil er ein Versprechen gegeben und dann doch gebrochen hatte.

Und trotzdem waren seine Brüder noch hier.

Fox ließ die Reinigungsbürste in einen Eimer fallen und wischte sich die Hände an den Jeans ab. Auf seinem schwarzen T-Shirt stand: *Dieses Shirt ist gelb.* »Zeit für eine Pause.«

Axel kletterte die Leiter runter. Die Aufschrift auf seinem T-Shirt lautete: *World's Okayest Brother.* »Mein Gesicht war eine ganze Stunde lang direkt neben einem Penis. Ich brauche dringend einen Whiskey.«

Huxley reichte ihm eine Coladose. »Das wird fürs Erste genügen müssen.«

Sie standen im Halbkreis, tranken Cola und wischten sich über die Stirn. Den vorbeigehenden Idioten, die über ihr Theater lachten, warfen sie finstere Blicke zu. Wenigstens waren sie zusammen. Fox' mysteriöser Kontakt hatte gehalten, was er versprochen hatte, und Oliphant gezwungen, seine Erpressung zurückzuziehen. Huxley hatte Fox noch nie so fest umarmt, und Axel hatte sich gleich zu einer Gruppenumarmung zu ihnen gesellt. Sollte Beatrice nicht bereit sein, ihm zu vergeben, sollte er wirklich alles kaputt gemacht haben zwischen ihnen, würde er wenigstens noch seine Brüder haben.

Doch irgendwie ahnte er, dass das den Schmerz nicht lindern würde.

Fox warf seine leere Dose in den Müll und zog sein Handy aus der Tasche. Er tippte auf den Bildschirm und runzelte die Stirn. Sein Daumen bewegte sich schnell, während sich seine Miene verfinsterte. »Wir haben ein Problem.«

Axel rülpste. »Ein größeres als fliegende Penisse an unserem Theater?«

Fox' angespannter Blick richtete sich auf Huxley, dem

nichts Gutes schwante. »Hat Oliphant noch etwas anderes ausgeheckt?«, fragte er seinen Bruder.

»Es geht um Beatrice.«

Huxley hatte plötzlich ein seltsames Summen in den Ohren. Fox war derjenige, der Insiderinformationen über Big Eddie herausbekommen hatte, über einen Bekannten in Chicago, der jemanden kennt, der jemanden kennt, der mit dem Boss des Kredithais arbeitet. »Ist er in New Orleans?«

»Er ist in deiner Wohnung. Jetzt. Mit ihr.«

Was zur Hölle? Er schüttelte ungläubig den Kopf, nicht bereit, diese furchtbare Tatsache zu akzeptieren. »Ihr Flug landet erst in drei Stunden.«

»Sie muss einen früheren genommen haben.«

Nein. Nein. Verdammt, *nein*.

Sie setzten sich alle gleichzeitig in Bewegung und rannten zu seinem Auto.

»Sie hätte angerufen.« Huxley konnte es immer noch nicht glauben.

»Hat sie aber nicht«, erwiderte Fox.

Weil er ihr geschrieben hatte, sie um ihr Geld gebeten und ihr gesagt hatte, dass er noch einmal pokern musste. Weil er den Wettbewerb um die dümmste Aktion *ever* gewonnen hatte. Jetzt steckte sie wegen ihm in Schwierigkeiten, war vielleicht verletzt oder schlimmer.

Axel streckte die Hand aus. »Gib mir den Autoschlüssel.«

Er warf ihm den Schlüssel ungeschickt zu, während er über ein Schlagloch stolperte. Es war, als könnte er seine Beine nicht mehr richtig koordinieren und nicht mehr geradeaus sehen. Er konnte kaum einen klaren Gedanken fassen, geschweige denn sicher Auto fahren. Das war seine Schuld. Alles war seine Schuld. Wenn sie ihn verließ, ihm nicht verzeihen oder ihm nicht mehr vertrauen konnte, würde er damit klarkommen, sein Schicksal akzeptieren und irgendwann weitermachen müssen. Die Vorstellung machte ihn fertig, aber sie war nichts gegen die, dass Beatrice etwas zustoßen könnte. Die Sonne würde nie wieder scheinen, sein Herz würde in seiner Brust vertrocknen. Das Marlow Theater, von dem er dachte, dass er es so dringend brauchte, konnte von ihm aus im Erdboden versinken. Nichts konnte schlimmer sein.

»Ihr wird nichts passieren«, sagte Axel, als sie sich in den Mustang zwängten.

Huxley schlug die Beifahrertür hinter sich zu und wiederholte den Satz wie ein Mantra. *Ihr wird nichts passieren. Ihr wird nichts passieren.* Er umklammerte den Türgriff so fest, dass seine Fingerknöchel weiß hervortraten, während er seinen Vater um den größten Gefallen seines Lebens bat. Er schwor jedem existierenden Gott, ein reumütiges Leben zu führen, wenn nur Beatrice verschont bliebe.

»Es wird alles gut gehen«, versicherte ihm Fox vom Rücksitz.

Nicht einmal die Vorhersage seines hellsehenden Bruders konnte seine zum Zerreißen gespannten Nerven beruhigen.

* * *

Bea rümpfte die Nase, blieb sonst aber ruhig liegen. »Drück schon ab, bevor ich mich übergeben muss.«

Big Eddie stand über ihr, die Pistole in der Hand. »Bist du dir sicher?«

»Absolut.«

Er kratzte sich im Nacken, was rote Flecken auf seiner Haut hinterließ. »Wenn das nicht funktioniert, bekomme ich meine Eier zum Frühstück serviert. Dann sehe ich schlimmer aus als du jetzt.«

Sie hoffte, sie sah furchtbar aus. Grauenhaft. Mausetot. Sie hatte Ketchup auf ihrem Polka-Dots-Kleid verteilt, er tropfte ihr von Hals und Mund. Unter ihr auf der Malerplane war ein Kreis aus roter Farbe aufgemalt, mit etwas Ketchup darauf, um einen 3-D-Effekt zu erzeugen.

Wenn Big Eddies Boss davon ausging, dass sie tot war, musste sie nicht mehr umgebracht werden. Big Eddie konnte sein Gesicht wahren, ohne die Tat zu begehen. Es könnte sein, dass ihr Vater dadurch noch mehr Schwierigkeiten bekam, aber das hatte sich Franklyn Baker selbst zuzuschreiben. Sie hatte nicht vor, länger ihren Kopf für ihn hinzuhalten.

»Noch etwas mehr Ketchup.« Big Eddie griff zur Flasche.

Bea musste ohnehin schon ein Würgen unterdrücken. Ketchup war das Schlimmste. »Na schön. Aber mach ein Fenster auf. Und Beeilung. Wenn der Ketchup trocknet, sieht es nicht mehr so echt aus.«

Er goss mehr von der übel riechenden roten Soße über ihre vermeintliche Schusswunde. Sie hatten sich für den klassischen Schuss ins Herz entschieden. Big Eddie hatte behauptet, ein geübter Schütze zu sein, sodass alles andere nicht glaubhaft gewesen wäre. Eine Tatsache, die ihre Panik nur weiter verstärkte. Er hatte die Waffe auch seit seiner Ankunft nicht mehr aus der Hand gelegt. Auch wenn er bei ihrem Vorgetäuschter-Tod-Plan mitspielte, hieß das noch nicht, dass er nicht doch genug bekommen und seine Meinung ändern konnte. Sie kämpfte immer noch um ihr Leben. Und darum, trotz des Ketchupgestanks zu atmen.

»Fenster«, verlangte sie wieder.

Er öffnete das Schlafzimmerfenster, doch das half kaum etwas. Ketchup roch wie eine Tomate, die in Kondensmilch gepinkelt hatte. Bea versuchte, nur durch den Mund zu atmen, und lag so regungslos da wie möglich. Big Eddie mühte sich ewig mit dem Küchenfenster ab und fluchte dann laut vor sich hin. »Tut mir leid, ich glaube, ich habe das Fliegengitter kaputt gemacht.«

Ein Lachen blubberte in ihrem Hals, die Art manisches Zwangsjackenkichern. Er hatte sie gestalkt, war in ihre Wohnung eingebrochen, hatte sie mit vorgehaltener Waffe bedroht, und jetzt machte er sich Sorgen, weil er das Fliegengitter kaputt gemacht hatte. Sie biss sich auf die Innenseite der Wangen, um das verrückte Kichern zu unterdrücken. Das war nicht der richtige Moment, um den Verstand zu verlieren. Ihre Lage war bitterernst.

»Der Ketchup trocknet«, stellte sie fest.

»Ach ja. Stimmt.« Die Pistole von einem Finger baumelnd, hob er sein Handy und schoss ein paar Fotos. Er änderte seinen Standpunkt und schoss noch ein paar aus einer anderen Perspektive. Dann verbrachte er quälend lange Minuten damit, das Ergebnis zu begutachten. »Braucht noch ein bisschen mehr Blut auf der Brust.«

Sie verzog das Gesicht, während sie versuchte, an sich runterzuschauen, ohne einzuatmen. »Bist du dir sicher? Da ist doch schon jede Menge von dem Zeug.«

»Sicher.«

Die Ketchupflasche gab pupsende Geräusche von sich, während die letzten Reste des Inhalts auf Beas Oberkörper spritzten. Big Eddie benutzte sogar einen ihrer Pinsel, um noch einen Klecks auf ihren Hals zu malen. Sie hatte ein Gefälschter-Tatort-Monster geschaffen. Jetzt würde sie diesen Pinsel verbrennen müssen. Und dieser Ketchupgestank! »Ich bin mir sicher, dass das genug ist«, sagte sie, kurz davor, den Verstand zu verlieren.

»Ja, ja, ja.« Er zeigte mit der Pistole auf ihren Kopf, während er ein einhändiges Foto schoss. »Denk immer dran, wer hier das Sagen hat. Du gehst nirgendwohin, bis mein Boss mir die Rückmeldung gibt, dass der Job erledigt ist.«

Übersetzung: Wenn sie die Todesszene nicht gut verkaufte, würde der stinkende Ketchup ihr geringstes Problem sein.

Sie setzte ihr bestes Totengesicht auf und spielte die überzeugendste tote Bea, die man sich vorstellen konnte. Bis sie eine echte Biene hörte. Sie riss die Augen auf.

»Verdammte Scheiße.« Big Eddie wedelte mit den Händen um seinen Kopf herum, nach dem bösartigen Insekt schlagend. Er ließ das Handy fallen. Seine Pistole sauste in zackigen Bewegungen durch die Luft. »Scheiße, *Scheiße*.«

Wo er recht hatte … Nicht nur, dass er das Fliegengitter kaputt gemacht hatte, er hatte damit auch eine *Anthophila* hereingebeten: tödliches Gift in einem kompakten, beflügelten Paket.

Mrs Yarrows Garten würde sie am Ende doch noch umbringen.

Bea wollte am liebsten weglaufen vor Big Eddie und der Biene, doch die fliegende Pistole hielt sie an Ort und Stelle. Ihre Handtasche lag auf dem Boden hinter ihm, ihr EpiPen sicher darin verstaut. Nicht weit. Sollte es zum Schlimmsten kommen, konnte sie mit einem Satz dort sein und sich einen Schuss verpassen. Sich jetzt ruhig zu verhalten erschien ihr die klügere Wahl.

Big Eddie dagegen verhielt sich alles andere als ruhig.

Der Kredithai fuchtelte in wilden Bögen mit der Pistole, wendiger, als sie es von einem Mann seiner Größe erwartet hätte. Er fluchte. Er boxte in die Luft. Offensichtlich hasste er Bienen genauso sehr wie sie selbst. Vielleicht war es das, was passierte, wenn man seinen Tod vortäuschte. Die Konsequenzen für das eigene Karma waren fatal. Er kam ins Straucheln und krachte mit der Hüfte gegen die Küchentheke. Es war ihre Gelegenheit, eine Chance, an ihm vorbeizuschlüpfen und zur Tür zu hechten, doch ein ohrenbetäubender Knall hätte ihr fast die Trommelfelle zerstört.

Sie drückte die Augen zu und schrie. Ein Bild von Huxley blitzte vor ihrem inneren Auge auf, ein flüchtiger Schnappschuss ihres Zauberers in seinem Umhang. Dann ein Bild, wie er im *Brimstone* mit ihr tanzte, den Blick voller Zärtlichkeit. Es brach ihr das Herz, genau wie das Geräusch.

Sie schüttelte den klingenden Kopf, während sie realisierte, was gerade passiert war.

Pistole. Schuss. Big Eddie hatte die *Pistole abgefeuert.* Die Pistole, die er auf sie gerichtet hatte.

Zitternd tastete sie ihre Arme und Beine ab, wobei sie ihr Leichenkunstwerk zerstörte, um nach Verletzungen und tatsächlichem Blut zu suchen. Sie fand nichts dergleichen, doch die Biene hatte sie gefunden. Und den Ketchup.

Sie stach Bea in den Hals.

* * *

Axel fuhr wie eine gesengte Sau. Doch das war immer noch nicht schnell genug für Huxley. *Es wird ihr nichts passieren. Es wird ihr nichts passieren.* Er hatte sich noch nie so hilflos und wütend zugleich gefühlt. Noch heftiger als nach dem Tod seines Vaters. Sollte Big Eddie Beatrice auch nur ein einziges ihrer roten Haare krümmen, würde Huxley den Mann zu Staub zermahlen.

Sie sausten um die letzte Kurve und hielten mit quietschenden Reifen vor der Wohnung. Er sprang schon raus, bevor der Mustang überhaupt zum Stehen gekommen war. Als er gerade zwei Schritte gemacht hatte, ertönte ein lautes *Peng* aus der Richtung seiner Wohnung.

Dem fürchterlichen Geräusch folgte ein Schrei. Beatrice. Sein Mädchen. Sie *schrie.*

Seine Beine trommelten unter ihm auf den Boden, als wären sie kein Teil mehr von ihm. Sein Herz war ebenfalls nicht mehr seins. Es fühlte sich an, als würde es seine Brust zerschneiden. Er bestand nur noch aus Adrenalin. Aus Angst. Er rammte die Schulter gegen die Wohnungstür, prallte aber davon ab. Fuck. *Schlüssel.* Er wühlte ihn aus seiner Hosentasche. Als er mit zitternden Fingern versuchte, ihn ins Schlüsselloch zu stecken, nahm Fox ihn ihm ab und schloss die Tür auf. Huxley sauste an ihm vorbei. Vor ihm tat sich die gruseligste Szene auf, die er je gesehen hatte.

Blut. Zu viel Blut. Es war überall, und Beatrice lag inmitten des Horrorszenarios. Sie griff sich an den Hals, als würde sie um Atem ringen. *Er* rang selbst um Atem.

»Beatrice.« Panik ließ seine Stimme krächzend klingen.

Ein Mann, der Big Eddie sein musste, keuchte, als wäre er gerade einen Marathon gelaufen. Die Pistole hielt er noch in der Hand. So gern Huxley dem Bastard die Faust ins Gesicht geschlagen hätte, er musste sich erst um Beatrice kümmern. Er sank neben ihr auf die Knie und betastete hastig seine Hosentaschen. Er hatte sein Handy nicht dabei. Wo war nur sein Telefon? »Ruft einen Krankenwagen!«

»Schon dabei.«

Er wusste nicht, welcher seiner Brüder ihm geantwortet hatte. Er sah nur rot.

»Baby. Wo bist du verletzt?«, brachte er hervor, während er vorsichtig ihren Körper nach einer Wunde absuchte. Da war so viel Blut, er konnte es nicht fassen.

Ihr Leben, zerlaufen auf seinem Boden.

»Nein«, murmelte sie schwach. Sie öffnete und schloss den Mund. Ihre Pupillen waren geweitet. Rote Flecken bedeckten ihren Hals. »Pen.«

Pen? Was meinte sie? »Ich bin da. Alles wird wieder gut.« Aber seine Hände zitterten. Er konnte nicht sagen, wo sie verletzt war. Er wusste nicht, warum sie wie eine Fish-and-Chips-Bude roch.

»Ich habe ihr nichts getan. Lasst mich los.«

Huxley starrte Big Eddie an. Fox und Axel hatten ihn auf dem Boden fixiert und ihm die Pistole aus der Hand gekickt. Axel grub dem Fiesling das Knie in den Rücken. »Du nennst auf sie zu schießen *nichts getan*?«

Big Eddie wand sich wie ein gestrandeter Wal. »Ich habe nicht auf sie geschossen! Das ist nur Ketchup.«

Ketchup? Huxleys Nase kribbelte, als er den beißenden, süßlichen Geruch identifizierte. Deshalb roch es hier nach Pommesbude. Das erklärte aber nicht, warum sie nicht atmen konnte.

»Pen«, wiederholte Beatrice. Ihre Lippen waren geschwollen. Sie umklammerte ihre Kehle. Dann noch ein Wort, das er kaum verstand: »Biene.«

Ach, verdammt. Pen. Der EpiPen. »Wo ist ihre Handtasche? Los, sucht ihre Handtasche!«

Fox hob eine kleine Tasche vom Boden auf, bunt genug, um eine dunkle Höhle zu erleuchten. Die konnte nur Bea gehören.

»EpiPen«, schrie Huxley. Er wusste nicht, warum er so laut war. Aber er konnte nicht anders. »Da muss einer drin sein!«

Der Inhalt ihrer Tasche flog durch die Luft, bis Fox den EpiPen herauszog und zu ihnen gerannt kam. Fox zog die Kappe ab und rammte ihr die Nadel in den Oberschenkel.

»Hol ein paar Kissen«, wies er Huxley mit ruhiger Stimme an. »Legt ihre Beine hoch. Es wird schon bald Wirkung zeigen.«

Huxley fragte sich, seit wann sein Bruder Erste-Hilfe-Kenntnisse besaß. Doch das war jetzt auch egal. Er holte ein paar Kissen vom Sofa und drapierte Beas Beine darauf. Als sie richtig positioniert war, legte er sich neben sie, auf dem Ellenbogen abgestützt. Er beobachtete, wie sich ihre Brust hob und senkte. Die Flecken gingen allmählich weg. Fox brachte ein Tuch und eine Schüssel mit Wasser. Huxley machte sich ans Werk, befeuchtete das Tuch und säuberte ihr den Hals. Hinter seinen Augen brannte es wie tausend heiße Nadelstiche. »Kannst du sprechen, Honigbienchen? Bist du verletzt?«

Sie bewegte die Zunge und schluckte. »Mir ist nur etwas schwindelig und schlecht. Und ich rieche ziemlich fies.«

»Du hast schon mal besser gerochen.« Aber sie war am Leben. Sie redete. Dennoch, die Nadelstiche wurden stärker. Etwas drohte ihm die Luft abzuschnüren. »Du hättest mir fast die Magie ausgetrieben, so eine Angst hatte ich um dich.«

»Die Magie?«

»Hätte ich dich verloren, wäre nichts mehr davon übrig geblieben.«

Hätte er mitansehen müssen, wie sie starb, wäre er vermutlich nie wieder in der Lage gewesen aufzutreten. Er hätte nur immer vor sich gesehen, wie sie in der Zick-Zack-Box Grimassen zog und sich in ihrem Federkostüm auf der Bühne im Kreis drehte. Es wäre zu viel gewesen. »Es tut mir leid. So, so leid.«

Tränen traten ihr in die grauen Augen und liefen ihr über die Wangen. »Das sollte es auch.«

Ihre Worte trafen ihn genau ins schmerzende Herz. »Ich bin ein Idiot.«

359

»Das bist du.« Sie bot ihm kein Lächeln an. In ihrer Stimme lag keine Wärme, nur Verbitterung.

Er hatte gewollt, dass sie auch einmal wütend wurde, und hatte für sie da sein wollen, wenn sie endlich die Gefühle zuließ, die sie hinter ihrem Lächeln versteckte. Er hätte sich nur einfach nie vorgestellt, dass ihre Wut auf ihn gerichtet sein würde. Aber so war es. Sie hatte sich allein einem Verbrecher gestellt, war am Ende irgendwie in Ketchup gebadet – obwohl sie Ketchup so hasste –, anstatt erschossen zu werden. Er war stolz auf ihre Stärke, doch sie hätte nicht allein sein sollen. Nicht so. Nicht aus diesem Grund.

Er trocknete ihr die Wangen mit dem Tuch. »Ich hoffe, du hörst mich später in Ruhe an. Später. Aber jetzt konzentriere dich erst einmal darauf, zu atmen.«

Sie nickte, und mehr Tränen traten ihr in die Augen. Er spürte, wie ihm auch eine über das Gesicht lief.

Kapitel 29

NACHDEM SIE DEN Sanitätern die Geschichte von einer aus dem Ruder gelaufenen Theaterprobe aufgetischt hatten, wurde Beatrice ins Krankenhaus gebracht. Huxley fuhr im Krankenwagen mit, während seine Brüder sich um Big Eddie kümmerten. Als Axel und Fox etwas später zu ihm ins Krankenhaus kamen, setzten sie sich zu ihm ins Wartezimmer.

»Wir haben mit den neugierigen Nachbarn gesprochen, die aus ihren Wohnungen gekommen waren«, sagte Fox. »Haben die Geschichte von der Theaterprobe noch mit einer aus Versehen abgefeuerten Requisitenwaffe aufgehübscht.«

Huxley nickte abwesend. »Und Big Eddie?«

»Dem haben wir klargemacht, dass er sich hier nicht mehr blicken lassen sollte. Außerdem haben wir ihn daran erinnert, dass es sein Chef vermutlich nicht so gut aufnehmen würde, zu erfahren, dass er ihn mit einem gefälschten Leichenfoto hinters Licht geführt hat. Wir haben ihm gesagt, dass wir es für uns behalten, wenn er verspricht, Beas Vater in Ruhe zu lassen.«

Sie konnten Franklyn Baker zwar nicht vor Big Eddies Chef beschützen, aber sie hatten getan, was sie konnten, um

Beatrice' Sorge um ihren Vater zu verringern. Huxley half das allerdings nicht weiter.

Axel und Fox blieben bei ihm, während die Ärzte Beatrice an ein EKG anschlossen, um Nachwirkungen des EpiPens auszuschließen. Ihr wurde ein Anti-Allergie-Cocktail gespritzt, gefolgt von einer sechsstündigen Überwachungsphase, um sicherzugehen, dass die Symptome nicht zurückkehrten.

Huxley und seine Brüder beschlossen, die Show an diesem Abend abzusagen, was zum ersten Mal in der Geschichte der Fabelhaften Marlow Boys vorkam. Die ganze Zeit wichen ihm seine Brüder nicht von der Seite. Nicht, als Huxleys Adrenalinspiegel abstürzte und er gegen die Wand des Wartezimmers schlug. Nicht, als er den angebotenen Kaffee und den Wackelpudding aus der Cafeteria ablehnte oder als er die Krankenschwester anbrüllte, weil sie die Besuchszeiten begrenzte, damit Beatrice sich ausruhen konnte. Er tobte, während Axel und Fox das Personal besänftigten.

Er fragte sich, wann seine Brüder angefangen hatten, sich um ihn zu kümmern.

Wild entschlossen, ihn abzulenken, schleppten sie Huxley zur Kinderstation, und Axel warf ihm ein Set Spielkarten zu. Ehe er sich's versah, führte er vor den Kindern Kartentricks auf. Kinder mit Schläuchen in der Nase und Infusionen am Handgelenk. Kinder mit gebrochenen Armen oder Beinen.

Einige schienen sich für seine verbrannte Augenbraue und die Narbe im Gesicht zu interessieren und stellten ihm Fragen dazu, wie es passiert war oder ob es sehr wehgetan hatte, als wollten sie Beweise dafür, dass man auch mit einem solchen Handicap noch weiterleben konnte. Alle klatschten und lachten über seine Vorstellung. Sie rissen erstaunt die

Augen auf, als er genau die Karten hervorzog, die sie ausgewählt hatten. Ein entzückendes kleines Mädchen, das alle Haare verloren hatte, lächelte so breit, dass es ihn an Beatrice erinnerte.

»Noch mal«, rief es begeistert.

Er unterhielt das Mädchen eine Stunde lang, und seine Wut und sein Ärger ebbten allmählich ab. Ein paar Betten weiter zeigte Axel einem Jungen mit Gipsbein, wie man falsch mischte. Fox brachte währenddessen eine ganze Gruppe mit seinen verschwindenden Münzen zum Staunen. Seine Brüder grinsten albern, hielten immer wieder inne, um sich die Augenwinkel zu tupfen oder die Hand auf den Mund zu drücken. Er hatte keine Ahnung, ob er genauso gerührt aussah wie sie, doch er fühlte sich definitiv so.

Das war eins der Dinge, die er vermisste, seit Axels Striptease während der Show ihr Publikum verändert hatte. Auf der Bühne zu stehen lag ihm im Blut. Er liebte den Rausch, in den es ihn versetzte, wenn er die Zuschauermenge begeisterte und den Saal beherrschte. Doch Kinder waren noch einmal etwas anderes, ihr Staunen war so echt, und ein krankes Kind zum Lächeln zu bringen war inspirierend. Selbst nach dem miesen Tag, den er hinter sich hatte, bereitete es ihm Freude.

»Wir fahren schon mal vor in deine Wohnung«, sagte Fox danach. »Räumen schon mal das Chaos ein bisschen auf.«

Der gefälschte Höllentatort. Er schüttelte den Kopf. »Ihr habt schon genug getan, Leute.«

»Unsere Dienste sind nicht kostenlos«, erwiderte Axel. »Dafür schuldest du uns ein Abendessen.«

»Ich würde einmal Badezimmerputzen nehmen«, fügte Fox hinzu. »Du kannst die schwer zu erreichenden Stellen schrubben.«

»Ihr seid echt zwei Nervensägen.« Huxley zog sie in seine Arme.

Beatrice wurde kurz darauf entlassen. Er fuhr sie im Rollstuhl zu seinem Auto und half ihr auf den Beifahrersitz. Sie legte den Kopf an die Scheibe während der Fahrt, vermutlich war ihr noch schwindlig von den Medikamenten, und sie war erschöpft von den Ereignissen des Tages. Sie schwieg, und er drängte sie nicht zu sprechen. Er bestand allerdings darauf, sie in *ihre* Wohnung zu tragen.

Er war nicht bereit, sie wieder nur *seine* Wohnung zu nennen. Noch nicht. Bis sie ihm nicht geradeheraus gesagt hatte, dass sie mit ihm fertig war. Bis dahin gehörte sie ihm. Die Wohnung gehörte ihnen. Sein Herz gehörte ihr.

Bis er sie die Worte sagen hörte, hatte er Grund zur Hoffnung. Doch als er sie auf seine Arme hob, funkelte sie ihn böse an. Sie konnte schmollen, solange sie wollte. Er musste sie berühren, sie halten können. Ihren Herzschlag an seinem Körper schlagen hören. Kurz darauf gab sie auf und kuschelte sich an seine Brust. Oder vielleicht war sie auch einfach müde.

Sobald sie in der Wohnung waren, sprach sie die ersten Worte seit Stunden. »Ich bin keine holde Maid, die gerettet werden muss. Du kannst mich absetzen.« Sie hatte die Arme immer noch um seinen Hals geschlungen.

Er hielt sie fest an sich gedrückt. »Vielleicht bin ich es, der gerettet werden muss.«

Sie biss sich auf die Lippe.

Axel und Fox waren immer noch in der Wohnung und schrubbten auf Händen und Knien die letzten Ketchupflecken vom Boden. Erst fliegende Penisse, dann ein gefälschter Tatort. Ihr Leben konnte man wirklich nicht als langweilig bezeichnen.

Axel fuhr sich mit dem Unterarm übers Gesicht. »Erklär mir bitte noch mal, wie du einen bewaffneten Verbrecher dazu gebracht hast, deinen Mord zu inszenieren.«

»Ich habe ihn nett darum gebeten«, antwortete Bea.

Fox richtete sich auf Knien auf. »Das macht dich fast zu einem richtigen Marlow-Mitglied.«

»Ihr seid aber Muffi, Hefti und Schlaubi«, entgegnete sie. »Die sind doch nicht fürs Nettsein bekannt.«

»Wir sind Illusionisten, und du hast eine perfekte Illusion aufgeführt.«

Das hatte sie wirklich. Diese Frau, die in jedem Menschen immer nur das Beste sah, hatte Big Eddie als den gebrochenen Mann gesehen, der nicht fähig gewesen war, die Tochter seiner Ex-Freundin zu erschießen. Vor der Ankunft der Sanitäter hatte dieser Bär von einem Mann sich immer wieder wegen des zerbrochenen Fliegengitters und des Bienenstichs entschuldigt. Beatrice hatte Big Eddie also richtig eingeschätzt, und Huxley durchschaute sie nun auch.

»Ich werde nicht aufhören zu atmen, nur weil du mich absetzt«, sagte sie.

Sie konnte seine Angst vermutlich riechen. »Vielleicht ja doch.«

»Das werde ich nicht. Aber vielleicht erwürge ich dich stattdessen, wenn du mich weiter festhältst. Ich muss dringend duschen.«

Er dachte darüber nach, ob es besser war, durch ihre Hand zu sterben, als sie gehen zu lassen. Es könnte das letzte Mal sein, dass sie seine Berührung zugelassen hatte. Widerwillig setzte er sie auf den Füßen ab. Sie wankte kurz, und er fing sie auf. »Lass mich dir in der Dusche helfen.«

Sie schaute seine Hand auf ihrem Arm an und lehnte sich

an ihn. Dann seufzte sie. »Danke, aber ich komme schon zurecht.«

Da war er sich bei sich selbst nicht so sicher.

Sie ging den Flur entlang zum Badezimmer und schloss die Tür hinter sich. Er ließ den Kopf hängen und rieb sich die Augen.

»Du musst ihr Zeit geben.« Axel stopfte ein paar ketchuprote Tücher in den Müllbeutel. »Sie hat gerade ihren Tod inszeniert und wäre dabei fast draufgegangen.«

»Leichter gesagt als getan«, murmelte Huxley. Ketchup hin oder her, er bekam das Bild nicht mehr aus dem Kopf, wie sie in einer Pfütze aus vermeintlichem Blut vor ihm lag und um Atem rang. Er konnte nicht aufhören, sich wegen seiner dämlichen Textnachrichten über sich selbst zu ärgern. Hätte er ihr Vertrauen nicht so schändlich missbraucht, hätte sie ihm von ihrem früheren Flug erzählt. Er hätte sie vom Flughafen abgeholt. Sie hätte es nicht mit Big Eddie allein aufnehmen müssen.

Erschöpft von den Ereignissen des Tages, schleppte er sich zur Couch und ließ sich in die Kissen sinken, dieses Mal, ohne auf die unbequemen Stellen zu achten.

Fox entfernte das kaputte Fliegengitter. »Ich besorge dir ein neues.« Er warf es zu Boden und stützte die Hände auf dem Küchentresen ab. Er ließ den Blick durch die Wohnung schweifen. »Was für ein Horrortag.«

Axel setzte sich zu Huxley auf die Couch. »Das kannst du laut sagen. Aber im Krankenhaus war es lustig – das Kinderbespaßen zumindest.«

Fox und Axel tauschten Geschichten über das Kind, das sich von Axel nicht hatte hinters Licht führen lassen, und über das Mädchen, das Fox immer wieder durch Zwischenrufe unterbrochen hatte. So viel ihm die Zeit mit den Kindern auch gegeben hatte, Huxley konnte jetzt nicht mit seinen Brüdern plaudern. Er starrte immer wieder auf die Badezimmertür, lauschte auf ein Geräusch oder ein Zeichen, dass Beatrice durch die Wirkung der Medikamente ohnmächtig geworden war. Er hätte ihr seine Hilfe aufdrängen und ihren warnenden Blick ignorieren sollen, der ihn davon abgehalten hatte, sie ins Bad zu tragen. Doch alles, was er hören konnte, war das Rauschen des Wassers in der Dusche.

»Ähm … Leute.«

Fox' zögerlicher Tonfall ließ ihn die Aufmerksamkeit wieder aufs Wohnzimmer richten. »Warum guckst du so panisch?« Alle Farbe schien aus Fox' Gesicht gewichen zu sein.

Axel setzte sich aufrecht hin. »Du gerätst nie in Panik.«

Fox betrachtete etwas neben der Couch. »In all dem Chaos haben wir uns gar nicht gefragt, wo die Kugel eigentlich eingeschlagen ist.«

Huxley hatte keine Haustiere, um die er sich hätte sorgen müssen. Keine versteckten Mitbewohner. »Ist mir egal, was sie getroffen hat, solange es nicht Beatrice war.«

Fox verschränkte die Arme und verlagerte nervös das Gewicht von einem Fuß auf den anderen.

Huxley und Axel tauschten besorgte Blicke. Sie standen auf und gingen um die Couch herum, um sich anzusehen, was auch immer es war, das Fox dazu brachte, sich wie Nicht-Fox zu verhalten. Sie erstarrten beide, als sie sahen, was es war.

»Scheiße«, entfuhr es Axel.

»Verdammt«, war alles, was Huxley sagen konnte.

Die Trickkiste ihres Vaters lag zertrümmert vor ihnen, die Einzelteile über den Holzboden verstreut.

Neun Jahre lang hatten sie versucht, sie zu öffnen. Neun Jahre lang hatten sie versagt. Wäre ein Stück Papier darin gewesen, hätte das Essigfläschchen, das mit Sicherheit zu Bruch gegangen wäre, jede Weisheit aufgefressen, die Max Marlow mit ihnen hatte teilen wollen. Die Kugel konnte aber auch einen anderen Inhalt zerstört haben.

Huxley betrachtete das Durcheinander mit zusammengekniffenen Augen. »Ich schätze, wir sollten die Überreste durchsuchen.«

»Ja«, stimmte Fox zu, doch keiner von ihnen bewegte sich.

Im Testament hieß es, die Welt würde ihm zu Füßen liegen, sobald es ihm gelänge, die Kiste zu öffnen, doch seine Freundin wäre um ein Haar erschossen worden und dann fast von einer Biene getötet worden, und sein Theater war Gegenstand des Gespötts von New Orleans. Huxley war sich nicht einmal sicher, ob Beatrice überhaupt noch seine Freundin sein wollte.

Es fühlte sich jedenfalls ganz und gar nicht so an, als würde ihm die Welt zu Füßen liegen.

Während sie sich davor drückten, sich der Kiste zu nähern, ging die Badezimmertür auf, und Beatrice kam mit einem Handtuch um den Körper gewickelt heraus. Huxley verkrampfte sich. »Alles okay?«

Sie nickte. »Aber ich bin sehr müde. Ich glaub, ich muss ein bisschen schlafen.«

Sie war vielleicht okay, doch er war es noch lange nicht. Er wollte sie einfach in seine Arme ziehen und ihr Entschuldigungen zuflüstern, bis er heiser war. Stattdessen folgte er ihr zu ihrem Zimmer. An der Tür blieben sie stehen. »Ich bin dann hier draußen, falls du etwas brauchst. Ruf einfach nach mir.«

Sie wippte auf den Fersen und reckte das Kinn in die Höhe. Als sich ihre Blicke trafen, versuchte er ihr stumm zu sagen, wie leid es ihm tat, um die meilenweite Distanz zwischen ihnen zu überbrücken.

Ihre grauen Sturmaugen verdunkelten sich vor Emotionen. »Wir unterhalten uns später.«

Er konnte sich nicht davon abhalten, ihr eine nasse Haarsträhne hinter das Ohr zu streichen. »Dann bis später.«

Sie schloss die Tür, und er ließ die Stirn dagegen sinken. Vor gut einer Woche hatte er nach seinem letzten Pokerspiel genauso an ihrer Tür gestanden und sie auf der anderen Seite seufzen hören. Er hatte sich damals so nach ihr verzehrt, dass er um ein Haar die Tür aufgerissen und sie geküsst hätte. Stattdessen hatte er ihr einen kleinen Liebesbrief geschrieben.

Jetzt fühlte es sich an, als wäre sie noch weiter weg, außerhalb seiner Reichweite. Eine Tatsache, die er nicht hinnehmen konnte. Es war noch nicht vorbei. Das konnte nicht sein. Der Schock heute hatte sein dämliches Verhalten noch lächerlicher erscheinen lassen.

Er durfte Beatrice Baker nicht verlieren.

»Das solltest du dir mal anschauen.« Axel hockte neben Fox inmitten der Trümmer der Trickkiste. Aus dem Augenwinkel sah er, dass seine beiden Brüder etwas betrachteten, das Axel in der Hand hielt.

Mit einem letzten sehnsüchtigen Blick auf die geschlossene Tür gab er sich einen Ruck und ging ins Wohnzimmer zurück. »Das ist ein Schlüssel«, stellte Huxley überflüssigerweise fest, als er bei Axel angekommen war. Sein Bruder hielt ihm den kleinen Gegenstand hin, und Huxley fuhr mit den Fingern über die runde Kuppe und das gezackte Ende. »Der gehört zu einem Bankschließfach. So einen hat er Mom auch hinterlassen.«

Was auch immer in dem Schließfach gewesen war, Huxley und seine Brüder hatten nichts davon abbekommen.

Axel sprang auf die Beine. »Ehrlich?«

Huxley kickte in den Haufen Holzsplitter. »Habt ihr sonst noch was gefunden?«

»Die Kugel steckt in der Fußbodenleiste, die müssen wir noch rausholen und das Loch schließen. Und da ist noch das hier.« Fox hielt ihm ein zerfetztes Stück eines gerollten Blatt Papiers hin. »Da stand wohl eine Nachricht drauf, aber der Schuss hat das Essigfläschchen in der Kiste zerbrochen. Es gibt jetzt keine Möglichkeit mehr zu erfahren, was er geschrieben hatte.«

Also, das war es dann. Neun Jahre hatte er auf die Nachricht von seinem Vater gewartet, die er jetzt nie erhalten würde. Er wusste nicht einmal, worauf er gehofft hatte. Auf eine Erklärung, warum er gerade Huxley alles anvertraut hatte. Oder herauszufinden, dass sein Vater doch stolz auf ihn gewesen war. Vermutlich hatte er sich irgendetwas gewünscht, das sein Versagen an dem Abend, als Max Marlow gestorben war, wiedergutmachen würde.

Doch am Ende tat es nichts zur Sache. Huxley hatte das schicksalhafte Fass nicht eingedellt. Er hatte seinen Vater nicht dazu gezwungen, sein Leben aufs Spiel zu setzen. Er hätte schneller reagieren sollen, aber er hatte den Tod seines Vaters nicht verursacht, genau wie er nichts für Beatrices Bienengiftallergie konnte oder dafür, dass sie eine solche Abneigung gegenüber Glücksspiel hatte.

Doch er hatte sein Versprechen gebrochen, genau wie ihr Herz.

Er ballte die Hand mit dem Schlüssel darin zur Faust. »Wir werden der Bank in ein paar Tagen einen Besuch abstatten, nachdem ich mich um die Anhörung gekümmert habe. Die können uns dort sicher sagen, ob es sich um einen weiteren Schlüssel zu dem Fach handelt, das Mom schon geleert hat, oder nicht. Und es könnte sein, dass ich ein paar Shows aussetzen werde.« Er warf einen Blick in Richtung ihres Zimmers, dem einzigen Ort, an dem er gerade sein wollte. »Falls Beatrice mich braucht.«

»Sie braucht dich«, sagte Axel. »Du wirst sehen. Und wusstest du, dass da ein potthässliches Einhorngemälde rumliegt? Sag Bea, sie soll sich lieber ans Porträtzeichnen halten.«

Huxley verpasste seinem Bruder einen Klaps auf den Hinterkopf. »Das habe ich gemalt, du Idiot.«

Axel rieb sich den Schädel. »Dann solltest du dich an die Zauberei halten.«

Fox schulterte die Ketchup-Mülltüte. »Es wird alles so kommen, wie es kommen soll.«

Was genau der Grund war, weshalb er sich solche Sorgen machte. Er war sich nicht sicher, ob er Beatrice Baker verdient hatte.

Die Jungs gingen. Die Stille in der Wohnung war erdrückend. Er duschte, um sich von Ketchup und Graffitientferner zu säubern und den Gestank nach schlechten Entscheidungen loszuwerden. Mit nassen Haaren faltete er sich wieder auf seine alte Schrottcouch und drehte den Schlüssel zwischen den Fingern. *Die Welt wird dir zu Füßen liegen.* Der einzige Mensch, dem er gerade zu Füßen liegen wollte, hatte ihn aus dem Zimmer ausgeschlossen. Sein Blick fiel auf das pinkfarbene Pony, das Beatrice ihm geschenkt hatte, doch dieses Mal brachte es ihn nicht zum Lächeln. Er hatte nicht den Kopf zum Fernsehen, und er war zu sehr in Gedanken, um zu lesen. Er entschied sich stattdessen zu malen. Der herbe Farbgeruch gab ihm das Gefühl, Beatrice näher zu sein.

Er hatte den Hintergrund noch nicht vollendet. Entschieden hatte er sich für einen Sternenhimmel, mitternachtsblau wie sein Umhang, mit leuchtenden goldenen Sternen. Ein Zweijähriger hätte es vermutlich besser hinbekommen, doch das Hin und Her des Pinsels beruhigte seine flatternden Nerven. Die Farben zu mischen entspannte ihn. Eine Stunde verging, dann zwei. Blaue und goldene Farbe war auf seinen Händen und seiner Jeans verschmiert. Sein Nacken schmerzte bereits, weil er sich ständig zu Beatrice' immer noch geschlossener Zimmertür umdrehte. Sie hatte keinen Laut von sich gegeben.

Warum war sie so still? Wie lange sollte jemand, der einen Bienenstich überlebt hatte, am Stück schlafen?

Er ließ den Pinsel fallen. Fünf lange Schritte später stand er vor ihrer Tür, das Ohr ans Holz gepresst. Er konnte keinen verdammten Ton hören, und seine Schultern verkrampften sich. Sie wollte nicht, dass er hineinging. Das hatte sie klar ausgedrückt. Doch wenn er ihrem Wunsch nachkam, würde er sich bis zum Morgen die Haare ausreißen vor Unsicherheit.

Ganz vorsichtig öffnete er die Tür.

Er trat an ihr Bett und hockte sich am Kopfende neben sie. Ihr Mund war leicht geöffnet, die Bettdecke bis zum Kinn hochgezogen. Ihre leisen Atemzüge lullten ihn ein. Er musste all seine Willenskraft aufbringen, nicht zu ihr ins Bett zu krabbeln und sie in die Arme zu schließen. Doch sie wollte nicht von ihm in die Arme genommen werden. Er war noch nicht richtig zu Kreuze gekrochen. Sie hatten noch nicht geredet.

Er fuhr mit dem Finger die Kontur ihrer Wange nach. »Ich liebe dich«, flüsterte er.

Die Worte, die er hätte aussprechen sollen, ehe sie abgeflogen war. Die er ihr sagen wollte, wenn sie aufwachte.

Er blieb sitzen und starrte sie so lange an, dass er einen

Krampf in den Oberschenkeln bekam. Er stand auf, doch irgendetwas hinderte ihn daran, zu gehen. Er setzte sich auf den Boden, mit dem Rücken an die Wand gelehnt, während die Nacht hereinbrach. Der harte Holzboden war fürchterlich unbequem, doch es war ihm egal. Die Arme auf den angezogenen Knien abgelegt, beobachtete er die schlafende Beatrice Baker, denn Beatrice Baker war eine Frau, die selbst Schlaf zu etwas Faszinierendem machte.

Kapitel 30

BEA ERWACHTE MIT trockenem Mund und schmerzendem Hals. Sie hatte das Gefühl, ein Amboss läge ihr auf der Brust. Seinen eigenen Tod vorzutäuschen war tödlich. Sie streckte Arme und Beine und öffnete gähnend ein Auge. Blau gefärbte Dunkelheit drang durch ihre Vorhänge. Ihre Uhr zeigte fünf Uhr morgens an. Schwerfällig setzte sie sich auf und rieb sich den Schlaf aus den Augen.

Bei dem Anblick, der sich ihr bot, machte ihr Herz einen Sprung.

Huxley lag auf dem Boden, ein Arm unter dem Kopf, die langen Beine schief von sich gestreckt. Sein *Hogwarts-Alumni*-T-Shirt war hochgerutscht, sodass ein Stückchen vernarbte Haut zu sehen war. Ihr juckte es in den Fingern, ihn zu berühren.

Er war ihr erster Gedanke gewesen, als der Schuss ertönt war. Keine Abfolge von Szenen aus ihrem Leben, wie Silvesterabende mit ihrem Dad, Kunstwerke aus Lebensmitteln oder das Tanzen mit ihrer Mutter. *Jetzt* dachte sie an ihre Mutter, an die Frau, deren Lebensfreude Bea das Leben gerettet hatte.

Deine Mutter hat jeden Raum erhellt. Big Eddie lag richtig, was Molly Baker anging. Ihre Freude und ihre Begeisterung über die Banalitäten des Alltags waren schon immer ansteckend gewesen. Es erinnerte Bea daran, dass es nicht ganz falsch sein konnte, Widrigkeiten mit einem Lächeln zu begegnen: Mollys überschäumendes Temperament hatte Bea indirekt das Leben gerettet. Sie sollte sich bei ihrer Mutter dafür bedanken. Sie sollte ihr außerdem sagen, dass es im Leben nicht nur Sonnenschein geben konnte, sondern dass man es auch durch die Regentage schaffen musste. Genau wie Bea es jetzt schaffen musste, sich Huxley zu stellen.

Seine Sorge um sie war wie ein Pheromontraktor, der sie zu ihm hinzog – die Art, wie er darauf bestanden hatte, sie zu tragen, der Schmerz in seinem Blick. Sie hätte zu gern mit ihm geduscht, mehr noch, als sie sich den Ketchupgeruch hatte abwaschen wollen, doch sie war standhaft geblieben. Ein Trauma sollte nicht der Grund sein, der sie wieder zusammenbrachte.

Sie setzte sich im Schneidersitz vor ihn und nahm seine große Hand. Dunkle Farbkleckse bedeckten seine Fingerknöchel. Hellere Goldfarbe war an seiner Nagelhaut festgetrocknet, als hätte er vor Kurzem gemalt. Sie fuhr mit den Fingern über die Flecken.

Er öffnete blinzelnd die Augen. »Bea?«

»Du benutzt doch immer meinen ganzen Namen.«

Ein verschlafenes Lächeln zog an seinen Mundwinkeln. »Beatrice.«

Dieses Mal war es eine Feststellung. Ihr Name klang immer so perfekt aus seinem Mund. Sie wollte seiner dunklen Baritonstimme am liebsten endlos lange lauschen und so tun, als hätte er ihr Geld nie genommen. Als hätte er nicht noch *ein letztes Mal* gepokert. Vergebung war der Weg des Weisen. Das hatte ihr Vater ihr einmal gesagt, nachdem sie ihm mal wieder Geld geliehen hatte. Damals waren es leere Worte gewesen, doch jetzt hielt sie sich daran fest.

Für Huxley wollte sie weise sein.

Er blinzelte noch ein paarmal und raffte sich zum Sitzen auf. »Mannomann, der Boden ist ganz schön hart.« Er ließ die linke Schulter kreisen. »Geht es dir gut?«

»Das fragst du mich die ganze Zeit.«

»Du hast mich eben erschreckt.«

»Ketchup kann wirklich furchterregend sein.«

Er lachte nicht. Ein Schatten huschte über sein Gesicht. »Ich dachte, ich hätte dich verloren.«

Sie war sich nicht sicher, ob er körperlich oder emotional meinte. Wahrscheinlich beides. »Ich bin noch hier.«

»Das bist du.«

Sie starrten sich an.

»Soll ich dir einen Tee machen?«, fragte er mit vom Schlaf kratziger Stimme. »Vielleicht ist auch noch etwas Hühnersuppe im Gefrierfach.«

Sie schüttelte den Kopf. Alles, was sie wollte, war er – seine Arme, sein starker Körper, seine Narben um sie herum. Diese rauchige Stimme in ihrem Ohr. Mit ihm zusammen zu sein war, wie den Nachtisch vor dem Abendessen zu verspeisen. Doch manchmal musste das Abendessen eben zuerst stattfinden. »Können wir jetzt reden?«

Sein attraktives Gesicht verfinsterte sich. »Ja, klar. Natürlich.«

Sie gingen wieder zur Couch. Sie trug nur ihr Oversize-T-Shirt mit der Aufschrift *Smile* und ihre Unterwäsche. Sie fühlte sich kalt und entblößt und zog auf dem Sofa gleich die Beine unter den Körper. Oder vielleicht lag es auch an dem bevorstehenden Gespräch, dass ihre Verletzlichkeit sie frösteln ließ.

Die Lampe im Flur tauchte den dunklen Raum in ein sanftes Licht. Von dem inszenierten Tatort war keine Spur mehr zu sehen. »Du hast sauber gemacht.« Sich umzuschauen war einfacher, als Huxley anzusehen.

Er nahm ebenfalls Platz, achtete aber offenbar darauf, dass ein Abstand zwischen ihnen gewahrt blieb. »Das waren Fox und Axel.«

Es entstand eine Pause. Das Schweigen war nicht unbedingt unangenehm, aber meilenweit entfernt von der Fernseher-ignorierenden-weil-man-die-Finger-nicht-voneinander-lassen-kann-Art. Er fuhr sich durch die verwuschelten Haare. Sie zupfte an ihrer Nagelhaut. Ihr nervöser Blick blieb an dem Einhornbild hängen. Es hatte jetzt einen Hintergrund, tiefblau mit goldenen Sternen – die gleichen Farben wie die Flecken auf seinen Händen. Es erinnerte sie an seinen Sternenumhang.

Ihre Gedanken wanderten zurück zu dem Abend, an dem sie den Umhang zum ersten Mal gesehen hatte. An dem Abend, als sie Huxleys Auto zerkratzt hatte. Es war eine feige Tat, die sie da begangen hatte, anstatt Nick zu sagen, dass er sie mit seinem Verhalten verletzt hatte. Anstatt ihrem Vater zu sagen, dass sein Verrat bis ins Mark getroffen hatte.

Dieses Mal nahm sie ihren ganzen Mut zusammen und wandte sich Huxley zu. »Mich zu bitten, mein Geld als Spieleinsatz zu verwenden, war falsch, egal, welche Gründe du dafür hattest.«

Er rückte unmerklich näher. »Das stimmt, das war es.«

Er versuchte nicht, zu widersprechen oder sich mit Entschuldigungen und leeren Erklärungen herauszureden. Er wartete ab.

»Ich habe dir vertraut. Deshalb habe ich dir das Geld gegeben. Ich mag gesagt haben, du könntest es benutzen, wenn es Probleme mit dem Theater gibt. Aber du hättest wissen müssen, dass ich damit nicht gemeint habe, dass du mein erstes Honorar als Einsatz bei einem Pokerspiel verwenden kannst.«

»Vom Kopf her, ja.«

Ihre Stimme wurde eine Nuance höher. »Warum hast du es dann getan? Wenn du wusstest, dass es mich verletzen und das, was wir haben, zerstören würde, warum musstest du mein Geld für ein dummes Spiel benutzen?«

Er sah aus, als hätte er einen Schlag in die Magengrube bekommen. Seine Schultern sackten nach vorn. »Ich habe die vergangenen neun Jahre immer versucht, meinen Vater stolz zu machen und meine Schuld an seinem Tod zu mindern. Ich dachte, wenn ich das Theater auf Vordermann brächte, würde das endlich aufhören. Doch als ich die fliegenden Penisse sah, die daraufgesprüht waren ...«

»Fliegende Penisse?« Nicht einmal ihre intensive Unterhaltung konnte dieses Detail unter den Tisch kehren.

Huxleys Miene verfinsterte sich. »Das ist typisch für Oliphant, er hat irgend so einen Sprayer beauftragt, das Theater zu verunstalten. Und er hat es irgendwie mit Phallussymbolen.«

Nicht lachen, ermahnte sie sich. Jetzt ist nicht der richtige Moment zum Lachen. Sie presste die Lippen aufeinander.

Sein Blick streifte sie flüchtig. Er fuhr sich mit der Hand über den Mund und schmunzelte. »Nur du kannst mich dazu bringen, das lustig zu finden.« Doch ihr Gespräch war nicht lustig. Er räusperte sich. »Das Graffiti zu sehen war hart. Doch Oliphant hat auch gedroht, die anderen Probleme des Gebäudes aufzudecken, und ich fürchte, ich ... hatte einen Aussetzer. Ich weiß nicht, wie ich es sonst beschreiben soll. Es war, als hätten diese Drohung und das dämliche Graffiti jegliche Bemühung der letzten neun Jahre zunichtegemacht. Alles, was blieb, war ich, der das verschlossene Fass ansieht und sich fragt, warum mein Vater den Deckel noch nicht geöffnet hat. Es fühlte sich an, als hätte ich nichts anderes getan, als ihn wieder und wieder zu enttäuschen. Also habe ich mich selbst überredet, dass du es schon verstehen würdest, obwohl ich tief in meinem Inneren wusste, dass es nicht so war.«

Er hob die Schultern, nur um sie sofort wieder sinken zu lassen. »Es war nicht vernünftig, und ich schäme mich sehr dafür. Eine Entschuldigung reicht nicht ansatzweise aus, das ist mir klar. Ich bin bereit, alles zu tun, um es wiedergutzumachen.«

Ehe sie antworten konnte, stand er auf und ging in die Küche. Seine nackten Füße schlurften über den Boden, die Jogginghose saß ihm tief auf der schmalen Hüfte. Sie sollte nicht an seine Hüfte denken. Doch seine aufrichtige Entschuldigung drohte ihre Mauern einzureißen, die Reue in seiner Stimme war schon fast greifbar gewesen. Sie brauchten gar kein Abendessen vor dem Nachtisch. Genau genommen sollten sie jedes Dessert auf der Karte bestellen, um die letzten beiden Tage wieder aufzuholen.

Sie wollte gerade den Mund öffnen, um ihm zu sagen, dass sie bereit war, seine Entschuldigung anzunehmen und sich dem Nachtisch und seiner Hüfte zu widmen, da kehrte er mit einem Umschlag in der Hand zurück.

Er setzte sich und streckte ihr den Umschlag hin. »Das gehört dir. Ich hätte es nie benutzen dürfen.«

Sie hatte plötzlich einen bitteren Geschmack im Mund. Die Gedanken an den Nachtisch vergingen ihr, und sie konnte sich gerade noch davon abhalten, den Umschlag quer durchs Zimmer zu schleudern. Sie wollte sein erspieltes Geld nicht. Es war schmutziges Geld. Es würde sie bloß an alles erinnern, was sie verloren hatte. Den Schulabschluss. Ihre Kindheit. Sie wollte ihm vergeben und vergessen, dass der Vorfall je passiert war, doch er stellte sich einfach vor sie hin und rieb es ihr unter die Nase.

»Ich schätze, du hast gewonnen.« Ihre Worte klangen verbittert.

Huxley zuckte zusammen. »Gewonnen?«

Sie nickte mit dem Kinn in Richtung des Umschlags, nicht bereit, das Geld anzufassen. »Das Pokerspiel. Das bedeutet wohl, dass du gewonnen hast.«

Er schluckte ganz langsam. »Hast du meine Nachrichten nicht gelesen?«

»Die erste Handvoll, ja, aber es hat sich zu sehr angefühlt, als würde ich die Nachrichten meines Vaters lesen, mit den ewigen Ausreden und Bitten um Verständnis. Den Rest habe ich gelöscht.« Bea hatte auch keine Lust, sich seine Ausreden jetzt anzuhören. Sie hatte es vorgehabt. Sie hatte weise genug sein wollen, ihn trotz seiner Fehler zu lieben. *Sie* war bestimmt nicht perfekt. Doch ihr Kopf spielte nicht mit. Sie fühlte sich wie ein dorniger Rosenstrauch aus Liebe und Hass.

Er ließ den Umschlag zwischen sie fallen, und die Falten der Erschöpfung zeichneten sich deutlicher auf seinem Gesicht ab. »Ich habe *nicht* gespielt, Beatrice. Ich habe dir in dem Moment meines Aussetzers geschrieben, als ich vorgehabt hatte, es zu tun. Aber ich habe dein Geld nie angerührt und nie zugestimmt, das Spiel zu machen. Ich würde gern behaupten, dass ich selbst darauf gekommen bin, aber es war Ednas Standpauke und ein Gespräch mit meinen Brüdern, die mir gezeigt haben, dass mein Dad nicht gewollt hätte, dass ich mein Leben für das Theater wegwerfe. Es ist nicht das, was *ich* will. *Du* bist, was ich will. Also, nein.« Er schob ihr den Umschlag hin. »Das ist kein erspieltes Geld. Es gehört dir. Genau wie das hier.«

Er tippte auf seine Brust. »Ich liebe dich, Beatrice Baker. Der Rest ist nur Kulisse. Schaufensterdekoration. Du bist die Hauptattraktion, ohne die ich nicht leben kann.«

Sie sah sein Gesicht verschwommen durch ihren tränenverschleierten Blick. Ihr Herz musste allergisch sein auf Glück, es war gerade auf seine dreifache Größe angeschwollen. »Du hast nicht gespielt?«

»Nein.« Er lehnte sich zu ihr und nahm ihr Gesicht in die Hände. »Ich würde dem Theater sofort den Rücken zukehren, wenn das bedeutete, dich nicht zu verlieren. Ich würde tausend fliegende Penisse darauf malen, wenn du mir dann vergibst. Ich bin auch bereit, jeden Tag dein Eierschalenomelett zu essen. Ohne dich gibt es keine teilweise sonnigen Tage, Honigbienchen. Du machst mich zu einem besseren Mann.«

Ihr Kinn zitterte, und die Tränen waren nicht mehr zurückzuhalten. Wäre sie abgehauen, wie sie es vorgehabt hatte, hätte ihre Tasche gepackt und wäre aus seinem Leben verschwunden, hätte sie immer geglaubt, er hätte sie betrogen. Ihre Vergangenheit hätte sie um genau diesen Moment betrügen können. Sie hatten beide emotional gehandelt, ehe sie richtig nachgedacht hatten. Bei ihr hatte es eines Einhornbildes und eines Pistolenschusses bedurft, um sie zur Vernunft zu bringen und sich ihrem Schmerz zu stellen. Doch jetzt war sie wach, und Huxleys Mund befand sich nur Zentimeter von ihrem entfernt, seine starken Hände lagen an ihren Wangen.

»Ich liebe dich auch«, erwiderte sie.

* * *

Ihre Worte waren Magie. Die großartigste Illusion, die Huxley je erlebt hatte. »Du liebst mich?«

»Das tue ich. Und dein Einhornbild auch.«

»Das Bild ist furchtbar.«

»Furchtbar perfekt.«

Er hatte noch nie eine derartige Erleichterung empfunden. »Wie kannst du diesen Idioten hier nur lieben?«

»Versuchst du jetzt, es mir auszureden?«

Statt einer Antwort küsste er sie, langsam und genüsslich, jeden Moment genießend.

Sie knabberte an seiner Unterlippe und zog sich dann zurück, ein scheues Grinsen im Gesicht. »Ich habe dir auch etwas gemalt. Es sollte eine Überraschung sein.« Sie zog eine kleine Leinwand unter der Couch hervor. »Ich meine, es ist wohl immer noch eine Überraschung, aber wenn es dir nicht gefällt, ist das auch okay. Ich bin nicht ganz fertig geworden.«

Er wollte ihr gerade sagen, dass ihm alles gefallen würde, was ihre Hände geschaffen hatten, doch in dem Moment, als er das Bild sah, verschlug es ihm die Sprache. Dieses Porträt war nicht wie die anderen. Es gab weder winzige Quadrate noch ausgefallene Details. Beatrice hatte ein naturgetreues Bild von seinem Vater gezeichnet – mit zurückgelegtem Kopf, ein Funkeln in den Augen und ein schelmisches Grinsen auf dem Gesicht, als wäre er kurz davor, ein Geheimnis zu verraten. »Dieses Bild habe ich noch nie gesehen«, brachte er mit erstickter Stimme hervor. »Es stammt doch von einem Foto, oder?«

Sie zupfte an einem Riss in der lädierten Couch. »Edna hatte ein altes Fotoalbum. Sie hat es mich durchsehen lassen, und in dem Moment, als ich dieses Foto gesehen habe, wusste ich, dass es das richtige ist. Ich hoffe, du findest das nicht übergriffig.«

Er legte das Bild vorsichtig ab und zog sie auf seinen Schoß. »Es ist perfekt. Du bist perfekt.« Er vergrub das Gesicht an ihrem Hals. Auf der Seite, wo kein Bienenstich war. »Und wir sollten mein Bild besser verbrennen. Es war vorher schon peinlich. Jetzt ist es nur noch grauenhaft.«

Sie schlang die Beine um seine Taille und kuschelte sich an ihn. »Auf keinen Fall. Ich liebe dein Bild. Und es tut mir leid, dass ich deine anderen Nachrichten nicht gelesen habe.«

»Das macht nichts«, murmelte er an ihrer Haut.

Er umfasste ihren Hinterkopf, den anderen Arm um ihre Taille geschlungen. Er konnte sie gar nicht eng genug umarmen oder fest genug an sich drücken. Sein Brustkorb fühlte sich an, als würde er gleich zerspringen. Dieses Ziehen an seiner Haut war kein unbekanntes Gefühl. Es erinnerte ihn an seine Nahtoderfahrung.

Vieles, was an jenem Tag passiert war, lag im Nebel, doch der Krankenhausaufenthalt danach war schwer zu vergessen. Der stechende Schmerz. Die Operationen. Das Jucken, das so stark war, dass er sich am liebsten die Haut vom Leib gerissen hätte.

Heilen schmerzte oft mehr als die Verletzung selbst.

So wie jetzt.

Er umarmte Beatrice noch fester und hörte wieder den lauten Knall der Pistole und sah ihren mit Ketchup verschmierten Körper auf dem Fußboden. Wie sie um Atem gerungen hatte. Dass er sie fast verloren hätte, nur weil er so ein Idiot gewesen war.

Sein Brustkorb zog sich wieder zusammen.

Ja. Das war der Schmerz des Heilens. *Ja.* Das war der Anfang von etwas Besserem.

Er lockerte seinen Griff nicht. »Ich würde dich gern küssen, doch du brauchst Ruhe.«

»Ich hatte genug Ruhe.«

Er zog den Kopf zurück, um ihr in die Augen sehen zu können. »Bist du dir sicher?«

Sie antwortete mit einem sanften Kuss. Es war erst zwei Tage her, dass er ihre Lippen zuletzt geschmeckt hatte, und doch war er am Verdursten. Dehydriert, weil er sie so sehr vermisst hatte. Ihre knappe Kleidung war das perfekte Heilmittel. Er streichelte ihr die Oberschenkel und den runden Po. Er legte sich mit ihr gemeinsam auf der Couch ab. »Kannst du noch etwas mehr Küssen vertragen?«

»Ich muss dir wehtun, wenn du aufhörst. Nur nicht zu wild für den Anfang.«

»Oh, Honigbienchen, ich habe vor, dich ganz langsam und genüsslich zu lieben. Ist das in Ordnung für dich?«

»Das ist sogar sehr in Ordnung«, flüsterte sie. »Aber vielleicht nicht auf dieser miesen Couch.«

Er lachte und trug sie auf den Armen in sein Zimmer. Sobald er sie auf dem Bett abgelegt hatte, spreizte sie die Beine für ihn und lud ihn ein. Er war hart, wollte sich am liebsten sofort an ihr reiben und ihre Haut mit seinen Zähnen markieren. Doch das war nicht der Moment, um die Selbstkontrolle zu verlieren. Das war der Moment, um Beatrice das Ausmaß seiner Liebe zu zeigen. Ihr zu beweisen, dass er vor ihrem Altar niederknien würde, solange sie es mit ihm aushielt. Er zog sie langsam aus und streichelte sie und widmete sich ihrem Körper mit grenzenloser Hingabe.

Er hasste es, sich auch nur eine Sekunde von ihr zu trennen, doch er musste sich ein Kondom holen. Beim Anblick der wunderschönen Frau, die vor ihm auf seinem Bett lag, stöhnte er auf. Die linke Seite ihres Halses war geschwollen, ihre Augen waren rot vom Weinen. Sie war das Schönste, was er je gesehen hatte.

Seine Kleider gesellten sich zu ihren auf dem Fußboden, dann setzte er sich auf und rollte das Kondom ab. Er brauchte keinen Wegweiser zu ihr, sie war sein Nordstern, ein stetes Licht in einem sich immer wieder verändernden Himmel. Er glitt in sie hinein, langsam wie ein Sonnenaufgang im Sommer, ließ ihre Hitze ihn umfangen, sich von ihren Farben blenden. Das Versprechen eines neuen Tages vor Augen.

Er drückte seine Nase in die weiche Haut an ihrem Hals. »Täusche nie wieder deinen Tod vor.«

Eine Träne stahl sich aus ihrem Augenwinkel, während sie die Hüfte kippte, um ihn tiefer in sich aufzunehmen. »Kaufe nie wieder Ketchup.«

»Nie wieder«, versicherte er ihr.

Sie stöhnten gleichzeitig, als sie sich trafen, und hielten den Atem an, als sie sich trennten – eine Erinnerung daran, immer den Weg zurück zu finden. Sie liebten sich langsam und zärtlich, mit salzigen Küssen, die bittersüß schmeckten.

Kapitel 31

BEA STAND AM Küchentresen und tippte auf ihr Handy. »Ist es okay, wenn Della mitkommt?«

»Sorry, hast du was gesagt?« Huxley umarmte sie von hinten, sein unersättlicher Mund war schon wieder an ihrem Schlüsselbein beschäftigt. Nur der Tresen hielt sie davon ab, nach vorne zu kippen.

Sie wand sich an ihm. »Wenn du nicht aufhörst, kommen wir zu spät zum Treffen mit deinen Brüdern.«

Er zog ihr den Kragen nach unten und entblößte ihre Schulter. »Ist mir egal.«

Sie neigte den Kopf, um ihm besseren Zugang zu gewähren. »Aber du hast neun Jahre darauf gewartet zu erfahren, was dein Vater dir hinterlassen hat.«

»*Mmmm.*« Er gab nur noch unverständliche Laute von sich, und alles Harte an ihm wurde noch härter.

Sie hätte nichts dagegen, das nächste Jahr so zu verbringen, gefangen zwischen dem Küchentresen und Huxleys harten Körperteilen. Das war es, was passierte, wenn man seinen Tod vortäuschte, fast aufhörte zu atmen und um ein Haar die Beziehung zu dem Mann, den man liebt, beendete. Doch heute war ein wichtiger Tag.

Sie fuhr herum und schubste ihn gegen die Brust. »Huxley Marlow, bring mich nicht dazu, dich bestrafen zu müssen.«

Er hörte auf, sie zu betatschen. »Hat diese Bestrafung vielleicht etwas mit Schlagsahne zu tun? Ich brenne immer noch darauf, zu erfahren, was du damit vorhast.«

Dazu würden ihr ein paar leckere Dinge einfallen. »Ja. Es wird Schlagsahne geben. Im Moment allerdings gibt es erst einmal Beignets und danach einen Ausflug zur Bank. Fox hat Della von dem Bankschließfach erzählt, und sie fragt, ob sie mitkommen darf. Er meint, du würdest dein Handy ignorieren.«

»Natürlich darf sie mitkommen. Sie gehört doch zur Familie.«

Bea wusste, dass Della für Fox gern mehr wäre als Familie, zumindest nicht von der schwesterlichen Sorte, wie es gerade der Fall war. Doch Della wollte heute vermutlich für Fox da sein.

Huxley hatte ein bisschen Vorarbeit geleistet und ein anderes Schließfach entdeckt, das seine Mutter noch nicht berührt hatte. Es war zwar Huxley überlassen worden, doch er wollte, dass seine Brüder dabei waren, um gemeinsam dieses letzte Puzzleteil zu ihrem Vater aufzudecken. Della wollte Fox offensichtlich in diesem emotionalen Moment unterstützen, genau wie er es immer bei ihr getan hatte. Bea war dankbar, dass Huxley es verstand.

Sie wollte ihm einen Danke-Kuss auf die Wange geben, doch er drehte den Kopf, um ihre Lippen abzufangen. Als sie beide Luft holten, legte sie zwei Beignets auf einen Teller und ging zur Tür.

»Wo willst du mit meinem Frühstück hin?«

Sie drehte sich zu Huxley um, der gerade seine Unterhose zurechtrückte. Ihr lief das Wasser im Mund zusammen. Sie dachte kurz daran, den Bankausflug abzusagen und etwas anderes zum Frühstück zu verspeisen, doch was sie vorhatten, war wichtiger als ihre lüsternen Fantasien. »Wir essen draußen.«

»Wir haben einen Küchentresen, an dem nichts auszusetzen ist. Und sogar einen Tisch.«

»Beignets schmecken draußen am besten.«

»Das ist doch lächerlich.«

»Das ist eine Tatsache.«

»Eine lächerliche Tatsache. Und wir sind gar nicht dafür angezogen.«

Ihr Trägertop und ihre Pyjamahose waren völlig in Ordnung. Seine Unterhose dagegen war vermutlich ein bisschen zu wenig, um damit vor die Tür zu treten. »Dann schmeiß dir noch eins deiner Nerd-T-Shirts über.«

»Nein.«

»Dann komm so mit, wie du bist. Mrs Yarrow wird nichts dagegen haben. Sie wird extra lange brauchen, um ihre Pfingstrosen zu gießen.« Ein Blick auf ihn in seiner engen Unterhose, und ihre verheiratete Nachbarin würde den Wasserschlauch auf sich selbst richten. Bea hatte vor, die vor Selbstbräuner starrende Frau, die Huxley immer wieder in die Enge trieb, um ihm ihre *Azaleen* zu zeigen, ganz genau im Auge zu behalten. Sie war immer noch nicht überzeugt, dass Mrs Yarrow ihr nicht doch die bösartige Biene geschickt hatte.

»Drinnen ist gut«, entgegnete Huxley ungerührt. Stur.

Sie nahm sich an ihm ein Beispiel und erwiderte knurrend: »Dann werfe ich einen meiner Pokerchips in den Hut.«

»Das musst du mir genauer erklären.«

Regel Nummer eins, wenn es darum ging, ihrem Mann

zu vergeben und nach vorne zu schauen, war, über ihre Probleme zu reden. Sie nicht in ihrem schlafenden Vulkan verdrängten Schmerzes schlummern zu lassen. Regel Nummer zwei war, aus der Sache Profit zu ziehen. »Du glaubst doch nicht, du kannst fast meine Ersparnisse verzocken und ungestraft davonkommen. Ich habe mir ein paar Gefallen von dir verdient.«

»Ja, okay. Aber …« Er rieb sich den Nacken und starrte zu Boden. Auf den Fleck, an dem sie ihren Tod inszeniert hatte. »Draußen gibt es Bienen.«

Oh. Bienen.

Ihr Ärger verpuffte. Huxley Marlow war ein großer Mann. Er war ein stolzer Mann. Er hatte eine fast tödliche Prügelattacke überlebt und den Großteil seiner Familie zusammengehalten. Das machte ihn aber noch lange nicht unbesiegbar. »Bienen wird es immer geben.«

»Aber das Outfit, das ich für dich bestellt habe, ist noch nicht angekommen.«

»Outfit?«

»Aus Netzstoff. Es hat eine Maske fürs Gesicht und so.«

»Du bist verrückt.«

»Ich bin entschlossen.«

Für ihre Sicherheit zu sorgen. Das musste er nicht sagen. Seine vernarbte Augenbraue zeugte von seiner Verletzlichkeit, und Wärme machte sich in ihrer Brust breit. Sie war sich nicht sicher, ob sie sich je daran gewöhnen würde, dass sich jemand um sie sorgte und um sie kümmerte. Sie war sich nicht sicher, ob sie sich daran gewöhnen wollte.

Mit dem Teller in der Hand gesellte sie sich wieder zu ihm in die Küche und fuhr die lange Narbe auf seinem Oberkörper nach. »Das Leben ist unvorhersehbar. Du könntest verletzt werden. Ich könnte verletzt werden. Aber wir können schlecht mit Sicherheitsfolie umwickelt durchs Leben gehen. Oder in einem Imkeranzug.«

Er strich ihr mit dem Daumen über die Unterlippe. »Aber wie soll ich dich dann beschützen?«

Sie lehnte sich zu ihm. »Indem du mit mir gemeinsam Beignets vor der Tür isst und in Jazzclubs tanzt und wir gemeinsam malen und auftreten. Mich zu lieben ist Schutz genug.«

Er seufzte tief. »Okay, das bekomme ich hin.«

Mit einem *Pac-Man*-T-Shirt bekleidet, gesellte er sich zu ihr nach draußen. Sie saßen auf der Bordsteinkante und genossen ihre Beignets, nachdem sie ausgiebig nach Bienen Ausschau gehalten hatten.

»Juhu.« Mrs Yarrow winkte aus ihrem Vorgarten. Sie beugte sich nach vorne, wobei ihrem Busen fast die Flucht gelungen wäre.

Huxley winkte beiläufig. »Die Rosen sehen toll aus.«

Doch er hatte den Blick kaum von dem Gebäck in seiner Hand abgewendet. Er aß es mit vier großen Bissen. Bea knabberte an ihrem Beignet herum. Es war zu gut, um es einfach so zu inhalieren, knusprig und zäh zugleich, süß und reichhaltig, wolkenleichter Puderzucker blieb an ihrer Lippe kleben. Sie konnte nicht aufhören, genüsslich zu stöhnen. Doch kurz bevor sie den letzten Happen in den Mund schieben konnte, stahl ihn sich Huxley aus ihrer Hand und schlang ihn, ohne zu kauen, runter.

Sie wollte ihm einen Klaps geben, doch er fing ihre Hand ab und leckte ihr den Puderzucker von den Fingern. »Du hattest recht«, sagte er, und ihr ging das Herz auf. »Sie schmecken wirklich besser draußen.«

* * *

Alles schmeckte besser mit Beatrice Baker. An Beatrice Baker im Besonderen. Huxley konnte sich nicht vorstellen, sich dem Inhalt des Bankschließfachs seines Vaters ohne sie zu stellen. Der sterile Raum fühlte sich klein an, mit fünf von ihnen darin. Fox und Della standen am einen Ende des Edelstahltischs, Beatrice und er am anderen.

Axel trommelte mit den Händen auf der linken Seite der Tischplatte. »Erinnert ihr euch an den großen Diamantenraub, als wir noch Kinder waren? Ich habe mich immer gefragt, ob Dad etwas damit zu tun gehabt hat.«

Huxley steckte den Schlüssel in das Schloss an der Metallkiste, die sich im Schließfach befunden hatte, drehte ihn aber noch nicht herum. »Da sind keine Diamanten drinnen. Wahrscheinlich ist es nur ein weiteres Rätsel.«

Axel wippte auf den Fersen. »Es könnte auch seine Sammlung Rubinringe sein. Die haben wir nie gefunden.«

Mit großer Wahrscheinlichkeit hatte sie sich ihre Mutter gekrallt. »Mach dir bloß keine Hoffnungen.«

Zu Huxleys neuntem Geburtstag hatte sein Vater ihn auf eine Schnitzeljagd im Theater geschickt. Er hatte einen ganzen Monat gebraucht, um die Hinweise alle zu entschlüsseln. Er war sich sicher gewesen, der *Wolverine*-Comic, den er sich so sehr wünschte, würde der letzte Schatz sein, doch stattdessen hatte er bloß ein Foto von einer Taube gefunden. Irritiert ist hoffnungslos untertrieben, um sein neunjähriges Selbst zu beschreiben, das mit dem lang ersehnten Comic gerechnet hatte. Max hatte Huxley damals gesagt, die echte Taube würde ihm gehören, sobald er den Fliegende-Karte-Trick hinbekommen würde. Huxley war zunächst furchtbar enttäuscht, doch schließlich gab er klein bei und lernte den Zaubertrick. Zwei Wochen später war er stolzer Besitzer einer echten Taube gewesen. Und süchtig nach Magie.

Huxley erwartete weder Rubinringe von Max Marlow noch, dass ihm die Welt zu Füßen lag, oder die Antwort auf unmögliche Fragen. Er erwartete ein Spiel. Ein exzentrisches Andenken.

Doch Huxley zögerte immer noch, den Schlüssel im Schloss zu drehen.

Beatrice legte ihm eine Hand an den unteren Rücken. »Du musst es auch nicht heute öffnen. Es waren jetzt neun Jahre, ein paar Tage oder Wochen mehr machen da auch nichts mehr aus.«

»Auf keinen Fall!«, rief Axel, ungeduldig wie immer. »Ich will jetzt wissen, was er hinterlassen hat.«

Fox verdrehte die Augen. »Es ist deine Entscheidung, Huxley. Mir ist alles recht.«

So ging es Huxley auch. Zum ersten Mal seit Langem konnte er nach vorne blicken und ein Leben mit neuen Möglichkeiten sehen. Nicht bloß den täglichen Kampf um Rechnungen und Verpflichtungen.

Die Anhörung vor Gericht gestern war gelaufen, wie er es erwartet hatte. Sie mussten eine Strafe zahlen und hatten dreißig Tage Zeit, die Fassade neu zu streichen. Gemeinsam würden sie das hinbekommen und auch nach und nach das Innere des Theaters auf Vordermann bringen. Seine Brüder würden von jetzt an die Last des Theaters mit ihm tragen. Außerdem hatte er sein Wassermelonenmädchen, das seine Tage mit süßen Momenten füllte. Was er nicht wollte, war, dass der Inhalt dieses mysteriösen Schließfachs ihre frisch geordnete Welt wieder aus der Bahn brachte. Die aktuelle Bahn gefiel ihm sehr gut.

Er ließ die Hand sinken und verschränkte die Arme. »Dem Theater geht es besser, doch wir sind immer noch knapp bei Kasse.« Beatrice' Hand verkrampfte sich an seinem Rücken.

Doch ehe sie sie wegziehen konnte, zog er sie an seine Seite. »Glücksspiel ist raus, genauso wie Taschendiebstahl.« Er warf Fox einen warnenden Blick zu, der eine Unschuldsmiene aufsetzte. »Aber ich habe einen anderen Vorschlag.«

»Ich schlage vor, wir öffnen die Kiste«, wiederholte Axel. Angesichts der Tatsache, dass er als Kind seine Weihnachtsgeschenke immer vor Heiligabend schon hatte öffnen wollen, war seine Ungeduld nicht verwunderlich.

»Zu der Kiste komme ich gleich. Doch was auch immer darin ist, es ändert nichts. Wir brauchen mehr Geld, das regelmäßig reinkommt, und ich denke, wir haben die Zeit im Krankenhaus alle genossen.«

Beatrice rümpfte die süße Nase. »Weil es so einen Spaß macht mitanzusehen, wie mir Medizin in die Adern gepumpt wird?«

»Das ist tatsächlich cool«, sagte Axel. »Aber wir haben uns die Wartezeit auf der Kinderstation vertrieben. Die kleinen Knirpse ein bisschen mit Zauberei unterhalten.«

Als hätten die Frauen einen automatischen Mutterinstinktschalter, gaben sie beide ein lang gezogenes »Ooooh« von sich. Beatrice hatte einen so verträumten Gesichtsausdruck, dass er ihn am liebsten fotografiert hätte. Er fragte sich, ob sie Kinder wollte, kleine Baker-Marlows mit ihrer Lebensfreude und seiner Fingerfertigkeit. Ihm gefiel der Gedanke. So sehr, dass er zu gern sofort seinen Kondomvorrat weggeworfen hätte.

Die überwältigenden Gefühle, die er ihr gegenüber empfand, überraschten ihn nicht. Doch was ihn überraschte, war der entsprechende träumerische Gesichtsausdruck auf Dellas Gesicht ... deren Blick auf Fox gerichtet war. Den undurchschaubaren, ernsthaften Bruder. Den Bruder, der den Arm jetzt um Della legte und sie an sich zog. Er flüsterte ihr etwas ins Ohr. Della drückte die Nase an seinen Hals.

»O mein Gott.« Beatrice' geschockter Tonfall musste Huxleys Gesichtsausdruck gleichen. »Du hast es ihm gesagt!«

»Um ehrlich zu sein, nein«, erwiderte Della, den verträumten Blick immer noch auf Fox gerichtet. »Er hat es mir gesagt.«

Axel schaute zwischen dem offenbar frischen Pärchen hin und her. »Was hat er dir gesagt?«

Fox starrte Della an, als hätte er eine Goldader entdeckt. »Dass ich keinen weiteren Tag ohne sie leben kann.«

Beatrice klammerte sich an Huxleys Arm und seufzte. Er schmunzelte und fragte sich, wie er die Zeichen hatte übersehen können. Della musste die Ursache für Fox' Ausbruch neulich gewesen sein.

Axel zuckte mit den Augenbrauen. »Bedeutet das, ich darf sie nicht um ein Date bitten?«

Fox funkelte ihn böse an.

»Ignoriere den Idioten einfach«, empfahl ihm Huxley. So spaßig es auch war, Fox aufzuziehen, sie mussten sich wieder den ernsthaften Dingen widmen, und er hatte vor, ihnen eine Geschäftsidee zu unterbreiten. »Ich würde gern einmal im Monat oder so ehrenamtlich im Krankenhaus auftreten. Es wird uns nicht helfen, unsere Rechnungen zu bezahlen, und ich tue es auch gern allein. Doch wenn ihr Jungs dabei seid, würde ich außerdem gern eine Zauberschule aufmachen. Als Nebenverdienst zu unseren abendlichen Shows.«

Beatrice riss begeistert die Augen auf. »Darf ich in Hufflepuff sein?«

Della hob die Hand. »Auf jeden Fall Ravenclaw.«

Fox ignorierte die Frauen und nickte in Richtung Axels *Top-Gun*-T-Shirt. »Dafür muss er aber bekleidet sein.«

Axel trommelte wieder auf der Tischplatte herum. »Nicht, wenn ich Erwachsenenkurse halte.«

»Was meinst du?« Huxley richtete die Frage an Fox. Den vernünftigen Bruder.

»Die Idee gefällt mir. Wir könnten eine Theatershow für die Kinder veranstalten. Ein Auftritt am Ende der Kurse. Dann wären auch die Eltern involviert.«

Beatrice drückte sich an Huxleys Seite. »Ich finde, das ist eine fabelhafte Idee. Und es tut mir sehr leid, dass ich die Show im Krankenhaus verpasst habe.« Sie stellte sich auf Zehenspitzen und versuchte, ihn auf die Wange zu küssen, doch er erhaschte einen richtigen Kuss, der etwas zu intensiv ausfiel, dafür, dass sie Publikum hatten. Doch das war ihm egal. Er würde keine weitere Gelegenheit verpassen, ihre Lippen zu schmecken oder ihr seine Liebe zu gestehen.

»Das muss an dem Elderstab liegen«, meinte Axel, nervig wie immer.

Beatrice lehnte sich eifrig nach vorne, ein schelmisches Funkeln in den Sturmaugen. »Das ist tatsächlich der mächtigste Zauberstab. Fünfzehn Zoll soll er messen.«

Della kicherte. »Huxley muss ein begnadeter Zauberer sein. Er sollte die Kunst der Zauberstabmagie in seiner Schule lehren.«

Beatrice senkte die Stimme, als würde sie das Geheimnis des Fliegende-Karte-Tricks verraten. »Er hat einen Doktor in Zauberstabmagie.«

»Ist er auf direkte Treffer oder Zaubersprüche wie den Erecto-Zauber spezialisiert?«

Axel tat so, als müsste er sich übergeben. »Das wollte ich nie wissen, vielen Dank auch.«

Fox nahm Della fester in den Arm. »Huxleys Zauberstabfähigkeiten haben dich nicht zu interessieren.«

Huxley strahlte sein Mädchen an. »Du bekommst eine Gehaltserhöhung. Außerdem will ich, dass du bei unserem nächsten Krankenhausauftritt meine Assistentin bist.«

Sie wackelte freudig mit den Schultern. »Bin dabei.«

Zu seinen Brüdern sagte er: »Die Magische Marlow Zauberschule. Kein Zauberstab-Unterricht und kein Striptease. Macht ihr mit?«

Die beiden tauschten einen Blick und nickten Huxley dann zu. Das war so gut wie ein Blutschwur unter Marlow-Männern.

Blieb nur noch die Metallkiste aus dem Schließfach. Das letzte Geschenk seines Vaters an seine Jungs. Huxley hatte noch nicht versucht, Xander oder Paxton ausfindig zu machen. Sie waren vor fünf Jahren spurlos verschwunden, und er hatte nie nach ihnen gesucht. Die beiden wussten, wo ihre Familie sich aufhielt. Er ging davon aus, sie würden irgendwann wieder Kontakt aufnehmen, wenn die Zeit gekommen war, doch der Inhalt der Kiste konnte die Lage ändern. Außer es waren nur Zauberbohnen darin.

Er schluckte und griff wieder zum Schlüssel. »Also los.«

Beatrice presste sich die Faust auf den Mund.

Axel rieb die Handflächen aneinander.

Fox biss sich auf die Lippen, während Della sein Kinn küsste.

Huxley öffnete den Deckel, und alle rissen die Augen auf. »Der Fabelhafte Max Marlow«, war alles, was er hervorbrachte.

Fünf Goldbarren glitzerten ihnen aus der Kiste entgegen, einer für jeden Sohn des großen Zauberers. Wahrscheinlich waren sie dafür gedacht, die Last seines Todes zu mindern. Oder vielleicht auch nicht. Die Trickkiste war aus gutem Grund so gut wie unmöglich zu öffnen gewesen. Max Marlow wollte sein Erbe nicht leichtfertig überlassen.

Als Huxley die anderen so betrachtete, wie Axel jubelte und Fox die Barren mit Tränen in den Augen anstarrte und Beatrice sich an ihn schmiegte, ihre Zuneigung süßer als alles Geld auf der Welt, verstand er auch, warum. Wenn er gezwungen war, zwischen ihnen und dem Geschenk seines Vaters zu wählen, würde er die Kiste und deren Inhalt, ohne zu zögern, in den Fluss werfen. Nichts war wichtiger, als die Menschen, die er liebte, bei sich zu haben.

Dank

DIESE SACHE MIT der Schriftstellerei funktioniert nur wegen euch, meine wunderbaren Leser, und dieses Buch zu schreiben hat wahnsinnig viel Spaß gemacht. Die erste Fassung habe ich geschrieben, bevor ich nach New Orleans gereist bin, doch dann habe ich eine Woche dort verbracht und die Korrekturen vorgenommen. Es ist etwas Besonderes, das Setting eines Buches zu besuchen und so den Seiten noch mehr Leben einzuhauchen. New Orleans hat genug Lebendigkeit, um zehn Bibliotheken zu füllen.

Ich kann mich unendlich glücklich schätzen, meine Agentin, Flavia Viotti, zu haben. Dein Enthusiasmus und dein Arbeitseifer sind beeindruckend. Diese Partnerschaft hat mich als Schriftstellerin sowie als Mensch inspiriert. Ich kann dir gar nicht genug dafür danken, dass du an mich und dieses Buch geglaubt hast.

Meine Lektorin, Shannon Criss, wusste genau, was diese Geschichte gebraucht hat, und hat mich dazu gebracht, sie zum Glänzen zu bringen. Das gesamte EverAfter-Team, allen voran die unermüdliche Laura Kemp, war mir auf der Reise zu diesem Buch eine großartige Unterstützung. Ihr habt alle etwas an dieser Geschichte gefunden, das ihr besonders mochtet, und ich könnte nicht dankbarer sein.

So viele andere Leute haben mir geholfen, diesem Buch kleine und große Impulse zu geben, einige mit knallharter Ehrlichkeit, andere, indem sie frühe Entwürfe gegengelesen und korrigiert und mir gesagt haben, dass es gar nicht so schlecht war: Jamie Howard, J. R. Yates, Kristin B. Wright, Heather Van Fleet, Shannon Moore, Tammy Cole, Meghan Scott Molin, Mary Ann Marlowe, Jen DeLuca, Shelly Hastings Suhr. Danke an euch alle – mal eine Million. Ohne Michael Mammays Hilfe wären Huxleys Pokerszenen nicht annähernd so akkurat geworden.

Zusätzlich zu den Obengenannten und anderen, die ich vermutlich vergessen habe zu erwähnen, gibt es so viele Autoren, die für mich da sind, wenn ich sie brauche: Brighton Walsh, Beth Miller, Rachel Lacey, Tara Wyatt, Brenda St. James, Michelle Hazen, die unvergängliche CD, die Badass Bitches, meine Pitch-Wars-Familie, meine Fab FB Babes, die Golden Heart Crew, und o mein Gott … wo wäre ich nur ohne euch alle?

Ein besonderer Gruß geht an Mary Ann Smith, die mir ein sagenhaftes Cover für die amerikanische Ausgabe entworfen hat. Es ist mehr als perfekt. Meine Vision so wunderbar umgesetzt zu sehen war die reinste Schönheit. Emily Smith-Kidman, du bist ein PR-Guru. Ich hätte diese Veröffentlichung niemals ohne dich gedeichselt bekommen.

Wie immer, liebsten Dank an meinen geduldigen Ehemann, der sich nicht (oft) beschwert, wenn ich mich stundenlang in meinem Zimmer einschließe. Du bist mein Lieblings-Märchenprinz.

An all die Ladys, die mit mir in meiner Facebook-Gruppe abhängen, Kellys Gang, ihr bringt mich immer wieder zum Lachen und macht Social Media zu einem Ort, den man gern besucht. Ich liebe euch alle! Und schließlich, an meine Leser und die vielen Blogger, die für Liebesgeschichten leben: Ich danke euch aus vollem chardonnaygefülltem Herzen. Zu wissen, dass die Leute da draußen meine Worte lesen, ist das beste Hochgefühl, das man erleben kann. Eure Unterstützung bedeutet mir alles.

Xoxox
 Kelly